Una atracción imposible

BRENDA
JOYCE

Editado por Harlequin Ibérica.
Una división de HarperCollins Ibérica, S.A.
Núñez de Balboa, 56
28001 Madrid

© 2010 Brenda Joyce Dreams Unlimited, Inc. Todos los derechos reservados. UNA ATRACCIÓN IMPOSIBLE, N° 100 - 1.5.10
Título original: An Impossible Attraction
Publicada originalmente por HQN™ Books.
Traducido por SOS Action

Todos los derechos están reservados incluidos los de reproducción, total o parcial. Esta edición ha sido publicada con permiso de Harlequin Enterprises II BV.
Todos los personajes de este libro son ficticios. Cualquier parecido con alguna persona, viva o muerta, es pura coincidencia.
™ TOP NOVEL es marca registrada por Harlequin Enterprises Ltd.
® y ™ son marcas registradas por Harlequin Enterprises Limited y sus filiales, utilizadas con licencia. Las marcas que lleven ® están registradas en la Oficina Española de Patentes y Marcas y en otros países.

I.S.B.N.: 978-84-671-8064-0
Depósito legal: B-12828-2010

A Sue Ball, uno de los seres más generosos y amables que he conocido nunca. Mi más sincera gratitud por tantos años de amistad y comprensión hacia mí y mi familia

PRÓLOGO

Había demasiada luz en la habitación y Alexandra dudó un momento, se sentía muy confusa.

—¿Alexandra? —susurró su madre desde la cama.

Papel dorado y granate adornaba las paredes y pesados cortinones cubrían las dos ventanas del dormitorio. El escritorio era de madera de caoba, igual que la cama, y las colchas eran color vino. El único sillón que había en el cuarto era rojo oscuro. A pesar de la oscura decoración del cuarto, la luz que veía en medio del dormitorio estaba consiguiendo cegarla.

—Estoy aquí, madre —susurró ella mientras se acercaba a la cama.

Elizabeth Bolton estaba muriéndose, no iba a durar otra noche más. Estaba demasiado agotada por culpa del tumor que la devoraba por dentro. Su aspecto también era frágil y débil.

Alexandra consiguió contener las lágrimas. No había llorado ni una sola vez, ni siquiera cuando su padre le había dicho que su madre tenía una enfermedad mortal y que estaba ya en fase terminal. No había supuesto ninguna sorpresa.

La salud de Elizabeth había estado deteriorándose durante meses ante los ojos de Alexandra y sus hermanas. Ella, que era con sus diecisiete años la mayor de todas, debía ocuparse de la familia en esos momentos de dolor.

Tenía el corazón en un puño. Apenas podía reconocer ya su demacrado rostro. Elizabeth había sido una mujer muy bella, llena de vida. Sólo tenía treinta y ocho años, pero parecía una anciana.

Se sentó con cuidado en la cama y tomó sus frágiles y delgadas manos.

—Padre ha dicho que queríais hablarme, madre. ¿Qué necesitáis? ¿Queréis un poco de agua?

Elizabeth sonrió débilmente. Tumbada entre los grandes almohadones y bajo varias mantas, parecía más pequeña aún.

—Hay ángeles... —susurró sin apenas voz—. ¿Puedes verlos?

Alexandra sintió que se le llenaban los ojos de lágrimas y pestañeó rápidamente para alejarlas. Su madre la necesitaba y también sus dos hermanas, que sólo tenían siete y nueve años. Y sabía que su padre, que en esos momentos estaba encerrado en la biblioteca bebiendo ginebra, también iba a depender de ella.

En ese instante, entendió la extraña luz que parecía llenar el dormitorio.

—No puedo verlos —le dijo—. Pero los siento. ¿Tenéis miedo, madre?

Elizabeth movió un poco la cabeza y apretó con más fuerza sus manos.

—No quiero... No quiero irme, Alexandra. Las niñas... Son tan pequeñas aún...

Era muy difícil entenderla y tuvo que acercarse más para escuchar sus palabras.

—Nosotros tampoco queremos que nos dejéis, madre, pero vais a estar con los ángeles —le dijo—. Cuidaré de Olivia y de Corey. No os preocupéis. Y también me ocuparé de padre.

—Prométemelo, cariño. Prométemelo...

Acercó la mejilla a la cara de su madre.

—Lo prometo. Lo habéis hecho todo por esta familia, habéis sido siempre la luz que nos ha guiado, la roca en la que nos hemos sujetado y ahora ha llegado el momento de que me ocupe yo. Nos irá bien, yo me encargaré de que así sea.

Intentaba darle ánimos y evitar que se preocupara, pero sabía que todo cambiaría sin su madre.

—Estoy... Estoy muy orgullosa de ti —susurró Elizabeth.

Alexandra se incorporó un poco para poder mirarla a los ojos. Era la mayor, la primogénita, y sus hermanas habían llegado muchos años después. Siempre había tenido una especial conexión con su madre. Ella le había enseñado todo lo que sabía sobre cómo llevar una casa, cómo recibir a los invitados y cómo vestirse para cada ocasión. Elizabeth le había mostrado también cómo hacer galletas de canela y limonada. Con ella había aprendido a sonreír aunque estuviera disgustada, a ser siempre elegante y a actuar con dignidad en todo momento. Su madre le había transmitido el poder del amor, la familia, el trabajo y el respeto.

Sabía que su madre estaba orgullosa de ella. Pero también sabía que no iba a poder soportar ver cómo se iba de su lado para siempre. Era el momento más duro de su vida.

—No os preocupéis por las niñas ni por padre. Cuidaré muy bien de ellos.

—Lo sé —repuso Elizabeth con una sonrisa triste.

Se quedó entonces en silencio.

Alexandra tardó unos segundos en darse cuenta de que, a pesar de tener aún abiertos los ojos, su madre ya no podía ver nada.

No pudo ahogar una exclamación y el dolor la embargó con fuerza. Dejó por fin que fluyeran libremente las lágrimas que llevaba tanto tiempo conteniendo. Apretó con más firmeza las manos de su madre y se tumbó a su lado. Ya la echaba mucho de menos. Aunque el desenlace había sido esperado, le sorprendió la intensidad del dolor que sentía. Fue así cómo la encontró su prometido, Owen.

—Alexandra —la llamó mientras la ayudaba a incorporarse.

Vio que Owen la miraba con preocupación y dejó que la sacara del dormitorio de su madre. El cuarto estaba ya oscuro y sombrío. La intensa y cálida luz había desaparecido junto con la vida de su madre. Cuando llegaron al pasillo, Owen la abrazó durante un buen rato.

Y ella dejó que lo hiciera mientras sentía que su corazón volvía a romperse en mil pedazos. Entendió en ese preciso instante lo que debía hacer.

Owen era su mejor amigo y su único amor, pero eso ya no importaba.

—¿Por qué me estáis mirando así? —le preguntó él con confusión.

—Os quiero mucho, Owen —le respondió mientras acariciaba con ternura su mejilla.

Owen parecía saber qué iba a decirle porque la miró alarmado.

—Lo que acaba de pasar os ha alterado. Es el momento de llorar la pérdida de vuestra madre.

Pero ella negó con la cabeza.

—No puedo casarme, Owen. Le prometí que cuidaría de esta familia y hablaba en serio. Mi vida ya no me pertenece. No puedo casarme con vos, no puedo ser vuestra esposa ni la madre de vuestros hijos. No puedo... Tengo que cuidar de mis hermanas.

Supo en ese instante que lo que le decía era la verdad y que su vida había cambiado para siempre.

—¡Alexandra! —exclamó Owen—. No os precipitéis, es un momento muy duro. Os esperaré. Os amo y conseguiremos superar esto los dos juntos.

Pero ella se apartó. Era lo más duro que había tenido que hacer nunca.

—No, Owen. Todo ha cambiado. Corey y Olivia me necesitan. Y también mi padre.

No había otra opción para ella. Se había comprometido a mantener unida la familia y estaba dispuesta a hacerlo costara lo que costara.

—Adiós, Owen.

CAPÍTULO 1

—No puedo permitirme teneros aquí —dijo el barón de Edgemont.

Alexandra Bolton miró sorprendida a su desaliñado y sombrío padre. Las había hecho llamar a sus hermanas y a ella para que se reunieran con él en la pequeña y desordenada biblioteca donde solía encerrarse para leer.

Le extrañó que pareciera estar sobrio. Después de todo, ya eran más de las cuatro de la tarde. Por eso le costó aún más entender sus palabras.

—Sé que nuestra situación económica es algo precaria —comentó ella con una sonrisa—. Estoy aceptando más encargos y, con lo que coso, creo que podré ganar una libra más a la semana.

—Eres igual que tu madre, Alexandra —repuso su padre—. Ella también era infatigable y siempre se empeñaba en convencerme de que todo iba a ir bien. Lo hizo así hasta el mismo día de su muerte.

Se alejó de ellas para sentarse tras su mesa de despacho. El sillón también era muy viejo y tenía una pata rota.

Cada vez estaba más nerviosa. Había trabajado muy duro para conseguir sacar a flote a la familia desde que murió su madre. Y no había sido fácil. Su padre gastaba mucho dinero en bebida y en el juego, algo que su madre había podido controlar, pero ella no. Recordó entonces que la última vez que su padre había requerido la presencia de sus hijas en la biblioteca había sido para contarles que su madre tenía una grave enfermedad. Para entonces, Elizabeth ya llevaba mucho tiempo consumiéndose delante de sus ojos. La noticia les había roto el corazón, pero no había sido ninguna sorpresa.

Llevaban ya nueve años sin su madre. Desde entonces, su padre había perdido por completo el control de su vida y había caído en todo tipo de vicios.

Corey tenía una personalidad tempestuosa y hacía lo que le parecía cuando no estaba Alexandra controlándola. Olivia se había recluido en su mundo de acuarelas y lápices. Aunque parecía feliz, sabía que no lo era.

La propia Alexandra pasaba por momentos muy duros. Había renunciado al amor verdadero para cuidar de su familia, pero no se arrepentía.

—Bueno, alguien tiene que estar alegre en esta casa —les dijo entonces Alexandra con una sonrisa más firme—. Puede que no tengamos mucho dinero, pero poseemos una bonita casa, aunque necesite algunas reparaciones. También tenemos ropa que ponernos y comida en la mesa. Podríamos estar mucho peor.

Corey, que sólo tenía dieciséis años, estuvo a punto de echarse a reír al escucharla. La verdad era que todas las alfombras de la casa estaban tan desgastadas que tenían agujeros, las paredes necesitaban pintura y las cortinas se caían a trozos. Los terrenos tampoco estaban en buen estado. Ya sólo tenían un hombre al servicio de la casa y ningún jardinero. Habían tenido que vender la casa de Londres, pero Villa Edgemont estaba, por suerte o por desgracia, a sólo una hora de Greenwich.

Decidió ignorar la reacción de su descarada e imprudente, pero muy bella, hermana.

—Padre, estáis consiguiendo preocuparme de verdad.

También le inquietaba que no estuviera ya bebido. Solía estarlo antes del mediodía y aquello no era normal, le dio muy mala espina. Aunque debería haber sido una buena noticia que dejara de beber, estaba segura de que no tenía razones para sentirse feliz.

−La última línea de crédito que me quedaba se ha ido al traste −les dijo el barón entre suspiros.

Alexandra estaba cada vez más nerviosa. Como casi todos los miembros de la alta sociedad, ellos también vivían de las rentas y de los préstamos. Pero la obsesión de su padre con el juego le había llevado a tener que vender poco a poco las granjas a los inquilinos que se las tenían alquiladas. Sólo quedaban dos campesinos. Con los alquileres que les entregaban, se podría haber mantenido una familia si su padre no jugara cada noche.

El vicio de su padre había obligado a Alexandra a convertir su pasión por la costura en una fuente de ingresos. Había sido humillante. Las mismas mujeres con las que había ido a fiestas y con las que había tomado en ocasiones el té, se habían convertido en sus clientas durante esos años tan difíciles.

A Lady Lewis, por ejemplo, le encantaba entregarle en persona las prendas que necesitaban reparación. Después siempre se quejaba y criticaba los remiendos. Alexandra tenía que tragarse entonces el orgullo y disculparse con una humilde sonrisa. La verdad era que se le daba muy bien la costura y siempre le había gustado bordar, al menos cuando no tenía que hacerlo por necesidad.

Pero al menos tenían un techo sobre sus cabezas, ropa y comida en la mesa. Era cierto que sus vestidos estaban anticuados y habían sido arreglados y remendados hasta la saciedad, el tejado tenía algunas goteras cuando llovía y su dieta se limitaba a pan, verduras y patatas. Sólo comían carne los domingos, pero era mejor que no tener nada.

Además, sus hermanas no recordaban tiempos mejores. Habían sido demasiado jóvenes para acordarse de los lujosos bailes y las cenas. Algo que Alexandra agradecía inmensamente.

Lo que no sabía era cómo iban a poder sobrevivir sin crédito.

—Coseré más —repuso ella con seguridad.

—¿Cómo podrías hacerlo? —le preguntó Corey—. Trabajas toda la noche para conseguir terminar a tiempo, ¡tienes callos en los pulgares!

Sabía que su hermana tenía razón. No podía trabajar más, no tenía suficientes horas el día.

—El verano pasado, lord Henredon me pidió que lo retratara y yo me negué —confesó Olivia con su voz suave.

Corey tenía una bella melena dorada. El cabello de Olivia, en cambio, estaba entre el castaño y el rubio. Su pelo tenía un color indefinido, pero era también muy bonita.

—Pero creo que podría ofrecer mis servicios como retratista por todo el condado. Así podría hacer algo de dinero en poco tiempo —añadió.

Alexandra miró entristecida a Olivia. La felicidad de sus hermanas lo era todo para ella.

—Olivia, lo que te gusta es el naturalismo. Sé que odias hacer retratos de la gente —le dijo Alexandra.

Pero eso no era todo. Sabía también que Henredon le había hecho inapropiados comentarios a Olivia y sabía que no tardaría en intentar algo con ella. Todo el mundo sabía que se trataba de un mujeriego y un juerguista.

—Pero es una buena idea —repuso Olivia mientras la miraba con sus ojos verdes llenos de fuerza.

—Espero que no sea necesario —comentó Alexandra.

No quería que nadie pudiera aprovecharse de los buenos sentimientos de su hermana.

—Sí, no creo que llegue a tanto —agregó también su padre mientras se fijaba en su hija mayor—. ¿Cuántos años tienes?

Le sorprendió la pregunta de su padre.

—Veintiséis.

—Pensé que eras más joven, veinticuatro más o menos —repuso el hombre algo avergonzado—. Pero aún eres una mujer atractiva, Alexandra. Y, a pesar de los pocos medios económicos con los que contamos, has hecho un buen trabajo sosteniendo esta familia y esta casa. Así que serás la primera. Así podrás abrir el camino para tus hermanas.

Se le hizo un nudo en el estómago, pero intentó no perder la sonrisa.

—¿La primera en hacer qué, padre? —le preguntó con suspicacia.

—La primera en casarte, por supuesto. Ya es hora, ¿no te parece?

—Pero... No hay dinero para una dote —repuso ella con incredulidad.

—Lo sé —replicó Edgemont—. Lo sé mejor que nadie, Alexandra. Aun así, alguien se ha interesado por ti.

Alexandra acercó una silla a su padre y se sentó. Le dio la impresión de que su padre estaba perdiendo la cabeza. No creía que nadie pudiera mostrar interés por una solterona sin medios como ella. Todo el mundo en la ciudad sabía que debía coser y remendar para poder sobrevivir y que su padre se lo gastaba todo bebiendo y jugando. Aunque le costara reconocerlo, sabía que la familia Bolton había perdido su prestigio social y su buen nombre.

—¿Habláis en serio, padre?

—El terrateniente Denney se entrevistó conmigo anoche para preguntar por ti y me pidió permiso para visitarte —le dijo su padre con una sonrisa entusiasta.

La sorpresa fue tan grande que Alexandra se sobresaltó y estuvo a punto de perder el equilibrio sobre la maltrecha silla. No podía creer que tuviera la oportunidad de casarse después de tanto tiempo. Por primera vez en muchos años, pensó en Owen Saint James, el hombre al que había entregado su corazón en el pasado.

—Ya sabes quién es —continuó su padre sin dejar de sonreír—. Estuviste remendando las ropas de su difunta esposa durante varios años. Ya ha dejado el luto y parece que has conseguido atraer su atención.

Alexandra sabía que era mejor no pensar en Owen ni en los sueños y esperanzas que habían albergado juntos. Recordaba bien al terrateniente. Era un hombre de cierta edad que siempre había sido amable con ella. No lo conocía demasiado bien, pero su esposa había sido durante años una de sus mejores clientas. Había lamentado mucho su muerte y había sentido pena por su viudo, pero ya no se sentía así.

No podía dejar de temblar. Habían pasado nueve años desde que rompiera el compromiso con Owen y renunciara a casarse. Entonces, los Bolton eran aún una familia respetable y con dinero, pero todo había cambiado desde entonces. Denney era un hombre con dinero y tierras. Sabía que sus vidas podrían mejorar mucho si se casaba con él.

—¡Debe de tener unos sesenta años! —exclamó una pálida Corey.

—Tiene cincuenta, Corey. Sé que es algo mayor, pero posee una desahogada posición económica. Alexandra podrá tener un armario lleno de vestidos a la última moda —comentó su padre—. Eso te gustaría, ¿verdad, Alexandra? —agregó mientras miraba de nuevo a su primogénita—. Tiene una gran mansión, una calesa y un gran coche de caballos.

Alexandra respiró profundamente para intentar aclarar sus ideas y calmarse un poco. No podía creer que tuviera un pretendiente, uno con medios económicos. Era un hombre mayor, pero siempre se había mostrado respetuoso con ella. Si resultaba ser además generoso, podría ser la salvación de su familia. Recordó de nuevo a Owen y su noviazgo y no pudo evitar entristecerse. Sabía que era mejor no pensar en él.

Debía sentirse halagada al haber conseguido atraer la atención del terrateniente Denney. Ese hombre podía ser muy bueno para sus hermanas y su padre. A su edad y en sus circunstancias, sabía que no podía esperar más de la vida.

—Sabéis bien que ir a la moda me importa muy poco, padre. Lo que me importa es que estéis bien vosotros tres —le dijo a su progenitor.

Se puso en pie y se sacudió las faldas. Después miró fijamente a su padre. Estaba sobrio y sabía que no era tonto.

—Dime todo lo que sepáis sobre el terrateniente. ¿Sabe que no hay dote?

—¡Alexandra! No me digas que vas a decirle que sí a Denney —murmuró Olivia.

—¡No te atrevas a pensar que dejaremos que te cases con él! —añadió Corey con fuerza.

Ignoró los comentarios de sus hermanas.

Edgemont miró entonces a sus hijas menores.

—Será mejor que os guardéis vuestras opiniones sobre el asunto. Nadie las quiere —les dijo—. Sí, Denney conoce bien la situación en la que estamos, Alexandra —añadió mirando a su hija mayor.

—¿Hay alguna probabilidad de que esté dispuesto a colaborar con esta casa? —le preguntó Alexandra después de pasar un tiempo en silencio.

Corey corrió hasta donde estaba Alexandra.

—¿Cómo puedes pensar en casarte con ese granjero viejo y gordo? —le preguntó la joven—. ¡No podéis casar a Alexandra en contra de su voluntad! —le gritó después a su padre.

Edgemont miró a Corey con el ceño fruncido.

—¡No pienso soportar ni una palabra más! —exclamó el hombre.

—Corey, por favor, tengo que hablar de esto con padre —la tranquilizó Alexandra—. Es una gran oportunidad.

—Eres una mujer preciosa y elegante. Eres además buena y amable... —repuso Corey con insistencia—. Ese hombre es demasiado viejo y gordo para ti. No es una oportunidad, ¡es una tortura! ¡Es peor que la muerte!

—Por favor, cálmate Corey —le pidió a su hermana mientras acariciaba su brazo—. Debo hablar con padre.

Miró a su padre esperando que contestara su pregunta.

—Aún no hemos tratado esos detalles. Pero es un hombre muy rico, Alexandra. He oído decir que paga el alquiler más caro de todos los inquilinos de Harrington. Estoy seguro de que será muy generoso con nosotros.

Alexandra se mordió el labio inferior. Era una horrible manía de la que no podía librarse. Conocía bien a lady Harrington, había formado parte del círculo de amistades de la familia Bolton. Elizabeth y Blanche habían sido buenas amigas en el pasado. La señora los visitaba una o dos veces al año, cuando iba de paso, para ver cómo estaban las tres hermanas.

Ella ya no visitaba a lady Blanche. Su ropa era demasiado antigua y vieja para presentarse en la mansión de una dama como ella. Pero decidió que iba a tener que tragarse su orgullo y olvidar su vergüenza. Lady Blanche podría responder todas las preguntas que tenía sobre el terrateniente.

—Padre, quiero ser muy sincera. Si ese hombre está dispuesto a ser generoso con la familia, no podré rechazar su oferta. Bueno, si llega a hacer una, por supuesto.

Corey se echó a llorar.

—¡Dios mío, Alexandra! Eres una mujer muy buena y entregada —le dijo su padre—. Eres igual que tu madre. Ella también era muy desinteresada. Morton Denney ha insinuado que será un yerno generoso. Y estoy seguro de que Olivia será capaz de llevar muy bien la casa cuando te cases.

Alexandra miró a Olivia. Ella también parecía muy afectada y afligida. Quería hablar con ella y decirle que no tenía nada de lo que preocuparse, que todo saldría bien.

—Vendrá a visitarnos mañana por la tarde. Espero que te arregles todo lo que puedas y te pongas el vestido de los domingos —le dijo su padre con una sonrisa—. Bueno, me voy...

Pero Corey agarró la manga de su padre antes de que pudiera ir hacia la puerta.

—¡No podéis vender Alexandra a ese granjero! —exclamó

fuera de sí y con la cara encendida–. ¡No es un saco de patatas!

–Corey... –intervino la pacífica Olivia apartando la mano de su hermana para que su padre pudiera salir.

–Es lo que está haciendo... –protestó Corey entre sollozos–. Está vendiendo a Alexandra a un viejo granjero para poder llenar de nuevo sus arcas. Y, ¿para qué? ¡Para poder seguir jugándoselo todo y perdiendo hasta el último céntimo!

Edgemont levantó la mano y le cruzó la cara a su hija. La bofetada resonó en la sala. Corey gritó y se llevó las manos a la dolorida mejilla.

–¡Estoy harto de tu insolencia! –exclamó un alterado Edgemont–. ¡Y no me gusta nada que os asociéis contra mí! Soy vuestro padre y el cabeza de familia. Así que haréis lo que yo diga, estáis advertidas. Después de que se case Alexandra, vosotras dos seréis las siguientes –concluyó mientras miraba a Olivia y Corey.

Las hermanas se miraron fuera de sí. Alexandra se acercó más a su padre. Le habría gustado que Corey fuera capaz de entender las circunstancias de su progenitor y pudiera perdonarlo, pero sabía que era demasiado joven para hacerlo. Aun así, sabía que su padre estaba yendo demasiado lejos y no excusaba su comportamiento.

Se interpuso entre Corey y su padre mientras Olivia consolaba a su hermana pequeña. Corey mantenía muy alta la cabeza, pero no parecía capaz de dejar de temblar.

–Por supuesto, padre. Sois el cabeza de familia y haremos lo que nos ordenéis –aseguró Alexandra para intentar poner un poco de calma.

Pero su padre no dio el brazo a torcer.

–Hablo en serio, Alexandra. Ya he tomado una decisión sobre esta boda y no tendré en cuenta tu opinión. Y, aunque Denney no quiera colaborar con la casa, ya es hora de que te cases.

Alexandra se quedó paralizada. No dijo lo que pensaba,

pero no daba crédito. Era ya demasiado mayor para dejar que nadie la obligara a casarse en contra de su voluntad.

Su padre debió de darse cuenta de que había sido demasiado brusco y le habló con más amabilidad.

—Eres una buena hija, Alexandra. He tomado esta decisión pensando en lo que más os conviene. Las tres necesitáis esposos y un hogar propio. No puedo permitirme yernos jóvenes, guapos y ricos y lo siento. Pero estoy haciendo todo lo que puedo. La verdad es que ha sido una gran suerte que a tu edad hayas conseguido atraer la atención de alguien como Denney. Su interés ha conseguido por fin que recobrara el juicio. Vuestra madre debe de estar revolviéndose en su tumba al ver hasta qué punto he descuidado vuestro futuro —les dijo—. ¡Y la verdad es que creo que me merezco algo de gratitud! —añadió mirando a las más jóvenes.

Ninguna se movió ni abrió la boca.

—Bueno, entonces me voy —les dijo Edgemont—. Tengo planes esta noche, si es que tenéis que saberlo todo —añadió sin atreverse a mirarlas a la cara.

Salió de la biblioteca y Alexandra esperó a oír el portazo en la puerta principal antes de mirar a Corey.

—¿Estás bien? —le preguntó.

—¡Lo odio! —replicó Corey con voz temblorosa—. ¡Siempre lo he odiado! Mira lo que nos ha hecho. Y ahora dice que tienes que casarte...

Alexandra abrazó a su hermana con cariño.

—No puedes odiarlo, es nuestro padre. No puede dejar de hacer lo que hace. El juego y el licor son como una enfermedad para él, cariño. Y yo quiero ayudaros a vosotras dos para que podáis tener una vida mejor.

—Pero, ¡estamos bien! —protestó Corey entre sollozos—. ¡Todo es culpa suya! No tendríamos por qué vivir así si no fuera por él. Es culpa de nuestro padre que los jóvenes apuestos de la ciudad me ofrezcan flores y después susurren a mis espaldas y hagan comentarios soeces. Es culpa suya que mis vestidos estén desgastados y viejos. ¡Lo odio! ¡Y prefiero escaparme antes de que intente casarme con algún viejo horrible!

Corey se apartó de ella y salió corriendo de la biblioteca.

Miró entonces a Olivia, que le devolvió con serenidad la mirada. Las dos se quedaron en silencio un buen rato.

Después, Olivia se le acercó y acarició su brazo.

—Esto no está bien. Mamá habría elegido un príncipe para ti, nunca habría dado su aprobación para que te casaras con ese hombre. Además, somos felices, Alexandra. Somos una familia.

Se estremeció al escuchar las palabras de Olivia. Elizabeth Bolton había dado su aprobación para que se casara con Owen. De hecho, había estado feliz al ver que había tenido la suerte de encontrar el amor verdadero. Se dio cuenta entonces de que su hermana tenía razón. A su madre no le habría gustado que se desposara con Denney sólo porque era lo más sensato y lucrativo.

—Mamá ya no está con nosotros y nuestro padre no puede dejar de derrochar. Esta familia es mi responsabilidad, Olivia, sólo mía. Es toda una bendición haber conseguido un pretendiente como Denney.

Vio que su hermana la miraba con mayor seriedad.

—En cuanto nuestro padre empezó a hablarte, supe por tu cara que no íbamos a poder convencerte de lo contrario —le dijo después de un rato—. Ya te sacrificaste una vez por nosotros, pero entonces era demasiado joven para entenderlo. Y ahora pretendes hacerlo de nuevo.

—No es ningún sacrificio —le aseguró ella mientras iba hacia las escaleras—. ¿Me ayudas a elegir un vestido?

—¡Alexandra, por favor, no lo hagas!

—Sólo un huracán podría detenerme —repuso con firmeza—. O cualquier otra fuerza de la naturaleza tan formidable como un huracán.

Avanzaba por el camino la elegante y amplia calesa negra y sus cuatro fabulosos caballos, también negros. A ambos lados del vehículo, destacaba el escudo de armas de los Clarewood en oro y rojo. Dos lacayos de librea viajaban en la parte de atrás de la calesa.

Dentro de la lujosa calesa, con un cómodo interior decorado también con los colores de la familia, viajaba el duque de Clarewood. No podía dejar de observar el oscuro cielo. Sonrió al escuchar el primer trueno. Llegó el relámpago poco después. Se dio cuenta de que estaba a punto de desatarse una formidable tormenta. Le encantó que así fuera. Creía que un día oscuro y desapacible era el mejor escenario para la ocasión.

No pudo evitar irritarse al recordar al anterior duque, el hombre que lo había criado.

Stephen Mowbray, octavo duque de Clarewood y reconocido en todo el mundo como el hombre más poderoso y rico del reino, dirigió sus impasibles ojos azules al oscuro mausoleo que se levantaba frente a él. Edificado en una zona sin árboles, había albergado a siete generaciones de miembros de la familia Mowbray. Empezó a llover en cuanto la calesa se detuvo. No se movió de donde estaba.

De hecho, se aferró con más fuerza aún a la puerta.

Estaba allí parar rendir pleitesía al anterior duque, Tom Mowbray, en el decimoquinto aniversario de su prematura muerte. No solía pensar en el pasado, era algo que consideraba inútil, pero ese día se había levantado con una jaqueca que lo había acompañado durante el viaje. En un día como ése, no podía ignorar el pasado. Creía que era la única manera de recordar y honrar a los muertos.

—Desearía hablar con vos, Stephen.

Había estado ocupado con sus libros. Era un buen estudiante y le gustaba trabajar concienzudamente cada asignatura. Se enfrentaba a sus tareas con disciplina, dedicación y diligencia. La necesidad de ser el mejor en todo había sido algo que le habían inculcado desde siempre. Después de todo, un duque no podía permitirse el lujo de fracasar en nada. No podía recordar ningún momento de su vida en el que no hubiera estado esforzándose por dominar una cosa u otra. Cuando estudiaba francés, aspiraba a controlar por completo la lengua. Cuando montaba a caballo, no había obstáculo demasiado alto ni ecuación matemática demasiado complicada. Todo era cuestión de seguir esforzándose hasta conseguir los objetivos ansiados. Y todo a pesar de que nadie alababa sus desvelos.

—Sólo habéis conseguido un noventa y dos por ciento en el examen —le dijo el duque con severidad.

Se echó a temblar al momento mientras observaba la figura alta y hermosa de su padre.

—Así es, excelencia.

Su padre apretó el papel en un puño y lo tiró a la chimenea.

—¡Lo haréis de nuevo!

Y así lo había hecho. Consiguió entonces un noventa y cuatro por ciento de aciertos. El duque se había puesto entonces tan fuera de sí que lo había castigado sin salir de sus aposentos durante el resto de esa semana. Al final, acabó consiguiendo un examen sin errores algún tiempo después.

Se dio cuenta de que uno de los lacayos estaba sosteniendo abierta la puerta de la calesa. El otro abría mientras tanto un paraguas. Llovía con más fuerza aún.

Le dolía mucho la cabeza. Le hizo un gesto a uno de los lacayos y bajó del coche sin cobijarse bajo el paraguas. Aunque llevaba un sombrero de fieltro, se empapó de inmediato.

—Podéis quedaros aquí —les dijo a sus criados.

Cruzó con dificultad la propiedad hacia el mausoleo. Desde la cima donde se erigía la impresionante cripta de mármol se podía ver la mansión de los Clarewood. La edificación estaba rodeada de un magnífico parque y destacaba la palidez de sus piedras contra los oscuros árboles. Y más oscuro aún se veía el cielo. Seguía tronando y cada vez llovía más.

Stephen abrió la pesada puerta del panteón y entró. Buscó una caja de cerillas y se dispuso a encender una a una todas las lámparas.

La tormenta era cada vez más intensa, podía sentir la lluvia sobre el tejado de la cripta. Tampoco podía ignorar la presencia de Tom Mowbray al otro lado de la sala, como si estuviera esperándolo.

Se había convertido en duque a los dieciséis años. Entonces ya había sabido que Tom no era su padre biológico, aunque nadie se lo había dicho ni había sido ése un hecho de importancia. Después de todo, lo habían educado desde el principio para que se convirtiera en el siguiente duque, era el heredero de Tom.

Saberlo no había sido una gran revelación ni epifanía, sino algo que había ido comprendiendo poco a poco. El duque era conocido por su fama de mujeriego, pero Stephen no tenía más hermanos, ni siquiera ilegítimos, algo que siempre le había resultado muy extraño. Aunque había pasado la infancia recluido y con la única compañía de los duques y sus tutores, habían sido muchos los rumores que le habían llegado durante años. Era algo que siempre había estado presente en su vida, desde que había tenido uso de razón. Ya fuera en medio de un elegante baile o como secreto susurrado entre criados, había escuchado extraños comentarios sobre algún niño ilegítimo. Poco a poco, había acabado por entender la verdad.

Recordó entonces hasta qué punto podían ser útiles a un hombre las lecciones aprendidas durante su infancia. Los rumores lo habían seguido siempre y la malicia y la envidia de mucha gente no había hecho sino aumentar esas historias. Pero él siempre había ignorado los comentarios, no tenía razones para sentirse ofendido.

A parte de la familia real, era el miembro más poderoso de la alta sociedad londinense. No le preocupaba que la gente lo acusara de ser cruel y frío con los que no formaban parte de la familia de los Clarewood. El legado del ducado ocupaba todo su tiempo, igual que la fundación que había establecido en nombre de su familia.

Había conseguido triplicar el valor de sus bienes desde

que se hiciera con las riendas del ducado. La fundación, mientras tanto, había constituido manicomios, hospitales y otras instituciones por todo el país.

Se quedó inmóvil mirando la efigie de su padre. Su madre, la duquesa viuda, no había querido acompañarlo ese día. Y no podía culparla por ello. El difunto duque había sido un hombre frío, exigente y difícil. Se había portado como un tirano para los dos. Nunca iba a poder olvidar cuánto solía su madre defenderlo frente al duro padre ni las continuas discusiones. Pero Tom había cumplido con su función. Había conseguido educar a un joven con el carácter necesario para hacerse con el ducado y gobernarlo con éxito.

Sabía que eran pocos los hombres capaces de asumir la gran responsabilidad de ser la cabeza de un ducado tan poderoso como el de Clarewood.

El tiempo en la cripta parecía haberse detenido, pero el ruido de la lluvia era ensordecedor. Descolgó una antorcha de la pared y caminó despacio hasta el féretro de mármol blanco. Contempló entonces más de cerca la imagen del anterior duque. No perdió el tiempo en decir nada, no había nada que quisiera decirle.

Pero no había sido así en el pasado.

—Desea veros.

Se le hizo un nudo en el estómago. Estaba muerto de miedo. Cerró con cuidado el libro que había estado leyendo y miró a su madre. Estaba tan pálida que supo enseguida que el duque estaba a punto de morir. Llevaba tres días en esa situación y la espera le estaba resultando interminable. No deseaba que su padre muriera, pero había asumido ya que era inevitable y la tensión empezaba a hacer mella en la paciencia de todos los presentes. Aun así, le habían enseñado que un duque debía ser capaz de resistir cualquier tipo de sufrimiento en nombre de su ducado.

Se puso en pie lentamente e intentó controlar sus sentimientos. Entre otras cosas, porque no sabía cómo se sentía de verdad. Iba a ser el duque de Clarewood y estaba decidido a aceptar su responsabilidad y hacer siempre lo que su cargo le demandara. Había sido educado desde su nacimiento para ese día. Siempre había sabido que tomaría las riendas del ducado en cuanto su padre muriera y que, como octavo duque de Clarewood, tendría que hacerlo lo mejor posible. Tenía que ignorar cualquier inseguridad que pudiera llegar a sentir, no era ése un lujo que pudiera permitirse. Tampoco podía sentir miedo, ira ni dolor.

La duquesa lo miró con atención, como si esperara verlo llorar.

Pero él no podía hacer algo así y mucho menos en público. Asintió con seriedad y salió de sus aposentos. Sabía que a su madre no le sorprendería verlo apenado, pero no estaba dispuesto a revelar ese tipo de sentimientos. Además, llevaba las riendas de sus emociones con firmeza. Había aprendido desde niño que sólo podría sobrevivir en ese entorno si aprendía a controlar sus sentimientos.

Le costó reconocer al hombre tendido en su lecho de muerte, uno de los hombres más poderosos del reino. La difteria había consumido su cuerpo, dejando una criatura demacrada y flaca que no tenía nada que ver con el hombre que había sido su padre. Tuvo que hacer un esfuerzo importante para controlar sus sentimientos al verlo así. En ese instante, deseó con todas sus fuerzas que su padre no muriera.

Ese hombre lo había criado como si fuera su propio hijo, le había dado todo...

Se abrieron de repente los ojos del duque. Sus ojos azules, algo perdidos, no tardaron en concentrarse en él. Se acercó más a la cama. Deseaba tomar las manos de su padre y asirlas con fuerza. Quería decirle que se sentía muy agradecido.

—¿Necesitáis algo, excelencia? —le preguntó con formalidad.

Se miraron a los ojos. Y se dio cuenta en ese instante de cuánto necesitaba que ese hombre le dijera que estaba orgulloso de él. Nunca había habido una palabra de ánimo ni alabanza, sólo críticas y ataques. Habían sido muchos los sermones sobre responsabilidad, carácter y honor. También había sufrido alguna bofetada que otra y la temida fusta de su padre. Pero nunca había recibido una palabra de alabanza. Y sintió de repente que la necesitaba en esos instantes... Y quizá también un gesto de cariño.

—Padre...

El duque había estado observándolo con los labios apretados y el ceño fruncido. Como si hubiera podido adivinar lo que Stephen deseaba.

—Clarewood lo es todo —*murmuró el hombre casi sin aliento*—. *Tenéis una gran responsabilidad para con Clarewood.*

Stephen se pasó la lengua por los labios, se sentía consternado. Sabía que el duque estaba a punto de morir, quizá fuera sólo cuestión de unos segundos. Tenía que saber si estaba orgulloso de él, si lo quería...

—Por supuesto —*repuso el joven.*

—Conseguiréis que me sienta orgulloso —*susurró el duque*—. *¿Estáis llorando?*

Todo su cuerpo se tensó en ese instante.

—Los duques no lloran —*le dijo a su padre con un nudo en la garganta.*

—¡Así es! —*repuso el moribundo con algo más de fuerza*—. *Jurad sobre la Biblia que nunca abandonaréis Clarewood.*

Stephen se giró, vio una Biblia y la sujetó con manos temblorosas. Sabía que no iba a recibir de su padre palabras de alabanza ni cariño.

—Clarewood es mi deber.

Los ojos del duque brillaron con satisfacción al verlo. Segundos después, dejaron de ver para siempre.

Stephen oyó de repente una respiración procedente de la tumba. Se quedó mirando boquiabierto la efigie de su padre, pero se dio cuenta enseguida de que había sido él quien había hecho ese sonido. Lo cierto era que le debía todo lo que era a Tom Mowbray y no era justo que lo criticara después de muerto.

—Supongo que estaréis satisfecho, ¿no? Dicen que soy frío, cruel y despiadado. Dicen que soy como erais vos —murmuró entonces.

Su voz retumbaba en las paredes de la cripta. Si Mowbray lo oyó, no le dio ninguna señal de que así fuera.

—¿Hablando con los muertos?

La voz tras él consiguió sobresaltarlo. Se dio la vuelta sabiendo que sólo un hombre se atrevería a hablarle así. Tenía que ser Alexi de Warenne, su primo y su mejor amigo.

Alexi estaba al lado de la puerta. Tenía un aspecto desaliñado y estaba completamente empapado. El flequillo de su pelo oscuro, que lo llevaba demasiado largo, caía sobre sus ojos azules.

—Guillermo me dijo que os encontraría aquí —le dijo—. Veo que os habéis convertido en un hombre muy morboso, siempre en compañía de los muertos —añadió con una gran sonrisa.

Le encantó ver a su primo. Nadie fuera de su familia sabía que eran parientes. Habían estado muy unidos desde su infancia. Creía que era cierto lo que decían sobre los polos opuestos. Ellos no podían ser más distintos.

Su madre lo había llevado a la mansión de Harrington cuando tenía nueve años con el pretexto de que sir Rex pudiera conocerlo. El hombre había salvado la vida de Tom Mowbray durante la guerra. Ese día le habían presentando a tantos niños que no pudo recordar todos los nombres. Eran todos primos y miembros de la familia Warenne o de la familia O'Neil. Nada había sabido entonces. No fue hasta mucho tiempo después cuando descubrió que sir Rex de Warenne era su padre biológico. Le había llamado mucho la atención la calidez de esa familia y lo bien que lo habían acogido. Hasta entonces, no podía haberse imaginado tanto cariño en una familia ni había oído a tanta gente riéndose. Recordaba haberse sentido fuera de lugar. Era la primera vez que visitaba la casa y no conocía a nadie.

Pero su madre lo había dejado solo para pasar un tiempo en compañía de las otros damas y él se había dedicado a observar, desde la puerta y con las manos en los bolsillos, cómo los niños y las niñas de esa casa charlaban, reían y jugaban juntos. Fue Alexi el que se le acercó por fin para invitarlo a salir con él y otros niños al jardín. Allí habían hecho lo que hacían todos los niños, travesuras. Habían robado caballos y salido a montar al galope. Recordó también cómo habían desparramado los carros de algunos vendedores callejeros y asustado a los viandantes. Esa misma noche habían recibido su castigo. El duque se había enfadado tanto al saber de su conducta que se había quitado el cinturón para azotarlo, pero Stephen no se lo había pasado tan bien en su vida. Ese día había marcado el comienzo de su amistad.

Aunque ya había sentado la cabeza y estaba casado, Alexi seguía siendo un espíritu libre y un hombre muy independiente. Podían hablar durante horas y horas sobre cualquier tema. Normalmente estaban de acuerdo en las cuestiones importantes, pero reñían sobre los más nimios detalles. Antes de que se casara, solían salir juntos por las noches. Alexi había sido muy mujeriego.

Admiraba mucho a su primo, casi hasta el punto de la envidia. Era un hombre libre que había logrado tener la vida que había deseado siempre. No era esclavo de nadie ni se debía a su sentido del deber. Stephen no podía siquiera imaginar cómo sería tener tantas opciones y tanta libertad de elección.

Aun así, Alexi también había decidido seguir los pasos de su padre y se dedicaba al comercio con China. De hecho, era uno de los más exitosos del momento y, antes de casarse con Elysse, el mar había sido su gran amor. Desde su boda, su esposa solía acompañarlo en algunos de esos largos viajes y tenían residencias por todo el mundo.

—No se puede decir que hable con los muertos —repuso Stephen—. Y mucho menos que me agrade su compañía —añadió mientras se acercaba a Alexi y lo abrazaba brevemente—. Me preguntaba cuándo podría veros de nuevo. Pensé que estaríais de viaje. ¿Cómo es Hong Kong? Y, lo que es aún más importante, ¿cómo está vuestra esposa?

—Mi esposa está estupendamente, feliz de estar de vuelta en casa. Os echa de menos, Stephen. Aunque no sé por qué. Debe de ser por vuestros irresistibles encantos —contestó Alexi con una gran sonrisa—. Llueve a cántaros y el camino está a punto de inundarse. Puede que tengamos que cobijarnos aquí hasta que pase lo peor de la tormenta. ¿No os alegra que haya venido a veros? —le preguntó mientras se sacaba una petaca del bolsillo—. Así podremos honrar juntos al viejo Tom. ¡Salud!

No pudo evitar sonreír.

—Si queréis que os sea sincero, me alegra mucho que estéis de vuelta. Y sí, me encantaría beber algo —añadió.

Los dos sabían que Alexi siempre había despreciado al duque y que no querría nunca honrar su memoria, pero prefirió no sacar el tema. Su amigo nunca había comprendido los métodos de su progenitor ni había apreciado cómo trataba a Stephen. Alexi se había criado de manera muy distinta, sin críticas verbales y, por supuesto, sin castigos físicos.

—La verdad es que tiene mucho mejor aspecto en piedra —murmuró Alexi mientras le pasaba la petaca—. Y es increíble cuánto se parece. Tan duro y frío como siempre...

—No debemos deshonrar a los muertos —le advirtió Stephen después de beber un trago.

—No, claro que no. Dios no permita que le faltéis al respeto o dejéis de luchar por el ducado. Veo que no habéis cambiado nada —le dijo Alexi—. Sólo pensáis en vuestro deber, sin disfrutar de la vida. Sois demasiado respetable, excelencia.

—Sabéis que mi deber es toda mi vida. Y, por suerte o por desgracia, no he cambiado —repuso.

A Alexi le encantaba echarle en cara que diera demasiada importancia a sus deberes y que disfrutara poco de la vida.

—Algunos tenemos responsabilidades —repuso.

Alexi se echó a reír.

—Una cosa es tener responsabilidades y, otra muy distinta, llevar grilletes —apuntó su amigo entre trago y trago de licor.

—Sí, claro, soy un esclavo —respondió él con sarcasmo—.

Y mi destino es horrible, no podría ser peor. Después de todo, tengo poder absoluto para comprar todo lo que deseo y hacer lo que quiero y cuando quiero.

—Tom hizo un buen trabajo transmitiéndoos su sentido del deber. Pero cualquier día de estos, cuando menos lo esperéis, resurgirá la sangre Warenne que corre por vuestras venas —le dijo su amigo—. Aunque vuestro poder sea tanto que todos los que os rodean os obedecen sin pensárselo dos veces y no se atreven a llevaros la contraria, nunca me cansaré de intentar convenceros para que cambiéis de vida.

—Sería un duque pésimo si no hubiera conseguido que la gente me obedeciera —repuso Stephen—. Clarewood sería un desastre. Y creo que la familia ya ha tenido que sufrir la desdicha de contar con demasiados aventureros entre sus filas —añadió con una sonrisa.

Lo cierto era que en la familia Warenne había habido varios aventureros, pero todos habían cambiado al casarse y habían terminado por sentar la cabeza. Su primo Alexi era buena prueba de ello.

—¿Que Clarewood sería un desastre? —repitió su primo—. ¡Imposible con vos al timón del ducado! Y me imagino por lo que decís que no vais a seguir mis pasos. Me habéis roto el corazón —agregó con dramatismo.

Su primo siempre conseguía hacerle sonreír.

—Entonces, ¿nada ha cambiado durante mi ausencia? ¿Seguís siendo el soltero más codiciado de toda Gran Bretaña?

Siempre le divertía hablar con él. Los miembros de la familia Warenne que sabían que sir Rex era su padre, no parecían nunca cansarse y trataban siempre de emparejarlo. Estaba claro que necesitaba un heredero, él era también consciente de ello, pero temía verse en un matrimonio aburrido y frío, una unión de conveniencia.

—Lleváis diez u once meses fuera del país. ¿Qué esperabais? ¿Qué hubiera encontrado en tan poco tiempo una dama y me desposara con ella?

—Acabáis de cumplir los treinta y un años, así que ya lleváis unos quince años en busca de esposa.

—No es algo que pueda ni deba apresurarse —repuso con una mueca.

—¿Apresurarse? Creo que lleváis demasiado tiempo evitando lo inevitable. Uno sólo puede retrasar lo irremediable, Stephen. No se puede impedir. Pero la verdad es que no lamento que hayáis rechazado a las jóvenes que han sido presentadas esta temporada en sociedad.

—Debo confesaros que me horroriza la idea de tener que conversar con alguna inane joven de dieciocho años, por muy educada y leída que sea. Pero, por supuesto, confío en que no le contéis esto a nadie.

—¡Por eso no os preocupéis! —le dijo su primo con una sonrisa—. Veo que estáis madurando.

Se echó a reír al escucharlo, algo que no solía hacer a menudo, sólo su primo conseguía mostrarle el humor que había en ciertas situaciones.

—Ya era hora. Después de todo, ya soy un hombre de mediana edad.

Siguieron bebiendo en silencio.

—Entonces, ¿no ha cambiado nada durante mi ausencia? —le preguntó Alexi algún tiempo después—. ¿Seguís tan trabajador como siempre, construyendo hospitales para madres solteras y administrando los bienes del ducado?

Dudó un segundo antes de contestar.

—Nada ha cambiado.

—¡Qué aburrimiento! —repuso Alexi mientras miraba la estatua de Tom Mowbray—. Vuestro padre estará orgulloso... ¡Por fin!

El comentario consiguió ponerlo algo tenso. Miró también la efigie de su padre. Por un momento, sintió que Tom lo observaba y se reía de él. Le pareció tan vivo como ellos dos y tan crítico con él como siempre lo había sido.

Cada vez estaba poniéndose más nervioso, pero la sensación se esfumó tan rápidamente como había aparecido.

Tom lo había mirado con desprecio miles de veces, pero eran recuerdos que evitaba recordar. Ese día, en cambio, se sintió más menospreciado que nunca.

—Lo dudo mucho —murmuró con amargura.

Se miraron a los ojos con seriedad.

—Sir Rex está orgulloso —le dijo Alexi poco después—. Por cierto, no os parecéis en nada a Tom, aunque intentéis ser como él.

Pensó en lo que acababa de decirle y recordó que Alexi lo había oído hablar con la escultura.

—Sé muy bien cómo soy, Alexi. En cuanto a sir Rex, siempre ha sido atento y me ha apoyado en todo. Recuerdo lo amable que era conmigo durante mi infancia, antes de que supiera la verdad. Me imagino que tenéis razón, pero lo cierto es que eso no importa. Ya no necesito que nadie me admire o esté orgulloso de mis logros. Sé lo que tengo que hacer. Conozco bien mis deberes y no me importa que os burléis de mí.

—¡Sí, veo que tenéis un carácter inmejorable! —repuso enfadado Alexi—. Vine para rescataros del viejo Tom, pero ahora veo que es de vos mismo de quien debo rescataros. Todo el mundo necesita cariño y admiración, Stephen. Incluso el duque de Clarewood.

—No es cierto —replicó él.

—¿Por qué? ¿Creéis que, como crecisteis sin saber lo que era el afecto, podéis vivir el resto de vuestra existencia de ese modo? ¡Menos mal que lleváis la sangre de los Warenne en las venas!

No quería seguir por ese camino y decidió dejar el tema.

—No necesito que nadie me rescate, Alexi. Soy uno de los hombres más poderosos del país, ¿lo habéis olvidado? Yo soy el que rescato a la gente.

—Sí y es admirable todo lo que hacéis por aquéllos que no pueden valerse por sí mismos. Puede que sea ese trabajo el que haya conseguido que no perdierais por completo la cabeza, esas cosas consiguen distraeros para que no veáis cómo sois en realidad.

Estaba a punto de perder la paciencia con su primo.

—¿Por qué estáis siempre con lo mismo?

—Porque sois mi primo, Stephen. Si no me preocupo yo, ¿quién lo hará?

—Vuestra esposa, vuestra hermana y muchos otros parientes.

—Bueno, entonces no insisto más —concedió Alexi con una sonrisa y tono más calmado—. Corramos hasta el coche. Y, si el camino se ha inundado, volveremos nadando.

Stephen se echó a reír.

—Si os ahogáis, Elysse me asfixiará con sus propias manos. Será mejor que esperemos aquí a que pase la tormenta.

—Sí, creo que mi esposa sería capaz de algo así. Tampoco me sorprende nada que hayáis elegido la opción más sensata y práctica —le dijo Alexi mientras abría la puerta de la cripta.

Cada vez llovía más.

—Pero el viejo Tom ha conseguido aburrirme. Yo preferiría seguir esta reunión en la biblioteca, con el mejor whisky irlandés que tengáis en la bodega —añadió su primo—. ¿Sabéis lo que creo? Creo que vuestro padre está aún aquí, escuchando cada palabra que decimos y frunciendo el ceño.

—¡Está muerto, por el amor de Dios! ¡Lleva muerto quince años! —replicó Stephen fuera de sí.

Se preguntó si su amigo podría sentir también la presencia de su difunto padre igual que la había sentido él.

—Entonces, ¿por qué no os habéis liberado aún? ¿Por qué seguís dependiendo de él?

Se quedó inmóvil al oírlo, sin entender qué quería decir.

—Me he liberado de él, Alexi, igual que me he liberado de mi pasado —le aseguró con firmeza—. Pero el deber pesa mucho y hasta vos mismo entenderéis algo así. Soy el duque de Clarewood. Yo soy Clarewood.

—No, Stephen, no sois libre. Ni de él ni del pasado. Me

encantaría que fuerais consciente de ello. Entiendo que os debáis a vuestras responsabilidades. Y sé que, conociéndoos como os conozco, no debería esperar nada más de vos. Pero lo espero, no puedo evitarlo.

Creía que se equivocaba, que él no podía entender lo que significaba el legado de los Clarewood. Pero no quería seguir discutiendo con él. Sólo deseaba salir de allí y alejarse de Tom Mowbray.

—Parece que ha aflojado un poco, vámonos de aquí.

CAPÍTULO 2

Alexandra se detuvo y miró a sus hermanas.
—Deseadme suerte —les pidió con seriedad.
Sabía que su sonrisa no parecía real, que estaba esforzándose demasiado por parecer tranquila. El terrateniente Denney la esperaba en la sala con su padre. Estaba muy nerviosa y no era de extrañar. Después de todo, el futuro de su familia estaba en juego.
Sabía que no debía preocuparle que la primera impresión fuera buena, no tenía los medios necesarios para que así fuera, pero se miró en el espejo de todos modos. Olivia la había ayudado a peinarse y el moño parecía algo tirante y serio.
Aunque se había puesto un vestido que había aguantado mejor el paso de los años, vio en el espejo que parecía muy desgastado y anticuado. Suspiró al ver su aspecto. No había manera de coser y reparar los dobladillos desgastados, sólo podría arreglarlo comprando nuevos ribetes, pero eran demasiado caros.
—Tengo un aspecto muy desaliñado —murmuró.
Corey y Olivia se miraron a los ojos.
—Pareces una heroína de novela, de esas que sufren continuas y trágicas circunstancias —le dijo Olivia—. Esperando a que llegue el misterioso héroe que la salve de su terrible des-

tino —añadió mientras le sacaba unos mechones del moño para que no pareciera tan sobrio.

Sonrió con cariño a su hermana.

—No soy ninguna heroína, pero creo que ese terrateniente podría ser nuestro héroe. Bueno, será mejor que no lo haga esperar más.

—No tienes por qué estar nerviosa —le aconsejó Olivia—. Ya le gustas.

—No sé por qué no dejaste que te peinara yo —se quejó Corey con los ojos brillantes.

—Me habría encantado, pero sé que no puedo fiarme de ti —repuso Alexandra.

Conocía bien a su hermana Corey y había temido que intentara destrozarle el pelo para asustar al terrateniente y lograr que abandonara su propósito de casarse con ella. Podía oír voces masculinas en el salón. Levantó la cabeza y fue hacia allí con decisión.

Sus hermanas la siguieron. Olivia la abrazó antes de que pudiera entrar.

—Corey tiene razón, Alexandra. Puedes conseguir algo más. Ese hombre no te merece. Por favor, piénsatelo bien —le dijo la joven.

No se molestó en decirle lo que ya había aceptado desde hacía mucho tiempo. Estaba haciendo, como siempre, lo mejor para su familia.

Olivia suspiró y miró a Corey. Las dos parecían muy preocupadas.

—Esto no es el fin del mundo —les recordó Alexandra con firmeza y una gran sonrisa—. De hecho, puede ser un nuevo comienzo para todos.

Dejó a un lado su nerviosismo y abrió la puerta. Pudo escuchar las últimas palabras de Corey.

—Dios mío, se me había olvidado lo bajito que era —murmuró su hermana.

Decidió ignorar sus palabras. Ella era más alta que la mayoría de las mujeres e incluso más que muchos hombres. Su padre y Denney estaban frente a la ventana, como si estuvieran admirando juntos el descuidado barrizal en el que se había convertido el jardín de la casa. Había dejado de llover esa mañana, pero el césped se había inundado por completo y había un tremendo charco. El terrateniente debía de ser unos cinco centímetros más bajo que ella.

Los dos hombres se giraron al oír la puerta.

Se le encogió el corazón. Denney era tal y como lo recordaba. Un hombre rudo con grandes patillas y ojos amables. Se había puesto una levita para la ocasión y se dio cuenta enseguida de que era una prenda cara y hecha a medida. Se fijó también en el gran anillo que llevaba en una de sus manos. Era de oro y tenía engarzada una bella gema. No podía evitar observar cada detalle, pero eso sólo hizo que se sintiera muy miserable, como si fuera simplemente una cazafortunas.

Pero creía que eso era lo que era, nada más.

Recordó las palabras de Corey, «¡Está vendiendo a Alexandra a un viejo granjero!».

Su hermana estaba equivocada. Su padre tenía derecho a hacerlo, era algo muy común. Eran pocos los afortunados miembros de la alta sociedad que se casaban por amor. Y menos aún si se trataba de mujeres como ella, venidas a menos y no tan jóvenes.

El salón en el que estaban era pequeño. Las paredes estaban pintadas de color mostaza y los cortinones verdes estaban descoloridos y gastados. Edgemont se le acercó sonriendo.

—Alexandra, acercaos —le dijo su padre.

Juntos se giraron para mirar al terrateniente. Le llamó la atención ver cuánto brillaban los ojos del hombre.

—Siento haberos hecho esperar —consiguió decir ella con el pulso acelerado.

No entendía por qué la situación había conseguido entristecerla de repente. Quizá fuera porque, si todo salía según esperaban, pronto tendría que salir de la casa de Villa

Edgemont y separarse de su querida familia. Pensó de repente en Owen y en lo unida que se había sentido a él.

Desde que su padre le dijera que tenía que casarse por el bien de la familia, no había dejado de pensar en su prometido. Pero ese tipo de amor formaba parte del pasado y debía olvidarlo.

—Os presento a mi preciosa hija, Alexandra —anunció Edgemont con orgullo en la voz y una gran sonrisa.

—Podríais haberme tenido esperando durante días y días, señorita Bolton, que yo lo habría hecho encantado si así consigo veros —repuso Denney con amabilidad.

Alexandra consiguió sonreír también. Recordó entonces lo amable que Denney había sido siempre con su difunta esposa. Sabía que era un buen hombre y creía que, con el tiempo, podría llegar a tenerle afecto.

—Sois muy amable, señor, no lo merezco —le contestó ella.

—Hemos estado hablando del tiempo que hará este verano, según lo que predice el almanaque. Denney piensa que será un buen verano, no demasiado caluroso y con bastante lluvia —le dijo entonces su padre.

—Maravilloso —repuso ella con sinceridad.

Sabía lo importante que era el tiempo para los agricultores de la zona. De él dependían sus cosechas y su ganado.

—He tenido tres años muy buenos. Lo suficientemente positivos como para reunir grandes beneficios. También he tenido suerte con algunos negocios que he hecho —le aseguró Denney con orgullo—. He invertido sobre todo en el ferrocarril y ahora mismo estoy añadiendo un anexo a la casa. Tendré una nueva sala de estar e incluso un pequeño salón de baile. He decidido que quiero tener más vida social, poder invitar y hacer fiestas. Me encantaría mostraros mis planos.

—¡Su casa solariega cuenta con quince habitaciones, Alexandra! ¡Quince habitaciones! —intervino con entusiasmo su padre.

Consiguió sonreír de nuevo. Pero, a pesar de sus buenas intenciones, cada vez estaba más preocupada. El terrateniente no dejaba de mirarla. Parecía sonrojado y le brillaban los ojos. Temía que se hubiera enamorado de ella. No quería hacerle daño cuando se diera cuenta de que era incapaz de responderle con la misma pasión.

–Podéis visitarme cuando queráis en Fox Hill –le dijo Denney entonces–. De hecho, me encantaría poder enseñaros la casa y los jardines.

–Entonces, os visitaré en cuanto me sea posible –repuso ella con amabilidad.

Miró entonces a su padre. Tenía que conseguir estar a solas con Denney para descubrir si estaría dispuesto a ayudar a sus hermanas o no.

–El terrateniente ha sido invitado a la fiesta que los Warenne tienen mañana en su residencia. Es un gran honor, se trata de la celebración del cumpleaños de la hija de Lady Harrington.

–Sí, es todo un honor –concedió ella.

No había oído hablar de tal fiesta. Conocía a las hijas de lady Harrington, pero hacía años que no veía a Marion ni a Sara. Eran de edades parecidas a Corey y Olivia.

–Tengo muy buena relación con lady Harrington y sir Rex –le aseguró Denney–. La fiesta es para la más joven, Sara. Me encantaría que pudierais acompañarme, señorita Bolton. Con vuestras hermanas, por supuesto.

La invitación le sorprendió tanto que no supo cómo reaccionar. Pensó enseguida en sus hermanas, que nunca habían podido asistir a un festejo de ese tipo. Eran muchas cosas las que tenía que tener en cuenta. Sabía que debía aceptar. Era una gran oportunidad para sus hermanas y creía que se merecían una velada así.

Era una lástima que no hubieran podido asistir nunca a ningún baile. Pero ninguna de las tres se había comprado un vestido nuevo desde que murió su madre. Sus tristes circunstancias habían provocado que nadie las invitara ya a ningún evento. Y, aunque hubieran contado con ese tipo de proposiciones, lo cierto era que no tenían siquiera ropa adecuada que ponerse.

Creía que a Corey le valdría alguno de sus viejos vestidos de noche, bastaría con que le hiciera algunos pequeños arreglos. Pensaba que Olivia podría encontrar también algo que ponerse entre los trajes de su madre. No estarían a la moda, pero al menos podrían acudir.

—Nos encantaría ir —repuso ella con rapidez.

Su padre la miró con el ceño fruncido. Imaginó que estaría pensando lo mismo que ella. Sabía que no tenían nada que ponerse.

—Padre, si no os importa, me gustaría acompañar al señor Denney hasta la puerta. El sol ha salido y parece que ya no va a volver a llover —le dijo ella.

Edgemont pareció encantado con su petición.

—Por supuesto, yo he de volver al despacho. Disfrutad del paseo, hija —repuso su padre mientras salía de la sala dejando la puerta abierta de par en par.

Alexandra esperó unos segundos antes de hablar. Miró entonces a su pretendiente.

—Señor Denney, me halaga mucho que hayáis decidido venir a vernos —le dijo ella.

—Ni una tormenta podría haberme mantenido alejado.

—¿Podríamos tener una conversación sincera, señor?

El hombre la miró sorprendido.

—Me gusta mucho la franqueza —repuso él—. De hecho, es una de las cosas que más me agrada de vos, señorita Bolton. Sois de naturaleza amable y siempre muy directa.

—Me temo que me habéis puesto en un pedestal, señor Denney. Un lugar que no merezco.

Denney levantó las cejas al oírla.

—Si hay una mujer que merece estar en un pedestal, ésa sois vos, señorita Bolton.

Abrió la boca para protestar, pero Denney la interrumpió.

—Hace años que os admiro. Habéis hecho un gran trabajo cuidando de vuestras hermanas y de vuestro padre. Y vuestra compasión y generosidad son dignas de admiración. Y, por supuesto, tampoco se me ha pasado por alto vuestra belleza. La verdad es que teneros delante ahora mismo hace que me quede casi sin palabras.

Estuvo a punto de sonrojarse. Creía que no era una mujer bella, pero no pensaba discutir con él.

—Me alegra que os agrade mi forma de ser. Y en algo tenéis mucha razón, trato de cuidar bien de mis hermanas pequeñas y de mi padre. Olivia sólo tiene dieciocho años y Corey, dieciséis.

Vio que parecía algo perplejo.

—Son jóvenes encantadoras.

Señaló con la mano uno de los sillones para que Denney se sentara. Había decidido que era mejor continuar con la conversación allí mismo y olvidarse del paseo.

Esperó a que Denney se sentara y ella hizo lo mismo.

—Estuve a punto de casarme hace nueve años, pero fue entonces cuando mi madre murió —comenzó ella mientras cruzaba las manos sobre el regazo—. Cuando ocurrió, tomé la decisión de dedicar mi vida a mi familia y rompí el compromiso con mi prometido —añadió con una valiente sonrisa—. Prometí a mi madre que lo haría y no faltaré nunca a mi palabra.

—El compromiso del que me habláis no hace sino acrecentar la admiración que os tengo, señorita Bolton —repuso él—. Me da la impresión de que amabais de verdad a ese caballero.

—Es cierto —confesó ella mientras asentía con la cabeza.

—Sois todo un ejemplo, señorita Bolton. Pero, ¿por qué me estáis contando esto?

—¿Puedo hablaros con sinceridad?

—Con tanta como sea necesario —repuso él sin poder evitar sonrojarse—. ¿Estáis a punto de decirme que pensáis ser fiel a la promesa que le hicisteis a vuestra madre en el lecho de muerte?

—Cuidaré hasta el día de mi muerte de mis hermanas y de mi padre, aunque espero que puedan casarse bien antes de que eso ocurra —le dijo con una sonrisa.

Denney asintió lentamente.

—Mis intenciones son honradas, señorita Bolton.

—Eso es lo que me ha asegurado mi padre.

—¿Sabéis por qué os he sugerido que vuestras hermanas nos acompañen a la fiesta mañana por la noche? —le preguntó él sin dejar de mirarla a los ojos.

—No, la verdad es que no.

—Porque creo que su compañía hará que la velada sea mucho más agradable para vos, algo menos embarazosa. Pero también porque pensé que dos jóvenes tan agradables deberían tener la oportunidad de salir un poco y ser vistas.

El corazón comenzó a latirle con más fuerza.

—Sois muy amable.

—Me considero un hombre amable. Y también uno generoso. Si todo progresa como espero que lo haga, ya no tendréis que soportar sola la carga de cuidar de vuestra familia.

Se quedó sin palabras y se le llenaron los ojos de lágrimas. No sabía qué decir.

Tomó en ese momento una decisión. Sabía que era un hombre con posibles, acababa de ver que sus intenciones eran serias y que sería generoso con su familia.

—Os he admirado durante años, señorita Bolton. Siempre desde la distancia y con todo respeto —le dijo él entonces—. Nunca pensé que mi esposa fuera a morir de manera tan repentina e inesperada. Siempre había tenido buena salud... He llorado mucho su pérdida —añadió con tristeza—. Pero ha muerto y ya ha pasado un año. Y vos seguís sin compromiso, algo que no llego a comprender.

Estaba muy serio y la miraba con firmeza a los ojos.

—Soy de carácter sólido, señorita Bolton. Soy serio y fiable, un hombre de palabra. Estoy seguro de que nos iría muy bien a los dos si decidís aceptar mi propuesta.

—Tendré en cuenta vuestra oferta —repuso ella.

No podía creer que aquello estuviera ocurriendo. Sus hermanas iban a tener un futuro más allá de las paredes de Villa Edgemont. Le parecía un milagro.

Denney se puso en pie y ella hizo lo mismo.

—¿Damos un paseo? —le sugirió el hombre.

Alexandra tomó el brazo que le ofrecía.

—Sería un placer —repuso ella.

Miró hacia la casa en cuanto salieron al jardín. Corey y Olivia los observaban desde la puerta. Parecían desoladas.

Vio después cómo Corey se daba media vuelta y entraba corriendo en la casa.

Alexandra intentó calmarse mientras el coche de caballos del señor Denney hacía cola en el camino de entrada a la mansión de los Harrington.

La noche era espectacular. El cielo, teñido de rosa, hacía que destacara aún más el impresionante perfil de piedra de la mansión. Los jardines también le parecieron una maravilla. No se cansaba de mirar a su alrededor.

Había una gran fuente frente a la casa, en el camino de entrada. El agua salía disparada a cuatro metros de altura, dibujando mágicas formas en la noche.

A pesar de todo, le iba a costar disfrutar del baile. Estaba agotada. No había dormido en toda la noche para poder terminar a tiempo los arreglos que habían necesitado los vestidos de las tres hermanas. De hecho, había estado cosiendo sin parar desde que el señor Denney saliera de la casa el día anterior.

Estaba más nerviosa que entusiasmada. Olivia, Corey y ella estaban sentadas en sentido contrario a la marcha, frente a su padre y Denney. Tenía que estirar el cuello y girar mucho la cabeza para poder ver lo que pasaba en el exterior. Los coches que esperaban delante del suyo eran grandes y lujosos. Todos los lacayos iban vestidos de uniforme y ningún caballo desentonaba. Las damas y los caballeros que salían de los carruajes iban engalanados con sus mejores vestidos y trajes. A pesar de que empezaba ya a anochecer, pudo distinguir los brillantes que llevaban las mujeres alrededor de sus cuellos y colgando de sus orejas.

Se le había olvidado el lujo con el que vivía la nobleza de ese país. Miró sus dedos, completamente desnudos, y su vestido de satén verde. El tejido ya no brillaba, había pasado demasiados años metido en un armario. Ya nadie llevaba las mangas tan largas como las suyas, pero no había tenido tiempo para hacer cambios en sus vestidos. Había acortado las mangas de los trajes de sus hermanas. Creía que era una suerte que al menos hubiera encontrado algo que ponerse.

–Lleváis un vestido precioso –le dijo entonces el señor Denney.

Era como si hubiera estado leyéndole el pensamiento. Se dio cuenta de que era más transparente de lo que había imaginado.

A pesar de todo, consiguió responder con una sonrisa. Seguía llamándole la atención cómo le habían brillado los ojos a Denney cuando había ido a recogerlas para llevarlas a la mansión de los Harrington. No creía que tuviera buen aspecto. Se había visto cansada y pálida en el espejo. Demasiado agotada después de las horas que había pasado tratando de arreglar los vestidos para sus hermanas. Tenía ojeras, pero Denney no se había dado cuenta. Y tampoco parecía haber apreciado lo viejo y anticuado que era su vestido.

Olivia tomó entonces su mano. Le brillaban los ojos. Estaba muy nerviosa y excitada. Sólo la veía así cuando dibujaba o pintaba. Nunca la había visto tan bonita como esa noche. Había hecho tirabuzones en su melena castaña y llevaba puesto un vestido de noche color marfil que había sido de su madre. Se miraron a los ojos. Estaba muy orgullosa de ella.

—Estás muy guapa —le susurró la joven—. De verdad.
Alexandra apretó la mano de su hermana.
—Tú también —le dijo—. Y Corey. Va a ser una noche muy agradable. Y todo gracias al terrateniente...
Denney sonrió al escucharla.
—Eso espero —les dijo.
Alexandra miró entonces a Corey. Miraba con los ojos muy abiertos por la ventanilla del carruaje. Sus ojos también brillaban y no podía dejar de observarlo todo. Su hermana era casi tan alta como ella, pero un poco más delgada. Le quedaba fenomenal el vestido de seda azul. No era apropiado para alguien de dieciséis años, pero no habían podido encontrar otra cosa para ella. Con ese vestido, Corey parecía un par de años mayor de lo que era y estaba espectacular.

Sintió algo de tristeza al verlas así. Sus hermanas nunca habían vivido una noche como aquélla. Nunca habían participado en eventos sociales de tal magnitud. Y, aunque no quería buscar culpables, estaba muy claro en su mente quién era responsable de que las cosas hubieran sido así. Recordó entonces que su padre había cambiado mucho.

La muerte de Elizabeth Bolton lo había sumido en un negro agujero y desde entonces no hacía otra cosa que jugar y beber.

Alexandra creía que sus hermanas merecían una vida mejor y pensó que quizá surgiera algo bueno para ellas esa misma noche. Estaba convencida de que los caballeros presentes en el baile tendrían que estar ciegos para no fijarse en sus preciosas hermanas.

Oyó de repente varios caballos acercándose, sonaba como un ejército. Se dio cuenta de que había llegado casi su turno para bajarse del coche, pero las tres hermanas miraron a su padre y a Denney, esperando a que se bajaran los caballeros primero.

Pasó entonces a su lado una enorme calesa negra, tirada por seis caballos idénticos. Vio el escudo dorado y rojo en la puerta del coche. Debía ser alguien muy importante para cortarles así el paso y colocarse el primero en la fila.

Se quedó absorta mirando a los elegantes lacayos. Iban vestidos también en rojo y oro, como el escudo del coche. Llevaban zapatos de charol negro, medias claras y pomposas pelucas blancas. Cada vez estaba más nerviosa. Intentó recordar que, antes de que muriera su madre, había acudido con ella a alguna de esas fiestas. No había motivos para sentirse nerviosa.

Después de todo, no pensaba que a nadie fuera a importarle que apareciera de nuevo en sociedad ni que sus vestidos estuvieran pasados de moda y algo viejos.

Pero no le preocupaba lo que pudieran pensar de ella. Lo que no quería era que nadie se riera de sus hermanas ni las ridiculizara.

Vio que la lujosa calesa se detenía delante de ellos, pero no podía ver a quién salía de la misma. Sólo consiguió adivinar una figura alta y esbelta pasando entre los invitados que esperaban y entrando directamente en la mansión.

Sin saber por qué, el corazón comenzó a latirle con más fuerza. No podía dejar de mirarlo.

—Debemos apearnos ya, es nuestro turno —les dijo Denney entonces.

Un mozo había abierto la puerta de su coche y el terrateniente fue el primero en bajar.

Su padre hizo ademán de salir también. Esperaba que no arruinara esa noche para las tres hermanas. No podía confiar en él. Miró a su padre con firmeza.

—Espero que no bebáis más de la cuenta esta noche, padre —le dijo.

Edgemont la miró atónito.

—No puedes hablarme de ese modo, Alexandra.

Pero ella no iba a permitir que la acobardara. Lo único que podía controlar esa noche, o al menos intentarlo, era el problema que su progenitor tenía con la bebida.

—Hay una petaca con licor en vuestro bolsillo, padre. ¿Podríais dármela, por favor?

Él abrió la boca para protestar, pero se sonrojó.

Extendió hacia él la mano e hizo un gran esfuerzo para sonreír y tratar de calmar los ánimos.

—Si queréis que me case con Denney, no creo que ayude que os vea dando tumbos por la fiesta. Y, lo que es aún más importante, puede que Corey y Olivia consigan atraer la atención de algún pretendiente esta noche. Está claro que nuestra situación es más que precaria, así que nuestra conducta debe ser impecable. Es todo lo que tenemos.

De mala gana, Edgemont se sacó la petaca de plata de su bolsillo. Pero, antes de entregársela a su hija, le dio un buen trago.

—¡Padre! —lo recriminó ella.

—Cada día me recuerdas más a tu madre —repuso él mientras le entregaba la pequeña botella.

Alexandra le quitó el tapón y vació el licor por la ventana de la calesa. Después miró a sus hermanas.

—Es nuestro turno —les dijo.

Corey parecía estar sonrojada y pálida al mismo tiempo.

—Todo saldrá bien —murmuró para animarla.

Ofreció su mano al lacayo de Denney y dejó que la ayudara a bajar de la calesa. El mozo del terrateniente no llevaba uniforme ni era tan distinguido como los de otros caballeros. Esperó a que bajaran sus hermanas.

Olivia se le acercó entonces.

—¿Por qué has dicho algo así? —le susurró al oído—. ¡No estamos aquí para atraer a ningún pretendiente! ¿Cómo podríamos conseguir algo así? Todo el mundo sabe que estamos en muy mala situación económica.

Alexandra le dedicó una sonrisa a su hermana.

—Estar aquí esta noche me hace soñar con una vida mejor. No para mí, pero sí para ti y para Corey. Nuestros padres solían asistir a bailes como éste muy a menudo. Deberías tener este tipo de vida, Olivia. Y Corey, también.

—Pero estamos bien —repuso la joven—. Además, ahora

mismo tenemos todos nuestros esfuerzos concentrados en evitar que te comprometas con Denney.

Hizo una mueca al oírla y miró al terrateniente. Vio aliviada que el hombre no las había oído hablar.

—No he cambiado de opinión, Olivia. Me siento muy halagada al contar con la admiración y el interés de ese hombre —le susurró a su hermana.

—Bueno, puede que conozcas a algún otro caballero esta noche —repuso Olivia.

No era una joven combativa ni respondona, pero tenía una voluntad de hierro y era persistente. Siempre había sido así, pero era tan bondadosa y amable que pocos eran los que conocían su lado más terco.

—Estoy muy nerviosa —le dijo Corey entonces—. Tanto que se me ha levantado una terrible jaqueca. Y esos hombres nos están observando...

Corey no solía ponerse nunca nerviosa. Miró hacia donde su hermana le había señalado. Había tres caballeros al lado de la puerta de entrada, donde los mayordomos esperaban a los invitados para acompañarlos. Los caballeros eran más o menos de la edad de Alexandra y vio que era verdad, estaban mirando con interés a las tres hermanas. Uno de ellos le sonrió e hizo ademán de llevarse la mano a su sombrero de copa. Vio que miraba con interés a su hermana pequeña.

—Estaba sonriéndote a ti —le dijo a Corey—. Y no se trata de nada inapropiado ni desvergonzado, es sólo una sonrisa.

—No, le estaba sonriendo a Olivia —repuso la pequeña.

Pero vio que se había sonrojado.

Tomó el brazo de su hermana para darle todo su apoyo. No podía olvidar que era aún muy joven. Aunque era temeraria y despierta en casa, ese ambiente parecía estar sobrecogiéndola bastante y no le extrañó que fuera así. Sabía que no le habría pasado si hubiera tenido una vida mejor. Creía que, aunque su matrimonio con el terrateniente no iba a conseguir que sus hermanas pudieran moverse en ese selecto ambiente, era al menos un paso en la dirección correcta.

Denney las miró en ese instante y les hizo un gesto para que lo acompañaran. Fueron deprisa a su lado y lo siguieron hasta la entrada principal. Alexandra había estado muchas veces en la mansión de los Harrington. Al principio con su madre y dos veces más después de que muriera. Había visitado a lady Blanche en compañía de sus hermanas pequeñas y la dama las había acogido con amabilidad y sin que pareciera importarle que ya no tuvieran los mismos medios económicos del pasado.

El vestíbulo de la mansión era casi tan grande como su casa de Villa Edgemont. Vio a la puerta del salón del baile a los anfitriones de esa noche, lady Blanche y sir Rex. El caballero había perdido la pierna durante la guerra y se apoyaba en un bastón. Pero eso no importaba. Formaban una bella pareja y le encantó observarlos mientras saludaban con simpatía a sus invitados. Ella era una mujer pálida y bella. Él, en cambio, era de tez más oscura y gran atractivo. Sara estaba con ellos. Era una joven morena y atractiva. No pudo evitar fijarse en su elegante vestido y en las maravillosas joyas que lucía esa noche. Sintió algo de envidia mientras la observaba, pero no eran cosas que anhelara para ella, sino para sus hermanas.

Fue entonces cuando se dio cuenta de que alguien estaba observándolas.

Vio que lady Lewis la estaba observando con una mirada llena de odio, como si deseara su muerte. No podía creerlo. Lady Lewis era una de sus mejores clientas. La mujer que estaba con ella le dio la espalda cuando se dio cuenta de que Alexandra las había visto. Supo entonces que estaban hablando de ella.

El señor Denney estaba saludando a otros caballeros y se había separado un poco de ellas tres. Miró a sus hermanas con preocupación.

—¿Habéis visto eso? —les preguntó en voz baja.

—¿Por qué crees que nos estarían mirando así? —repuso Olivia.

Alexandra respiró profundamente para tratar de calmarse. Vio entonces a lady Henredon al otro lado de la sala. Y también a lady Bothley. Entendió entonces que había sido un error aceptar la invitación de Denney para asistir a esa fiesta. Cosía a menudo para todas esas mujeres y no podían aceptar que alguien del servicio, una modista, se dejara ver entre gente de su categoría.

Se le hizo un nudo en el estómago. Se dio media vuelta deprisa y estuvo a punto de darse de bruces con lady Lewis, que se había acercado para saludarla.

—Alexandra, ¡qué sorpresa! No os había reconocido vestida así.

No pudo siquiera fingir una sonrisa. Notó que sus hermanas se le acercaban y se colocaban una a cada lado.

Lady Lewis las miró con desprecio.

—Es imposible reconocer a ninguna de las tres con esas ropas —comentó.

Alexandra sintió que el corazón estaba a punto de salírsele del pecho.

—Ese comentario está de más —consiguió musitar.

Lady Lewis la miró y levantó una ceja.

—No es como si os hubiera dicho que estoy acostumbrada a veros vestida con harapos y reparando mi ropa —repuso la mujer.

A Corey le entró un repentino ataque de tos.

Olivia tomó la mano de su hermana pequeña para tratar de calmarla.

Y Alexandra se esforzó por sonreír. Quería decirle a esa mujer lo que pensaba de ella, pero no podía perderla como clienta, al menos hasta que viera qué iba a ocurrir con el futuro de su familia.

—No, es verdad, lady Lewis. No habéis dicho nada parecido. Disculpadme, por favor. Estoy segura de que nunca hablaríais de manera tan grosera.

—Mi doncella os llevará este vestido mañana para que lo limpiéis y planchéis —le dijo la dama mientras la miraba con desdén y se daba la vuelta.

Se quedó temblando.

—¡Será bruja...! —exclamó Corey—. ¡Que no se te ocurra limpiar y planchar el vestido de esa mujer!

—Claro que sí, es lo que tengo que hacer —repuso Alexandra con calma.

Pero no estaba tan tranquila como quería hacerles creer a sus hermanas. Sentía que la cabeza iba a estallarle en cualquier momento. Había estado todo el día agotada después de tanto trabajo y ese enfrentamiento con lady Lewis no había ayudado demasiado. Miró a su alrededor con la esperanza de encontrar un lugar donde sentarse.

Pero su pretendiente se le acercó entonces.

—Señorita Bolton, ¿me permitís que os presente a mi buen amigo, el señor Landon? —le preguntó Denney con una gran sonrisa—. George, os presento a la señorita Bolton y a sus dos hermanas, Olivia y Corey. Y allí está Edgemont, por supuesto, a él ya lo conocéis.

Su padre había llegado por fin a su lado. Alexandra sonrió y saludó al señor Landon con cortesía mientras le deseaba que tuviera una agradable velada. El hombre comenzó entonces a conversar con Denney sobre un toro que acababa de comprar. Oyó detrás de ella a una dama hablando en voz baja. No entendió todas las palabras, pero no le costó saber de qué estaban hablando.

—Una desgracia... Borracho todas las noches... Y el juego... Sus hijas...

Sintió que se sonrojaba e intentó estirar disimuladamente la cabeza para tratar de entenderlo todo. Su padre era un borracho y todo el mundo parecía saberlo.

Se fijó entonces en Corey, le dio la impresión de que no estaba pendiente de esos comentarios y se sintió muy aliviada. Su hermana pequeña se limitaba a mirar a su alrededor con los ojos muy abiertos, como si no pudiera dar crédito a tanta elegancia y tantos lujos.

Miró a Olivia, que estaba observando a un hombre rubio que le sonaba de algo. No creía conocerlo, pero no pudo evitar sentir que lo había visto antes. Respiró profundamente una vez más, temía que no hubiera pasado aún lo peor y que la noche les deparara más sorpresas desagradables.

Vio entonces a tres damas de mediana edad observando a las tres hermanas. No, lo peor no había pasado.

Vio que susurraban ocultando sus bocas tras manos enguantadas. Estaba segura de que estarían murmurando sobre ella, sus hermanas o su padre. No podía dejar de temblar. Se giró para darles la espalda.

—Padre, ¿conocéis a esas damas de detrás de mí? —le preguntó entonces.

Edgemont miró a las mujeres y se quedó pensativo unos segundos antes de contestar.

—Vaya... Hacía mucho tiempo que no las veía, pero esas damas eran algunas de las amigas de tu madre. Especialmente una de ellas, lady Collins. ¡Dios mío! ¡Han pasado tantos años! Pero la verdad es que tiene buen aspecto.

—Puede que tenga buen aspecto, pero no nos mira demasiado bien —repuso Olivia entonces—. Nos está fulminando con la mirada.

—No puede ser. Era una mujer muy agradable y siempre trató bien a Elizabeth. Venid, voy a acercarme a saludarla.

Alexandra decidió intervenir entonces.

—Pero si aún no hemos saludado a los anfitriones...

—Hay una docena de personas esperando para hablar con ellos —insistió Edgemont—. Además, Denney está entretenido con su amigo. ¡Lady Collins! —exclamó su padre mientras se acercaba a la dama en cuestión.

Alexandra miró a sus hermanas con preocupación y las tres siguieron de mala gana a su padre. Lady Collins los miraba con gran frialdad.

—Me alegra mucho veros de nuevo —comentó Edgemont con galantería.

La dama asintió con la cabeza.

—Hola, Edgemont. No esperaba veros aquí.

—A mí también me sorprende estar aquí —repuso su padre de buen humor—. ¿Recordáis a mis hijas?

Alexandra levantó con orgullo la cabeza mientras lady Collins decía que no creía haberlas conocido nunca. Se dieron la mano con corrección, pero con absoluta frialdad. La mujer les deseó una agradable velada y se despidió sin intentar ocultar que parecía estar deseando alejarse de ellos.

—¡Por todos los santos, esa mujer ha cambiado mucho! —murmuró Edgemont.

—No deberíamos haber venido... —susurró Alexandra—. Ahora sólo soy una modista. Remiendo la ropa de muchas de estas damas y no les gusta verme aquí.

—¡Pero tienes todo el derecho del mundo a estar en la fiesta! Eres la invitada del señor Denney y estoy seguro de que a lady Harrington le encantará verte de nuevo.

Alexandra miró a sus hermanas. Parecían desoladas y se arrepintió de haberles dicho lo que pensaba. Vio entonces a su pretendiente al otro lado de la sala. Denney la miró con una gran sonrisa y le hizo un gesto para decirle que volvería más tarde a su lado. El terrateniente estaba en compañía de otros caballeros. Parecía claro que mucha gente lo apreciaba.

Tres parejas esperaban delante de ellos para saludar a los anfitriones. El nudo que tenía en el estómago no hacía sino empeorar por momentos. Y, además, le dolía la cabeza. Lamentaba haber aceptado la invitación y haber ido con sus hermanas. Oyó a una señora delante de ella hablando sin parar de lo bella, elegante y refinada que era Sara. Alexandra estaba de acuerdo.

Sara de Warenne era una joven agradable y bonita, no carecía de nada.

—La dejó plantada... —oyó de repente.

Se dio la vuelta y vio a una mujer que la observaba con el ceño fruncido. Sentía que estaba fulminándola con sus fríos ojos e intentó escuchar la conversación que mantenía con otras mujeres.

—¿En el altar? —preguntó estupefacta una de las damas mientras miraba fascinada a Alexandra.

—Sí, la dejó plantada en el altar. Ahora lo recuerdo todo —repuso la otra mujer—. Tuvo lo que se merecía. Saint James recuperó finalmente la cordura y acabó casándose con una dama de mejor familia y con un verdadero título nobiliario.

Alexandra se quedó tan estupefacta que se dio la vuelta, no podía siquiera mirar a esas mujeres.

—¿Están hablando de lo que creo que están hablando? —le susurró Olivia—. ¿Dicen que Owen te abandonó cuando estabais a punto de casaros?

De todo lo que había soportado hasta ese momento, nada le dolió tanto a Alexandra como la mentira que acababa de escuchar. Pero aún era peor ver que su hermana también lo había oído.

—No importa, Olivia —le aseguró.

Cada vez estaba más cansada y mareada. Se dio cuenta de que estaba demasiado exhausta como para quedarse a celebrar el cumpleaños de Sara. Miró a su alrededor tratando de encontrar una silla. Había asientos alrededor de la sala de baile, pero muchos estaban ya ocupados.

Sólo quedaban dos parejas frente a ellos. Intentó aguantar hasta conseguir saludar a los anfitriones.

Se frotó las sienes con los dedos. La jaqueca iba a más. De haber estado en casa, se habría tumbado y colocado una compresa de agua helada sobre la frente.

—¿Por qué dirían algo así? No es cierto —prosiguió Olivia.

—Estoy segura de que no han mentido a propósito —repuso Alexandra intentando mantener la calma—. Seguro que no recuerdan bien lo que pasó, eso es todo. Se trata de un error inocente, nada más.

No podía decirle a su hermana lo que pensaba de verdad.

—Los rumores se extienden con gran rapidez —murmuró Olivia—. Cuando empiezan, es imposible controlarlos.

—Creo que esas damas son odiosas —intervino Corey.

Cada vez le dolía más la cabeza. Rodeó los hombros de su hermana pequeña.

—Nadie es odioso, no digas eso. Además, no deberíamos haber estado escuchándolas.

—Querían que las oyéramos —replicó Corey mientras se apartaba de ella.

—¿Por qué no hablamos de otra cosa? Hemos venido para pasarlo bien, ¿de acuerdo? —les recordó Alexandra.

—Pero, ¿cómo vamos a disfrutar de la velada después de lo que ha pasado? —preguntó Olivia con preocupación—. Aunque, por otro lado, puede que un pequeño escándalo consiga asustar a Denney...

No sabía si echarse a reír o llorar. La insistencia de sus hermanas era increíble. Parecían cada vez más desoladas y no creía que pudiera convencerlas de lo bueno que iba a ser para todos que ella se casara con el maduro terrateniente.

Llevaba días sin dormir. Había estado demasiado nerviosa y preocupada desde que su padre le anunciara que había decidido aceptar la oferta de Denney y darle permiso para que la cortejara. La noche anterior, la había pasado trabajando en los arreglos de los vestidos. Había cosido hasta perder la sensibilidad en los dedos. Se dio cuenta de repente de que, por muy cerca que estuviera ya de poder saludar a los anfitriones, no iba a poder esperar más. Debía sentarse de inmediato. No se encontraba bien, nada bien.

Todo empezó a dar vueltas a su alrededor.

Las luces se iban y venían, no podía ver nada con nitidez.

«No puedo desmayarme, no puedo hacerlo o rumorearán aún más sobre mí», pensó horrorizada.

Pero el suelo parecía moverse bajo sus pies.

Extendió las manos para tratar de agarrarse a algo y fue entonces cuando se dio contra un cuerpo firme y masculino. Sintió un fuerte brazo rodeándola. No podía creerlo. Hacía casi diez años que no estaba tan cerca de un hombre. El corazón se detuvo un instante y después comenzó a latir rápidamente en su pecho. Era un cuerpo fuerte y musculoso.

Su salvador la sujetaba, transmitiéndole seguridad y calidez.

Sin apenas aliento, Alexandra levantó la vista y se encontró con la mirada más intensa y bella que había visto en su vida. Dos maravillosos ojos azules la observaban con preocupación.

—Dejad que os lleve a una silla —murmuró el hombre con calma.

Intentó contestar, pero no consiguió que le saliera la voz. No podía dejar de mirar su bello rostro. Tenía las pestañas muy largas, lo que hacía que su mirada fuera aún más sensual y lánguida. Sus pómulos y su nariz parecían cincelados, como los de una escultura de mármol.

No podía respirar. Era muy atractivo y llevaba demasiado tiempo sin estar entre los brazos de un hombre.

Su cuerpo reaccionó también al contacto. Sintió cómo se tensaban partes de su ser mientras otras se derretían. El corazón latía cada vez más rápidamente y había conseguido despertar el deseo en su interior.

Ese hombre la miraba también con intensidad. Sus labios eran carnosos y vio que se curvaban ligeramente, pero no podría haber descrito el gesto como una sonrisa.

—¿Me permitís que os acompañe hasta una silla? —le ofreció de nuevo.

Su tono era tan seductor que logró que se estremeciera. Se humedeció los labios. Ya no recordaba cómo coquetear con un hombre y decidió que era mejor no intentarlo. Eso si conseguía al menos que le saliera la voz.

—Sois muy amable —pudo decirle por fin.

Su boca se relajó un poco más.

—Me llaman muchas cosas, pero nadie me ha descrito nunca como una persona amable.

Seguía rodeándola con sus brazos. Se dio cuenta de que estaba muy cerca de él.

—Entonces, son detractores los que hablan así de vos, señor —repuso ella.

El hombre parecía estar divirtiéndose con la situación, pero hacía grandes esfuerzos para no sonreír.

—Sí, detractores tengo muchos —reconoció él—. Pero me temo que no es la amabilidad lo que me mueve a la hora de rescatar a un mujer bella.

Le sorprendió que la tratara como a una de las jóvenes solteras allí presentes. No pudo evitar ruborizarse.

—¿Vamos? —preguntó él.

Antes de que pudiera siquiera asentir con la cabeza, el caballero se abrió paso entre la gente. Notó que todos se apartaban como si estuvieran acostumbrados a obedecerlo. Se encontró de repente con un sillón de terciopelo rojo. Le pareció que la gente murmuraba a su paso, pero no podía entender las palabras. Seguía demasiado mareada y los latidos del corazón habían conseguido ensordecerla.

—Preferiría no tener que soltaros —murmuró él entonces.

Se ruborizó de nuevo.

—Me temo que no tenéis otra opción...

—Siempre hay más opciones —repuso el caballero mientras la ayudaba a sentarse.

Podría haberla soltada, pero Alexandra se dio cuenta de que parecía empeñado en sujetarla hasta el último momento. Incluso después de que se sentara, siguió con su mano en la cintura. Sintió cómo se tensaban sus dedos.

—Ha sido un placer —le dijo él entonces.

No sabía cómo responder. Y, lo que era aún peor, no podía dejar de mirar su cálida e intensa mirada. Sabía que ese hombre estaba coqueteando con ella y no podía creerlo.

Él la soltó por fin y se incorporó. Era más alto de lo que se había imaginado. Le hizo una reverencia y se alejó de allí.

Ella permaneció donde estaba sin poder reaccionar.

Se le acercaron entonces sus hermanas. Se arrodillaron a su lado y consiguió poco a poco volver a la realidad. El corazón seguía galopando en su pecho y todo su cuerpo parecía vibrar.

No podía dejar de pensar en ese hombre y se preguntó quién sería.

—¿Sabes quién era? —preguntó Corey como si hubiera podido leerle el pensamiento.

Alexandra levantó la cara y vio que casi todos los presentes la miraban mientras susurraban.

—No, no lo sé.

—¡Era el duque de Clarewood! —le dijo Corey con entusiasmo.

Se quedó de nuevo sin aliento. Había oído hablar mucho del duque. Todos lo conocían. Era un modelo para todos los hombres. Apuesto, rico, con un importante título y un gran filántropo. De hecho, se creía que era el miembro más pudiente de la alta sociedad inglesa y también el más poderoso. Era también el soltero más codiciado de Gran Bretaña.

Empezó a temblar sin remedio. Todos conocían también la parte más oscura de su reputación. Decían que era despiadado y frío. Llevaba una década rechazando a las jóvenes más bellas y distinguidas del momento y se negaba a elegir esposa. Pero a nadie se le pasaba por alto que tenía muchas amantes. También aseguraban que eran muchos los corazones que había roto.

CAPÍTULO 3

Stephen no podía asistir a ningún evento social sin atraer la atención de hombres y mujeres por igual. Los hombres deseaban su amistad, no porque les gustara su carácter, sino por su poder y por la gente que conocía. Las mujeres se le acercaban para tratar de conseguir un compromiso para ellas o para sus hijas. Otras se conformaban con convertirse en sus amantes durante algún tiempo.

Pero él había aprendido muy pronto, incluso antes de convertirse en duque de Clarewood, que convenía levantar una pared invisible a su alrededor, un muro que lo separara de los demás.

Ya como hijo y heredero del anterior duque había tenido que soportar las desmesuradas atenciones de personas dadas a adular al poderoso.

Se había acostumbrado a ir por la vida sin mirar a nadie a los ojos. Cuando alguien osaba acercársele, o toleraba como podía la intromisión o lo fulminaba con la mirada para hacerle ver que su presencia no era bienvenida.

Esa noche le había pasado algo fuera de lo común.

Se detuvo para mirar una vez más a la joven alta y morena que había estado a punto de desmayarse entre sus brazos. Su sangre no hervía en sus venas cada vez que veía a una mujer bella. Estaba demasiado acostumbrado a disfrutar de la compañía de hermosas damas. Pero esa joven había conseguido despertar algo en su interior y no pudo evitar sonreír.

La vio rodeada de otras mujeres y dos caballeros algo mayores. También estaban los anfitriones de la velada. Parecía estar intentando tranquilizar a todos asegurándoles que se encontraba bien. Las jóvenes arrodilladas a su lado parecían muy preocupadas y vio cierto parecido entre las tres. Pensó que debían de ser familia, quizá fueran sus hermanas.

No podía dejar de observar la escena y no le importó que la gente lo viera así. Era una joven muy alta y atractiva. Su rostro le resultaba tremendamente interesante. No era de una belleza típicamente femenina, pero había conseguido hipnotizarlo. Había logrado despertar su interés e intrigarlo. Algo que no le sucedía a menudo.

No era una mujer joven, así que imaginó que no sería inexperta. El vestido que llevaba era muy anticuado, debía de atravesar una dura situación económica. Eso le hizo pensar que no le resultaría difícil convencerla para llegar a un acuerdo del que los dos pudieran beneficiarse. Podría convertirse en su nueva amante. La que mantenía en esos momentos, Charlotte, empezaba ya a cansarlo. Además, nunca pasaba más de unos meses con la misma mujer. Decidió que había llegado el momento de cambiar.

—No puedo creerme que hayan tenido el descaro de aparecer por aquí. ¿Podéis creerlo? ¡Alexandra Bolton es quien remienda la ropa de lady Henredon! ¡Esa joven tiene que trabajar!

Se dio la vuelta para ver quién había hecho tal comentario. Vio a dos damas de cierta edad que parecían estar fuera de sí. Se trataba de miembros destacados de la alta sociedad londinense. Detrás de ellas vio a su amante. Charlotte lo miró a los ojos y sonrió.

Él respondió inclinando levemente la cabeza con poco interés. No podía dejar de pensar en la tal Alexandra Bolton y en que debía ganarse la vida cosiendo para otras damas. Le llamó mucho la atención que hiciera algo así. No conocía a ningún noble capaz de trabajar para salir a flote. Le pareció digno de admiración.

Tampoco lograba entender que los de su clase desdeñaran el trabajo hasta el punto de criticar a esa joven por ganarse la vida. Él, aun siendo uno de los hombres más poderosos y ricos del país, se quitaba la levita y se enrollaba las mangas de su camisa cada día, ya fuera frente a la mesa de su despacho, en los solares donde estuviera construyendo en esos momentos o en el despacho de su fundación.

—Y Edgemont lleva años alejado de nuestro círculo de amistades. Es un borracho —dijo una de las señoras a la otra—. No entiendo cómo lady Harrington ha podido permitirles el paso, la verdad.

Las dos damas se alejaron sin dejar de murmurar, pero pudo oírles comentar algo sobre la señorita Bolton y sobre cómo la joven había sido abandonada en el altar por su prometido. Esas mujeres, lejos de sentir compasión por ella, creían que se lo había merecido.

Suspiró frustrado. No podía creer que hubiera gente tan despiadada como para hablar así de otra persona. Le repugnaban la frialdad e hipocresía de los miembros de su clase, aunque él fuera uno de sus más altos representantes. Siempre había odiado los rumores, sobre todo cuando se basaban en la ignorancia y su único objetivo era hacer daño a alguien.

Y le daba la impresión de que ése era el caso con esas dos damas. No creía que conocieran bien a la señorita Bolton, pero parecían empeñadas en ofenderla.

No pudo evitar sentir compasión por esa mujer. Recordaba muy bien su infancia y cómo se había sentido cuando tanto los criados como los señores hablaban de su situación. Después de un tiempo, dejó de importarle que hablaran de su condición de hijo bastardo, pero los rumores le habían hecho mucho daño durante su infancia.

Miró de nuevo a Alexandra Bolton. Seguía sentada. Levantó de repente la cabeza, como si hubiera podido adivinar que él la contemplaba. Se le aceleró de nuevo el pulso.

Él era el primer sorprendido al ver que una joven atractiva, pero no tan joven, pobre y vestida con tan poco gusto, hubiera conseguido despertar tanto su interés. Hacía mucho que no le pasaba algo así con una mujer.

—Buenas noches, excelencia —murmuró Charlotte a su oído.

Se giró y saludó a la dama con una reverencia. Llevaba varios meses disfrutando de la compañía de esa mujer. Era rubia, pequeña y muy bella. Y parecía empeñada en mantener su interés en ella, casi demasiado. Estaba claro que deseaba convertirse algún día en su esposa. No podía ocultarlo. Creía que apuntaba demasiado alto.

—Buenas noches, lady Witte. Estáis muy bella esta noche.

La mujer sonrió mientras hacía una reverencia, parecía encantada con su halago. Vio cómo miraba a la señorita Bolton.

—¡Menudo teatro, excelencia! Y sé cuánto os disgustan ese tipo de escenas...

La miró imperturbable. La verdad era que no le gustaban los espectáculos.

—¿Acusáis acaso a la señorita Bolton de haber intentado atraer mi atención a propósito? —le preguntó—. No me parece justo que habléis así cuando ella no está delante para poder defenderse.

—Aunque su intención no fuera montar una escena, parece que ha tenido mucha suerte, porque veo que ha conseguido atraer vuestro interés —repuso Charlotte con una sonrisa fría.

Consiguió controlar sus impulsos y no suspirar. Parecía estar celosa e imaginó que tenía derecho a estarlo, aunque lady Charlotte no era más que su amante y nunca le había hecho promesas de ningún tipo. Ni a ella ni a ninguna otra mujer.

—No soy tan cruel y despiadado como para permitir que una damisela en apuros se desmaye frente a mí sin intentar evitarlo.

—No pretendía sugerir tal cosa —repuso ella a la defensiva.

Después sonrió, miró a su alrededor, y se le acercó un poco más para que nadie más oyera lo que iba a decirle.

—¿Recibisteis mi mensaje?

—Sí —repuso él.

Deseaba saber si estaba interesado en reunirse con ella algo más tarde esa misma noche. Su intención al leer el mensaje había sido verla, pero las cosas habían cambiado desde entonces.

Miró una vez más a la señorita Bolton. Ya estaba en pie y bebía una copa de champán. Vio que sonreía a uno de los caballeros que la acompañaban. El hombre parecía estar loco por ella, no podía dejar de mirarla.

—¿Conocéis a la señorita Bolton?

Charlotte, a pesar de todo, consiguió no perder la sonrisa.

—He oído hablar de ella, excelencia. Pero no, no la conozco personalmente. ¿Cómo podría conocerla? Es sólo una modista y su padre, un borracho. No nos movemos en los mismos ambientes.

La miró entonces con dureza.

—La mezquindad es un rasgo poco favorecedor en una persona —le espetó sin contemplaciones.

La mujer se sonrojó al instante.

—Perdonadme, excelencia.

Supo en ese instante que lo suyo con Charlotte Witte estaba más que acabado.

—¿Podré veros esta noche? —le preguntó ella en voz baja.

—No, esta noche, no —repuso él con una sonrisa y sin explicarle mejor su decisión.

La joven hizo un puchero tan encantador que cualquier otro hombre habría cambiado de opinión al instante.

—Entonces tendré que resignarme a soñar con vos —le dijo.

Stephen asintió con la cabeza y esperó a que la dama se fuera. Pero Alexi se le acercó antes de que pudiera tratar de encontrar a su nuevo objeto de deseo.

—¿Qué es lo que os pasa?

—No me pasa nada. Soy un modelo para todos, ¿lo habéis olvidado? —repuso.

Alexi se echó a reír.

—Entonces, ¿por qué acabáis de despedir de ese modo a una mujer tan bella? —le preguntó algo más serio—. Esperad, creo que conozco la respuesta, ya ha conseguido aburriros, ¿no?

Aunque habían pasado la noche anterior charlando y bebiendo, Alexi no había vuelto a sacarle el tema de su soltería ni a recriminarlo por ello.

—Por favor, no empecéis con lo mismo. No quiero que me habléis una vez más de los placeres que conlleva estar casado.

—Bueno, esos placeres sólo acontecen cuando uno está enamorado.

—Dios mío, esa mujer os ha convertido en un poeta cursi y empalagoso.

—¡Tendréis que pagar por ese insulto! ¿Vamos a beber al Ciervo?

—¿Os ha dado permiso vuestra esposa?

—Tengo recursos para convencerla —repuso Alexi con una gran sonrisa.

No pudo evitar pensar en Alexandra Bolton.

—Muy bien, entonces nos vemos allí a medianoche.

—Acudiré con Ned, si consigo convencerlo —le dijo Alexi.

Ned era primo de los dos, hijo y heredero del conde.

—¿Y qué pasa conmigo? —preguntó entonces una mujer—. ¿Se trata acaso de una velada exclusivamente masculina?

Stephen se giró para saludar a Ariella, la hermana de

Alexi y convertida en lady Saint Xavier tras su matrimonio. Habían crecido todos juntos. Se había convertido en una mujer muy bella y completamente enamorada de su esposo. Pero seguía siendo la joven despierta, intelectual e inquieta que había sido desde niña.

Los dos hermanos se abrazaron.

—Pues sí, me temo que es una noche de camaradería puramente masculina. No te esperamos en el Ciervo, pero a Saint Xavier, sí —le dijo Alexi a su hermana.

—Bueno, ya veré si le dejo salir... —bromeó la joven—. Aunque tenía planes mucho mejores para él esta noche.

Stephen sintió que se ruborizaba, algo que no le pasaba a menudo.

—Creo que es más de lo que necesitábamos saber, Ariella. Un comentario poco apropiado.

—Nunca me ha importado lo que es o no apropiado —repuso ella encogiéndose de hombros y con una sonrisa en su rostro—. De hecho, hoy he estado en una reunión de la Unión para la Defensa de los Obreros Textiles —le explicó mientras le daba una palmadita en la mejilla—. Vais a ayudarles a financiar un sindicato, ¿verdad? Por cierto, he oído algunos rumores muy extraños, excelencia. ¿Es verdad que estáis a punto de comprometeros en matrimonio?

—No deberíais ir por ahí haciendo caso a rumores —le dijo Stephen.

—Me pareció algo poco creíble, pero nunca se sabe... —comentó Ariella—. ¿Tenéis a alguien en mente? —agregó mientras lo miraba directamente a los ojos.

—Si lo hubiera, me lo diría a mí —replicó Alexi—. Después de todo, soy su mejor amigo. Y puede que el único.

No conseguía dejar de pensar en Alexandra Bolton, una mujer que no había perdido su dignidad ni cuando había estado a punto de desmayarse entre sus brazos.

—La gente lleva años haciendo conjeturas sobre mi posible boda —les dijo con frialdad a sus primos—. Pero no son más que rumores.

Alexi se echó a reír con malicia.

—Lleváis un buen rato observando a esa morena.

—Me preocupa su estado, eso es todo —repuso él.

—¿De verdad? —insistió Alexi—. Al menos esa mujer no tiene dieciocho años. Es un cambio para mejor.

Miró a su primo con el ceño fruncido.

—¿Estáis otra vez discutiendo con mi esposo?

Se dio la vuelta al escuchar la voz de Elysse. La joven lo abrazó con cariño.

—Pero si acabamos de volver a Inglaterra, Stephen. ¿Por qué discutíais con Alexi? —insistió.

—Porque a vuestro marido le gusta opinar sobre todo, aunque siempre se equivoca —repuso Stephen.

Elysse había sido una niña mimada y exigente. Y siempre se había dado aires de importancia. Solían odiar tanto su manera de ser que no la incluían en sus reuniones. Pero había cambiado mucho desde entonces. Imaginó que la experiencia de ver cómo su marido la abandonaba nada más casarse con ella y se negaba a verla durante seis años habían sido los detonantes de su cambio de actitud. Fuera como fuera, la apreciaba mucho. Alexi le había contado la noche anterior una estupenda noticia, Elysse se encontraba en estado de buena esperanza.

—Veo que Hong Kong os ha sentado muy bien —le dijo Stephen mientras la besaba en la mejilla—. Felicidades, querida.

La mujer le dedicó un gran sonrisa.

—Bueno, todo se lo debo a mi esposo. Él me hace muy feliz. Ha sido Alexi el que se ha empeñado en volver a Inglaterra al saber que estaba encinta. La verdad es que los dos os echamos de menos, Stephen. Me gusta ver que nada ha cambiado y que seguís discutiendo con él como cuando erais niños.

—Siempre estamos igual —le dijo Stephen—. Pero eso no es ninguna novedad, ¿verdad? Hemos reñido desde que nos conocimos.

—Es verdad y nunca hay un ganador —les recordó Elysse con firmeza—. ¿Quién es esa mujer que ha estado a punto de desmayarse entre vuestros brazos?

Antes de que pudiera contestar, intervino Ariella.

—Se trata de Alexandra Bolton. Su madre era buena amiga de tía Blanche —le dijo la mujer—. Pero, después de que falleciera, la familia ha pasado momentos muy complicados. Hacía años que no la veía y me alegra mucho que haya venido con sus hermanas.

—¿Es viuda? —preguntó Stephen.

Recordaba que no había visto anillos en sus dedos.

Las dos damas lo miraron con interés.

—No, creo que no llegó nunca a casarse —le dijo Ariella con suspicacia—. Pero no estoy segura. ¿Por qué? ¿Estáis acaso planeando vuestra próxima conquista?

Miró a Ariella sin perder la compostura.

—Un caballero no habla de esas cosas.

—¡No tenéis vergüenza! —exclamó ella fuera de sí.

Antes de que tuviera ocasión de cambiar de tema, alguien los interrumpió.

—¿Quién está a punto de ser seducida?

Stephen se giró sorprendido al ver que era el hermano de Elysse quien había hablado. Jack O'Neil había sido buen amigo suyo, pero llevaba dos años sin verlo, el tiempo que había pasado en América.

—Ariella tiene demasiada imaginación, ¿lo habíais olvidado?

Jack sonrió y guiñó un ojo. Era tan rubio como Elysse, pero sus ojos eran grises. Tenía la tez más morena de lo que recordaba, parecía haber pasado bastante tiempo al aire libre.

—¿Cómo podría olvidarlo? —repuso el recién llegado.

—Me limito a advertirle a Mowbray que no debería acercarse a la mujer que acaba de socorrer. La conozco y no es su tipo. A menos que tenga buenas intenciones y eso lo dudo mucho.

Stephen, que había estado a punto de tragar un sorbo de champán, se atragantó al oír a su prima.

—¿Es eso cierto? —preguntó Jack entre risas.

—No —repuso Stephen—. Me he limitado a evitar que la mujer cayera desmayada al suelo. No puedo creerlo. Hago una inocente pregunta y se me acusa de tener las peores intenciones del mundo.

Miró a Ariella con frialdad. No sabía por qué le había hablado así. Alexandra Bolton debía de tener casi treinta años. Y una mujer tan atractiva no podía ser inocente.

—Bueno, no me importa confesar que mis intenciones tampoco serían buenas si estuviera en vuestro lugar. Es toda una belleza —declaró Jack mirando después a su hermana—. Hola, Elysse. Me voy a poner celoso. Pareces alegrarte más de ver a Stephen, sólo un amigo, que a tu hermano.

Elysse parecía tan atónita que no podía reaccionar. Estaba claro que su vuelta a Inglaterra era una sorpresa para todos.

—Hace más de un año que no me escribes, así que no pienso dirigirte la palabra —replicó Elysse con dureza mientras le daba la espalda.

—Es complicado escribir cartas cuando estás ocupado protegiendo tu hogar de los ataques de los indios —explicó Jack con una sonrisa.

Se acercó a su hermana y la besó en la mejilla.

—Aunque estés enfadada conmigo, yo te sigo queriendo. Y tengo un regalo para ti.

Saludó después a Alexi, su cuñado.

—Felicidades.

—Os esperamos en el Ciervo a medianoche —repuso Alexi con una sonrisa.

—No me lo perdería por nada del mundo.

Elysse se volvió para mirar entonces a su hermano.

—No conseguirás que te perdone utilizando un regalo como soborno —le dijo.

—Pero tengo aún cicatrices que prueban que lo que he dicho es cierto —contestó Jack fingiendo inocencia—. Y, en algún lugar de América, un guerrero apache tiene aún parte de mi cabellera.

—¿Por qué tuviste que irte a esas tierras salvajes? —preguntó preocupada Elysse.

Parecía haber olvidado por completo su enfado.

—¡Ha sido más fácil de lo que pensé! —exclamó Jack entre risas mientras abrazaba a su hermana.

Durante unos instantes, Stephen sintió que había vuelto a la infancia y contemplaba desde la distancia un salón lleno de gente en casa de los Warenne. Siempre le había parecido que estaba fuera de lugar.

Saint Xavier se les acercó entonces. A pocos metros de allí estaban lady Blanche y sir Rex, hablaban con Tyrell de Warenne, conde de Adare, y su esposa, la bella y rolliza duquesa Lizzie.

No era la primera vez que se sentía así. Era imposible estar acompañado por la gran familia de los Warenne y no sentir que no era como ellos, a pesar de que por sus venas corría la misma sangre. Pero él nunca iba a tener su apellido y ese parentesco era un secreto de familia, nadie más debía saberlo. Stephen podría seguir siendo un satélite de ese clan, pero nunca sería parte de su familia.

Trataba de no pensar a menudo en ellos, no creía que tuviera mucha importancia. Creía que un hombre de palabra como él tenía que conocer bien cuál era su deber y el suyo era el ducado de Clarewood.

Stephen estaba convencido de que Jack les había contado la verdad al hablarle de los indios y de su perdida cabellera, pero también sabía que había manipulado muy bien a su hermana para conseguir su perdón.

Miró a su alrededor. Había ya menos gente en la sala donde estaban, la mayor parte de los invitados se había trasladado ya al gran salón de baile. No vio por ningún lado a la mujer que había atraído su atención esa noche. Pero en ese momento entraban en el salón los Sinclair.

Lord Sinclair había tratado de convencerlo para que considerara casarse con su bella hija. La joven Anne llegó entre sus padres y muchos se giraban para mirarla. Pero él no sintió que su corazón se acelerara, lo único que le apetecía hacer era aflojarse el nudo de la corbata.

No había rechazado directamente la propuesta de lord Sinclair. Después de todo, Anne cumplía los requisitos necesarios, al menos sobre el papel, para convertirse en su esposa y le había prometido al padre que consideraría su proposición.

Sólo tenía dieciocho años. Imaginó que sería sumisa y que intentaría agradarlo. Estaba seguro de que carecería de opinión y que sería muy dependiente. Pero podría convertirse en la más bella duquesa de Inglaterra.

—¿Por qué estáis frunciendo el ceño? —le preguntó Alexi.

—¿Lo estaba haciendo? —repuso con una sonrisa.

Sabía que esa joven conseguiría aburrirlo antes incluso de que llegaran al altar. Decidió que no podía casarse con ella.

—¿Quién es esa joven? ¡Ah, no! ¡Espera! Ya sé quién es.

—Se trata de Anne Sinclair. Su padre vino a verme para sugerir la posibilidad de que me comprometiera con ella.

—Con ella nunca tendríais que discutir...

—¿Vais a decirme ahora que lo mejor del matrimonio es tener alguien con quien discutir todo el tiempo?

—Me aburriría soberanamente si Elysse me obedeciera siempre.

—Es que ella no os obedece nunca —repuso Stephen.

—Y eso es lo que me hace más feliz.

—Sí, pero a mí no me gustaría que mi esposa me desobedeciera.

—Eso no me lo creo, excelencia —le dijo Alexi—. Podéis hacer creer a todos que sois como vuestro padre, pero a mí no me engañáis. Los dos sabemos que nunca os embarcaríais en un aburrido matrimonio de conveniencia. Por eso habéis evitado hacerlo durante los últimos quince años.

Sin saber por qué, las palabras de su amigo lo molestaron más de lo normal. Volvían a meterse en un callejón sin salida, una de esas discusiones que tenían con frecuencia, pero en las que nunca había un ganador.

—Os veré después en el Ciervo. Esperemos que podamos entonces hablar de vuestros problemas y no de los míos —le dijo.

—¡Cobarde! —repuso Alexi.

Sólo su primo podía permitirse el lujo de hablarle de esa manera. Decidió ignorar su insulto y se alejó del grupo para pasear entre los invitados. Tenía cosas más interesantes en mente esa noche.

Sara había estado rodeada de invitados y admiradores desde que comenzara la fiesta. Stephen sonrió al verla y observó a su hermanastra desde donde se encontraba. Nunca la había visto tan feliz, se sintió muy orgulloso de ella. Era una joven muy bella, amable y tímida. Había heredado los rasgos físicos y el carácter de su madre.

La había conocido desde pequeña. Sara había nacido poco antes de que él heredara el ducado, pero no había podido pasar demasiado tiempo con ella ni con Marion, al menos no tanto como le habría gustado. La suya era una situación complicada.

Aunque la mayor parte de los Warenne conocía la verdad sobre él, sus hermanastras no lo habían sabido hasta dos años antes. Después de todo, los niños no guardaban bien los secretos.

Hasta entonces, las niñas lo habían visto como un buen amigo de la familia, nada más.

Sara solía mostrarse tímida en su presencia. Como si se tratara de un pariente lejano al que viera sólo muy de vez en cuando. También sabía que la joven sentía cierta admiración por él y lamentaba no poder comportarse abiertamente como su hermano mayor.

Esa noche, su hermanastra brillaba como nunca. Cumplía dieciséis años y vio que algunos jóvenes caballeros se atrevían incluso a coquetear con ella. Aunque tuviera que ser siempre desde la distancia, pensaba ser tan protector como lo sería cualquier hombre con su hermana pequeña.

Esperó a que llegara su turno para saludarla. Pero los invitados situados delante de él lo vieron y se echaron a un lado para permitirle que los adelantara.

Lord Montclair, demasiado mayor para su hermanastra, estaba en ese momento felicitando a la joven y vio que Sara se había ruborizado. Mientras tanto, aprovechó para saludar a lady Harrington.

—¿Cómo estáis, excelencia? —lo saludó Blanche Harrington mientras le daba la mano.

Blanche había sido cariñosa con él desde que se vieran por primera vez, cuando él tenía sólo nueve años de edad. Esa actitud hizo que la admirara desde entonces. Sabía que la mujer había decidido aceptarlo en su familia como prueba del amor incondicional que sentía por su esposo, sir Rex.

—Estoy disfrutando mucho de la velada, gracias. Y parece que Sara también está encantada —repuso.

—La verdad es que a Sara le horrorizaba esta fiesta —le confió Blanche en voz baja—. Temía no estar a la altura de las circunstancias, pero está disfrutando mucho.

Miró entonces a su hermanastra, preguntándose cómo podría conseguir que confiara más en sí misma. Sara lo vio entonces y se acercó a saludarlo.

—Excelencia —susurró la joven.

Aunque fuera extraño que sus hermanos le hablaran con tanta formalidad, era necesario mantener las compostéras. Tomó las manos de la joven con cariño.

—Felicidades, querida. Estáis bellísima esta noche y creo que este baile en vuestro honor está siendo un éxito rotundo.

—Gracias, excelencia —repuso ella con una tímida sonrisa—. Me alegra tanto que pudierais asistir.

—Nunca me perdería vuestro cumpleaños. He colocado vuestro regalo con el resto de los presentes, en una mesa del vestíbulo. Espero que os guste.

—Lo guardaré como si fuera un tesoro —repuso ella con seriedad—. Porque me lo regaláis vos.

Tomó de nuevo la mano de la joven y la besó. Le había regalado un collar de brillantes y esperaba que lo guardara siempre. Tuvo de repente la sensación de estar viendo la imagen de Tom Mowbray detrás de Sara. Fue una alucinación que sólo duró un segundo, pero le daba la impresión de que su difunto padre se burlaba de él y de los sentimientos que albergaba por su familia.

Sólo había sido una visión sin sentido, pero podía oír sus palabras en la cabeza, recriminándole que quisiera tener relación con sus hermanastros cuando su único objetivo en la vida debía ser el ducado de Clarewood.

Pero si quería tener una mejor relación con sus familiares no era porque añorara algo en su vida, sino porque eran personas a las que tenía cariño.

Sir Rex se despidió de un grupo de invitados y se acercó a saludarlo. Creía que era una suerte para él que su padre natural fuera un hombre de honor. Habían conseguido entablar una amistad con los años.

—¿Creéis que Sara gritará y se desmayará cuando vea vuestro regalo? —le preguntó el hombre—. ¿Cómo estáis, Stephen?

Sir Rex usaba siempre con él su nombre de pila. Y, aunque era algo extraño, a nadie le había llamado nunca la atención que lo hiciera. Él era el primero al que le agradaba que le hablara así. Después de todo, era su verdadero padre y siempre lo había tratado con mucho aprecio.

Y Stephen había respetado y admirado a sir Rex incluso antes de conocer la verdad. Siempre le había llamado la atención que fuera especialmente amable con él y no entendió por qué era así hasta que descubrió quién era.

—Estoy muy bien. Muy ocupado ahora mismo con la construcción del complejo residencial de Manchester, entre otras muchas cosas —le dijo.

Las casas iban a estar destinadas a los obreros de la industria textil de la zona. Se trataba de viviendas dignas, con alcantarillado y buena ventilación.

Los propietarios de la fábrica no estaban conformes,

pero a él no le importaba lo que pensaran. Creía que cambiarían de opinión cuando vieran que los obreros saludables podían ser mucho más productivos que los que enfermaban constantemente.

—¿Ya están terminados los planos? —le preguntó sir Rex con interés.

El hombre había apoyado siempre los proyectos benéficos y de carácter social en los que se había embarcado durante años.

—No, aún no. Pero me gustaría enseñároslos cuando lo estén.

—Estoy seguro de que me encantarán —repuso sir Rex con una orgullosa sonrisa.

Sir Rex no se parecía en nada a Tom Mowbray. Creía que la mejor manera de educar a alguien era dándole todo su apoyo y alabando sus logros. El duque, en cambio, no había dejado nunca de criticar y menospreciar sus esfuerzos. No terminaba de acostumbrarse a las alentadoras palabras de sir Rex. Nunca dejaban de sorprenderle e incluso conseguían que se sintiera algo incómodo.

—Bueno, puede que los planos se vayan cambiando sobre la marcha —le dijo—. Hay algunos problemas que habrá que ir solventando poco a poco.

—Lo conseguiréis. Siempre lo hacéis. Tengo plena confianza en vuestro trabajo —repuso el hombre sin dejar de sonreír.

—Gracias. Espero no defraudar vuestra confianza.

Vio entonces a Randolph, el hijo de sir Rex y su hermanastro. El joven le sonrió al verlo y fue hacia ellos.

—Me encanta que estéis preparando a Randolph y le permitáis trabajar para vos —le confesó sir Rex—. No ha hecho otra cosa que ensalzar vuestras buenas obras desde que volvió de Dublín.

—Es un joven decidido y muy inteligente. Descubrió algunos errores en los libros contables de la casa de Clarewood en Dublín y tuve que destituir al director de la misma.

—Ya me lo contó. Se le dan muy bien los números. Eso no lo ha heredado de mí.

Randolph aún no había cumplido los veinte, pero era un joven apuesto que se parecía muchísimo a su padre. Tenía mucha seguridad en sí mismo y las jóvenes presentes lo observaban con descaro.

—Hola, padre —los saludó al llegar a su lado—. Excelencia...

—Llegáis tarde —repuso Stephen.

Randolph estaba algo sonrojado y los miraba con una sonrisa de satisfacción. Sabía muy bien qué había estado haciendo.

—Bueno, creo que no sois el único que ha rescatado esta noche a una dama en apuros —le dijo el joven.

—Así sólo conseguiréis alguna terrible enfermedad —le advirtió Stephen—. Y no está bien hablar de ese tipo de indiscreciones en público.

Randolph dejó de sonreír.

—No era mi intención retrasarme, se me pasó el tiempo sin que me diera cuenta...

—Claro que no queríais llegar tarde, está claro que no estabais pensando con claridad. Es el cumpleaños de Sara, Randolph.

Esperaba no estar siendo demasiado duro con el joven. Pero se comportaba a veces de manera insensata y eso le preocupaba.

—Hablaré con Sara y me disculparé —le aseguró Randolph.

Vio cómo el joven miraba a su hermana y se le iluminaban los ojos.

—¡Te has convertido en toda una belleza, hermana! —exclamó Randolph.

Stephen disfrutó mucho al ver a los dos hermanos y vio que sir Rex también reía.

—He hablado con él muchas veces, pero me temo que hace caso omiso de mis consejos —le confesó su padre.

—Me ha asegurado que tiene cuidado y es muy discreto —repuso Stephen.

—Gracias por todo —le dijo sir Rex entre suspiros—. Todos los jóvenes de la familia Warenne han sido unos mujeriegos antes de sentar la cabeza y casarse —añadió mientras lo miraba con intención.

—Bueno, entonces Randolph está cumpliendo bien con la tradición de la familia —comentó él.

Pensó entonces, algo incómodo, que quizá sir Rex lo estuviera incluyendo en esa generalización. Esperaba que no. Consideraba que sus relaciones amorosas eran algo normal en un soltero como él.

Vio de repente a Edgemont corriendo entre la gente y se dio cuenta de que estaba completamente borracho. Miró alrededor con preocupación, pero no pudo ver a la señorita Bolton por ninguna parte. Fue entonces cuando advirtió la presencia de la duquesa viuda. Y no estaba sola.

El hecho de que su madre asistiera acompañada a un baile como ése era algo normal, pero se dio cuenta enseguida de que esa noche había algo distinto. El caballero era alto y apuesto. Tenía el pelo dorado y la tez morena. Su madre también parecía especialmente radiante y muy feliz. Nunca la había visto tan bien.

Julia Mowbray, duquesa viuda de Clarewood, era una de las mujeres más fuertes y valientes que conocía. Había dedicado toda su vida a promover los intereses de su hijo, aunque para eso hubiera tenido que sacrificarse ella. Su madre había sufrido mucho durante su matrimonio con el duque. Habían pasado ya quince años desde que éste muriera y había decidido no volver a casarse. Él había apoyado su decisión, pero empezaba a preocuparle que estuviera sola.

—¿Con quién está la duquesa? —preguntó entonces.

—Creo que se llama Tyne Jefferson. Me han dicho que es un ganadero californiano.

—¿Estáis seguro?

Se preguntó si su madre tendría algún tipo de relación con ese hombre.

—¿Tiene dinero? ¿Es de buena familia? Parece estar un poco asilvestrado...

—Deberíais calmaros. Julia es una mujer fuerte y sensata. Los cazafortunas la han acechado durante años y ella ha conseguido apartar a todos.

—¡Así que creéis que se trata de un cazafortunas! —exclamó Stephen preocupado.

—No, no lo creo. Lo que he oído es que tiene algún tipo de negocio con vuestro tío Cliff.

—Creo que debería presentarme —repuso él—. Perdonadme.

La duquesa viuda era una mujer muy rica y creía que él era el responsable de su bienestar. No le hacía ninguna gracia que su madre tuviera nada serio con el americano. Estaba muy preocupado.

Julia paseaba por el salón de baile del brazo de su acompañante. Era una mujer muy diplomática y vio cómo se detenía para saludar a todo el mundo y presentarles a Jefferson. El americano no parecía inmutarse y apenas hablaba, pero no dejaba de mirar a Julia con sumo interés. Stephen se les acercó por detrás.

Su madre se dio entonces la vuelta para saludarlo.

—¡Stephen! —exclamó mientras tomaba las manos de su hijo y le daba un beso en la mejilla—. Me alegra tanto veros aquí. Os presento al señor Tyne Jefferson —añadió—. Señor Jefferson, os presento a mi hijo, el duque de Clarewood.

—Es un honor, excelencia —le aseguró el hombre.

Pero le dio la sensación de que su título no había conseguido impresionar al americano.

—Señor Jefferson, ¿estáis disfrutando de vuestra estancia en mi país? —le preguntó él con una sonrisa—. Imagino que no podréis asistir a muchos bailes como éste en California.

Julia se le acercó un poco más y lo miró con el ceño

fruncido. Se dio cuenta de que a su madre no le gustaba cómo estaba tratando a su amigo.

Pero no le importó. Tenía que protegerla para que no sufriera ningún tipo de desengaño, ya fuera económico o romántico.

—No, no tenemos bailes como éste en California. Es agradable cambiar un poco de aires —repuso Jefferson mientras miraba a Julia.

Vio cómo su madre se sonrojaba.

No podía creerlo. Estaba claro que su madre sentía algo por ese hombre.

—Estoy disfrutando mucho en Inglaterra —añadió el americano—. Y ha sido todo un placer que me invitaran a esta fiesta.

—No podía dejar de invitaros para que me acompañarais, señor Jefferson —repuso Julia con una sonrisa.

Fue entonces Stephen quien miró a su madre con el ceño fruncido. No entendía por qué estaba actuando así.

—¿Qué asuntos os traen hasta Inglaterra? —le preguntó al hombre.

—Se trata de un tema personal.

El americano acababa de pedirle con educación que no se entrometiera en sus asuntos y no le hizo ninguna gracia.

—Sir Rex acababa de comentarme que tenéis algún tipo de negocio con Cliff de Warenne.

Su tío, hermano de Sir Rex, se había convertido durante los últimos años en uno de los artilleros más importantes del país y trabajaba por todo el mundo.

—Stephen, sé que os encantaría conocer mejor al señor Jefferson, pero acabamos de llegar. Querría saludar a otros invitados —le dijo entonces su madre.

Debía cesar en su empeño, al menos de momento. Pero decidió averiguar todo lo que pudiera sobre ese hombre. Y pensaba avisar a su madre para que fuera a visitarlo a la mañana siguiente, quería que ella misma le contara por qué estaba relacionándose con un hombre como ése.

—Puede que os sea de ayuda en vuestros negocios. No sólo tengo muy buena relación con la familia Warenne, sino con muchos otros empresarios del país —le ofreció Stephen.

—Sois muy amable al ofrecer vuestros contactos —repuso Jefferson con un tono exageradamente solícito y educado—. Lo tendré en cuenta.

Julia le lanzó una advertencia con su mirada, pero Stephen la ignoró. Pocas veces se encontraba con alguien tan arrogante y, muy a pesar suyo, se dio cuenta de que el americano había conseguido ganarse su respeto con esa actitud tan prepotente.

—Tomad un poco de té, os ayudará —le dijo Denney con preocupación.

Alexandra sonrió agradecida. Todo el mundo seguía murmurando y mirándola. Después de nueve años sin aparecer por la escena social, nunca podría haberse imaginado el recibimiento tan injusto que le habían procurado.

Nadie había hablado con ella desde que llegaron al cumpleaños de Sara. Había tratado de fingir que no pasaba nada. Lo último que deseaba era preocupar al señor Denney y que éste cambiara de opinión sobre ella. Pero estaba casi segura de que no dudaría en abandonar su conquista cuando viera lo que la gente pensaba de ella.

Llevaban unas dos horas en la mansión de los Harrington y su jaqueca había empeorado tanto que no le había quedado más remedio que confesarle a su familia que no se encontraba bien.

Denney había sido muy atento con ella y le dio la impresión de que se trataba de un hombre compasivo.

—Gracias —le dijo mientras tomaba la taza de té que le ofrecía.

Imaginó que le habría costado mucho trabajo conseguir que le dieran un té caliente a esas horas de la noche.

Tomó un sorbo. Le pareció que llevaba una eternidad en esa esquina del salón de baile, pero vio en el reloj que sólo eran las nueve. Nunca se había sentido tan mal ni tan humillada.

No podía creer que hubiera sido tan ingenua como para pensar que podía reaparecer en sociedad cuando llevaba años ganándose la vida como costurera.

Y prefería no pensar en los maliciosos rumores que había tenido que soportar. Era muy injusto que todos creyeran que Owen la había abandonado en el altar. Le dolía, pero al menos sabía que no era verdad. El problema era que Denney abandonaría sus intenciones de casarse con ella en cuanto se diera cuenta de que no iba nunca a ser aceptada entre esas influyentes personas.

Observó entristecida a sus hermanas. Deberían haber pasado la noche bailando, pero se negaban a hacerlo y no se apartaban de su lado. Le pareció que estaban asustadas y nerviosas. Parecían decididas a defender a su hermana mayor de cualquier ataque.

Miró a su alrededor sin poder evitar buscarlo disimuladamente.

Se sonrojó y el corazón comenzó a latirle con más fuerza.

—Iré a buscaros algo para comer —le dijo entonces Denney con gran preocupación.

—Muchas gracias —repuso ella mientras asentía con la cabeza.

Sabía que así al menos tendría la oportunidad de hablar con sus hermanas en privado.

—Creo que deberíamos irnos —le susurró Corey en cuanto se quedaron solas.

Parecía muy pálida y consternada.

—No hay razón para ponerse así. Es mejor olvidar lo que ha pasado —le dijo con una sonrisa a su hermana pequeña.

—Esta gente es odiosa —insistió Corey—. No quiero quedarme en esta fiesta, ya no importa.

—No todos son odiosos. Puede que algunas de estas mujeres sean algo maliciosas, pero nada más. ¿No os ha alegrado acaso volver a ver a lady Harrington y a sus hijas? –le preguntó a sus hermanas.

Blanche Harrington se había mostrado muy amable y preocupada por ella. Las hijas también habían sido muy agradables e incluso le había parecido que les alegraba verlas de nuevo. Lo mismo les había pasado con sir Rex.

–Además, creo que has despertado el interés de unos cuantos jóvenes, Corey.

–No me importa –repuso su hermana–. ¿Podemos irnos ya?

Alexandra miró a Olivia. La joven no dejaba de observar a un joven rubio que también había atraído su atención al verlo por vez primera. Se le hizo un nudo en el estómago. Fuera quien fuera ese caballero, sabía que nunca podría ser para su hermana.

–¿Quién es ese joven? –le preguntó.

–No lo sé –repuso Olivia sin poder evitar sonrojarse–. He oído a alguien comentar que ha estado dos años en las tierras salvajes de América.

Se dio cuenta de que su hermana estaba muy interesada. Tomó su mano y la apretó con cariño. Miró después a Corey.

–No podemos irnos tan temprano. Sería de muy mala educación y nuestros anfitriones podrían sentirse ofendidos. También podría molestarse el señor Denney, que es quien nos ha invitado –les explicó a las dos.

–Lo sé, lo sé... –confesó Corey–. Pero tenía la esperanza de que pudiéramos irnos ya.

–Creo que deberíamos intentar sacar provecho a esta velada y disfrutar del tiempo que nos queda –les dijo Alexandra con entusiasmo.

Sus hermanas la miraron con escepticismo. Vio que su moderado optimismo no había conseguido convencerlas.

–¿Dónde está nuestro padre? –preguntó entonces Olivia.

Alexandra se quedó sin respiración. Recordó entonces que hacía una hora que no lo veía y se temió lo peor. Si había estado bebiendo, iba a tener que oírla en cuanto regresaran a casa. Sabía que no iba a poder soportar un escándalo más esa noche.

—Deberíamos tratar de encontrarlo —les dijo mientras dejaba la taza de té y se ponía en pie.

Pero Olivia la pellizcó entonces.

Sintió en el mismo instante que él estaba cerca, el hombre que la había ayudado a encontrar una silla, el duque de Clarewood. Supo que la estaba observando y todo su cuerpo se tensó. Se giró lentamente.

Seguía sin creerse que hubiera estado a punto de desmayarse y que él la hubiera rescatado antes de que pudiera caerse al suelo. Tampoco terminaba de asimilar que hubiera sido tan amable ni que se hubiera atrevido a coquetear con ella.

Y después había estado observándola, como hacía en esos precisos instantes.

Se miraron a los ojos y ella se quedó sin aliento.

El duque hablaba con otros caballeros sin dejar de mirarla a ella con intensidad y mucha seguridad. Sabía que nunca podría olvidar lo que había sentido esa noche entre sus fuertes brazos. Pero sabía muy bien lo que un hombre como Clarewood podría tener en mente.

Permanecía soltero, igual que ella, pero pertenecían a dos mundos distintos. Sabía que era demasiado mayor y demasiado pobre y su familia había caído en desgracia. Si estaba interesado en ella, tenía muy claro cuáles serían sus intenciones.

Le costaba creer que pudiera interesarle, pero no se sentía halagada.

—Es Clarewood —susurró Corey.

La joven parecía atónita. Estaba claro que no comprendía la situación.

—Le estoy muy agradecida —murmuró mientras miraba a Olivia.

Sabía que ella sí era lo bastante mayor como para comprender que un hombre como él no podía tener ningún interés respetable en ella. Y lo cierto era que ella ni siquiera comprendía cómo podía haber atraído su atención, aunque no fueran buenas sus intenciones. Ese salón estaba lleno de mujeres bellas, no entendía que Clarewood se hubiera fijado en ella.

Pero algo distrajo entonces su atención, vio a su padre acercándose.

Se quedó helada. Iba dando tumbos. Había rezado para que las cosas no empeoraran aún más, pero vio que no había tenido suerte.

—Ahora sí que tenemos que irnos —murmuró Olivia a su lado.

Alexandra también deseaba volver a casa. Pero sabía que no podían irse con la cabeza baja y sin dar la cara, eso no haría sino alimentar más aún los rumores.

—Vosotras os quedaréis aquí. Yo voy a encargarme de que alguien lo lleve a casa. Volveré enseguida.

—¿Por qué? —le preguntó Olivia.

—No creo que Denney haya visto lo bebido que está nuestro padre. Nos quedaremos en el baile hasta que decida marcharse. Después de todo, somos sus invitadas, recordadlo.

Edgemont llegó a su lado con una gran sonrisa.

—¡Mi preciosa hija! ¿Lo estás pasando bien?

—Prometisteis no beber esta noche —replicó ella en voz baja mientras tomaba su brazo y lo acompañaba hasta una esquina del salón.

—No he bebido, Alexandra. Lo juro. Ni una gota.

—Apestáis a whisky y casi no os tenéis en pie —le dijo ella.

Estaba fuera de sí. Cada vez se sentía más humillada y frustrada.

—No he bebido ni una gota de whisky —aseguró su padre—. ¡Era ginebra!

—¿Y eso es una excusa?

Intentaba sujetarlo, pero era demasiado grande para ella y no podía ayudarlo bien.

—Debéis iros del baile, padre. No podéis quedaros en vuestro estado.

—Es demasiado temprano, queridas. Creo que están jugando a las cartas y...

Edgemont trató de soltarse y estuvo a punto de perder el equilibrio y caer al suelo.

Alexandra sabía que estaban mirándolos. Agarró con fuerza el brazo de su padre y trató de levantarlo. Edgemont se incorporó con dificultad. Sabía que nunca iba a poder perdonarlo por lo que había hecho.

—¿Te lo estás pasando bien, hija?

—¡Sí, fenomenal! —replicó ella enfadada.

No sabía cómo iba a sacarlo de allí. Si tiraba de él, todos se darían cuenta de lo que pasaba. Además, dudaba mucho que tuviera la fuerza necesaria para hacerlo.

Su padre se soltó de repente y se dio contra la pared.

El ruido atrajo las miradas de los que aún no los habían estado observando. Estaba furiosa y sabía que se había ruborizado. Tomó el brazo de su padre y lo colocó sobre sus hombros.

—Nos vamos —le dijo.

Intentaba hablar con cierta calma, pero no le resultaba fácil.

—No quiero irme —protestó su padre—. Las cartas...

Lo miró sin poder creer lo que oía. Su padre, completamente ajeno a su preocupación, le dedicó una sonrisa y a Alexandra le entraron ganas de echarse a llorar. Se dio cuenta de que así era cómo actuaba su padre cada noche, cuando salía a beber y se jugaba el poco dinero que tenían.

Le rompía el corazón verlo así. Lo peor de todo era saber que, si su madre no hubiera muerto, su padre no se habría dado nunca a la bebida.

—¿Me permitís que os ayude?

Se quedó inmóvil al ver al duque de Clarewood frente a ellos dos. Estaba soportando casi todo el peso de su padre sobre los hombros y la maniobra la había despeinado casi por completo.

Levantó la cara y se encontró con los ojos azules de Clarewood. No la miraba con condescendencia ni con desprecio.

—¿Cómo? —preguntó ella sin poder dominar su acelerada respiración.

—¿Podría ayudaros de alguna manera? —repitió el duque con una maravillosa sonrisa.

Sabía que era el tipo de sonrisa que podría llegar a desmayar a las féminas. Le entraron ganas de entregarle a su ebrio progenitor y echarse a llorar. Pero se limitó a sujetar con más fuerza el brazo de su padre sobre sus hombros. Levantó la cara todo lo que pudo y trató de contener las lágrimas. Pero sabía que no iba a poder soportar el peso de su padre y sacarlo del salón ella sola. Y mucho menos subirlo a uno de los coches.

Y Clarewood, el hombre más atractivo que había visto en su vida, iba a ser testigo de su fracaso.

—No podréis soportar su peso —le dijo con amabilidad.

Tenía razón. Se pasó la lengua por los labios mientras pensaba que el gesto del duque no haría sino atraer más miradas y rumores.

—Lo sé —reconoció ella.

Se atrevió entonces a mirarlo de nuevo a los ojos. Era la mirada más inteligente y penetrante que había visto nunca. Se acercó a ella y retiró el brazo de su padre mientras lo agarraba con firmeza por la cintura. Edgemont gruñó, no parecía gustarle que lo zarandearan de un lado a otro.

—Padre, vais a salir del salón con el duque —le dijo Alexandra con tanta calma como pudo reunir—. Yo os seguiré, tenéis que volver a casa.

—No quiero irme a casa... —protestó su padre—. ¿Con el duque? —añadió perplejo mientras miraba a Clarewood.

—Calmaos, señor —le pidió el joven con autoridad y firmeza—. La noche ya ha terminado y debéis volver a casa como os ha dicho la señorita Bolton.

«Sabe mi nombre», pensó ella.

—Excelencia... —susurró Edgemont con tono sumiso.

La presencia del duque parecía haber conseguido convencer a su padre. Le costó contener las lágrimas mientras veía cómo tenía que ocuparse de su padre.

Sus hermanas se le acercaron entonces. Las tres contemplaban la escena con tristeza e impotencia. Todo el mundo se quedó en silencio, mirando sin reparos cómo sacaban a su padre del salón.

Otros dos caballeros se acercaron al duque. Reconoció al joven de pelo castaño, era Randolph de Warenne, hijo de sir Rex. No debía de tener más de veinte años. El otro, aunque hacía años que no lo veía, era el atractivo Alexi de Warenne. Sujetaron entre los dos a Edgemont para que no tuviera que llevar Clarewood todo el peso.

—Encontrad un coche que lo lleve de regreso a casa y alguien que lo acompañe —ordenó el duque mientras se estiraba la levita.

—Yo mismo lo acompañaré —repuso Randolph mostrando gran disposición.

—Gracias —le dijo Clarewood con una sonrisa—. Podéis usar mi calesa si queréis. Muchas gracias por vuestra ayuda, Randolph.

Alexandra se dio cuenta de que al joven le encantaba poder ayudar al duque. No le importaba demasiado a ella quién acompañara a su padre, sólo quería que pudiera llegar a salvo a casa. Tampoco se le pasó por alto que los dos hombres guardaban cierto parecido. Randolph tenía el pelo castaño claro y el de Clarewood era más oscuro, pero sus rasgos eran muy parecidos. El joven también tenía los mismos ojos azules que abundaban entre los varones de la familia Warenne.

Los de Clarewood también eran del mismo color. No

sabía por qué estaba fijándose en esos detalles tan insignificantes, sabía que no era importante.

El duque se dio la vuelta y regresó a su lado.

El corazón galopó dentro de su pecho y notó que sus hermanas se ponían también nerviosas. Se preguntó si habría oído los rumores y comentarios maliciosos de la gente. No podía dejar de pensar en que debía de verla como un deshecho de la sociedad, alguien indigno y con un padre al que parecía no poder controlar. Quizá supiera también que tenía que coser para ganarse la vida. Lo que no comprendía era por qué le importaba tanto lo que el duque de Clarewood pensara de ella.

Vio cómo recogía una copa de champán de la bandeja de un camarero sin detenerse siquiera. Se la ofreció segundos después.

—El champán no es ninguna medicina, pero me ha parecido que necesitaríais beber algo —le dijo.

Aceptó encantada la copa. Mientras lo hacía, Clarewood miró a sus hermanas y ellas entendieron que sobraban. Asintieron al unísono y se alejaron de ellos dos. No podía dejar de mirar a Clarewood e imaginó que los invitados también los observaban a ellos.

—Siento mucho lo ocurrido, señorita Bolton.

No entendió sus palabras ni por qué podría importarle cómo se sintiera.

—Agradezco el gesto, pero no deberíais sentirlo, excelencia. Habéis evitado que cayera desmayada al suelo y habéis acompañado a mi ebrio padre, asegurándoos de que alguien lo lleve a nuestra casa. Muchas gracias.

—Evitar que os cayerais fue todo un placer. Y lo que acabo de hacer por vuestro padre, ha sido decisión mía —le dijo Clarewood con una sonrisa.

—Aun así, no es una situación agradable y os lo agradezco mucho. Sois muy amable, excelencia.

Clarewood la observó antes de contestar.

—La amabilidad no tiene nada que ver con lo que he hecho –le aseguró el duque–. Parece que tenéis un pretendiente esperándoos. Un caballero sabe cuando es momento de retirarse.

Vio que Denney estaba a pocos metros de ellos, observándolos con atención. No se le había pasado por alto el tono burlón de las palabras del duque y se sintió cada vez peor. No pudo evitar sentirse algo avergonzada al ver que Clarewood se había dado cuenta de que Denney estaba cortejándola.

Antes de irse, Clarewood la miró con intensidad una vez más. Había casi una promesa en su mirada, como si estuviera asegurándole sin palabras que volvería a verla muy pronto.

Alexandra se quedó inmóvil mirando cómo se alejaba de ella. Se sentía como si acabara de sobrevivir a un huracán o a alguna otra fuerza de la naturaleza.

CAPÍTULO 4

La Taberna del Ciervo, en el Hotel Saint Lucien, era un exclusivo club privado. Aunque no había que ser miembro para que lo aceptaran allí, el dueño tenía plena potestad para negar la entrada a quien lo creyera conveniente. Y fueran poderosos comerciantes, banqueros, industriales o abogados, no se les permitía la entrada a no ser que estuvieran acompañados por uno de los habituales clientes del establecimiento.

Era un refugio para los miembros más destacados de la sociedad inglesa. Stephen no solía acercarse por allí ni por locales similares pero, de vez en cuando, agradecía la privacidad del lugar.

Entró esa noche con Randolph, con su mano sobre el hombro del joven.

–Excelencia –lo saludó el dueño al abrirles la puerta–. Señor Warenne...

Saludaron al hombre y entraron en la penumbra del salón. Estaba decorado con lujo y elegancia. Destacaban sobre todo las valiosas antigüedades y las alfombras persas.

A esas horas, ya era casi medianoche, los presentes eran casi todos caballeros de su edad. Muchos habían bebido ya más de la cuenta. Pasaron al lado de varios grupos y se detuvo a saludar a algunos conocidos.

Alexi, Jack, Ned y su hermano pequeño, Charles, estaban sentados en cómodos sillones de cuero a un extremo del salón. Los ventanales de ese lado de la casa daban al parque y vio que la luna lo iluminaba todo esa noche.

—Pensábamos que ya no vendríais —le dijo Jack O'Neil mientras se fumaba un puro.

—Tuve que socorrer a mi joven amigo —repuso Stephen mirando a Randolph—. Estaba coqueteando con lady Dupre, la baronesa más voraz y peligrosa de todo el país.

Randolph se dejó caer en el sofá, al lado de Alexi, y se sirvió una copa de coñac.

—Era la mujer más bella de la fiesta. Y, debo decir en mi defensa, que la dama me estuvo mirando antes de que me acercara yo —explicó el joven.

—Todas os parecen bellas, Randolph —le dijo Charles.

—Lo más inteligente es siempre actuar con discreción —le recordó Stephen—. Sobre todo porque su amante estaba a su lado y su esposo muy cerca de allí.

—Lady Dupre... —murmuró Alexi—. ¡Bien hecho, Randolph!

El joven levantó la copa hacia su primo para agradecerle el halago.

Stephen se sentó al lado del sofá mientras miraba a Alexi. Su amigo estaba hundido entre los cojines de su sillón, parecía muy relajado y dispuesto a atacar en cuanto tuviera la oportunidad. Lo conocía demasiado bien.

—Hablando de conquistas inminentes. ¿Ha indicado la señorita Bolton lo agradecida que está por haberla rescatado, no una, sino dos veces esta noche? —le preguntó Alexi con una pícara sonrisa.

Stephen se sirvió también coñac mientras recordaba furioso lo avergonzada que debía de haberse sentido Alexandra Bolton mientras intentaba sacar del salón a su padre.

—Lo de Edgemont es una vergüenza —murmuró.

—Pero la señorita Bolton pareció controlar bien la situación —dijo Ned entonces—. Elegante y digna a pesar de la que estaba cayendo.

Stephen no podía estar más de acuerdo.

—Es una mujer muy llamativa —comentó Jack—. Creo que es casi tan alta como yo.

Stephen lo miró con el ceño fruncido.

—Nunca intentaría nada —le aseguró Jack—. La verdad es que siento lástima por ella. Y por sus hermanas. Deberían ahorcar a ese tipo...

—Eso me parece un poco salvaje —apuntó Ned—. Estáis de vuelta en la civilización, Jack. No lo olvidéis.

—Bueno, supongo que me he vuelto un poco salvaje —confesó Jack—. ¿Por qué no nos vamos a una taberna de verdad? Una donde trabajen unas buenas mozas. Aquí me aburro...

Charles y Randolph se miraron a los ojos.

—Conozco un sitio... —murmuró Charles intentando fingir indiferencia.

Su hermano mayor lo miró con dureza.

—Recordad quién sois —le dijo Ned—. Tenéis una reputación que mantener.

—Eso ya lo sé, hermano. Después de todo, yo soy el hijo de recambio y vos, el heredero —repuso Charles.

Los dos jóvenes hicieron planes para el resto de la noche.

—Preguntaré de nuevo —insistió Alexi—. ¿Cómo va vuestra última conquista, Stephen? ¿Creéis que la señorita Bolton sabrá estaros agradecida como merecéis?

Sintió que le hervía la sangre en las venas al pensar en ella, una mujer que había mostrado una gran dignidad y orgullo a pesar de las penosas circunstancias.

—Se mostró moderadamente agradecida, Alexi. Pero no creo que eso os importe.

—Claro que me importa —repuso su primo—. Esa mujer no es como Charlotte Witte. De hecho, puede que esta vez os encontréis algo de resistencia. Por cierto, Elysse ha decidido que quiere conocer a la señorita Bolton. Y Ariella será la que haga las presentaciones.

Suspiró al oír sus palabras. No era una sorpresa ver que sus primos trataban de entrometerse en su vida personal, no se cansaban de decirle de vez en cuando que debía abandonar su soltería, pero no comprendía por qué parecían tan interesados en Alexandra Bolton.

Pensó que quizás Alexi estuviera en lo cierto. Recordó que Alexandra se había mostrado muy digna y que no había tratado de coquetear con él. No era algo a lo que estuviera acostumbrado.

—Teniendo en cuenta la difícil situación económica en la que parece encontrarse, estoy seguro de que los dos llegaremos a un acuerdo que beneficie a ambas partes —le dijo con seguridad—. Por cierto, ¿podríais decirle a vuestra esposa y a vuestra hermana que dejen de entrometerse en mi vida? No sé por qué les interesa tanto que me haya fijado en la señorita Bolton.

Alexi no dejó de sonreír en todo momento.

—Creo que en este caso no os vendría nada mal que Ariella y Elysse se entrometieran. Después de todo, parece que Alexandra Bolton no es como las demás.

—¿Qué estáis tramando? —le preguntó Stephen.

—Ella no es vuestro tipo de mujer. Al menos, no para una aventura sin más.

—Os equivocáis —le aseguró él.

Pero Alexi lo miraba como si supiera más de lo que le estaba diciendo y eso no le gustó nada.

—¿No es una mujer soltera y de buena familia? —preguntó Ned sin entender qué pasaba.

Stephen cada vez estaba más incómodo con la conversación.

—Ya no es ninguna jovencita, Ned. Casi podría considerarse una solterona —explicó con impaciencia—. No estamos hablando de una virginal doncella que acabe de ser presentada en sociedad, no es como si estuviera intentando seducir a una joven inocente.

—No parece una mujer superficial ni frívola —repuso

Ned–. Cualquiera puede ver que tiene orgullo, no deberíais buscar en ella vuestro siguiente entretenimiento.

Stephen lo miró con dureza, pero Ned no bajó la mirada. Su primo se convertiría algún día en el conde de Adare, un título con mucho poder y prestigio. No esperaba que Ned se mostrara sumiso con él, pero tampoco le gustaba que pusiera en duda sus intenciones ni le diera consejos.

Ninguno de sus primos se había entrometido cuando Charlotte había sido el objeto de sus deseos. Ni con ella ni con las anteriores amantes, que habían sido muchas.

Pero sabía que Alexi tenía razón en algo, Alexandra no era como Charlotte.

–Me pregunto cómo soportaría Anne Sinclair una noche como la que ha tenido hoy la señorita Bolton –murmuró Alexi.

Todos se rieron y él también sonrió mientras bebía de su copa. Se preguntó por qué Alexi habría decidido comparar a las dos mujeres.

–Estoy seguro de que la señorita Sinclair también se habría comportado con dignidad y elegancia –les dijo Stephen–. ¿Acaso estáis interesado en lady Anne, Alexi?

–¿Yo? Por supuesto que no. Veamos, ¿qué edad tiene? ¿Dieciocho años? ¿Y qué es lo que ha conseguido en ese tiempo? Ha sido mimada y malcriada toda su vida, pero creo que se le da muy bien el baile. Y sus modales son impecables –añadió Alexi con sorna–. Haríais una excelente pareja con ella y sería una duquesa muy bella. Creo que todos estaríamos de acuerdo en eso.

Se quedaron en silencio unos segundos.

Stephen estaba cada vez más molesto.

–Ya había considerado esa posibilidad, pero he decidido rechazar la oferta de su padre.

–Por supuesto –repuso Alexi–. Y yo apoyo vuestra decisión. Por cierto, ¿sabíais que la señorita Bolton lleva años cosiendo para poder mantener a sus hermanas y a su padre?

Sabía que su primo estaba lanzándole el cebo para ver

hasta qué punto estaba interesado en esa mujer. Lo que no sabía era por qué lo estaba haciendo.

—Es una mujer con recursos, algo que encuentro admirable —repuso.

—¿De verdad? —preguntó Alexi.

Todos se echaron a reír.

—Creo que es una tragedia que tenga que trabajar para mantener a su familia —apuntó Randolph.

—Sí que lo es —asintió Stephen mientras miraba a Alexi—. La vida está llena de tragedias de todo tipo.

—Y también llena de jóvenes inocentes, bellas y mimadas —agregó Alexi.

—¿Qué queréis decir con eso, Alexi?

Había conseguido hacerle perder la paciencia. Recordó entonces a la multitud de jóvenes entre las que había podido elegir una esposa durante la última década. Casi todas habían sido como Anne.

—Porque recuerdo a otra joven malcriada a la que dejasteis plantada frente al altar para largaros al extranjero —agregó Stephen.

Alexi no perdió la sonrisa, pero se dio cuenta de que lo miraba con frialdad.

—Cometí un terrible error. No debí de haberla dejado así después de casarme con ella. Pero la verdad es que no imagino que lady Anne pueda convertirse en la espectacular dama en la que mi esposa se ha transformado. Es una mujer independiente, con ideas y opiniones propias. La verdad es que la señorita Bolton me recuerda mucho a Elysse. No físicamente, pero sí en su valentía —le dijo Alexi con firmeza—. Y, si no he entendido mal, acabáis de insultar a mi esposa.

Sabía que debía disculparse, pero su primo había conseguido irritarlo esa noche y no pensaba dar su brazo a torcer.

—No me interesan las mujeres con opiniones propias —murmuró Stephen.

—¡Dios mío! Primero me insultáis a mí, después a Elysse

y ahora a todas las mujeres de la familia —replicó Alexi mientras se levantaba del sillón.

—Me habéis entendido mal —repuso Stephen poniéndose también en pie.

—¡Casaros con Anne o con alguien como ella si eso es lo que queréis! —le dijo Alexi—. Podéis llegar a ser tan necio... No puedo creer que queráis casaros con una mujer que os aburriría hasta la saciedad sólo para satisfacer al canalla que tuvisteis por padre. Parece que queréis ser como él. Y veo que es lo que merecéis. ¡Será mejor que os disculpéis!

Jack se echó a reír y Stephen perdió por completo el control.

—¿Que soy un necio? Al menos no me entrometo como vos, que parecéis una mujer.

Alexi apretó los labios y entrecerró los ojos.

Stephen se preparó para el golpe que iba a recibir.

Pero Ned se interpuso entre los dos al ver que Alexi comenzaba a apretar los puños.

—No podéis pegar a su excelencia —le dijo a su primo.

—¿Excelencia? ¡Me importa muy poco su título! ¿Por qué no puedo darle lo que se merece? No sería la primera vez... —masculló Alexi.

—Bueno, la verdad es que Stephen se lo merece —intervino Jack sin perder la sonrisa—. Ha insultado a Elysse, que es mi única hermana. Si me hubiera hablado a mí como lo ha hecho con vos, Alexi, ya le habría arrancado la cabellera con mis propias manos —agregó entre risas.

—¡Vamos, pegadme! —lo provocó Stephen—. No os preocupéis, no os devolveré la bofetada...

—No lo haréis porque sabéis que no podríais conmigo —repuso Alexi.

Stephen puso los ojos en blanco, creía que su primo estaba fanfarroneando.

—Un momento, se admiten apuestas —intervino Jack—. ¿Alguien más se apunta? —agregó mientras miraba a Randolph y a Charles.

—Nadie va a pegarse, no en esta mesa —dijo Ned—. ¿Acaso estáis pensando en casaros con Anne Sinclair? ¿Es eso de lo que estamos hablando? —le preguntó a Stephen.

—No —repuso él con firmeza—. Y no sé por qué está así Alexi. Está claro que tendré que casarme algún día y que acabaré eligiendo a alguna joven debutante. Siento haber insultado a Elysse, la aprecio mucho. Es como una hermana para mí.

Alexi sonrió, olvidando por completo su enfado.

—Sé que la apreciáis, Stephen. Pero seguís siendo un necio. ¿No os dais cuenta de que habéis pasado los últimos años rechazando a las jóvenes más bonitas de las mejores familias? —le recordó Alexi—. Pero no es culpa vuestra, sino de Tom. Parecéis empeñado en imitarlo y terminar casado con una esposa a la que despreciáis y viviendo en la más triste de las soledades.

—Se ha disculpado —intervino Ned para evitar que Alexi siguiera por ese camino—. ¿Podéis dejar ya el tema?

Stephen se cruzó de brazos. Esperaba que su primo no estuviera en lo cierto. De niño, siempre le había parecido que la mansión de Clarewood era un lugar frío y solitario.

—¿Viviendo en la más triste de las soledades? —lo imitó Stephen—. Parece que os habéis convertido en todo un poeta.

—La verdad duele —le dijo Alexi—. Yo he cambiado de opinión. Deberíais olvidaros de Alexandra y casaros con Anne.

—Ya ha quedado muy claro lo que pensáis —repuso Stephen con dureza.

—¿Qué es lo que ha quedado claro? —preguntó Jack.

—Que una joven inexperta como Anne no sería la mejor opción para ser mi esposa. Por eso no deja de compararla con la señorita Bolton. Seguro que ahora pasa a exponer las ventajas de casarse con una mujer independiente, inteligente y fuerte —respondió Stephen con sarcasmo.

—Yo, en cambio, estoy en contra de cualquier tipo de matrimonio —le aseguró Jack con una sonrisa.

—Cuidado con lo que decís, que no tengáis que arrepentiros —le advirtió Alexi.

—Alexi está demasiado enamorado para recordar que el engreimiento no es una cualidad que sea bien recibida —agregó Stephen.

—Puede que también os tengáis que arrepentir de esas palabras —le dijo Alexi—. Pero no os preocupéis, aún hay esperanza. Después de todo, sois un Warenne y algún día nos reiremos al recordar lo testarudo y necio que erais.

—Me enternece que os preocupe tanto mi vida personal. Pero, ¿podríamos sentarnos de nuevo y disfrutar de algunas copas más o pensáis seguir atacándome?

—No, yo ya he hecho bastante por esta noche. Me vuelvo a casa con mi inteligente, sincera e independiente esposa —le dijo Alexi con una gran sonrisa—. Espero que todo el mundo disfrute de la noche.

Después de irse Alexi, se miraron los demás a los ojos. Eran todos solteros. Incluso Ned parecía dispuesto a seguir de fiesta.

—Ha perdido su virilidad —apuntó Jack.

Stephen estaba casi de acuerdo.

—Que no os oiga decirlo —le avisó.

—Creo que deberíamos brindar por nuestra libertad y dar gracias por nuestra suerte —propuso Jack—. Yo estoy seguro de que nunca me convertiré en lo que Alexi se ha convertido.

Rellenaron de nuevo las copas y Stephen tomó la suya sin poder quitarse a Alexandra de la cabeza.

—Al menos Alexi es feliz de verdad... —les dijo.

Alexandra se levantó a la mañana siguiente pensando en todo lo que había pasado la noche anterior. Era imposible olvidar los horribles comentarios y rumores que había tenido que escuchar, pero era el duque de Clarewood el que más presente estaba en su cabeza.

Después de asearse y vestirse, bajó las escaleras para desayunar. Era mucho más tarde de lo habitual, casi la hora del almuerzo.

Se detuvo de repente y se agarró con fuerza a la barandilla de la escalera. Sintió que perdía un segundo la respiración y que después sus pulsaciones se aceleraban. Podía recordar el rostro y la presencia de ese hombre como si lo tuviera delante en esos momentos. Sabía que ninguna mujer podría olvidar a un caballero como el duque.

Seguía sin entender por qué se habría molestado en sujetarla cuando había estado a punto de desmayarse ni por qué había acudido a ayudarla cuando había visto el estado en el que se encontraba su padre. Y lo que más le costaba comprender era cómo podía sentirse tan atraída por él. Era un sentimiento que seguía muy vivo en su interior.

En su cabeza, podía justificar la pasión que había sentido en el pasado por Owen. Había estado enamorada de él y prometida para casarse. Pero Clarewood no era más que un extraño para ella, no lo conocía.

Y la noche anterior le había insinuado que también estaba interesado en ella. Todo el mundo conocía la vida que llevaba el duque y sus intenciones sólo podían ser escandalosas.

Y más escándalos era lo último que necesitaba en su vida.

Pero estaba segura de que el duque recuperaría pronto el sentido común. Creía que ya la habría olvidado. Debía de haberse hecho una idea equivocada de ella, pero no era en absoluto el tipo de mujer que solía acompañar al duque y no le interesaba lo que pudiera ofrecerle.

El corazón seguía latiéndole con fuerza cuando pensaba en él, pero se había levantado muy triste esa mañana y su estado de ánimo no había mejorado nada. Lamentaba haber aceptado la invitación del señor Denney. Creía que había sido un error ir a esa fiesta y sus hermanas habían sufrido mucho.

Todo lo que había ocurrido la noche anterior y lo que

había sentido entre los brazos de Clarewood le habían hecho recordar el pasado y había conseguido reabrir heridas del pasado. Le había costado mucho dormir. Sentir que estaba tan cerca de ese hombre había conseguido despertar su cuerpo y tampoco había podido quitarse de la cabeza a Owen. Había sacrificado mucho durante esos años. Volvía a sentir el dolor del pasado, un dolor que sentía de forma más intensa aún.

Había llegado a lamentar la decisión tomada nueve años antes y se sentía culpable. Era la primera vez que se le pasaba por la cabeza algo así. Siempre había estado satisfecha con su elección. Después de todo, le había prometido a su madre en el lecho de muerte que cuidaría de su padre y de las niñas y eso era lo que había hecho. Había puesto siempre su felicidad en un segundo plano y nunca se había arrepentido.

—¿Qué haces así en la escalera? Pareces una estatua.

La voz de Olivia consiguió devolverla a la realidad.

Miró a su hermana y sonrió mientras bajaba.

—He dormido más de la cuenta —le dijo a modo de explicación.

Le había costado tanto conciliar el sueño que, cuando por fin lo consiguió, ya de madrugada, el cansancio la venció por completo. Por eso se había levantado tan tarde.

—¡Qué raro! —repuso su hermana con inquietud.

No quería contarle que no había podido dormir durante horas, no quería preocuparla más y decidió cambiar de tema.

—Estoy muerta de hambre —mintió—. ¿Me acompañas mientras desayuno?

Antes de que Olivia pudiera contestar, se abrió la puerta de la biblioteca y salió de allí su padre. Con la levita aún puesta, pero completamente arrugada, sin afeitar y despeinado, tenía un aspecto lamentable.

—Buenos días —les dijo.

Alexandra seguía tan enfadada con él que no pudo ni

contestarle. No se veía capaz de dirigirle la palabra. Pasó a su lado de camino a la cocina. Olivia iba tras ella.

—¡Qué falta de educación! —exclamó Edgemont yendo tras sus hijas—. ¿Qué es lo que os pasa?

Alexandra se acercó al fogón y usó un fósforo para encender uno de los fuegos. Le temblaban las manos. Llenó de agua la tetera y la colocó sobre la llama.

—¿Estás enfadada? —le preguntó su padre mientras se frotaba las sienes—. ¿Fue una fiesta agradable? No recuerdo todo lo que pasó.

Sin aguantar más, se giró para mirarlo.

—¡No! ¡No fue una fiesta agradable! ¡No cuando mi padre estaba tan borracho que ni siquiera se tenía en pie!

Edgemont levantó la cabeza al oír sus palabras.

—No permito que me hables con tan poco respeto.

Respiró profundamente para tratar de tranquilizarse. Nunca se enfadaba ni gritaba como acababa de hacer, no entendía qué le había pasado. Había insultado a su padre. Intentó calmarse.

—¿Por qué no? Hicisteis el ridículo delante de todo el mundo en la mansión de los Harrington, padre —le dijo con más tranquilidad—. ¿Recordáis siquiera cómo volvisteis anoche a casa?

—No, no lo recuerdo —reconoció el hombre.

—El duque de Clarewood tuvo que sacaros casi en volandas del salón de baile, padre. Sí, estabais en tal estado que ni siquiera podíais andar. Después, Alexi y Randolph Warenne os metieron en la calesa del duque y creo que el joven Randolph fue el que os acompañó hasta aquí.

Edgemont palideció al instante, pero no dio su brazo a torcer.

—Un hombre tiene sus derechos y yo tengo derecho a disfrutar de una copa de ginebra. Estás exagerando, ahora lo recuerdo todo —le dijo mientras la miraba con dureza—. Ponme el desayuno.

Olivia pasó a su lado para empezar a prepararlo a regañadientes.

Silbó en ese instante la tetera. Alexandra se giró para retirarla del fuego. Controlaba cada movimiento para permanecer serena, pero lo que más le apetecía era agarrar la tetera y tirarla contra la pared. Maldijo entre dientes.

Era algo que nunca hacía. No entendía qué le pasaba. No podía quitarse al duque de Clarewood de la cabeza.

—¿Qué sabemos del señor Denney? —preguntó su padre con algo de preocupación en la voz.

—No lo sé —repuso Alexandra mientras servía una taza de té para Olivia y otra para ella—. ¿Deseáis un poco de té, padre?

—Sí.

Se lo sirvió y lo miró entonces a la cara.

—Estoy segura de que habrá cambiado de opinión y será todo culpa vuestra, padre. Tenéis que dejar de beber. Es una vergüenza y no podemos permitírnoslo.

Edgemont se quedó mirándola a los ojos y ella mantuvo su mirada. Sin una palabra, su padre tomó la taza de té y se la llevó al comedor.

Miró entonces a su hermana Olivia. Las dos sabían que su padre no iba a cambiar.

—Parece que tenemos invitados —anunció Corey—. Bueno, al menos un invitado —añadió después.

Alexandra acababa de terminar su tostada. Corey estaba frente a la ventana de la cocina. Se levantó para ver quién los visitaba antes del mediodía. No le costó reconocer la calesa cuando se acercó un poco más a la casa, era la del señor Denney.

Se le hizo un nudo en el estómago. Las había acompañado de vuelta a casa la noche anterior, pero había sido ya muy tarde y todos habían estado demasiado cansados para conversar. Corey se durmió antes de llegar y Denney le había sugerido a Alexandra que aprovechara el trayecto para descansar.

Ella no se había quedado dormida, pero había aprovechado su sugerencia para cerrar los ojos y evitar así tener que hablar con él.

Quizás hubiera enviado a alguien en esa calesa para que le entregara una carta. Estaba segura de que dejaría de cortejarla. O a lo mejor prefería hacerlo en persona. Habría sido más fácil para todos que se lo comunicara por carta. Aunque lo más probable era que se limitara a hablar con su padre. Sabía que se esfumaba delante de sus ojos la única oportunidad que le quedaba para conseguir que sus hermanas tuvieran una vida mejor.

Pero no quería pensar en ello. Se veía aún con fuerzas para seguir luchando y no dejaría de intentar darles un buen futuro a sus hermanas.

—Es Denney —le dijo Corey—. ¿Quieres que te acompañemos Olivia y yo?

—No, no hace falta —repuso Alexandra mientras se quitaba el delantal y se pasaba las manos por el pelo.

—Crees que va a retirar su propuesta, ¿verdad? —le dijo Corey con tristeza.

—Estoy segura —repuso ella—. Estarás contenta, ¿no? Nunca te ha gustado ese hombre.

—Anoche te acusaron de cosas horribles, Alexandra. Aunque piense que mereces algo mejor que Denney, hubiera preferido que no terminaran así las cosas.

Alexandra acarició la espalda de su hermana.

—Olvídate de la fiesta, Corey.

Miró a Olivia y fue hacia la puerta principal y la abrió de mala gana. No era plato de gusto para nadie que la rechazaran.

El hombre se había acercado en persona y estaba muy serio.

—Buenas tardes, señorita Bolton.

Lo saludó y lo invitó a pasar, acompañándolo hasta el salón.

—¿Es demasiado temprano para hacer una visita? Anoche no pude conciliar el sueño, señorita Bolton. No podía dejar de pensar en vos.

Alexandra consiguió sonreír con algo de tristeza.

—Debo disculparme por la conducta de mi padre. Lo lamento. Y quería agradecerle de nuevo que tuvierais la deferencia de invitarnos.

—No tenéis nada de lo que disculparos.

—Por supuesto que sí.

—No —insistió Denney—. Me siento tan afligido... Lamento que tuvierais que sufrir tanto durante toda la velada. No fue esa mi intención al invitaros.

—Estoy bien —mintió ella—. Ya lo he olvidado —añadió sonriente—. Sé por qué estáis aquí, señor Denney. Y lo entiendo perfectamente.

—Muy bien. Entonces, os imaginaréis también hasta qué punto me irritaron los maliciosos comentarios y rumores que tuve que oír anoche —repuso él.

—¿Los oísteis también? —le preguntó ella.

Denney asintió con la cabeza.

—Pero, no me comentasteis nada.

—No quería aumentar vuestro sufrimiento, señorita Bolton.

No pudo evitar ruborizarse al saber que había oído todas las viles mentiras que se habían dicho sobre ella en la fiesta, como que Owen la había dejado plantada frente al altar.

—No os preocupéis, señor Denney. Entiendo que ningún hombre quiera como esposa a una mujer rechazada por la sociedad.

El terrateniente, aparentemente perplejo, abrió mucho los ojos al oír sus palabras.

—¿Cómo? ¿Es eso lo que pensáis? ¡No me creí ni uno de los comentarios que escuché! No conozco a una mujer que merezca menos esos rumores, señorita Bolton. Sois la luz que brilla entre todas esas sucias y oscuras mentiras. No entiendo por qué alguien querría calumniaros así, la verdad.

No podía creer lo que le estaba diciendo. Morton Denney no había creído los rumores ni la había juzgado como el resto de los presentes en esa fiesta. La halagó ver la fe que tenía en ella y en su honestidad.

Fue entonces cuando vio a sus hermanas mirándolos desde el pasillo. Había dejado la puerta del salón abierta y las dos jóvenes seguían con interés la conversación.

—Me sorprende que creáis tanto en mí, señor Denney —le confesó.

—Trabajasteis cosiendo la ropa de mi difunta esposa durante cinco años, señorita Bolton. Creo que os conozco lo suficiente como para saber qué tipo de persona sois.

Se quedó unos segundos en silencio, después soltó todo el aire que había estado reteniendo.

—Entonces, ¿esto es sólo una visita? ¿Sin más?

—¿Qué otra cosa podría ser?

—Pensé que veníais para informarme de que ya no estabais interesado en mí.

—Todo lo contrario —le aseguró Denney—. Vine para ver si os encontrabais bien después de todo lo que pasó anoche.

Era un hombre muy generoso. Buscó una silla y se sentó. Denney se le acercó.

—Pero ya habéis visto que no soy aceptada en sociedad. Creo que podríais encontrar a una candidata mejor y más adecuada, señor.

—No lo creo posible, señorita Bolton.

Alexandra intentó recobrar la calma. Se sentía muy aliviada al ver que el señor Denney no pensaba abandonar su empeño, pero también la angustiaba darse cuenta de que estaba muy enamorado de ella.

Deseaba sentir algún día lo mismo por él. De momento, seguía sin poder quitarse al duque de Clarewood de la mente. Respiró profundamente un par de veces y se puso en pie.

—Owen Saint James no me abandonó frente al altar, señor Denney. Os dije la verdad cuando os conté que le había prometido a mi madre que cuidaría de mi familia y que después rompí mi compromiso con Owen.

Denney asintió con la cabeza. Su padre entró en ese momento en el salón, parecía muy nervioso.

—¿Disfrutasteis anoche de la fiesta, señor Denney? —le preguntó Edgemont directamente—. Alexandra estaba preciosa, ¿no os lo pareció? Igual que su madre, una dama de la cabeza a los pies.

—La señorita Bolton siempre está preciosa —repuso el terrateniente.

—¿Os apetecería acompañarme y tomar una taza de té? —le ofreció Edgemont de buen humor—. Me temo que es demasiado temprano para ofreceros un coñac.

Denney miró a Alexandra.

No parecía apetecerle pasar tiempo con su padre, pero los dos hombres iban a tener que llevarse bien si su compromiso llegaba a buen puerto. Alexandra sonrió levemente para animarlo sin palabras a que acompañara a su padre.

Los hombres fueron a la biblioteca y las hermanas se le acercaron enseguida con preocupación.

—Sigue interesado —les dijo Alexandra.

—Ya lo hemos oído —susurró Olivia.

Corey se acercó de repente a la ventana.

—Se acerca alguien a caballo —dijo la joven.

Alexandra se giró y vio al jinete del que hablaba Corey. Llegaba a medio galope, levantando una nube de polvo en el descuidado camino de su propiedad. El caballo era magnífico, se veían pocos de tanta calidad por allí. Se preguntó quién sería el jinete.

—El señor Denney es un hombre generoso y comprensivo —les dijo entonces a sus hermanas.

—Bueno, entonces creo que podríamos llegar a perdonarle que sea tan mayor... —sugirió Olivia.

—Yo no tengo que perdonarle nada. Fuisteis vosotras las que lo acusasteis de ser demasiado viejo para mí.

Alguien llamó entonces a la puerta. Debía de ser el jinete y se imaginó que era alguien que se había perdido. Fue a abrir con sus hermanas detrás de ella.

Y se encontró con Randolph Warenne frente a ella. Tenía las botas llenas de barro y las mejillas enrojecidas por el viento. Sujetaba en la mano un enorme ramo de flores.

Se preguntó si estaría allí para ver a una de sus hermanas. No entendía nada.

—Señorita Bolton —la saludó con una sonrisa y una reverencia—. Están flores son para vos.

Desapareció por completo su alegría al pensar que el joven quería ver a Olivia o a Corey.

Sin entender nada, miró la puerta de la biblioteca. Vio aliviada que seguía cerrada. Lo último que necesitaba era que Denney viera a ese joven entregándole un ramo de flores.

El corazón comenzó a latirle con fuerza y sintió que sus hermanas también aguantaban la respiración.

—Hay una tarjeta dentro del ramo —le explicó Randolph sin dejar de sonreír.

—Perdonadme, parece que he olvidado mis buenos modales —se disculpó Alexandra sin poder dejar de temblar.

No podía creerlo, no podía ser que Clarewood le estuviera enviando flores. No lo esperaba y no creía que fuera una buena noticia. Tomó el regalo y le hizo un gesto para que pasara.

—¿Venís de muy lejos? —le preguntó con educación.

—Sí, pero mi caballo es rápido y fuerte. Lo he traído al galope durante casi todo el trayecto —explicó el joven mientras miraba sonriente a sus hermanas—. He tardado sólo hora y media.

Alexandra no podía dejar de temblar. No entendía o no quería entender el porqué de ese galante gesto. Acompañó al joven hasta el salón.

—Cuando terminen de instalar el ferrocarril, dicen que el trayecto en tren desde Clarewood hasta Kensett no durará más de cuarenta y siete minutos —le dijo ella.

—Aun así, yo seguiré trasladándome a caballo —repuso Randolph riendo.

Vio que el joven no dejaba de mirar a Corey.

—Abre el ramo —le susurró Olivia.

Alexandra agarró con más fuerza las flores.

—Habréis pasado frío —le dijo al joven—. ¿Os apetece tomar una taza de té caliente y unas pastas? Por cierto, se me olvidaba, muchísimas gracias por ayudar a mi padre. Fuisteis muy amable.

—Estoy bien, no tengo frío —repuso Randolph—. Y fue un placer acompañar a vuestro padre. Abrid las flores, por favor. Tengo órdenes de no irme hasta que lo hagáis.

Sus últimas palabras le dejaron muy claro que era Clarewood quien enviaba el ramo. No parecía haberse olvidado de ella ni haber entendido que no era el tipo de mujer que le convenía.

Confusa y nerviosa, retiró el papel del ramo. Aparecieron dos docenas de rosas rojas abiertas y perfectas. Prendido de una de ellas con alfiler había un sobre color crema.

Se quedó inmóvil. No entendía qué pretendía el duque con ese regalo ni por qué lo hacía.

Recordó que el señor Denney deseaba casarse con ella.

—¡Son las rosas más perfectas que he visto en mi vida! —exclamó Corey.

—Nunca había visto rosas de un rojo tan intenso... —agregó Olivia.

—Son carísimas —apuntó Randolph entonces.

Alexandra se quedó mirando la rosas como si estuviera hipnotizada. El gesto le pareció demasiado atrevido y dramático. No creía que Clarewood fuera un romántico, pero se dio cuenta de que era un seductor nato.

—Lee la tarjeta —le pidió Corey.

Entregó las flores a Olivia con manos temblorosas, abrió con cuidado el sobre y sacó la tarjeta. No había nada escrito en ella, sólo una letra, la inicial del duque.

—¿Qué dice? —preguntó Corey con suma curiosidad.

Alexandra no dijo nada, se limitó a mostrarle la tarjeta a su hermana mientras miraba a Randolph. El joven no dejaba de sonreír.

−¿Podríais ponerlas en un jarrón, por favor? −le dijo a Olivia.

No había terminado de hablar cuando se dio cuenta de lo que debía hacer. Tenía que devolverle las flores, no podía aceptarlas.

−¡Espera!

−¿Qué pasa? −preguntó Olivia.

Miró a Randolph con seguridad.

−No puedo aceptar el regalo −le dijo con seguridad.

El joven parecía atónito.

−¿Por qué no? −preguntó Corey.

−Alexandra, deberíamos hablar de esto −le dijo Olivia algo más tranquila.

No podía dejar de temblar, pero estaba segura de su decisión. Tomó de nuevo el ramo y se lo entregó a Randolph.

−Por favor −le pidió al joven cuando vio que no quería tener que llevárselas−. Soy yo la que debería tener un gesto como éste con el duque. Después de todo, fue muy amable anoche con mi familia.

−Pero el duque desea que las aceptéis, señorita Bolton −le dijo Randolph−. De hecho, fue muy claro cuando me dijo qué rosas quería y cómo debían ser. Quiso que encontrara las más bellas y perfectas. Incluso me dijo que una docena no era suficiente. No podéis devolvérselas, señorita, sería una ofensa.

−No puedo aceptarlas −insistió ella con voz temblorosa.

Lo último que deseaba era ofender a Clarewood, sabía que nadie con dos dedos de frente lo haría.

−¿Por qué no podéis aceptarlas? −preguntó el joven.

Alexandra se pasó la lengua por los labios y miró de nuevo la puerta de la biblioteca antes de contestar.

−Tengo un pretendiente, señor. Se trata de un caballero

que me ha dejado muy claro que pronto pedirá mi mano en matrimonio —le dijo con toda la seguridad que pudo reunir—. Cuando el duque lo sepa, estoy segura de que no se sentirá ofendido y entenderá mi postura.

—Tengo que hablar contigo en privado —le susurró Olivia al oído.

Miró a su hermana sin poder quitarse a Clarewood de la cabeza. Una parte de ella quería aceptar las flores y disfrutar de ese momento, pero sabía que no podía hacerlo, no habría sido adecuado.

«Clarewood me ha enviado flores», pensó de nuevo.

—No tengo prisa —le dijo Randolph con firmeza.

El joven parecía dispuesto a esperar lo que hiciera falta con tal de no tener que devolverle el ramo al duque.

—Os prepararé un té —le ofreció Corey.

Y, sin esperar a que le contestara, fue a la cocina corriendo.

—Mientras tanto, creo que saldré a refrescar un poco al caballo. ¿Podría usar agua del pozo?

—Por supuesto —repuso Alexandra—. La bomba está al lado del establo.

Esperó a que saliera y suspiró con fuerza.

—Esas flores son demasiado bonitas como para que las devuelvas —le dijo Olivia.

—Pero, ¿cómo podría aceptarlas? —repuso Alexandra.

—Quizá sus intenciones sean buenas.

—Es imposible.

—¿Seguro? ¿Y si existiera una posibilidad de que le interesaras como esposa? Si le devuelves las rosas sólo conseguirás ofenderlo.

Miró a su hermana. Estaba segura de que el duque no podía estar interesado en ella de ese modo. Pensó de nuevo en Owen. Lo echaba mucho de menos. Había perdido a su único amor y todos los sueños que habían tenido.

—Quédate con la flores —insistió Olivia—. Puedes quedártelas sin que eso te obligue a nada. Pero creo que devolvérselas podría perjudicarte mucho, Alexandra.

El argumento de su hermana estaba consiguiendo convencerla. La verdad era que no había visto rosas tan bellas en su vida.

—Además, me encantaría poder pintarlas con mis óleos —añadió Olivia.

Sus palabras consiguieron persuadirla y sonrió a su hermana.

CAPÍTULO 5

A la una y media, Stephen dejó que los arquitectos siguieran trabajando con los cambios que acababa de hacer en los planos y se despidió de ellos. No podía dejar de pensar en las viviendas en las que pronto podrían vivir los trabajadores de la fábrica de textiles. Pero llegaba tarde. Había estado toda la mañana inmerso en el proyecto de Manchester y no quería que su madre tuviera que esperar.

Su padre había remodelado y ampliado la mansión de los Clarewood, que constaba de un total de cien habitaciones. La fachada era gótica y abundaban los torreones y las agujas. Sabía que Guillermo, el mayordomo, acompañaría a su madre hasta el salón dorado, cabía la posibilidad de que ya estuviera esperándolo allí.

Era el mejor salón de la mansión, el que se ofrecía a los invitados más ilustres.

Pensó entonces en el americano que había acompañado a su madre la noche anterior. Al no residir en Inglaterra, sabía que le iba a costar mucho trabajo investigar su pasado y no quería perder el tiempo y arriesgarse a que avanzara la relación que su madre tenía con él antes de que pudiera saber qué tipo de persona era.

Julia tenía cincuenta años, pero seguía siendo una mujer muy bella. Era esbelta y elegante. Le gustaba montar a caballo y seguía haciéndolo a diario. Estaba seguro de que esas actividades eran las que la habían mantenido tan joven y saludable a pesar de su edad. Recordó entonces cómo el americano había mirado a su madre durante el baile, estaba seguro de que Jefferson se sentía atraído por ella.

Y temía que fuera la fortuna de su madre lo que más atrajera al americano.

Llegó al vestíbulo principal y miró por uno de los ventanales. Podía ver la gran fuente de la entrada y parte del camino. No vio ningún jinete, pero sabía que Randolph no podía tardar mucho en regresar.

No había dormido bien esa noche. Aunque no era raro en él que pasara horas dando vueltas en la cama, normalmente eran las nuevas ideas, planes y proyectos los que le quitaban el sueño. Esa noche, en cambio, había sido su creciente interés por Alexandra Bolton el que lo había mantenido en vela. Si esa mujer había decidido rechazar sus avances para conseguir estimular su apetito, había logrado el efecto deseado.

Guillermo apareció de pronto frente a él. Llevaba una tarjeta de visita en la mano.

—Excelencia, lady Witte acaba de llegar.

Le incomodó la interrupción, pero sabía que no podía retrasar más lo inevitable. Debía decirle cuanto antes que su relación había terminado.

—¿Dónde está?

—Se encuentra en el salón Primavera, con la duquesa viuda.

Asintió y fue hacia allí. Se encontró a su madre charlando amigablemente con lady Witte. Las dos mujeres se giraron a la vez al oírlo entrar.

Su madre dejó de sonreír al instante y supo que estaba preocupada. Recordó lo feliz y bella que le había parecido la noche anterior, cuando la vio entrar en el salón de baile del brazo de Jefferson. No le quedaba más remedio que admitir que hacían muy buena pareja.

Miró entonces a su amante. Charlotte lo sonreía con complicidad. Era una mujer inteligente y astuta. Imaginó que estaría allí para tratar de mantener su relación a flote.

—Buenas tardes, lady Witte, madre —las saludó.

Sonrió a la joven y besó a la duquesa viuda en la mejilla.

—Espero que mi visita no sea inoportuna —le dijo Charlotte.

—La verdad es que me gustaría reunirme en privado con Stephen —repuso Julia con firmeza.

—De acuerdo, no tengo ninguna prisa —aseguró lady Witte con una seductora sonrisa.

—¿Podríais concedernos unos minutos? —le preguntó a Charlotte mientras le ofrecía el brazo a su madre para pasar a un salón adyacente.

Lady Witte asintió con la cabeza, como era de esperar.

Entró con su madre en la sala de música. Había un gran piano de cola y un arpa en el centro del salón. Rodeaban los instrumentos dos filas de asientos de terciopelo dorado.

—Gracias por venir a verme tan rápidamente —le dijo él.

—Aunque sea vuestra madre, yo también debo obedecer al duque de Clarewood, como hace todo el mundo.

Hizo una mueca al oír las duras palabras de la duquesa viuda.

—No era una orden, sino una invitación, madre —le aseguró—. Hacía mucho tiempo que no hablábamos y hay algunos temas que me gustaría tratar con vos. Pero veo que estáis algo inquieta y preocupada.

—Anoche cumplisteis con vuestra responsabilidad interrogando a Jefferson, Stephen, no esperaba menos. Los dos sabemos que decidisteis nada más verlo que ese hombre no iba a ser de vuestro agrado. Por eso estoy preocupada.

Sus palabras lo intranquilizaron.

—No conozco de nada a ese hombre, ni siquiera es inglés. Y, para hacer las cosas aún más complicadas, me pareció que estabais muy feliz con él.

—¿Y eso complica las cosas? —preguntó su madre—. No

termino de saber si Tom fue el que os enseñó a ser tan frío o si lo sois por naturaleza. Sí, teníais razón, estoy preocupada e intranquila. Y vos sois el causante de que me encuentre así.

—Como parece que queréis ser muy sincera, yo también lo seré. Es mi deber protegeros y apartar a los charlatanes y cazafortunas que se os acerquen.

—No esperaría menos. Tom os enseñó muy bien, hijo —le dijo con ironía.

Le costaba discutir con su madre, casi nunca lo hacían.

—Sé que tenéis un alto sentido del deber, madre —repuso él.

—Sí, es cierto. Por eso he dedicado mi vida al ducado de Clarewood y a vuestra educación —aseguró su madre con firmeza—. Para él, erais siempre lo primero, el heredero. Por eso decidí quedarme con Tom a pesar de lo mal que me trataba. Todo lo que he hecho, lo he hecho por vos, con la ilusión de que os convirtierais en un gran duque.

Sus palabras consiguieron incomodarlo. Nadie sabía tan bien cómo él los abusos que su madre había tenido que sufrir como esposa de Clarewood. Aunque no tenía buenos recuerdos de su padre, sabía que había sido más cruel aún con Julia. Siempre había sentido desprecio hacia su esposa y, al final de sus días, ni siquiera se había molestado por ocultar esos sentimientos.

Y también sabía que su madre nunca había intentando defenderse de los ataques de su padre. Lo había soportado todo durante años con gran dignidad. Sólo se había portado como una leona cuando había tenido que defender a su hijo. Recordaba muy bien las peleas de sus padres, tan violentas que solía esconderse para no tener que soportarlas.

Siempre le había dolido que su madre tuviera que defenderlo como lo hacía. Y, cuando fue algo más mayor, trataba de convencerla para que no se metiera a protegerlo e ignorara los ataques de Tom. Pero ella siempre se había negado. Era una mujer muy valiente y fuerte, sobre todo cuando tenía que enfrentarse a su esposo. Pero también había sabido ser diplomática cuando ésa era la mejor táctica para conseguir su propósito, defender los intereses del duque heredero.

—Nadie mejor que yo conoce los sacrificios que tuvisteis que hacer.

—Me alegro. Entonces os daréis cuenta de que ya es hora de que pueda cuidar de mí misma —le dijo Julia.

—¿Qué queréis decir con eso? Siempre seréis la duquesa viuda, mi madre y mi responsabilidad.

—Lo que quiero decir es que Tom murió hace quince años. Su muerte consiguió liberarme y por fin pude vivir la vida como siempre he querido. Nunca he deseado volver a sentirme prisionera de nadie, Stephen. Seguro que sabéis que por eso no me he vuelto a casar.

No le gustó que sacara el tema del matrimonio, le dio mala espina.

—Seguid —le pidió con seriedad.

Julia lo miró, parecía estar calculando las palabras que iba a decirle. Incluso se había sonrojado un poco.

—Hay algo en Tyne Jefferson... Es amable sin dejar por eso de ser viril. Es fuerte y sólido como la tierra que pisamos. Sé que debería estar con una mujer mucho más joven, creo que somos de la misma edad, pero parece que me encuentra interesante e incluso atractiva. Ese hombre me gusta, Stephen. Me gusta mucho, pero acabo de darme cuenta de que intentaréis que nuestra relación no vaya a más.

No podía creer que su madre estuviera pensando en casarse con Jefferson. O quizá se tratara sólo de una aventura amorosa.

—¿Cuánto hace que lo conocéis? ¿Por qué no había sabido nada de él hasta ahora? —le preguntó él intentando controlar su enfado—. ¿Se trata de una aventura?

—Acabo de conocerlo, me lo presentaron en una cena —repuso su madre—. Y después nos encontramos por casualidad otro día por el centro de la ciudad. Anoche fue la primera vez que pudimos hablar con tranquilidad. Fue muy agradable, a pesar del interrogatorio al que lo sometisteis cuando os lo presenté.

—Viendo cómo os miraba, entiendo que tengo derecho a interrogarlo —repuso él.

—¡Y yo creo que tengo derecho a esta segunda oportunidad! ¡Que seguramente sea además la última! —replicó su madre—. Siempre le fui fiel a vuestro padre, cuando sé que cualquier otra mujer en mi lugar habría buscado cariño y consuelo en alguna otra parte.

Cada vez estaba más preocupado.

—Si os sentís sola, os encontraré un nuevo esposo —le dijo.

—¿Sabéis por qué Tom acabó odiándome a pesar de lo enamorado que había estado de mi cuando nacisteis vos? —le preguntó su madre—. ¿Lo suficientemente enamorado como para aceptaros como si fuerais su hijo?

No pudo contestar.

—Llegó a odiarme porque nunca conseguí darle un hijo. ¡Resulta tan irónico! Era impotente, pero decidió culparme a mí. Y después a vos. Jefferson ha conseguido que me sienta de nuevo como una mujer joven e ilusionada —le confesó con una sonrisa—. Fue muy duro ser la duquesa de Clarewood, siempre me sentí muy sola. Y no me di cuenta de que seguía sintiéndome así hasta que conocí a Jefferson. Él ha conseguido que me sienta viva.

Cada vez estaba más incómodo. Su madre estaba contándole más de lo que deseaba saber.

—Creo que os merecéis lo que parecéis estar buscando, un esposo. Y voy a empezar a buscar. Pero sé que podéis conseguir algo mejor que un americano inculto que se dedica a la ganadería, madre.

—¿Desde cuándo sois tan clasista? —le preguntó atónita la duquesa viuda.

—¿Acaso estaríais con él si fuera un simple granjero?

Sabía que su madre nunca tendría nada que ver con un granjero, aunque se tratara de un caballero o un gran terrateniente.

—Jefferson es mucho más que un granjero. Ha conseguido establecer una gran ganadería en unos terrenos que eran salvajes hasta hace muy poco tiempo —le dijo ella—. Y que no se os ocurra buscarme pretendientes. Es Jefferson quien me interesa, no el matrimonio. Es muy distinto.

Pensó entonces que quizá su madre no buscara más que una aventura temporal. Aunque no le agradaba la idea, creía que podría tolerarlo mejor que un segundo matrimonio.

—No confío en ese hombre. Y parece que vos tampoco lo conocéis demasiado, madre.

—Por eso quiero cuidar esta amistad y llegar a conocerlo mejor. Por eso, deberíais meteros en vuestros asuntos y dejar que yo me ocupe de Jefferson.

Se quedó callado, no podía hacer lo que le pedía su madre.

—¿Queréis quedaros y cenar conmigo? Puedo anular los planes que tenía para esta noche —le ofreció poco después.

—No, me voy —le dijo Julia poniéndose en pie—. Tengo planes. Espero que haya sido lo suficientemente clara, Stephen. Os quiero mucho. Pero, si echáis esto a perder, puede que no consiga nunca perdonaros.

—Os acompañaré hasta la puerta —repuso él mientras le ofrecía su brazo.

Sabía que, aunque pudiera perder el amor de su madre, tenía que hacer lo mejor para ella.

—Sólo os pido que tengáis cuidado —le dijo mientras salían.

Julia lo miró entonces con una sonrisa y los ojos brillantes.

—Es difícil tener cuidado cuando alguien consigue acelerar vuestro corazón, Stephen. Pero supongo que nunca habréis sentido nada parecido.

Se le vino entonces a la cabeza la señorita Bolton. Ella había conseguido acelerar su corazón y deseaba conquistarla, pero no le costaba ser práctico ni cuidadoso al mismo tiempo.

Cuando llegaron al vestíbulo, ya los esperaba Guillermo con la capa y los guantes de su madre. Otro mayordomo abrió la puerta mientras Guillermo la ayudaba a abrigarse.

—Prometedme al menos que seréis más educado la próxima vez que lo veáis —le pidió su madre—. Quiero que le concedáis el beneficio de la duda, por favor.

—Lo intentaré —repuso él con poco entusiasmo.

—Por cierto, os mostrasteis muy galante anoche ayudando al padre de esa joven a salir de la casa —añadió su madre desde la puerta—. La señorita Bolton parece una mujer muy interesante.

—Puedo ser galante cuando me lo propongo, madre —repuso él con una sonrisa—. A pesar de lo que diga la gente, soy un caballero.

—Podríais haberos encargado de que Alexi y Randolph Warenne la ayudaran sin necesidad de interceder vos mismo.

—Ellos también me ayudaron con el señor Bolton.

Julia lo miró a los ojos, parecía estar tratando de leer su pensamiento.

—Me pareció que os desvivisteis por socorrerla. Parece una joven orgullosa y fuerte, Stephen. No se parece en nada a las mujeres que soléis conocer.

Se limitó a sonreír y esperó hasta que la duquesa viuda subió a su carruaje para cerrar la puerta e ir al salón Primavera. Charlotte esperaba sentada en un diván y leyendo una publicación semanal. Sabía que estaba posando para él, su postura no era natural y resaltaba cada curva de su cuerpo. Ella le sonrió al verlo entrar y se puso en pie.

Pero él no le devolvió el gesto.

—Deberíais cerrar la puerta —le dijo Charlotte con voz sensual mientras se le acercaba.

La joven le había demostrado que era una amante experimentada.

—Teníamos un acuerdo —le recordó él—. Y no os he avisado para que vinierais a verme hoy.

Le había dejado muy claro desde el principio que no le agradaban las visitas inesperadas. Prefería ser él quien organizara sus citas.

Charlotte se detuvo frente a él y agarró las solapas de su chaleco.

—Nunca me gustó esa regla, Stephen —murmuró ella—. Vos podéis llamarme, pero yo nunca puedo... Y también tengo necesidades. Ha pasado ya una semana...

—No quiero discutir —le dijo mientras tomaba las manos de la joven y las apartaba—. Lo siento, Charlotte. He estado muy ocupado con mis proyectos y sigo teniendo mucho trabajo.

Intentaba ser tan educado como le era posible en esas circunstancias.

—¿Ocupado con el trabajo o con esa costurera desgarbada a la que rescatasteis dos veces anoche? —le preguntó Charlotte con la cara enrojecida.

No podía creerlo. Se quedó sin palabras.

—Perdonadme —se disculpó la joven—. Pero no se me pasó por alto vuestra caballerosidad. Sólo os comportáis así cuando estáis interesado en una mujer.

—No pienso hablar de la señorita Bolton con vos —le dijo él con firmeza—. Y, lo siento mucho, Charlotte, pero doy por terminada esta relación.

—¿Por qué? —preguntó fuera de sí—. ¿Para ir tras ella? ¿O acaso hay alguien más?

—He disfrutado mucho de vuestros favores, pero no veo razón para continuar cuando mi interés ha ido decreciendo —le dijo mientras se apartaba de ella.

Pretendía dejarle claro que también daba por terminada la visita.

—No me importa que intentéis algo con ella porque sé

que perderéis el interés después de una o dos noches —repuso ella sin moverse.

No iba a caer en la tentación de discutir con ella y decidió cambiar de tema.

—Me temo que tengo un día muy ajetreado. ¿Deseáis que os acompañe a la puerta? Haré que alguien os haga llegar vuestras cosas.

Charlotte se echó a temblar al oír sus palabras.

—Llamadme cuando queráis, Stephen. Sé que cambiaréis de opinión y recobraréis pronto el sentido común.

—Podéis pensar lo que queráis —repuso él con impaciencia.

—Me gustaría recoger mis cosas —le pidió Charlotte entonces con voz inocente.

Pero no podía engañarlo, sabía que se traía algo entre manos, lo veía en su mirada.

—Muy bien, le pediré a Guillermo que os ayude.

—Querría tener un último momento...

Charlotte tenía los ojos llenos de lágrimas, pero él no se movió, sabía que era puro teatro. Asintió con la cabeza y salió aliviado del salón.

Había ido perdiendo el interés por ella poco a poco, pero no se había dado cuenta hasta entonces. Pensó que quizá por eso la señorita Bolton había conseguido atraerlo tanto. Era más fácil convencerse de que ésa era la razón y no intentar analizar por qué esa mujer parecía haber despertado su deseo como ninguna otra.

No tardó mucho en olvidar a Charlotte Witte y concentrarse en los planos de su último proyecto. Estaba a punto de entrar en su despacho cuando se encontró a Randolph corriendo hacia él por el pasillo. El largo trayecto en caballo hasta Edgemont había cubierto de barro sus botas.

Se detuvo al verlo y le sonrió mientras miraba su reloj de bolsillo.

—Habéis hecho muy buen tiempo. ¿Le gustaron las rosas?

Randolph dudó un segundo antes de contestarle.

—Le llevasteis las rosas más bonitas que pudisteis encontrar, ¿no? —preguntó con preocupación y dispuesto a cortarle la cabeza si le decía lo contrario.

—Eran perfectas y sí, le gustaron mucho... Bueno, más o menos —repuso el joven.

No entendía qué problema había.

—¿Qué queréis decir? No entiendo. ¿Qué es lo que dijo al verlas? Me imagino que se sentiría muy halagada.

—No sé si se sintió halagada, excelencia. Pero me dio las gracias.

Le costaba creer lo que le estaba contando.

—¿No le halagó ver que estaba interesado en ella?

Randolph suspiró.

—La verdad es que no quería aceptarlas y tuve que convencerla para que no os las devolviera, excelencia.

No podía entender por qué Alexandra Bolton no había querido aceptar las rosas. Era como si pensara rechazarlo, le costaba creerlo.

—¿Por qué quería devolverme las flores?

—Parece que tiene un pretendiente del que espera una oferta de matrimonio —le aseguró Randolph.

Iba de sorpresa en sorpresa. No le cabía en la cabeza que pudiera estar interesada en el hombre mayor con el que había ido al baile. Se había encargado de hacer algunas preguntas y sabía que se trataba de Morton Denney, el que más tierras tenía de todos los que arrendaban los cultivos de sir Rex. Doblaba a Alexandra Bolton en edad, pero sabía que ése no era el problema. Aunque fuera un caballero, también era un granjero. Por otro lado, tenía una buena situación económica y, para alguien tan pobre como Alexandra, podría significar una garantía de futuro.

Pero, por mucho dinero que tuviera, Stephen sabía que nadie poseía tanta riqueza como él.

—A la señorita Bolton no le parecía apropiado aceptar

vuestro regalo, excelencia. Incluso llegó a decirme que debería ser ella la que os enviara flores como muestra de su gratitud.

Su interés iba cada vez a más. Ninguna mujer se había atrevido nunca a rechazarlo, pero la señorita Bolton, aunque había terminado aceptando el regalo, había estado a punto de devolverle las rosas y ofenderlo con ese gesto.

Pero creía que ella estaba más interesada de lo que quería hacerles creer. No se daba por vencido, creía que acabaría consiguiendo sus favores.

Lejos de desanimarse, había conseguido interesarlo aún más. Y, para que su conquista fuera aún más divertida, debía enfrentarse además a un rival. Le encantaba pelear y ganar. Lo único que lamentaba era que su rival no fuera alguien más interesante, joven y poderoso. Sonrió lentamente mientras trazaba un plan en su cabeza.

—Quiero que se me informe enseguida cuando ese terrateniente pida su mano —le ordenó.

—Me pondré al habla con nuestros abogados en Londres para que averigüen qué bufete lleva los asuntos del señor Denney y asegurarme de que nos mantengan informados en todo momento —le dijo Randolph.

—Muy bien.

Abrió la puerta del despacho y le hizo un gesto a Randolph para que pasara, fue entonces cuando vio a Charlotte metiéndose de nuevo en el salón. Supo que había estado espiándolos, pero no le preocupó. Esperaba que recobrara pronto el sentido común.

Se olvidó de nuevo de su amante en cuanto entró en el despacho.

—Tengo algunas cosas que comentaros. He estado examinando los informes de Ridgeway y querría que les echarais un vistazo.

Mientras se sentaban a la mesa de despacho y antes de centrarse en los temas que concernían a su fundación, decidió organizar una cena. Sabía que no iba a tenerlo fácil con

Alexandra Bolton, así que iba a tener que ser una invitación que no pudiera rechazar.

El tipo de invitación que ninguna mujer podía resistir.

Dos días más tarde, Alexandra sonrió al señor Denney cuando llegaron por fin en calesa a Villa Edgemont. Era una día gris y nublado. Los caminos seguían embarrados y cubiertos de hojas amarillas y rojas. Su pretendiente la había llevado a su casa para mostrársela y le había gustado mucho. Tenía una villa preciosa con unos jardines muy cuidados. Tal y como había imaginado, el señor Denney disfrutaba de una buena situación económica.

Miró entonces su propio hogar. La casa de dos plantas estaba construida con piedra beis y tenía un tejado de pizarra gris. El establo era pequeño y también de piedra. A un extremo de los jardines estaba la cabaña del servicio, que llevaba años vacía. La parte delantera de la propiedad estaba cercada por un vallado bajo que se llenaba de buganvillas cada primavera. En esa misma época, florecían las rosas rojas plantadas por su madre cerca de la casa.

Denney giró para entrar por el camino de la casa y la calesa saltó al pasar por un bache. Miró a su pretendiente y se disculpó por el estado del camino.

—No os preocupéis, será fácil repararlo —repuso él con una sonrisa—. Espero que no os importe que os lo diga, señorita Bolton, pero hoy estáis preciosa.

—Gracias —contestó ella.

No se sonrojó ni se le aceleró el pulso al oír sus palabras. Para colmo de males, pensó al instante en Clarewood.

Había colocado sus maravillosas rosas rojas en su dormitorio. Las admiraba cada vez que subía a su cuarto. No terminaba de entender por qué el duque la había elegido a ella. Sabía que sus intenciones no eran buenas.

Había tenido un par de días para pensar en todo aquello y seguía sin comprenderlo. Pero no quería perder más tiempo en ello. Le había dicho a Randolph que tenía un pretendiente y estaba seguro de que Clarewood cesaría en su empeño para dirigir su atención a alguna otra mujer.

Pese a todo, estaba tan preocupada como desilusionada.

Sacudió enfadada la cabeza. Un hombre amable y comprensivo se había interesado en ella. Denney tenía medios económicos e intenciones serias. A pesar de lo que había ocurrido en el baile de los Harrington, seguía interesado en ella. Le parecía un hombre leal, generoso y agradable. Y, lo que era aún más importante, podría cambiar la vida de sus hermanas para siempre.

El hombre detuvo la calesa frente a la puerta de Villa Edgemont y ella dejó de lado sus pensamientos. Tenía que invitarlo a pasar y dedicarle un poco de tiempo, pero esperaba que se fuera pronto. Lady Lewis, tal y como le había prometido, había llevado su vestido de baile para que lo limpiara y planchara. Tenía que tenerlo listo al día siguiente, junto con los de otras cuantas damas. La tarea le llevaría muchas horas de trabajo.

Denney se bajó de la calesa y fue a ayudarla.

—¿Os ofendería que no pasara? —le preguntó después con gesto preocupado—. Tengo que repasar algunas cuentas y preparar una reunión con uno de mis inquilinos más importantes.

Se había dado cuenta de que Denney arrendaba a otros agricultores las tierras que tenía alquiladas a sir Rex. Le había sorprendido gratamente ver el buen ojo que tenía para los negocios. Fue un alivio también que no se quedara más tiempo.

—No me ofenderíais en absoluto, señor Denney. Ha sido una tarde muy agradable. Gracias por todo —le dijo con sinceridad.

El hombre sonrió y tomó sus manos de manera impulsiva.

—Estoy intentando controlarme, querida. Pero, ¿os ofendería mucho que hablara con vuestro padre sobre mis intenciones sin esperar mucho más tiempo?

El corazón le dio un vuelco y trató de convencerse de que era sorpresa lo que sentía y no pánico.

—Dudo mucho de que pudierais llegar a ofenderme, señor —repuso ella.

Denney sonrió aún más y subió deprisa a su calesa. Ella esperó en el camino, despidiéndolo.

Iba a pedir pronto su mano. Se quedó mirando la calesa y tratando de controlar su consternación. Había esperado que la cortejara durante meses o incluso más tiempo.

Pero no le extrañaba que se mostrara impaciente. Ella iba a cumplir veintisiete años en primavera y se le ocurrió que quizá deseara tener más hijos. No podía pensar en ello sin que se le encogiera el corazón. Denney ya tenía dos hijos y una hija. Sabía que los tres estaban casados, pero no había conocido a ninguno.

Fuera como fuese, no tenía tiempo de pensar en esas cosas con todo el trabajo que le esperaba dentro de la casa.

Se abrió tras ella la puerta. Se dio la vuelta y se encontró con Olivia, que la miraba con los ojos muy abiertos. Se dio cuenta enseguida de que pasaba algo y corrió hacia ella.

—¿Qué ocurre?

—Entra —le dijo su hermana.

Alarmada, aceleró aún más el paso.

—Nuestro padre no está en casa —le dijo Olivia mientras la llevaba hasta la salita.

Pero ella no pudo pasar de la puerta. Se quedó paralizada al ver seis jarrones en la mesa que tenían tras el sofá. Había una docena de perfectas rosas rojas en cada jarrón. El corazón comenzó a latirle con fuerza, como si fuera a salírsele del pecho.

«No ha desistido...», pensó incrédula.

—Las ha traído el florista poco después de que salieras con Denney —le susurró Olivia con los ojos como platos.

Alexandra estaba tan conmocionada que tuvo que sentarse.

Corey entró corriendo en ese momento.

—¿Te lo puedes creer? —le preguntó la joven con entusiasmo—. ¡Y esta vez envía una carta!

No entendía por qué el duque estaba haciendo algo así. Olivia le entregó un sobre.

—Y hay algo dentro, Alexandra —le dijo.

Miró la carta y notó que dentro había algo más que papel. Iba dirigida a ella, sin dirección. Imaginó que el florista habría recibido instrucciones específicas sobre cómo llegar hasta Villa Edgemont. No quería ni pensar en lo que Clarewood habría metido en el sobre.

Le dio la vuelta a la carta con manos temblorosas y se encontró con el emblema del duque, su inicial en tinta dorada y con un león a cada lado.

—Ábrelo ya, por favor —le suplicó Corey.

Miró a sus hermanas.

—Se lo dejé muy claro. Le dije a Randolph que el gesto del duque era inapropiado, le expliqué que el señor Denney me está cortejando y que tiene intención de casarse conmigo...

Le costaba reconocer su propia voz, estaba en tal estado de tensión y nerviosismo que le dolía todo el cuerpo.

—Es tan romántico... —suspiró Corey.

Le entraron ganas de gritarle. No entendía a su hermana. A ella no le parecía un gesto romántico, sino de lo más sórdido.

Pero se pasó la lengua por los labios y tomó el abrecartas que Olivia le ofrecía. Lo deslizó bajo la solapa del sobre y lo abrió. Al ver el brillo del objeto, metido de forma descuidada dentro de la carta, se quedó sin aliento. No podía creerlo.

—¿Qué es? —preguntó Olivia con impaciencia.

No podía contestar ni moverse. Sacó del sobre una pulsera de diamantes. A pesar de la poca luz que entraba a esas horas en la salita, la joya refulgía con fuerza.

Corey no pudo ahogar una exclamación y se dejó caer en una silla. Olivia también chilló.

Alexandra, sin palabras, se limitó a admirar la pulsera. Tenía unos dos centímetros de ancho y estaba formada por cientos de brillantes montados sobre cuadraditos de platino.

El corazón le latía tan deprisa que se sintió algo mareada.

—Esa pulsera vale una fortuna —susurró Olivia mientras se sentaba.

—¿Por qué está haciendo esto? —se preguntó Alexandra sin alcanzar a comprender nada de lo que le estaba pasando.

Lo primero que pensó fue que con esa pulsera podría comprarles ropa nueva a sus hermanas e incluso proporcionarles pequeñas dotes. No entendía en qué podía estar pensando el duque de Clarewood para hacer algo así.

—Lee la carta —le recordó Olivia.

Había olvidado por completo la carta. Le entregó la pulsera a Olivia, que suspiró al tocarla, y sacó la carta.

Querida señorita Bolton,
Me encantaría tener el honor de contar con vuestra presencia para cenar esta noche. Os espero a las siete de la tarde. Estoy deseando poder conoceros mejor.
Con afecto,

Clarewood

—¿Qué dice? —preguntó Corey mientras disfrutaba de su turno sujetando la pulsera.

Alexandra le entregó la carta a Olivia, que la leyó en voz alta. La cabeza le daba vueltas. No podía ir. Eso lo tenía claro, no podía aceptar la invitación.

Por si había alguna duda, Clarewood acababa de dejarle muy claras sus intenciones. Si hubiera tenido el más mínimo deseo de cortejarla, nunca le habría enviado una invitación como ésa ni una pulsera de brillantes. Creía que era el tipo de regalo que los hombres con dinero enviaban a sus amantes.

—Tienes que ir —le dijo Corey mientras se ponía en pie.

Alexandra la miró con el ceño fruncido.

—Corey, ese hombre sólo pretende seducirme. Y yo tengo un pretendiente, ¿lo has olvidado?

—¿El señor Denney? —preguntó Corey de mala gana—. Alexandra, ¿qué es lo que te pasa? El soltero más guapo y rico de todo el país intenta conquistarte. ¿Cómo puedes negarte y rechazarlo así?

—Si voy esta noche a su casa, saldría de allí como una mujer sin honor. ¡Sería una prostituta sin vergüenza alguna! —exclamó sin poder controlarse más.

Corey palideció al escucharla, pero vio que no la había convencido.

—Creo que Clarewood es un caballero. Nunca te obligaría a hacer nada en contra de tu voluntad —le dijo.

Alexandra miró con desesperación a la más pequeña de las hermanas. Quería pensar lo mismo que Corey, pero no se fiaba de las intenciones de Clarewood ni de las suyas. Lo que su hermana no sabía era que soñaba con poder estar entre sus brazos y que la besara. Clarewood había conseguido despertar el deseo en su cuerpo y hacerle recordar que llevaba demasiado tiempo sin vivir ese tipo de emociones. Pero Clarewood no era como Owen y ella no lo amaba. De hecho, ni siquiera lo conocía.

Olivia se puso entonces de pie.

—Corey, yo también creo que el duque es un caballero, pero estoy de acuerdo con Alexandra. Las intenciones de ese hombre no pueden ser buenas.

Olivia la miró entonces a los ojos, parecía haber adivinado cuánto le atraía el duque.

—Clarewood no parece dispuesto a aceptar que Alexandra rechace sus invitaciones —murmuró Olivia.

—Entonces, ¿no vas a ir a la cena? —le preguntó Corey—. Pero vas a quedarte con la pulsera, ¿no?

—¡Corey! —exclamó Olivia con consternación—. Yo también estoy deslumbrada con la joya y el gesto de Clarewood, pero Alexandra no puede quedársela.

—Pero podríamos comer durante mucho tiempo si la

vendemos. Incluso podríamos saldar las deudas —repuso Corey.

Las dos jóvenes miraban a Alexandra, pero ella no podía siquiera pensar con claridad.

—No puedo aceptar la pulsera o él creería que acepto sus insinuaciones —les dijo con más seguridad—. Corey, por favor —añadió mientras extendía la mano.

De muy mala gana, su hermana pequeña le entregó la pulsera.

—Yo iría —repuso la joven—. Preferiría ser la amante del duque que la esposa del terrateniente.

El corazón le dio un vuelco al oír sus palabras, pero se negó a reconocer lo que sentía. Tampoco quería pensar más en Clarewood.

—El duque sabe que tengo un pretendiente y está claro que no le importa —le dijo Alexandra con firmeza—. No puedo permitir que siga por este camino.

Olivia, aunque no parecía muy conforme, le dio la razón.

—Es verdad, no puedes permitirlo. Siempre y cuando sigas convencida de que quieres casarte con el señor Denney, claro.

Volvió a sentir que se le encogía el corazón, pero ignoró la sensación.

—Así es —les aseguró a sus hermanas mientras miraba las seis docenas de rosas—. No sé cómo podría explicarle a nuestro padre lo de las flores si llegara a verlas. Creo que se pondría furioso y no sé lo que sería capaz de hacer —les dijo.

Respiró profundamente para tratar de calmarse.

—Tengo que ir a Clarewood —les anunció Alexandra.

Las dos hermanas se sobresaltaron al oírlo.

—Voy a devolverle las rosas y la pulsera. Y le dejaré las cosas muy claras al duque —añadió con nerviosismo.

CAPÍTULO 6

Stephen salió del despacho poniéndose la levita. Había dejado allí a Randolph, que estaba repasando la contabilidad de la fundación. Ariella y Elysse lo esperaban ya. Les había enviado mensajes para invitarlas.

—Me asombra que os hayáis atrevido a salir de la ciudad en un día como éste —les dijo a las mujeres cuando entró en uno de los salones de la mansión.

Llevaba una hora lloviendo y el cielo estaba cada vez más oscuro, anunciando que lo peor de la tormenta estaba aún por llegar.

Sus primas lo esperaban sentadas en un sofá color crema. Elysse llevaba un vestido de rayas verdes y Ariella uno de seda azul. Le pareció que formaban una bella visión que cualquier pintor habría querido plasmar en un lienzo.

Las dos se levantaron para saludarlo. Elysse lo besó en la mejilla y Ariella hizo lo propio. No parecía importarles que Guillermo estuviera presente. El mayordomo era profesional y muy discreto y estaba acostumbrado a la familiaridad con que trataban al duque. Tanto la alta sociedad inglesa como los miembros de su servicio sabían que había una gran amistad entre Clarewood y los Warenne.

—Vuestro mensaje nos intrigó mucho —le explicó Ariella mientras lo observaba con sus grandes ojos azules—. Decíais que estabais en apuros y que sólo Elysse y yo podríamos ayudaros –agregó con curiosidad.

–Ya le he dicho a Ariella que debía de tratarse de alguna broma o una estratagema para conseguir que viniéramos. No os imagino estando en apuros. Aunque pasara por aquí un huracán, os limitaríais a señalarlo con el dedo y ordenarle que se alejara. Podéis con todo, excelencia –le dijo Elysse entre risas–. Pero, antes de que nos contéis nada, estoy muerta de hambre.

Stephen sonrió y miró al mayordomo.

–Sírvenos un tentempié, por favor, Guillermo –le pidió.

–Enseguida, excelencia –repuso el solícito sirviente mientras salía del salón y cerraba la puerta.

Stephen les hizo un gesto a las damas para que se sentaran de nuevo. Después se acomodó él.

–Iré directamente al grano. Quiero encontrarle un marido a la duquesa viuda –les dijo.

Las dos mujeres lo miraron con la boca abierta.

–Lo sé, lo sé. Parece algo extraño después de quince años, pero creo que Julia sería más feliz con un marido que viviendo sola como ha hecho hasta ahora.

Ariella y Elysse se miraron.

–Stephen, ¿a qué viene esto? No es ningún secreto que vuestra madre sufrió mucho mientras estuvo casada con vuestro padre. Creo que ahora está muy bien. No tiene que dar explicaciones a nadie, sólo al actual duque, y siempre le habéis dado mucha libertad. Yo no me plantearía un segundo matrimonio, me parece que está satisfecha con su vida –le dijo Ariella.

La hermana de Alexi siempre decía lo que pensaba y fue algo que le gustó en esos momentos.

–No es mi intención obligarla a que se case. Sólo quiero presentarle a alguien atractivo, honrado y agradable.

Ariella y Elysse se quedaron en silencio.

–¿Queréis encontrar a alguien del que pueda enamorarse? –preguntó Elysse con incredulidad.

Hizo una mueca al oír su pregunta.

—Quiero encontrar a un caballero por el que mi madre pueda llegar a sentir aprecio y que ese sentimiento sea mutuo. Si lo queréis llamar amor, podéis hacerlo, me da igual —le dijo a Elysse mientras se ponía en pie.

Pensó entonces en Tyne Jefferson y sintió algo de culpabilidad.

Conocía bien a su madre y sabía que no iba a agradarle que conspirara así para dirigir su vida. Pero creía que, si todo salía como deseaba, acabaría agradeciéndoselo.

—Preferiría que su relación fuera de respeto y admiración. Por supuesto, el futuro esposo debe ser alguien con una buena situación económica para asegurarnos de que no es el dinero de mi madre lo que más le pudiera atraer de ella.

Ariella y Elysse se miraron de nuevo.

—Así que, después de todo, sois un romántico —le dijo Elysse con una gran sonrisa.

—No, no es eso. Lo que pasa es que Julia ha estado actuando de manera algo extraña últimamente. Y me he dado cuenta de que está sola.

—¿De verdad? —preguntó Elysse entre risas—. A mí no me pareció que se sintiera sola la otra noche, en el baile de los Harrington.

—Estoy seguro de que podremos encontrar a alguien en este país un poco más mayor y al que pueda agradarle mi madre —replicó enfadado.

Elysse miró a Ariella.

—¿Cómo se llamaba? —le preguntó.

—Jefferson, como el presidente —repuso Ariella—. Pero no recuerdo su nombre de pila. Me pareció que vuestra madre estaba encantada en compañía del americano. ¿Qué os parece él?

Estaba perdiendo la paciencia.

—Tyne Jefferson es un ganadero que vive en la parte más salvaje de California —les dijo—. ¡No es más que un granjero! Creo que también comercia con la carne y la exporta a otros países. No es el pretendiente más adecuado para una duquesa —añadió con firmeza.

Había hablado con Cliff de Warenne sobre Jefferson y cada vez le gustaba menos ese hombre.

Elysse y Ariella se miraron una vez más.

—Alexi también es comerciante, igual que su padre. ¿Creéis que vuestra madre no podría ser feliz con alguien como Alexi o Cliff? —le preguntó Elysse.

—¿Debo recordaros el linaje de la familia de los Warenne? —repuso.

Le costaba controlar su genio. Sabía que sus argumentos eran clasistas, pero sólo tenía en mente lo mejor para la duquesa viuda.

Ariella se puso en pie y lo miró con desdén.

—No me gusta nada que os mostréis así. América no es como Gran Bretaña, no tienen clases sociales como aquí. Creo que es un país abierto, de colonos, y los valores por los que nos regimos nosotros no tienen allí ningún sentido —le dijo la mujer con seguridad.

—Es un hombre muy atractivo —agregó Elysse poniéndose también en pie—. Y me ha parecido que es todo un caballero.

Le desesperó ver que las dos parecían haberse puesto del lado de su madre.

—Mis valores tienen sentido en todo el mundo, ¡hasta en Hong Kong! —exclamó él.

Ariella puso los ojos en blanco.

—Por supuesto que sí, excelencia. Después de todo, habéis heredado una fortuna, una gran reino y sois tan controlador como un tirano. ¿Por qué no admitís que tenéis prejuicios contra ese hombre? —le preguntó Ariella.

—¿Eso creéis? —replicó fuera de sí—. Pues todos los demás piensan que soy demasiado radical y antimonárquico.

—No, Stephen, yo sí que soy liberal. Vuestros valores, en cambio, y a pesar de todas vuestras buenas obras, son muy anticuados —le dijo Ariella.

Sólo esas dos mujeres podían hablarle así y salirse con la suya.

—Y vos sabéis más de lo que le conviene a una dama —repuso él intentando controlar su enfado—. ¿Es que siempre tenéis que llevarme la contraria? Me sorprende que Saint Xavier os permita tantas libertades. ¿También discutís con él? Por el amor de Dios, Ariella, la fundación que dirijo está a la vanguardia de las reformas políticas y sociales en este país.

—Discuto con mi esposo cuando creo que no tiene razón —repuso Ariella—. Y no es mi intención llevaros la contraria. A pesar de vuestra hipocresía y todo lo demás, os tengo mucho aprecio. Y es verdad, estáis promoviendo innovaciones. Pero, cuando se trata de la vida de vuestra madre, olvidáis vuestras ideas más reformistas. Creo que a la duquesa viuda le agrada la compañía de Jefferson y deberíamos tenerlo en cuenta.

—Estoy completamente de acuerdo —apuntó Elysse.

No podía creerlo, estaba atónito.

—Necesito ayuda para encontrarle a mi madre un pretendiente adecuado, alguien de sangre azul y de nacionalidad británica. ¡Lo último que necesita la duquesa es un americano que se gana la vida vendiendo carne!

—¿Y si vuestra madre se hubiera enamorado? ¿Vais a negarle la posibilidad de vivir algo así? —le preguntó Ariella.

—¡No está enamorada! Está sola y él ha conseguido atraer su atención. ¡Eso es todo!

Elysse se le acercó entonces.

—Me encantaría ayudaros —le dijo de repente y como si no hubiera estado presente durante la conversación—. ¿No os gustaría también a vos, Ariella? —le preguntó a su amiga—. Siempre he sentido mucho aprecio por la duquesa viuda y sería un placer ayudaros a encontrar a su media naranja.

Miró a las dos y supo que estaban intentando conspirar contra él.

—Muy bien, Stephen. Lo haremos —le aseguró Ariella.

—Hablo en serio —les dijo con firmeza—. No voy a aceptar a Jefferson de ninguna de las maneras. Quiero un hombre inglés respetable y de buena familia. Y quiero ver una lista de nombres antes de tomar una decisión. No dejaré que se entrevisten con mi madre hasta que yo les dé el visto bueno.

—Por supuesto, excelencia —le dijeron las dos al unísono y con inocentes voces.

Alexandra estaba helada y Bonnie, la vieja yegua que tiraba del carruaje, estaba empapada y agotada. Pero por fin pudo ver la mansión de Clarewood en la distancia.

Sujetaba las riendas como podía mientras miraba a su alrededor. La fuente de la entrada era imponente, como el resto de los jardines. Se quedó sin aliento al verse frente a la gran casa de cuatro plantas. Era casi un palacio más propio de un rey que de un duque.

Se estremeció y no fue sólo por culpa del frío o la lluvia.

El trayecto había sido tan largo que se le había pasado ya parte de su enfado. La yegua tenía doce años y estaba acostumbrada a viajes mucho más cortos. Pensó que a Randolph de Warenne no le habría costado mucho hacer esa distancia en hora y media a lomos de un buen caballo, pero con su pequeño carruaje y la vieja yegua había tardado casi tres horas desde su casa. Y la lluvia había complicado aún más las cosas.

Los caminos estaban embarrados y resbaladizos. El coche era abierto y la capota, que tenía ya algunas goteras, no conseguía resguardarla del viento ni de la lluvia. No había tenido nunca tanto frío. No le importaba demasiado su apariencia. Después de todo, su intención era rechazar a Clarewood, pero imaginó que estaría hecha un desastre.

Además del frío, cada vez estaba más nerviosa.

Temió que fuera un error visitar al duque de Clarewood y enfrentarse a él en persona.

No quería tener que verlo, pero estaba orgullosa de su personalidad y se veía a sí misma como una mujer fuerte y decidida. Había llegado el momento de demostrar su valentía y olvidarse de hasta qué punto la amedrentaba Clarewood.

Seguía sin entender por qué se habría fijado en ella.

Estaba tan perdida en sus pensamientos que no vio qué pasaba hasta que Bonnie se detuvo. Tiró entonces de las riendas.

—Vamos, Bonnie, ya falta muy poco —le dijo para animarla.

La yegua reanudó el paso y subieron por una entrada cubierta de hojas. A ambos lados del camino había olmos centenarios con ramas tan frondosas que al menos se vio algo resguardada de la lluvia. Llegó poco después a la entrada.

A pesar de la lluvia, miró a su alrededor, admirando los bellos y cuidados parterres. Detuvo a la yegua frente a los escalones que llevaban a la puerta principal. Vio aparcada bajo un arco una lujosa calesa. Se quedó sin aliento al entender que el duque tenía invitados.

No se le había ocurrido que podía estar ocupado, pero ya no podía echarse atrás, no le quedaba más remedio que seguir adelante con su plan.

Esperaba que el duque no se molestara al verla allí y no surgiera ningún tipo de conflicto. Lo último que quería era enfadarlo y deseaba que pudieran aclarar las cosas y mantener una amistad.

Se quitó los guantes y trató de acicalarse un poco, pero tenía el pelo empapado. Se volvió a colocar su sombrero de fieltro azul. No iba a poder hacer nada con la falda de su vestido, que estaba mojada, pero al menos la capa había mantenido seca la parte superior. Estaba poniéndose de nuevo los guantes cuando apareció a su lado un mayordomo con un paraguas. Sonrió agradecida mientras se bajaba del coche.

En unos segundos, se encontró en un enorme vestíbulo. Los techos eran altos y colgaba del centro una lámpara de cristal del tamaño de un piano de cola. El suelo era de mármol blanco y negro. Vio elegantes sillas de terciopelo rojo contra las paredes y bellos muebles. Las obras de arte que adornaban la estancia la dejaron sin habla. Reconoció algunos cuadros de Rafael, Poussin, Tiziano y Constable.

El corazón le latía con tal fuerza que podía oír sus propios latidos.

Cada vez estaba más nerviosa. Estaba tan empapada y poco presentable que lamentó estar allí, sobre todo al ver que tenía invitados. Pero ya era demasiado tarde para echarse atrás. Le entregó la capa y los guantes al mayordomo. Se pasó después las manos por las faldas para tratar de alisarlas un poco. De una de las paredes colgaba un elegante y alto espejo con un marco dorado. Se miró un segundo y se dio cuenta de que no iba a poder hacer nada para mejorar su aspecto.

Llegó entonces otro mayordomo con un traje oscuro. Consiguió dedicarle una sonrisa.

—Me temo que he olvidado mis tarjetas de visita —mintió ella.

La verdad era que ya no tenían ninguna. Nunca las necesitaba.

—¿A quien debería anunciar, señora? —le preguntó el hombre sin hacer ningún comentario.

—A la señorita Bolton, de Villa Edgemont —le dijo.

El mayordomo se fue y ella se quedó frotándose nerviosa las manos. No podía dejar de pensar en el duque. Apenas lo conocía, pero había oído hablar mucho sobre él y sabía de su reputación. Temía que no fuera a gustarle lo que tenía que decirle. No parecía el tipo de persona acostumbrado a que nadie le llevara la contraria.

Se mordió el labio inferior mientras esperaba. Cada vez estaba más nerviosa.

Volvió entonces el mayordomo.

—El duque os recibirá ahora, señorita Bolton.

Siguió al mayordomo. Cruzaron el gran vestíbulo y pudo ver desde la distancia un gran salón decorado en tonos marfil y dorado. Parecía tener al menos una docena de sillones y sofás. Pasaron al lado de la biblioteca, de madera oscura y muy masculina. Vio el fuego encendido en la chimenea y tuvo la sensación de que era su habitación favorita. Podía imaginárselo sentado en ese sofá de cuero leyendo los periódicos del día.

Empezó a dolerle la cabeza. No había estado tan nerviosa en toda su vida. Lamentaba haber atraído la atención de duque en el baile.

Llegaron entonces a un salón más pequeño. Tenía las paredes de color azul claro y era mucho más alegre que la biblioteca. Vio a Clarewood de pie y al lado de la chimenea de mármol. Sobre la repisa destacaba el cuadro de un sensual desnudo. El duque era tan apuesto como lo recordaba. El corazón le dio un vuelco al verlo y hasta se le olvidó respirar.

Clarewood giró la cabeza al oírla entrar y sus ojos azules la miraron con una intensidad a la que no podía acostumbrarse.

Se miraron así a los ojos durante un segundo que a Alexandra se le hizo eterno. Le ardían las mejillas, ya no sentía frío. Había olvidado lo penetrante que era su mirada y cómo su presencia parecía dominarlo todo.

También había olvidado la capacidad que tenía el duque para conseguir que su cuerpo se incendiara por el deseo.

Vio que la miraba entonces de arriba abajo. Ese gesto la devolvió a la realidad y fue entonces consciente de que no estaban solos. Dos elegantes damas estaban con él y los tres la miraban con interés. Lamentó no haber elegido otro momento para su visita. Sabía que su apariencia era inapropiada y desastrosa y se ruborizó aún más. Pero levantó un poco la cara, decidida a esconder su vergüenza con orgullo.

—La señorita Alexandra Bolton —anunció entonces el mayordomo.

—Por favor, trae algo de merienda para la señorita Bolton —ordenó Clarewood con calma—. Deprisa, Guillermo. Y también té caliente —añadió mientras iba hacia ella.

Alexandra lo saludó con una rápida reverencia. Seguía sin aliento.

—Buenas tardes, excelencia —le dijo.

—¡Qué sorpresa tan agradable, señorita Bolton! —repuso el duque sin dejar de observarla—. Buenas tardes. Siento que hayáis tenido que viajar en un día tan desagradable.

Angustiada, se echó a temblar al ver que sus faldas estaban tan empapadas que habían mojado también el maravilloso suelo de madera.

—Hace un tiempo horrible y desearía disculparme por mi desaliñado aspecto. No tengo un vehículo cerrado para estas ocasiones.

—No os disculpéis —le pidió Clarewood—. No me imagino qué ha hecho que atraveséis todo Surrey en un día como éste.

Sabía que debía contestar porque sus palabras no eran sólo un comentario, sino una pregunta. Intentó controlar su nerviosismo mientras se miraban de nuevo a los ojos. Quizás el duque pensara que estaba tan ansiosa por verse con él esa noche que no había podido esperar hasta las siete de la tarde. Rezaba para que no estuviera pensando algo así.

—Creo que hay un tema del que debemos hablar —le dijo Alexandra cuando pudo por fin recuperar la voz.

Clarewood entrecerró los ojos y le llamaron la atención sus largas y espesas pestañas, negras como el carbón.

—¿Por qué no os colocáis frente a la chimenea?

Pero no era una sugerencia, sino una orden. El duque tomó su codo con firmeza y la condujo hasta el fuego. Aunque apenas la tocaba, no pudo evitar estremecerse. Era como si sintiera sus dedos directamente sobre la piel. Tenía una mano grande y fuerte. El gesto le pareció casi posesivo y recordó entonces cómo la había sujetado por la cintura la noche del baile.

Clarewood había conseguido que dejara de sentir frío. Levantó la cara y se encontró de nuevo con sus ojos.

La tensión que había comenzado a sentir desde que lo viera por primera vez en el salón se hizo más fuerte aún. Había una especie de energía muy evidente entre los dos y no sabía qué pensar de todo aquello. No había cambiado en absoluto la atracción que había sentido por el duque desde el principio. Y lo peor de todo era saber que Clarewood era consciente de ello. Vio que sonreía levemente.

Alexandra apartó avergonzada la vista y dejó que el duque la colocara frente a la chimenea. El corazón le latía deprisa y le costaba pensar con claridad. Estaba deseando poder hablar con él a solas y dar por terminada la visita. Pero otra parte de ella se sentía muy segura cerca de ese hombre.

Observó su bello perfil e imaginó que era esa fuerza que transmitía la que tanta seguridad le daba. No estaba acostumbrada a relacionarse con hombres fuertes. Sabía que alguien como el duque nunca se jugaría su fortuna a las cartas ni bebería más de la cuenta. No lo imaginaba actuando como un necio, ni siquiera le parecía capaz de soportar ese tipo de conducta en los demás.

—¿Me permitís que os presente a la señora de Alexi de Warenne y a lady Saint Xavier? —le dijo Clarewood entonces.

No supo cómo, pero consiguió ofrecerles una tímida sonrisa a las invitadas del duque. Esperaba recibir miradas de desdén y comentarios fríos y maleducados. Pero vio que las dos le dedicaban también una sonrisa. Si el penoso aspecto de Alexandra o lo inapropiado de su visita habían conseguido escandalizarlas, ninguna de las dos se lo hizo saber, pero imaginó que no tendrían muy buen concepto de ella. La noche del baile en la mansión de los Harrington había aprendido lo cruel que podía llegar a ser la alta sociedad.

—Ya conocía a lady Saint Xavier —repuso ella intentando controlar sus nervios.

Hacía años que no veía a Ariella Saint Xavier, que entonces había sido aún una joven soltera, Ariella de Warenne.

—Pero no creo haber tenido nunca el placer de que me presentaran a la señora de Warenne —agregó.

Recordó entonces que el esposo del Elysse había sido el que había ayudado a sacar a su padre del baile junto con el joven Randolph.

—Es verdad, no nos habían presentado y es un placer conoceros por fin —le dijo Elysse de Warenne con amabilidad—. Su excelencia el duque os rescató la otra noche cuando estabais a punto de desmayaros. ¿Os encontráis ya mejor? Quizá no deberíais haber salido de casa en un día tan desapacible como hoy.

Se quedó mirando a la bella mujer mientras intentaba decidir si había alguna crítica escondida en sus palabras, algo relacionado con los embustes y rumores que había tenido que escuchar en el baile. Pero Elysse de Warenne seguía sonriendo con amabilidad, sin ningún tipo de rencor ni malicia. Le costaba creer que esas dos damas pudieran tratarla bien después de lo que había vivido esa noche. Miró de nuevo a Clarewood.

No dejaba de observarla con la seguridad y el ánimo depredador propio de los hombres. Cada vez estaba más nerviosa. Recordó cómo se había sentido entre sus brazos, pero no podía pensar en eso. Miró con atención a las dos mujeres.

—Me temo que tengo un tema urgente que tratar con su excelencia —les dijo.

Pero se arrepintió enseguida de haberles comentado algo así. No quería ni imaginarse lo que esas dos damas podían estar imaginándose, pues era difícil de creer que una mujer como ella tuviera asuntos de los que hablar con el duque.

—¿De verdad? —preguntó Elysse mientras miraba a Clarewood con una sonrisa—. ¿No está Villa Edgemont bastante lejos de aquí?

—Elysse —repuso el duque con el ceño fruncido y gesto reprobatorio—. No todo el mundo es tan directo como lo sois vos.

Supo entonces que sí había un doble sentido en las palabras de Clarewood. Las dos mujeres pensaban que se había molestado más de la cuenta para ir a visitarlo a su hogar y debían de creer que se trataba de algún asunto relacionado con las atenciones que el duque le había dedicado el día del baile.

—Sí, está bastante lejos —repuso Alexandra.

Pero no dijo nada más. No podía explicarles por qué había ido a visitar al duque. Por eso decidió cambiar de tema.

—¿Podría alguien ocuparse en los establos de mi pobre yegua? Me temo que es demasiado mayor para un viaje tan largo. Bonnie está tan empapada como yo —les dijo.

—Por supuesto —repuso Clarewood mientras salía al pasillo y dejaba a las tres mujeres solas.

Alexandra miró a su alrededor, admirando la decoración y con la secreta intención de que no le hicieran preguntas sobre las razones que tenía para visitar al duque.

—Es un salón precioso —murmuró.

Pero no mordieron el anzuelo.

—Me alegra que hayáis venido, así tenemos ocasión de volver a vernos —le dijo Ariella con una sonrisa—. ¿Cómo estáis, señorita Bolton?

Sabía que habría oído los rumores, como todo el mundo, y estaba claro que había visto a su padre con una copa de más. Igual que Elysse, Ariella también parecía sincera y muy cordial, cualidades que no abundaban entre damas de la alta sociedad como ellas.

—Estoy muy bien, gracias —repuso Alexandra midiendo sus palabras—. Creo que vivís también bastante lejos, ¿no es así? —añadió para que la conversación fuera lo más banal posible.

—Así es. Vivimos en Woodland, que está en el condado de Derbyshire. Me encanta ese sitio. Con el tiempo, construiremos una casa en Londres. Pero, de momento, me gusta alojarme en la de mi padre cada vez que viajamos a la ciudad.

Fue entonces cuando se dio cuenta de que las dos damas, además de amigas, eran cuñadas.

—Hace años que no voy a Derbyshire, pero es una parte muy bella del país —repuso Alexandra sin dejar de mirar la puerta.

No sabía cómo iba a poder hablar en privado con el duque mientras estuvieran allí sus invitadas.

—Si alguna vez os encontráis por esa zona, debéis acercaros a visitarnos —le dijo Ariella sin dejar de sonreír.

No pudo evitar que su invitación la sorprendiera y abrió mucho los ojos. Se preguntó si hablaría en serio.

—Woodland es una casa de campo, pero hemos construido una pista de tenis y hay algunas tiendas muy interesantes en el pueblo. ¿Habéis jugado alguna vez al tenis, señorita Bolton?

Seguía sin creer que estuvieran siendo tan amables con ella.

—No, no he tenido ocasión de probar, pero parece un juego muy entretenido.

—Lo es, pero también es más difícil de lo que parece. Tenéis que visitarnos cuando podáis y jugaremos un poco con las raquetas.

—No tengo planes para viajar a esa zona del país. Pero si alguna vez lo hago, intentaré acercarme a visitaros —le aseguró con algo de nerviosismo—. Muchas gracias.

Miró por la ventana. Seguía lloviendo con fuerza.

—Deberíais cambiaros de ropa —le sugirió Elysse de repente—. La otra noche os desmayasteis o estuvisteis a punto de hacerlo. No es bueno que permanezcáis con la ropa húmeda, podríais enfermar.

Miró a la joven.

—Me temo que no he traído ropa de repuesto, pero volveré a casa en cuanto termine de tratar con el duque el asunto que me ha traído hasta aquí.

Las dos jóvenes se miraron en silencio. Imaginó que no la creerían y no podía echárselo en cara.

Clarewood regresó entonces y la miró de manera tan seductora que el corazón le dio un vuelco en el pecho. Era un hombre muy seguro de sí mismo. Debía de pensar que estaba dispuesta a aceptar su escandalosa invitación.

—Puede quedarse frente a la chimenea hasta que se sequen sus ropas —le dijo Clarewood a las otras dos damas—. Me he encargado de que atiendan a vuestra yegua, señorita Bolton.

—Gracias —repuso con sinceridad.

Ariella se puso entonces en pie.

—He de irme, Stephen —anunció—. Tenemos una cena y, con esta lluvia, estoy segura de que tardaremos más tiempo de lo habitual en regresar a casa.

—Gracias por venir, Ariella —repuso Clarewood—. Y gracias también por ayudarme con el asunto del que hemos estado hablando —agregó con una nota de amenaza en su voz.

Ariella sonrió y lo besó en la mejilla. Alexandra estaba estupefacta. No podía creer que llamara al duque por su nombre de pila ni que lo tratara con tanta familiaridad.

—Estoy deseando ponerme manos a la obra —le aseguró la joven.

Elysse también lo besó con afecto.

—Parecéis preocupado. No temáis, excelencia —le dijo con tono burlón—. Obedeceremos humildemente vuestras ordenes.

—Estoy temblando —repuso Clarewood con gesto serio—. Me habéis dado vuestra palabra, Elysse. Y también vos, Ariella.

—Por supuesto —murmuró Elysse mientras se giraba para mirar a Alexandra—. Ha sido un placer conoceros, señorita Bolton. Espero que tengamos la ocasión de vernos de nuevo muy pronto.

Alexandra intentó ocultar su sorpresa al encontrar sinceridad en sus palabras.

—Stephen no es tan peligroso como parece. Ya sabéis que perro ladrador suele ser poco mordedor... —le dijo Ariella entonces—. Sea lo que sea que deseáis conseguir, manteneos firme, querida —le aconsejó.

Estaba boquiabierta.

—Hemos sido amigos desde nuestra infancia —le explicó Ariella mientras se despedía.

—Ahora mismo vuelvo —le dijo Clarewood mientras salía del salón para acompañar a las damas.

Buscó un sitio donde sentarse en cuanto se quedó sola, pero todos los sillones parecían tan caros y delicados que no sabía dónde acomodarse. No quería echar a perder unos muebles tan elegantes.

Eligió el asiento junto a la ventana y respiró profundamente, pero no podía dejar de temblar.

Elysse y Ariella habían sido agradables y muy amables. También se habían mostrado muy directas, algo que no era común en su ambiente. No sabía qué pensar de ellas, pero parecían apreciar de verdad al duque y no dejaban que él las intimidara.

Le gustó ver algo así, le daba otra perspectiva más humana del duque, alguien que siempre le había parecido fuerte como una roca y demasiado poderoso. Pensó que quizá fuera, tal y como le había asegurado Ariella, menos peligroso de lo que aparentaba.

Pero no lo creía posible.

Se echó a temblar una vez más. Volvió a revivir la noche del baile, cuando la había sujetado con fuerza para evitar que cayera al suelo. No podía dejar de pensar en su penetrante mirada, no tenía nada que ver con la sonrisa amable y generosa del señor Denney. Apareció también en su mente el rostro de su querido Owen, siempre riendo y demostrándole lo enamorado que había estado de ella. Se frotó las sienes, cada vez le dolía más la cabeza y estaba muy confundida. Sabía que estaba a punto de tener la conversación más complicada de toda su vida.

—¿Señorita Bolton?

Se sobresaltó, no lo había oído entrar. Se puso en pie y volvieron a mirarse a los ojos. Clarewood sonreía seductoramente, parecía siempre tan seguro...

—No son aún las siete —murmuró—. Iba a enviar la calesa para que os trajeran.

Respiró profundamente antes de contestar.

—No, no son las siete —le dijo—. Deben de ser las tres y media o algo así.

Clarewood levantó las cejas.

—¿Debería interpretarlo de manera positiva? —le preguntó Clarewood—. ¿O debería preocuparme?

—Esta noche cenaré en mi casa.

—Entiendo —repuso él sin dejar de mirarla—. ¿Por qué?

Se sentía atrapada. Ese hombre hacía que se sintiera culpable y nerviosa. También le hacía desear cosas para las que no estaba preparada. Sentía que estaba esperando el momento propicio para atacarla, como haría un animal con su presa.

—He dejado las rosas en el coche. Son preciosas, pero me temo que la lluvia las habrá estropeado —le dijo.

Clarewood no dijo nada, se limitó a observarla y a esperar.

Abrió entonces su pequeño bolsito y sacó la pulsera.

—También he venido a devolveros esto. Es obvio que no puedo aceptar las flores ni un regalo tan inapropiado.

—No entiendo por qué no podéis. Deseaba que tuvierais esta pulsera —le dijo Clarewood.

Estaba tan nerviosa que apenas podía respirar. No sólo era todo un seductor, el duque también le parecía extremadamente peligroso. Era como un león, invitando a su domador a que pasara a la jaula con la intención de convertirlo en su cena y jugar con él. Sabía que no se había equivocado con ese hombre. No parecía acostumbrado a que nadie le llevara la contraria.

—Vuestra invitación no me pareció decorosa —le dijo ella.
—Es que no lo era.

No pudo ocultar su sorpresa al ver que reconocía claramente y con calma sus intenciones. Pero Clarewood seguía sin decirle nada, se limitaba a mirarla y su corazón parecía a punto de estallar.

—Ya le expliqué a Randolph que tengo un pretendiente, excelencia. Uno con intención de casarse.

Clarewood hizo entonces una mueca.

—No me importa tener competencia, señorita Bolton.

Abrió atónita la boca. No podía hacerle creer que él tenía en mente lo mismo que el señor Denney. No comprendía por qué no se rendía.

—Sus intenciones son honestas —le dijo entonces—. ¿Lo son las vuestras?

—No, no lo son.

Era tan directo que se quedó sin palabras.

Clarewood sonrió entonces.

—Me gusta ser claro, señorita Bolton —le dijo—. Y me parece una frivolidad perder el tiempo. Vos me atraéis mucho y creo que sentís lo mismo por mí. Teniendo en cuenta las circunstancias en las que estamos los dos, no sé por qué os negáis a aceptar mi oferta. A no ser, por supuesto, que estéis enamorada del señor Denney.

Clarewood pretendía tener una aventura amorosa con ella. No podía creer que fuera tan franco. Inhaló y exhaló con fuerza para tratar de tranquilizarse un poco.

—¿Qué sentís por ese hombre? —le preguntó Clarewood con ironía.

Al duque parecía divertirle que otra persona estuviera interesada en ella.

—Lo que siento por el señor Denney no es problema vuestro —le dijo con firmeza.

Pero no sabía qué iba a hacer si Clarewood no daba marcha atrás para renunciar a su conquista.

—Lo he convertido en mi problema —repuso el duque con calma.

No podía dejar de temblar ni sabía qué hacer. Clarewood parecía obsesionado con ella y no le importaba que fuera una dama, aunque su familia careciera ya de todo prestigio, ni que tuviera un pretendiente. Recordó una vez más cómo se había sentido entre sus brazos. Su cuerpo ardía de deseo, pero era una mujer con principios, tenía que hacérselo entender.

—¿Os he insultado? No era ésa mi intención, os lo aseguro. A la mayoría de las mujeres le halaga mi interés —le dijo él.

—Yo también me siento halagada —reconoció—. Pero, excelencia, también me habéis ofendido.

—¿Por qué os ofende mi interés?

Había llegado el momento de dejarle todo muy claro.

—Excelencia, me encuentro en una situación muy complicada. Claro que me halaga vuestro interés, ¿qué mujer no se sentiría así? Pero creo que me habéis malinterpretado. Y, no os culpo por ello, pero pretendo que os quede muy claro que no voy a aceptar vuestras insinuaciones.

Clarewood parecía estar divirtiéndose con todo aquello.

—Es un cambio para mejor que me haya encontrado con una mujer como vos, no es algo a lo que esté acostumbrado. Las mujeres suelen besar solícitas la tierra que piso —le confesó Clarewood.

—No es mi intención rechazaros por completo —susurró ella entonces.

—Creo que no os entiendo.

—Lo que quiero decir es que podríamos ser amigos —repuso ella.

El duque de Clarewood se echó a reír.

—Señorita Bolton, me hacéis una sugerencia muy poco común. No os ofendáis, pero la amistad no tiene nada que ver con las rosas rojas ni los diamantes. No es amistad lo que buscaba en vos.

Sus palabras deberían haber sido el insulto definitivo, pero no podía moverse. El deseo era más fuerte que ella y apenas podía controlarlo.

—Excelencia, he venido para deciros que, si el señor Denney decide casarse conmigo, aceptaré su oferta —le dijo con firmeza.

Clarewood se quedó callado, pero su afirmación no parecía haberle afectado demasiado. Tampoco lo vio ofendido ni preocupado. Se limitaba a seguir mirándola con su intensa mirada azul.

—Por eso os devuelvo las flores y la pulsera, debo declinar vuestra invitación para la cena de esta noche y os pido que cejéis en vuestro empeño —le dijo—. Lo siento de verdad, me encantaría poder mantener una amistad. Lo siento.

—No tanto como yo —repuso Clarewood—. Deberíais reconsiderar vuestra decisión.

Alexandra dejó la pulsera sobre la mesa más cercana y negó con la cabeza. Tenía ganas de llorar, ya no sabía qué hacer para convencerlo.

—Os agradezco mucho que me ayudarais la noche del baile. Y me halaga vuestro interés pero... Debo irme —le dijo.

Pasó como pudo a su lado. Estaba deseando poder llegar cuanto antes a su coche. No recordaba la última vez que se había sentido tan mal y no entendía por qué. Había logrado sus objetivos. Le había dicho lo que pensaba y había rechazado sus insinuaciones.

El duque se colocó frente a ella, impidiéndole el paso. Alexandra abrió la boca para protestar al sentir que agarraba sus brazos con firmeza, pero sin hacerle daño.

No sabía qué pretendía hacer.

—No suelo equivocarme con la gente —susurró Clarewood.

La miraba como si buscara algo en sus ojos. No podía apartar la vista. El corazón le latía con tanta fuerza que estaba segura de que Clarewood podría oírlo.

–Esta vez habéis cometido un grave error.

–No estoy de acuerdo –repuso él–. Creo que estáis decidida a aceptar la oferta del terrateniente porque necesitáis el dinero.

–¿Y qué pasa si es así?

Clarewood le acarició entonces la mandíbula con el pulgar. El deseo era cada vez más intenso y no podía dejar de temblar.

–Pienso ser un benefactor muy generoso –le aseguró el duque.

Era difícil comprender lo que le decía mientras la acariciaba como lo hacía. Se sentía muy confundida.

–Estoy deseando ser generoso con vos, en todos los sentidos, Alexandra –murmuró él entonces.

Su voz estaba cargada de deseo, el mismo que había en su mirada. Quería apartarse de él y pararle los pies, pero no hizo ninguna de las dos cosas.

Clarewood le levantó con cuidado la barbilla.

–Estáis empapada y vuestro aspecto es incluso algo desaliñado. Pero, aun así, conseguís dejarme sin aliento –le confesó.

–Deteneos, parad –le pidió ella.

Ni siquiera estaba segura de haber pronunciado esas palabras, sólo podía pensar en su rostro, que se acercaba cada vez más.

«Va a besarme», pensó.

Se quedó inmóvil y no fue capaz de pensar en nada. Se le olvidó todo, no sabía qué hacía allí. Sólo entendía que el duque estaba a punto de besarla y todo su cuerpo se rebeló.

Clarewood agarró sus hombros y rozó los labios contra los de ella. Lo hizo una y otra vez...

No podía moverse. La sensación era tan intensa que sólo podía pensar en cuánto lo deseaba. Ella también se asió a sus fuertes hombros y sintió que sonreía. Fue entonces cuando se relajó por fin entre sus brazos.

No recordaba por qué había estado negando lo que sentía.

Clarewood emitió una especie de gruñido y atrapó con ferocidad su boca.

Ella también gimió mientras lo abrazaba y dejaba que sus cuerpos se unieran. Sintió su firmeza masculina contra las caderas y el deseo la cegó por completo. Necesitaba estar con ese hombre, sentirse segura, recibir su fuerza y su poder y dejar que la abrazara.

Alexandra lo besó también.

Pero no eran besos dulces y suaves, propios de una dama. Lo besó con urgencia, como si se hubiera vuelto loca y le fuera la vida en ello. Abrió los labios e insistió hasta conseguir que Clarewood la besara de igual forma, hasta que sus lenguas se unieron en un apasionado e íntimo beso. Eran miles las sensaciones que la embriagaban, era increíble sentir su imponente y erecto miembro contra su pelvis. Deseaba gritar su nombre, suplicarle para que no se detuviera, pedirle que le diera más... Lo besaba con el deseo que había estado ignorando durante años. Se sintió más viva y feliz que nunca.

No entendía cómo podía haber vivido tanto tiempo sin esas sensaciones.

Pero Clarewood se separó entonces de ella.

La sostenía para evitar que se cayera. Alexandra abrió los ojos y se encontró de nuevo con su mirada inflamada por el deseo. Poco a poco, fue recobrando el sentido común.

Vio entonces hasta qué punto estaba excitado y lo satisfecho que parecía. Ella se sentía igual, pero soltó sus hombros y se apartó.

Se sentía conmocionada, no podía creerlo.

Estaba consternada, no entendía qué le había pasado ni por qué lo había hecho.

—Os quedaréis a cenar —le dijo Clarewood.

Ella sacudió la cabeza y trató de apartarse. El duque no la soltó, parecía muy sorprendido.

—No. No puedo. Dejad que me vaya... ¡Por favor!

No supo si él la soltó o si ella consiguió liberarse. Sin

dejar de mirarse, vio cómo el deseo abandonaba la mirada del duque, parecía enfadado.

—Si estáis jugando conmigo, Alexandra, sois una estupenda jugadora, la mejor que me he encontrado —le dijo.

No podía creer que pensara algo así de ella. Se dio la vuelta y corrió hasta la puerta, angustiada por lo que acababa de hacer. Se sentía demasiado ofuscada como para pensar con claridad o ver si él la seguía. Corrió por la casa buscando la salida. No se detuvo a recuperar su capa ni sus guantes. Llegó a la puerta principal antes que el mayordomo, que corrió a abrirle la puerta. Salió deprisa al jardín. Seguía lloviendo.

Pero su coche no estaba ya allí. Recordó que habían llevado a su yegua hasta los establos. Ella misma se lo había pedido. Intentó controlar las lágrimas que la cegaban.

—¡Señorita Bolton! —exclamó Clarewood entonces.

Se dio la vuelta y vio que llegaba a su lado sujetando un paraguas para que no se mojara más.

Decidió ignorarlo y fue con paso firme hacia los establos.

Clarewood la siguió con el paraguas aún sobre su cabeza. No tardó en alcanzarla y sujetarla del brazo.

—Deteneos —le ordenó con el rostro enrojecido.

—Soltadme —le rogó ella.

—Seguís empapada y esa pobre yegua no se ha recuperado lo suficiente para llevaros a Villa Edgemont.

Se atrevió por fin a mirarlo a los ojos.

—¿Qué pretendéis entonces que haga? —preguntó furiosa—. ¿Queréis que me quede y acceda a vuestras insinuaciones? ¿Pretendéis que satisfaga vuestros deseos y necesidades y que haga todo lo que me ordenéis?

A pesar de lo enfadado que parecía, Clarewood le habló con calma.

—Siento que tengáis ese dilema moral. No es mi intención manteneros cautiva, Alexandra. Dejad la yegua donde está, puede descansar en los establos. Me encargaré de que os lleven a vuestra casa en cuanto estéis seca. Y prometo dejaros sola mientras tanto.

Se quedó mirándolo sin saber qué hacer ni qué decir.

–Pero sugiero que os replantéis los beneficios que podrías conseguir estando conmigo, sobre todo después de lo que acaba de ocurrir.

CAPÍTULO 7

—¡Alexandra! —la llamó su padre con alegría al día siguiente—. ¿Te he dicho ya que el señor Denney cenará con nosotros esta noche?

Eran las diez y media de la mañana y Olivia le estaba preparando el desayuno a Edgemont, como hacía siempre. Llegaba siempre tan tarde por la noche y con tantas copas de más, que no conseguían que se levantara más temprano.

Alexandra había colocado la tabla de planchar en una esquina de la cocina y estaba planchando ya el último de los vestidos que había estado arreglando para sus clientas después del baile de los Harrington. Se había pasado casi toda la noche trabajando.

—No, padre, no me lo habíais dicho —repuso ella con una calma que estaba lejos de sentir.

Clarewood había cumplido su palabra el día anterior. La había acompañado de vuelta al salón para que se sentara frente al fuego, pero no se había quedado con ella. Tardó casi una hora en secarse bien. Mientras tanto, una doncella le había servido una comida caliente. Al principio, se había negado a tomarla, pero después se lo pensó mejor. Sabía que el viaje de vuelta a casa iba a ser largo, frío y cansado.

Pero se había equivocado. Clarewood se había encargado de que viajara a casa en una de sus mejores calesas.

Habían colocado ladrillos calientes en el suelo para mantener la temperatura y tenía una manta de piel en el asiento. El techo de esa calesa, a diferencia de la suya, no tenía goteras y las ventanas de cristal no dejaban que entrara el frío ni la lluvia. Había sido un viaje tan agradable de vuelta a Villa Edgemont que había llegado a quedarse dormida a pesar de lo preocupada y nerviosa que estaba.

Pero sabía que no debía pensar más en el día anterior, tenía que concentrarse en la tarea que se traía entre manos. Lo último que necesitaba era tener que pagar un vestido si lo quemaba por un descuido.

Pero, por mucho que mirara la tela del vestido, no se quitaba de la cabeza la mirada azul de Clarewood. Por muy fuerte que asiera el mango de la pesada plancha, eran los hombros de ese hombre lo que sentía bajo sus dedos. Estaba desesperada y deseaba poder olvidarlo para siempre.

Su padre no estaba todavía en casa cuando regresó ella. Fue lo único positivo de un día que no podía haber sido más complicado. Sabía que no habría sido capaz de explicarle de dónde venía ni por qué el duque le había dejado la calesa.

Sus hermanas se habían quedado sin palabras al verla llegar. Pero, por desgracia, no les había durado mucho el hechizo y no tardaron en acribillarla con preguntas. No había tenido fuerzas para responder y se había limitado a subir a su dormitorio. Allí aún conservaba una de las rosas enviadas por Clarewood. Verla sobre la cómoda había conseguido aumentar aún más su tristeza.

Ese día tan poco se presentaba sencillo. Tenía que organizar una cena y no tenía apenas dinero para comprar la comida.

—¿Le dijisteis al señor Denney que solemos cenar a las siete? —le preguntó a su padre mientras planchaba con sumo cuidado la manga de seda rosa.

—Pretende venir un poco antes para tomar una copa de jerez. Me ha dicho que desea hablar en privado conmigo.

Edgemont parecía muy contento, pero a ella se le encogió el corazón. Dejó la plancha al lado del fregadero. No podía dejar de pensar en Clarewood. Tampoco olvidaba la ira en su mirada al verse rechazado.

Pero no podía hacer otra cosa, eso lo tenía muy claro.

Se le llenaron los ojos de lágrimas al recordar el ardiente beso y sintió de repente que le costaba respirar. No entendía por qué estaba tan triste. Decidió que no podía volver a pensar en ese breve, pero muy apasionado, encuentro.

—Me pregunto de qué querrá hablarme —comentó Edgemont con una sonrisa.

Lo miró e intentó sonreír. No podía creer que Denney fuera a pedirle la mano a su padre. Aunque le hubiera dicho que no quería esperar demasiado, creía que era demasiado pronto.

—Espero que le guste el pollo asado —repuso ella.

Creía que era un buen plato principal y lo único que podían permitirse.

Olivia dejó frente a su padre un plato con dos tostadas y un huevo cocido. Llevaban años sin poder comprar jamón ni salchichas.

—Está tan loco por ti, que podríais servirle cualquier cosa y él se lo comería —le dijo su padre.

Confusa y triste, se dio la vuelta y preparó el vestido para planchar la parte de atrás, pero la plancha se había enfriado ya.

—Alexandra, ya has planchado ese lado —le recordó Olivia con gesto preocupado.

Miró a su hermana con gesto serio.

—Tienes razón —le dijo mientras intentaba sonreír—. ¡Qué tonta estoy!

Todo se había terminado, pero creía que no tenía motivos para sentirse tan mal.

El duque había conseguido recordarle su pasado, los días de su noviazgo con Owen. Aunque con el que fuera su prometido nunca había sentido una explosión de deseo tan fuerte.

Echaba mucho de menos a Owen y sintió de nuevo el dolor de haberlo perdido.

Su padre engullía con buen apetito su desayuno. Ya les había dicho que iba a pasar el día fuera de casa. No sabía a dónde iba a ir ni tampoco le importaba. Sacó el vestido de noche de la cocina para colgarlo. Olivia la siguió.

—¡Esmérate esta noche con la cena, Alexandra! ¡No escatimes en gastos! —exclamó su padre desde la cocina.

Alexandra no contestó.

—¿Por qué no quieres hablar de lo que pasó ayer? —le preguntó su hermana mientras Alexandra colgaba el vestido—. Estoy muy preocupada.

No quería inquietar a sus hermanas.

—No hay razón para preocuparse por nada. Le expliqué mi situación al duque y sé que no intentará nada más. Eso es todo.

—Pero si estás a punto de llorar —le dijo Olivia—. Ni siquiera puedes sonreír. ¿Qué ocurrió? ¿Fue desagradable contigo? ¿Cruel? ¡No puedo dejar de imaginarme cosas horribles!

—Estaba muy enfadado —le explicó ella mientras abrazaba a su hermana—. No le gusta que le lleven la contraria. Pero ha terminado y sé que no tengo razones para estar disgustada.

—¡Pero lo estás!

No podía hablarle del beso. Tampoco podía contarle que esos días había recordado mucho a Owen y todo lo que habían compartido. Sabía que su hermana usaría esa información para tratar de convencerla una vez más e impedir que se casara con el terrateniente Denney.

—Estoy exhausta, eso es todo —le dijo con una sonrisa—. Al menos Bonnie está de vacaciones. Seguro que se encuentra en el establo más lujoso que ha tenido nunca y le habrán dado más heno del que puede comer.

Olivia no le devolvió la sonrisa.

—Algo pasó en la mansión de Clarewood y no quieres contármelo. Nunca hemos tenido secretos.

Se mordió el labio al escuchar lo dolida que estaba su hermana y se le llenaron los ojos de lágrimas.

—Me besó —susurró.

Olivia no pudo ahogar una exclamación.

—Lo siento —le dijo mientras apoyaba la espalda en la pared—. Había olvidado cómo es que un hombre joven y apuesto te bese.

—No es tan joven. Debe de tener unos treinta años —repuso Olivia—. Es un canalla despreciable...

—Sí, es despreciable.

Su padre salió en ese momento de la cocina y se quedaron en silencio. Se dio cuenta entonces de que no creía sus propias palabras. No pensaba que Clarewood fuera despreciable.

—Que tengáis un buen día, padre —le dijeron las dos a la vez.

—No escatimes en gastos, Alexandra —le recordó él con una sonrisa mientras abría la puerta principal—. Y ponte guapa.

Esperaron a que cerrara la puerta y se miraron de nuevo a los ojos.

—Así que me equivoqué con el duque, no tenía buenas intenciones —le dijo Olivia con consternación—. Lo siento, Alexandra.

—No pasa nada, ya ha terminado —repuso ella con firmeza.

No estaba tan segura como fingía, pero tenía demasiadas cosas en la cabeza para preocuparse por ello.

—Tenemos que limpiar la casa. ¿Dónde está Corey?

—Voy a buscarla.

Se pasaron una hora barriendo, fregando los suelos y limpiándolo todo. La casa tenía que estar muy limpia para la cena de esa noche. A pesar del trabajo, Alexandra seguía pensando en Clarewood y en Owen. Era como si el duque la hubiera despertado de un largo letargo, pero también había reabierto sus heridas.

Corey y ella se dedicaron después a dar brillo a los muebles. Olivia barría la escalera de entrada a la casa. Era un día soleado y frío, nada que ver con la lluvia del día anterior.

—¡Alexandra, ven! ¡Deprisa! —le gritó de pronto Olivia al entrar en el comedor.

Alarmada, el corazón le dio un vuelco. Lo primero que pensó fue que Clarewood le había enviado otro regalo, pero sabía que no era posible.

Salió corriendo. Corey iba tras ella.

Vio entonces que Clarewood había enviado su carruaje de vuelta. Pero no tiraba Bonnie del vehículo, sino un hermoso y joven caballo negro.

—¿Dónde está Bonnie? —preguntó Olivia.

—¡Mirad qué caballo! —exclamó Corey.

Parecía un animal capaz de hacer ese largo trayecto desde Clarewood varias veces al día y sin cansarse. Vio entonces que el caballo de Randolph estaba atado a la parte trasera del carruaje y supo que era el joven el que había conducido hasta allí.

No entendía qué pretendía Clarewood.

Estaba preocupada, pero también sentía algo más. Se había quedado sin aliento.

Randolph las saludó con la mano, detuvo el carruaje y bajó de un salto.

—Buenos días, señoritas —les dijo con una gran sonrisa.

Alexandra no pudo contestar.

—¿Dónde está Bonnie? —preguntó Corey.

—La yegua sigue en Clarewood. Me temo que cojea un poco, pero no hay motivo para alarmarse. El duque cuenta con los servicios de un gran veterinario y, con un poco de descanso, podrá estar de vuelta en cinco o seis semanas. Parece que se ha dañado un tendón.

—¡Cinco o seis semanas! —exclamó Corey con preocupación—. ¡Es la única montura que tenemos para el coche! ¿Cómo vamos a estar tanto tiempo sin ella? —agregó su hermana mientras la miraba a ella.

—Nuestro padre tendrá que dejarnos su caballo una temporada, no pasa nada. Sólo es algo temporal.

—Nunca accederá, Alexandra, no va a renunciar a su caballo —le susurró Olivia.

—Señoritas, no hay de qué preocuparse —interrumpió Randolph sin dejar de sonreír—. Su excelencia desea que Ébano se quede aquí hasta que la yegua haya curado por completo.

No podía creerlo.

—¿Cómo? —preguntó mientras miraba el maravilloso caballo negro.

—Podéis utilizarlo hasta que traigamos a la yegua, señorita Bolton —le dijo el joven—. Su excelencia ha insistido mucho.

Miró entonces a Randolph, que estaba observándola, parecía estar esperando que le llevara la contraria. Era un gesto muy generoso por parte del duque.

Recordó entonces las palabras de Clarewood. Le había prometido que sería un benefactor muy generoso y le había sugerido, después de ver sus reticencias, que le convenía replantearse los beneficios que podría conseguir estando con él.

—Es una maravilla —murmuró Corey—. Es el caballo más bello que he visto en mi vida. ¿Podemos montarlo con silla?

Randolph miró a su hermana pequeña.

—Sí, es buena montura —le dijo—. ¿Os gusta dar paseos a caballo, señorita Bolton?

—Por supuesto, pero hace años que no lo hago —repuso la joven—. Nunca he tenido un caballo propio, señor. Pero, cuando era niña, solía montar a Bonnie sin silla por estos mismos prados.

—¡Corey! —la recriminó Olivia por hablar más de la cuenta.

Alexandra no era consciente de la conversación que tenían. Estaba demasiado preocupada. No sabía si era un gesto amable y considerado o si Clarewood trataba de dejarle claro con ese gesto que no pensaba rendirse.

Miró a Randolph.

—Muchas gracias por la oferta. Es muy generosa, pero me temo que no podemos aceptar un caballo así, aunque sea sólo para usarlo de manera temporal —le dijo con seguridad.

—¿Por qué no? —preguntó Corey.

El joven parecía sorprendido, pero no dejó de sonreír.

—Señorita Bolton, el duque insiste, desea que lo aceptéis. ¿Por qué no lo complacéis?

Se quedó en silencio unos segundos, le costaba pensar con claridad.

—Señor, ¿podríamos hablar en privado, por favor?

Antes de que Randolph pudiera contestar, Corey agarró su brazo y la miró con sus bellos ojos verdes.

—Alexandra, me encanta ese caballo. Y lo necesitamos. No podemos pasarnos seis semanas sin el carruaje. ¡Mira ese animal! Si te niegas a aceptarlo, no volveré a dirigirte la palabra.

Pero Olivia tomó el brazo de su hermana pequeña.

—Entremos, Corey —le pidió con firmeza—. Pero tiene razón, Alexandra. Necesitamos poder usar el coche. Y sólo es un préstamo, no se lo devuelvas —agregó Olivia mientras la miraba a ella.

Esperó a que entraran sus hermanas en la casa para mirar de nuevo a Randolph.

—Creo que ya os he explicado mi situación, señor —le dijo entonces.

—Sólo se trata de un caballo, señorita Bolton.

—Pero es un caballo muy caro y pertenece al duque de Clarewood.

—Ya me dijo que os negaríais a aceptarlo —le confesó Randolph mientras se cruzaba de brazos.

Le sorprendieron sus palabras.

—¿Por qué os negáis, señorita Bolton? El duque no va a darse por vencido, menos aún en este tema. Quiere ayudaros en este momento de especial necesidad. No podéis estar sin el carruaje.

—Me gustaría poder creeros, señor.

—Tengo órdenes expresas de no regresar con Ébano —le dijo entonces—. Así que voy a dejarlo aquí, en vuestro establo. Si de verdad deseáis devolvérselo, tendréis que hacerlo vos misma —agregó con astucia.

Se dio entonces por vencida. No podía regresar a Clarewood, ni siquiera para devolverle el caballo. No le quedaba más remedio que aceptar su regalo. El duque de Clarewood le había ganado la batalla.

—¿No os ha dicho nunca nadie lo lista que sois? —le preguntó Elysse con una sonrisa mientras su elegante calesa entraba en la zona comercial de Londres.

Ariella sonrió a su amiga.

—La verdad es que todo ha sido idea de Emilian. Me recordó que el señor Jefferson está deseando hacer negocios con mi padre y que seguramente podríamos usar ese hecho a nuestro favor —le confesó Ariella.

Sonrió al pensar en su marido. Ya llevaban siete años casados y tenían dos hijos preciosos, un niño y una niña, pero creía que cada día lo quería más. Le había parecido al principio un hombre introvertido y distante, incluso algo peligroso, pero se había convertido en su esposo, su amante y en su mejor amigo. A Emilian le había divertido saber lo que se traían entre manos. La intención de las dos mujeres era ignorar las órdenes de Clarewood e intentar que la relación entre la duquesa viuda y el atractivo ganadero americano fuera a más.

—Le diremos al señor Jefferson que mi padre me ha pedido que le enseñe Londres. El americano no querrá ofender a mi padre y me imagino que no se atreverá a declinar nuestra invitación —le dijo Ariella con una gran sonrisa.

—Y a nosotras, que estaremos casualmente de paso por la mansión Constance, no nos quedará más remedio que hacerle una visita a la duquesa —añadió Elysse con el mismo entusiasmo.

—Nos bastará con conseguir que estén en el mismo salón —le recordó ella—. Lo que pase después, ya no es asunto nuestro.

—O sí —repuso Elysse.

Miró a su preciosa amiga. Le pareció que se había quedado algo seria e imaginó que estaría recordando los comienzos de su propio matrimonio y lo difícil que había sido estar separada de su esposo durante seis años.

Elysse había sufrido mucho. Creía que Alexi no llegaría nunca a admitirlo, pero ella conocía bien a su hermano y estaba segura de que él también lo pasó muy mal. Alexi se había limitado a esconder su dolor bajo una fachada de ira. Por suerte, al final se reconciliaron y sabía que eran muy felices juntos. Nunca se podría haber imaginado que el juerguista de su hermano terminara siendo un esposo tan devoto.

—A veces, una pareja necesita una ayuda externa —le dijo entonces Elysse—. Puede que Alexi y yo siguiéramos separados si no me hubierais convencido para ir tras él y tratar de seducirlo.

—Fueron momentos muy duros —recordó ella—. Con Julia y el señor Jefferson también será complicado. Vienen de dos mundos muy distintos. Ella es la duquesa viuda y él, un ganadero. Ella tiene una fortuna y es inglesa. Él carece de tantos medios y es americano. Pero, como parece que ya existe una cierta atracción entre los dos, puede que sólo necesiten un último empujón para superar las aparentes diferencias.

—¿No os ha dicho nunca nadie lo lista que sois? —preguntó Ariella entonces.

—Sólo mi maravilloso esposo —repuso su amiga con una gran sonrisa.

Las dos jóvenes habían insistido en que Tyne Jefferson se sentara en el asiento que iba a favor de la marcha, pero él se había negado. Se acomodó de espaldas al conductor de la calesa, con sus largas piernas cruzadas frente a él. Era un americano que había recorrido tres veces el país de costa a costa antes de que instalaran el ferrocarril transcontinental, había sobrevivido ataques de los indios y de los lobos, pero seguía siendo un caballero. O al menos lo intentaba.

La hija de Cliff de Warenne le señaló otro punto de interés con el dedo. Se trataba del hogar de un reconocido artista británico. Estaba siendo una tarde muy agradable. Le había sorprendido que las jóvenes damas fueran a recogerlo al hotel. Después de presentarse, le habían ofrecido darle una vuelta turística por las zonas más famosas de la capital inglesa. La hija de Cliff le había dicho que su padre le había pedido que lo visitaran para hacerle compañía, pero le dio la impresión enseguida de que se traían algo entre manos. No alcanzaba a entender qué pretendían, pero no quería ofender a la hija de Cliff. Sobre todo cuando estaba intentando convencerlo para que montara una compañía naviera en Sacramento. Además, no iba a pasar mucho tiempo en Londres y le pareció una buena idea aprovechar la invitación de las dos damas para conocer mejor la ciudad.

Pero ya habían pasado dos horas y vio que habían salido de la ciudad. Nunca iba a ningún sitio sin antes estudiar los mapas del lugar y supo que debían de estar cerca de Greenwich. Era una lujosa zona residencial y una parte muy bella de las afueras de Londres. Se veían grandes mansiones desde el camino, con cuidados jardines y lujosas entradas. Cada vez estaba más confuso e intrigado.

—¿No deberíamos estar ya de vuelta en la ciudad? —les dijo—. Me encantaría tomar el té en el hotel y devolveros así el favor, lady Saint Xavier.

—No nos debéis nada, señor Jefferson —repuso la joven con una sonrisa.

—Podéis llamarme Jefferson, sin más —le dijo.

La señora de Warenne miró entonces por la ventana de la calesa fingiendo sorpresa.

—¡Es el palacio Constance! Me pregunto si estará en casa la duquesa viuda —murmuró.

El corazón le dio un vuelco al oír su nombre.

—Creo que ya habéis tenido el placer de conocer a la duquesa viuda, ¿no es así? —le preguntó Lady Saint Xavier con mucha dulzura—. Si está en casa, deberíamos pasar a hacerle una visita. Nuestras familias son muy amigas y no tuve ocasión de hablar demasiado con ella durante el baile de la otra noche en la mansión de los Harrington.

Se quedó mirando las blancas columnas de la fachada principal y las grandes puertas de hierro forjado. Su pulso se fue calmando poco a poco, pero seguía sin entender por qué había reaccionado así al ver que iban a visitar a la duquesa viuda. Sabía que no había sido una casualidad.

Miró a las dos jóvenes, que lo observaban a su vez con inocentes sonrisas. Cada vez estaba más seguro. Las dos tramaban algo y no sabía por qué lo llevaban a ver a la duquesa. Con ella no tenía ningún negocio pendiente, sabía que sólo podía ser una visita social.

Se le pasó por la cabeza que intentaran hacer de casamenteras con ellos y esperaba estar equivocado. Pero no pudo evitar pensar en la bella duquesa, con su cabello rubio y su pálida tez.

—De acuerdo, no me importa que nos detengamos aquí —les dijo.

Y era verdad.

La duquesa viuda era una de las mujeres más interesantes que había conocido en su vida. Pero lo cierto era que no abundaban las féminas donde él vivía. Y las damas eran un bien más escaso aún.

El carruaje entró por el camino hacia la casa y tuvo que reconocer que se estaba poniendo algo nervioso. Se frotó la nuca con la mano, no era algo común en él. No se alteraba ni cuando se le aparecía un puma en mitad de la noche.

Creía que, si alguien le hubiera dicho alguna vez que imaginara a una duquesa, habría pensando de inmediato en alguien como Julia Mowbray. Lo que no había sabido hasta conocerla a ella era que una mujer pudiera llegar a ser distinguida y elegante sin perder el encanto y la gracia. Tampoco había conocido a nadie con tanto dinero. Le había sorprendido mucho que lo invitara al baile de los Harrington. Había aceptado sobre todo por curiosidad. Nunca había estado en una fiesta como aquélla, ni siquiera durante sus años jóvenes en Boston.

Desde que se conocieran una semana antes durante una cena, había intentado recordar que era la duquesa viuda y olvidar la impresión que su belleza le había causado. También era una mujer inteligente y elegante. Su admiración había ido en aumento desde entonces y se había pasado toda la noche buscándola con la mirada.

La casualidad quiso que se encontrara con ella en la calle unos días más tarde. La duquesa estaba de compras con una amiga y, lo que iba a ser un breve y educado saludo, se convirtió en una conversación de media hora.

Creía que un hombre tendría que estar ciego para no admirar la delicada y esbelta figura de la duquesa, su bello rostro, su piel clara y su feminidad. Una parte de él le recordaba que no podía pensar en ella de ese modo. Era toda una dama y una duquesa. Pertenecían a dos mundos distintos y sabía que nunca podría haber nada entre ellos.

Además, a él siempre le habían atraído las mujeres apasionadas y ardientes. Sabía que las damas no disfrutaban de las relaciones sexuales, sino que se limitaban a tolerarlas. Esa era una de las razones que tenía para no intentar nada con la duquesa.

Pero había sido muy agradable ir con ella al baile y no podía evitar estar algo nervioso al saber que iba a volver a verla.

—Espero que no sea una intrusión —murmuró mientras el mayordomo de la duquesa abría la puerta del carruaje.

—No, le encantará vernos —repuso la señora de Warenne—. Tenemos una gran amistad con su hijo, desde que éramos niños.

No pudo evitar fruncir el ceño al pensar en Clarewood. El hijo de la duquesa se había comportado de manera maleducada y arrogante.

—Ya tuve el placer de conocer al duque de Clarewood la otra noche —les dijo.

Lady Saint Xavier lo miró con seriedad.

—Stephen no es como aparenta ser —le aseguró la joven—. Puede que se dé aires de importancia, pero lo cierto es que está a la vanguardia en cuanto a reformas sociales. Es un gran filántropo, ha construido hospitales y residencias por todo el país y ahora mismo está embarcado en un proyecto urbanístico para dotar a las clases obreras de viviendas en condiciones.

Era la primera noticia que tenía al respecto. Pero seguía pensando lo mismo de Clarewood.

—Seguro que es un gran hombre —les dijo con algo de ironía—. La verdad es que no me esperaba que estuviera metido en ese tipo de proyectos —confesó para apaciguar un poco las aguas.

No tardaron en llegar al vestíbulo de la mansión. Esa primera sala era del tamaño de muchas casas del norte de California. Las mujeres le entregaron al mayordomo sus tarjetas de visita. Éste las colocó en una bandeja de plata y les pidió que lo esperaran.

Unos minutos más tarde, el hombre volvió para acompañarlos a un lujoso salón. Las paredes estaban pintadas de color turquesa, con adornos dorados y delicadas molduras de escayola.

Se dio cuenta de que el corazón le latía algo más fuerte de lo habitual. Enfadado consigo mismo, trató de recordar que era un adulto y que ella no era su tipo de mujer.

Estaban sentándose cuando entró de repente la duquesa.

Le sorprendió ver que iba vestida para montar a caballo. La falda estaba dividida en dos, como un pantalón, y había algo de barro en sus botas negras. Aun así, el conjunto era elegante y femenino.

Se fijó entonces en su cara. Estaba sonrojada. Debía de regresar en esos momentos de pasar un tiempo montando al aire libre. Algunos mechones claros se habían soltado de su recogido y enmarcaban deliciosamente su rostro.

No podía creerlo. El corazón galopaba en su pecho.

La duquesa se acercó directamente a las dos jóvenes y las abrazó con cariño.

—¡Qué sorpresa tan agradable! —exclamó.

Nunca la había visto tan bella y trató de recuperar la compostura y calmarse. Pero no podía dejar de imaginársela a lomos de un caballo. Había creído que una dama de su posición no cabalgaría, sino que estaría acostumbrada a que la llevaran en lujosas calesas a todas partes.

Le encantó descubrir también que tenía una larga melena.

La duquesa se giró entonces hacia él y le dedicó una educada sonrisa.

—Me alegra mucho que hayáis venido a visitarme, señor Jefferson —le dijo ella.

Se acercó a la dama, tomó su mano y simuló besarla, como había aprendido que hacían los caballeros ingleses. Le parecía un gesto absurdo, pero no quería que lo acusaran de ser un salvaje y un maleducado. Le llamó la atención lo pequeña y delicada que era la mano de la duquesa entre las suyas.

—Las damas insistieron, querían venir a saludaros. Espero que no os moleste —le dijo mientras la miraba a los ojos.

Quería saber si de verdad se alegraba de verlo.

La duquesa olía ligeramente a sudor, a caballo y a campo. Todo mezclado con el dulce aroma de los lirios. No pudo evitar que el deseo despertara en su interior.

Se dio cuenta entonces de que seguía sujetando su mano y la soltó como si le quemara.

—Estoy encantada con la visita, señor Jefferson —repuso la mujer con algo de rubor en las mejillas—. Perdonad mi aspecto. No sabía que vendríais a verme y se me pasó el tiempo volando. Siempre me pasa lo mismo cuando salgo a montar.

No podía dejar de mirarla, estaba completamente hipnotizado. No podía creer que la duquesa montara ni que lo hiciera a menudo. Y, lo que le resultaba aún más interesante, parecía gustarle lo suficiente como para perder la noción del tiempo.

—La duquesa viuda es una de nuestras amazonas más reconocidas —apuntó lady Saint Xavier.

Miró a la joven sin entender sus palabras.

—Me encantan los caballos. ¿También os gustan a vos, señor Jefferson? Me imagino que serán el alma de vuestro rancho —le dijo la duquesa.

Su pregunta hizo que volviera a la realidad, pero no sabía cuánto debía contarle sobre la vida en el rancho.

—Tengo cinco mil cabezas de ganado, excelencia. En primavera, soltamos a las reses, que llegan a la montaña en verano. Cuando llega el otoño, las recogemos y es ése un proceso que dura semanas. Ningún vaquero puede hacer bien su trabajo sin un par de buenos caballos.

Le sorprendió ver lo atenta que parecía, no sabía si de verdad estaba interesada.

—No puedo ni imaginarme lo difícil que debe de ser esa recogida del ganado.

—Es un trabajo muy duro y puede ser peligroso. Hay que evitar estar cerca de las reses cuando existe la posibilidad de que se produzca una estampida.

Lamentó enseguida haberle contado algo así. Sabía que la aristocracia inglesa desdeñaba el trabajo duro, sobre todo si era trabajo manual, pero la duquesa no dejó de mirarlo con interés.

—Me encantaría poder verlo —susurró ella.

Se quedó sin palabras. Sabía que estaba siendo sincera y se preguntó si debía invitarla a visitarlo en California.

—¿Habéis participado alguna vez en la caza del zorro, señor Jefferson? —le preguntó la duquesa viuda con una dulce sonrisa—. Es mi afición preferida.

Se quedó inmóvil. Pensó que no había entendido bien sus palabras.

—¿Cazáis zorros, excelencia? ¿A caballo? —preguntó boquiabierto.

No podía imaginar a esa dama a horcajadas de un caballo, rodeada de perros y persiguiendo a un zorro.

—Sí, así es —repuso ella sin dejar de sonreír—. Y es algo que me apasiona. Deberíais uniros a una de las cacerías, si tenéis ocasión. Se les ofrece un rastro a los perros para que lo huelan y después los soltamos para que sigan a los zorros. Los cazadores los seguimos a caballo, vayan donde vayan —agregó mientras lo miraba a los ojos.

—Nunca he participado en una cacería de zorros, pero he oído hablar de ellas. ¿No hay que saltar a menudo?

—Sí, por supuesto. Nos encontramos con vallados y obstáculos de todo tipo. De hecho, es normal que el que organiza la cacería coloque más obstáculos por la zona para hacerla más interesante aún. Nuestros caballos deben ser capaces de saltar setos, paredes de piedra o árboles caídos. Está mal visto que alguien se eche atrás y no salte.

A la duquesa le brillaban los ojos mientras le describía su actividad favorita. No podía dejar de mirarla.

La imaginó a caballo, saltando sobre obstáculos imposibles y galopando tras algún pobre zorro. Nunca podía haber sospechado, al ver su frágil cuerpo, que fuera una amazona tan consumada.

—Los setos serán bajos, espero —consiguió comentar él.

La duquesa se echó a reír y el alegre sonido consiguió que el corazón le diera un vuelco.

—Eso no sería demasiado divertido, señor Jefferson. Y tampoco supondría un reto para los cazadores.

—No, supongo que no.

—Si lo deseáis, os puedo mostrar los establos otro día. Tengo algunos de los mejores caballos de caza del país. Y he de reconocer que los he criado yo misma.

Se quedó estupefacto al saber que era además criadora

de caballos. Se dio cuenta de que iba a tener que cambiar la imagen que se había hecho de la duquesa.

—Me encantaría ver vuestros caballos —le aseguró él.

—Parecéis sorprendido —le dijo la duquesa sin dejar de mirarlo—. Si os he aburrido, lo siento, es que me apasionan los caballos. Pero bueno, supongo que todos tenemos nuestras excentricidades y yo creo que me merezco tener alguna. También os enseñaré mis perros, si queréis verlos. Forman una jauría impresionante.

—No esperaría menos —repuso él—. ¿También los criáis vos?

—Por supuesto. Los perros necesitan tener el empuje necesario para perseguir a una presa y nosotros los criamos desde el principio para que sean así.

—Me encantaría participar en una de esas cacerías antes de volver a América —le dijo de repente.

Quería verla a caballo.

—Intentaré organizarlo todo, pero puede que tarde algún tiempo. ¿Os gustaría montar algún día conmigo?

La miró con interés. La duquesa volvía a invitarlo, pero no sabía por qué. Tampoco comprendía cómo una mujer así estaba sola y no había vuelto a casarse.

—Sería un placer, excelencia —le aseguró él con tono seductor.

A la duquesa no pareció pasársele por alto ese hecho, pues se sonrojó al instante.

—También para mí —repuso ella.

Los dos habían dejado de sonreír al mismo tiempo. Sabía que estaba mirándola más de lo que era apropiado y que debía parar, pero no podía. Y ella le sostuvo la mirada en todo momento.

Se sobresaltó al oír a una de las jóvenes damas, había olvidado por completo que estaban allí con ellos.

—¿Por qué no le ensañáis al señor Jefferson los perros que tenéis en casa, duquesa? —sugirió lady Saint Xavier.

—La próxima vez que me visitéis os mostraré los establos

y a los perros de caza —le dijo entonces la duquesa—. Estoy seguro de que al señor Jefferson no le interesa conocer a los perros que tengo en la casa —agregó mirando a las jóvenes.

—Me encantará ver los establos. Y también a vuestros perritos —repuso sin demasiado interés.

La duquesa salió al pasillo y llamó a una de las criadas.

—Trae a Henry y a Mathilda —le ordenó.

Esperaba ver entrar un par de perritos ruidosos y pequeños, los favoritos de las damas. El tipo de animal que se aproximaba más a la idea que se había hecho en un principio de esa mujer. Le costaba menos trabajo imaginarla sentada como una reina en uno de esos salones y con uno de esos perrillos en el regazo.

No tardaron en aparecer dos grandes perros negros, de raza gran danesa. Eran casi tan altos como la duquesa. Su instinto hizo que diera un paso atrás al verlos.

—No os preocupéis —le dijo la duquesa viuda para tranquilizarlo—. Están bien domados y sólo atacan si se lo pido yo.

CAPÍTULO 8

Alexandra esperó con sus hermanas en el salón. Tenía las manos sobre el regazo y no podía dejar de frotarlas con nerviosismo. El pollo estaba asándose en el horno junto con algunas patatas y otras verduras. Habían comprado también una tarta y tenían una botella de vino tinto preparada para la cena.

Habían puesto la mesa del comedor con lo mejor que tenían, su mejor vajilla y cristalería y con dos candelabros de plata sobre el mantel. Todo estaba listo para la cena con Denney.

El terrateniente y su padre llevaban más de media hora encerrados en la biblioteca. Imaginó que ya se habrían tomado al menos una copa de jerez.

No quería ni pensar en lo que estaba a punto de pasar.

Para complicar las cosas aún más, Edgemont había visto al nuevo caballo, Ébano, y Corey había tenido que mentir para explicar su presencia.

Su hermana le había dicho que se trataba de un préstamo temporal de lady Harrington. Le aseguró a su padre que habían ido a visitarla para darle las gracias por incluirlas en la celebración de la otra noche y que Bonnie había empezado a cojear al llegar a la mansión.

Edgemont había creído a su hija e incluso les pareció que

estaba contento con la situación. Alexandra se dio cuenta de que estaba pensando en usar él mismo ese magnífico caballo.

Olivia, viendo lo nerviosa que estaba, le apretó con cariño la mano.

—Puede que estén hablando de las carreras de caballos. No te preocupes, por favor.

El hipódromo de Newmarket estaba a punto de finalizar su temporada ese año y todos hablaban de las últimas carreras.

—Estoy bien —le mintió.

—Estás tan pálida que pareces un fantasma. Y no dejas de temblar —le dijo Corey—. Si vuelven y nos anuncian un compromiso, tienes que defender tus derechos y negarte.

—No pienso hacer algo así —repuso ella—. Además...

Pero se abrió entonces la puerta de la biblioteca y los dos hombres salieron con grandes sonrisas en la cara. Parecía claro que habían conseguido ponerse de acuerdo en algo. Supo que acababan de decidir su compromiso. Trató de recordar que la oportunidad que ese matrimonio representaba para su familia era todo un milagro del que podrían beneficiarse todos. Decidió también que no podía volver a pensar en Clarewood.

—Tenemos noticias —declaró Edgemont con una gran sonrisa de satisfacción.

Alexandra se puso en pie e intentó sonreír. No quería mirar a sus hermanas, no se atrevía a hacerlo.

—Parecéis contento —le dijo ella a su padre.

El señor Denney se acercó a Alexandra y tomó sus manos.

—Querida, ¡le he pedido a Edgemont vuestra mano y me la ha concedido! —le anunció con entusiasmo.

Al hombre le brillaban los ojos y deseó que no la quisiera tanto como lo hacía. Ni siquiera podía hablar.

—Maravilloso —consiguió decir.

—Pero, ¡si ni siquiera la ha cortejado en condiciones! —exclamó Corey furiosa—. ¡Sólo han sido unos días!

Denney frunció el ceño. Su padre parecía tan enfadado como su hermana pequeña y decidió intervenir.

–Corey, el señor Denney ya me había indicado que deseaba acelerar las cosas y yo estuve de acuerdo.

–¡No es verdad! –exclamó Corey sin poder controlar su enfado–. Deseabais un pretendiente de verdad. ¡Eso es lo que dijiste, Alexandra!

–Si vuelves a abrir la boca, ¡te vas a tu cuarto! –le dijo su padre fuera de sí.

–No os preocupéis, padre. Me encantará estar encerrada en mi habitación. No deseo ver cómo la pobre Alexandra tiene que venderse cuando se merece un matrimonio por amor –anunció la joven.

Corey se dio entonces media vuelta y subió corriendo a su cuarto. Oyeron poco después un portazo que los dejó en silencio.

Miró a Denney, temía que la reacción de Corey le hubiera hecho cambiar de opinión y no quisiera ya ser generoso con su familia. Decidió que tenía que calmar las cosas.

–Perdonadla, por favor. Mi hermana es muy joven. Por favor, no tengáis en cuenta su inapropiada reacción.

Denney parecía muy pálido.

–¿Podría hablaros en privado, señorita Bolton?

–Por supuesto –repuso ella.

Esperó a que su padre llevara a Olivia a la biblioteca y cerraran la puerta.

–Lo siento mucho –se disculpó Alexandra una vez más.

–¿Es cierto lo que ha dicho vuestra hermana? ¿Queríais esperar un poco más y que os cortejara durante meses? –le preguntó Denney.

–Bueno, esto es algo apresurado, señor –le confesó ella midiendo sus palabras–. Pero me siento muy afortunada y no tengo objeciones.

Pero no era verdad, podía pensar en mil razones por las que no deseaba casarse con ese hombre.

Denney se le acercó y tocó su brazo.

—Estoy deseando que contraigamos matrimonio, señorita Bolton —le dijo—. La verdad es que no puedo esperar más.

Se quedó inmóvil al oír sus palabras y se le hizo un nudo en el estómago.

—Me siento muy halagada —mintió.

Temía que tuviera tanta prisa para hacerla su esposa como para celebrar la ceremonia en cuestión de días.

Denney acarició entonces su mejilla. No podía creer que el hombre se atreviera a tanto, sobre todo cuando vio que no apartaba la mano.

—Es verdad que merecéis tener amor, señorita Bolton —le dijo él con suavidad—. En eso, estoy de acuerdo con vuestra hermana.

—Son pocos los que se casan por amor —consiguió responder ella.

Tuvo que contenerse para no apartarse de él.

Denney debió de percibir que estaba incómoda y bajó la mano.

—Señorita Bolton, estoy enamorado de vos.

Quería morirse. Intentaba controlar sus emociones, pero el rostro de Clarewood apareció de repente en su cabeza. No podía dejar de temblar.

—Con el tiempo, creo que llegaréis a sentir lo mismo por mí —murmuró él.

No sabía qué decir.

—Eso espero —contestó por fin.

Recordó lo furioso que había dejado a Clarewood al verse rechazado. Y aún tenía su bello caballo en los establos.

Denney la tomó por los hombros y sonrió con dulzura. Cada vez estaba más nerviosa. Supo que estaba a punto de besarla y no pudo controlar el pánico.

Se acercó a ella. Sabía que no debía moverse y trató de recordar que ése sólo era el primero de muchos besos. E incluso llegarían a compartir la cama. Como era de esperar, tendrían relaciones íntimas. Iban a ser marido y mujer. Trató de concentrarse en el beneficio que su familia sacaría de ese matrimonio.

Pero, en su cabeza, escuchó de nuevo las palabras de Clarewood. Le había prometido que sería un benefactor generoso y le había sugerido que reconsiderara su oferta.

Entonces, los azules ojos de Clarewood la habían fulminado y había escuchado mucha autoridad en su voz. El duque no se limitaba a sugerir, todo parecía una orden.

Sintió la boca del señor Denney sobre la suya.

Se sobresaltó y no pudo ahogar una exclamación. El hombre apretó con más fuerza sus hombros y la besó con más intensidad.

Ella lo apartó de un empujón. Estaba horrorizada y quería salir corriendo. No quería sentir su boca, su sabor ni sus caricias, no quería tener que pasar por todo aquello.

El señor Denney recobró la compostura y se apartó de ella.

Alexandra no podía dejar de temblar. No sólo por el beso, sino porque se había dado cuenta de que no podía soportar que ese hombre la tocara.

Supo en ese instante que nunca podría llegar a amarlo.

—Por favor, perdonadme —le pidió él avergonzado—. Vuestra belleza me ha obnubilado, señorita Bolton.

Consiguió sacudir la cabeza y, con dificultad, consiguió controlarse para no limpiarse la boca en su presencia.

—Estáis perdonado —le aseguró.

—¿De verdad? Veo que os he asustado. Lo lamento muchísimo —insistió Denney.

—No pasa nada, de verdad. Es que no me lo esperaba —consiguió decirle a modo de excusa—. Ya lo he olvidado, señor Denney. ¡Qué despiste! —exclamó de pronto—. Tengo el pollo en el horno. Si no os importa...

Se dio la vuelta y fue corriendo a la cocina.

Tras la cena y después de que Denney se marchara, Alexandra subió a su cuarto y se sentó en la cama. Había cerrado por dentro la puerta y se dio cuenta de que era la primera vez en su vida que lo hacía.

Tomó una almohada y la apretó contra su pecho mientras miraba la rosa que seguía aún sobre el tocador. Era como si Clarewood se estuviera burlando de ella. Él ya había dudado de sus sentimientos hacia ese hombre. Parecía haberse dado cuenta de que nunca podría llegar a amarlo ni desearlo. Ni siquiera lo consideraba un rival de verdad en su conquista.

Clarewood era un hombre muy arrogante y seguro de sí mismo. Y parecía pensar que no había comparación posible entre el amable y viejo señor Denney y el apuesto y atractivo duque.

No podía dejar de pensar en la conversación que había tenido con él. Le había confesado que se sentía atraído por ella y estaba dispuesto a ser generoso si decidía convertirse en su amante.

Se echó a llorar. No sabía cómo iba a poder casarse con el señor Denney, por muy amable que fuera, cuando ni siquiera había podido soportar que la besara.

En los brazos de Clarewood, sin embargo, se había sentido muy segura.

Pensó que había perdido la vergüenza. No podía creer que soñara con un hombre cuya única intención era convertirla en su amante. Era completamente distinto a lo que había tenido con Owen, el que había sido su prometido y con el que había tenido toda la intención de casarse.

A Owen lo había querido, por Clarewood no sentía lo mismo. No entendía cómo podía sentirse segura entre sus brazos cuando la intención del duque era hacerla su amante y arruinar por completo su honor.

No sabía qué hacer.

Se tumbó en la cama y se quedó absorta mirando el techo. Abrazó la almohada con más fuerza y trató de no pensar en ese hombre tan peligroso. Trató de imaginarse como la esposa de Morton Denney, viviendo en su agradable casa, cuidando de su hogar, poniendo flores en los jarrones y almorzando allí con sus hermanas. Allí no tendría que limpiar ni cocinar. Denney tenía dos criadas a su servicio.

El terrateniente llegaría después a la casa y le sonreiría con cariño al verla en el comedor con sus hermanas. Se le hizo un nudo en el estómago al imaginarlo dándole un beso.

Creía que tendría que fingir que le agradaba su presencia, estaba segura de que no podría llegar a sentirlo.

Volvió a llorar sin consuelo.

Pero no quería sentirse como una víctima. A lo mejor llegaban a tener niños. Siempre había deseado tenerlos. Le gustaban y sabía que podría ser una buena madre.

Imaginó entonces a dos pequeñas corriendo por el comedor mientras ella comía con sus hermanas y con su esposo. Eran muy bonitas. Una era rubia y la otra tenía el pelo castaño, como Olivia y Corey de pequeñas. Se sintió peor aún.

Creía que no tardaría mucho en compartir esa mesa con los esposos de sus hermanas. Todos estarían entonces felices. Las niñas, Denney, sus hermanas, los nuevos esposos... Todos menos ella.

Pensó en ese grupo en una cena de gala, con sus mejores ropas. Corey y Olivia ya podrían permitirse ir a la moda e incluso llevarían collares de perlas. Después de la cena, el señor Denney comenzaría a mirarla con interés. Habría fuego en sus ojos. Ella trataría de sonreírle mientras subían las escaleras y su esposo la abrazaría por detrás en cuanto llegaran a su dormitorio.

Pero no podía imaginarse el resto. Creía que ella se limitaría a permanecer inmóvil mientras él la besaba en el cuello.

Se incorporó de repente en la cama sin soltar la almohada. Abrió los ojos y sólo pudo ver la rosa roja de Clarewood frente a ella.

«No puedo hacerlo», pensó.

Quería seguir adelante y casarse con Denney. Deseaba

poder llegar a ser una buena esposa para él, pero sabía que no lo amaba y que nunca iba a poder amarlo. Era demasiado mayor para ella y creía que nunca podría sentir por nadie lo que había sentido por Owen. Él había sido su príncipe azul y se dio cuenta de pronto de que ella se merecía a alguien así, un príncipe en todos los sentidos.

Sintió que Clarewood se estaba burlando de ella. Incluso las rosas que le había enviado se burlaban de su situación.

Echó mucho de menos en esos instantes a su madre. Le habría encantado tenerla allí para poder pedirle consejo.

—¿Qué voy a hacer? —preguntó en voz alta.

Su habitación tenía sólo una ventana. Era una noche oscura, sólo había algunas estrellas en el cielo. De repente, vio a Elizabeth frente a la ventana. Podía verla con toda claridad, como si fuera real. Como siempre, su madre parecía tranquila y sosegada.

«Harás lo que tienes que hacer», sintió que le decía su madre.

Dobló las piernas y abrazó sus rodillas. Su madre había estado encantada con Owen y feliz de que hubiera encontrado el amor de verdad. Supo entonces que sus hermanas tenían razón. A su madre no le habría parecido bien que se casara con Denney.

—Pero él me ama —susurró.

«Pero tú, no», le dijo Elizabeth dentro de su cabeza.

Sabía que era cierto y que nunca podría llegar a quererlo.

—Quería sacar a mis hermanas de la miseria...

Elizabeth sonrió entonces.

«Ese hombre no es tu príncipe».

Miró de nuevo la rosa roja. Pensó en Clarewood. Él era casi un príncipe y estaba segura de que sería muy generoso con ella. Se lo había prometido. La fortuna del duque podría hacer que cualquier hombre, incluido Denney, pareciera un indigente.

No podía creer que estuviera siquiera considerando algo así.

Estaba pensando que podía rechazar la oferta del terrateniente y conseguir al mismo tiempo que sus hermanas tuvieran una vida digna y un futuro prometedor. Podía aceptar ser la amante de Clarewood y beneficiarse de su generosidad.

Se mordió el labio. Él le había prometido que tendría una buena situación económica y no le importaba estar entre sus brazos. Todo lo contrario, sentía que necesitaba estar con él.

Echaba de menos a Owen, había pasado mucho tiempo y el joven había rehecho su vida...

«Te mereces tener amor», le dijo la voz de su madre.

Se sobresaltó y miró a Elizabeth. Recordó entonces las palabras que Corey había pronunciado esa noche.

—Pero el duque no me ama, sólo sería un acuerdo del que nos beneficiaríamos los dos.

Y sería sólo algo temporal, no para toda la vida.

Su madre sonrió.

Apretó con más fuerza la almohada. Sabía que, si alguien descubría su aventura con el duque, ella caería totalmente en desgracia y arrastraría también a sus hermanas. Si decidía aceptar la oferta de Clarewood, iba a tener que ser muy discreta.

—¿Qué debo hacer? —le preguntó a su madre.

Elizabeth se le acercó y sintió que le acariciaba con cariño el pelo.

«No era mi intención que te sacrificaras por tus hermanas, Alexandra. Y creo que, muy dentro de ti, lo sabes», repuso su madre.

Nunca había pensando que cuidar de sus hermanas pequeñas hubiera sido un sacrificio. Sonrió a su madre sin poder contener las lágrimas, pero la imagen de Elizabeth desapareció delante de sus ojos.

No le importó, había conseguido aclarar sus ideas.

Decidió que no iba a casarse con el señor Denney y el alivio que sintió en ese instante fue inmenso.

—Anoche cerraste la puerta de tu dormitorio —le dijo Corey con los ojos muy abiertos.

—Necesitaba estar sola —repuso Alexandra mientras bajaba deprisa las escaleras.

Estaba segura de su decisión. No pensaba casarse con el terrateniente y pasar el resto de su vida siendo su esposa.

No había podido dormir en toda la noche. Había estado pensando en el duque y en lo que éste le había propuesto. Estaba muy nerviosa, pero también se sentía aliviada.

Alexandra miró a sus hermanas y sonrió.

—Por cierto, he cambiado de opinión. No voy a casarme con el señor Denney.

La miraron con los ojos como platos.

Llegó a la planta baja de la casa. Ya había llamado a la puerta del cuarto de su padre, pero nadie respondió. Imaginó que se habría quedado dormido en la biblioteca como hacía muchas veces. No había salido la noche anterior, pero había bebido mucho vino tinto durante la cena.

Se lo encontró donde esperaba, dormido en el pequeño sofá de la biblioteca.

Se acercó y sacudió un poco su hombro.

—Padre, siento despertaros, pero debemos hablar —le dijo.

Edgemont hizo una mueca y se sentó en el sofá.

—¿Qué? ¿Qué es lo que pasa? ¿Me he quedado dormido? —le preguntó sin entender dónde estaba—. ¡Dios mío! Ahora lo recuerdo, ¡os habéis prometido! Esto hay que celebrarlo con una copa.

Apretó con fuerza el hombro de su padre para que no se levantara.

—Ya es por la mañana, padre —le dijo—. Olivia, ¿podrías prepararle una taza de café, por favor?

—¿Qué hora es? —le preguntó el hombre mientras miraba por la ventana.

—Sólo son las ocho y media de la mañana —respondió sentándose a su lado—. Padre, me lo he pensado mejor. Olivia y Corey tienen razón. No puedo casarme con el señor Denney sólo porque necesitemos dinero. No puedo hacerlo y no lo haré.

Edgemont parecía muy confuso. Tardó unos segundos en entender sus palabras. Cuando lo hizo, la miró con furia en los ojos.

—Anoche aceptaste su propuesta, Alexandra —le advirtió con seriedad.

—No, padre, fuisteis tú quien habló con el señor Denney y parece que se llegó a un acuerdo, pero nadie ha firmado ningún contrato y no llevo una sortija de pedida en mi dedo —le dijo ella con firmeza.

Su padre se puso en pie. Ella, también.

—Vamos a firmar los contratos esta misma noche —le dijo él con gravedad—. Y también anunciaremos entonces el compromiso oficial.

Cada vez estaba más tensa.

—No voy a casarme con él.

—Pero tú eres la obediente, la generosa —murmuró su padre sin poder entender qué le pasaba—. De hecho, eres igual que tu madre, tú mantienes a esta familia unida. No digas necedades, te casarás con el señor Denney para salvarnos a todos de la ruina.

Empezó a sentir algo de culpabilidad. En su mente, imaginó a Clarewood mirándola con el ceño fruncido, como si sospechara que iba a echarse atrás.

—No puedo casarme con él —insistió.

—¡Sí puedes! ¡Y lo harás! —gritó Edgemont—. Soy tu padre y el cabeza de familia. ¡Obedecerás y respetarás mis decisiones, Alexandra!

Se echó a temblar, pero trató de ser fuerte.

—Podéis firmar lo que queráis con el señor Denney.

Tengo ya veintiséis años y, legalmente, soy responsable de mí misma. No podéis forzarme a casarme con nadie en contra de mi voluntad.

Su padre también estaba temblando. Temió que le levantara la mano, cuando nunca lo había hecho.

—¡Harás lo que te diga! —repitió su padre—. ¡E irás al altar!

Alexandra negó con la cabeza. No le gustaba tener que discutir con su padre ni demostrarle que no tenía ya ningún poder sobre ella. Pero, a no ser que su padre decidiera arrastrarla a la iglesia, no iba a casarse con Denney.

Se miraron a los ojos. Nunca había visto así a su padre. Fue un momento muy duro.

Entristecida y nerviosa, salió de la biblioteca.

Sus hermanas la esperaban en el pasillo. Olivia sostenía en la mano una taza con café. Las dos parecían estar muy pálidas.

—¿Qué vas a hacer ahora? —le preguntó Olivia en voz baja.

No podía decirles que iba a aceptar la escandalosa e indecente proposición de Clarewood. No podía contarles que se convertiría en su amante y aceptaría que le pagara por ello. Era demasiado sórdido y sabía que no estaba bien. Pero así sus hermanas podrían tener un futuro mejor y estaba convencida de que era la mejor opción que tenía. Creía que era preferible a casarse con alguien que no amaba y tener que fingir durante el resto de su vida.

Esa vez, el viaje de Alexandra hasta Clarewood fue rápido y muy cómodo, al menos en lo referente al medio de transporte. Ébano tiraba con facilidad de la calesa y había mantenido un buen ritmo durante todo el trayecto. Miró su reloj de bolsillo. Habían pasado menos de dos horas desde que saliera de su casa y acababa de entrar ya en la propiedad de Clarewood, aunque aún no se veía la residencia del duque.

Se le aceleró el pulso y notó que tenía la boca seca. Nunca había estado tan nerviosa como en esos momentos. Ni siquiera la primera vez que había tenido que visitar al duque para devolverle las rosas y la pulsera de brillantes.

Tenía que reconocer que él le había ganado la batalla e imaginó que el duque había sabido desde el principio que ése iba a ser el resultado.

Trató de tranquilizarse y pensar que aquello no tenía por qué ser el fin del mundo. Había decidido que iba a sacar provecho de la situación y no arrepentirse de nada. Sabía que estaba renunciando a su honor, pero le parecía un precio muy pequeño por el futuro de sus hermanas.

Además, no todo era negativo.

Cuando se imaginaba entre sus brazos, el corazón le latía más deprisa aún, se había sentido igual desde que salió de Villa Edgemont. Estaba angustiada, pero también excitada con todo lo que le esperaba. No podía creer que fuera a convertirse en la amante del duque de Clarewood.

Respiró profundamente para tratar de calmarse. Ébano trotó por el camino empedrado hacia la majestuosa casa. Recordó que tenía que concentrarse antes que nada en los términos del acuerdo que iban a sellar. Quería entender muy bien en qué iba a consistir su relación y deseaba sobre todo proteger bien sus intereses y los de sus hermanas.

Pero no sabía cuánto dinero debía pedirle.

Le entraron ganas de detener al caballo y dar media vuelta. No era demasiado tarde, podían seguir viviendo como lo habían hecho desde que falleció su madre. Pero no podía quitarse la imagen de Clarewood de la cabeza. Ese hombre la atraía y el futuro de sus hermanas, que estaban ya en edad de casarse, pendía de un hilo.

—¡Ébano, para! —gritó mientras tiraba de las riendas.

Oyó de repente un caballo al galope que se acercaba a la calesa. Giró la cabeza para ver de quién se trataba. Antes incluso de poder verle la cara supo que se trataba de Clarewood.

Montaba igual que hacía todo, con poder y autoridad, como lo haría un rey.

Apenas podía respirar. Los nervios la dominaban por completo.

Clarewood se detuvo al lado del carruaje. Lo miró y se dio cuenta de que, con su atuendo para montar, estaba aún más apuesto de lo que era habitual en él. Le bastaba estar a su lado para sentirse más segura.

Lo miró a los ojos, parecía confuso.

—Buenas tardes —le dijo Clarewood—. ¿Venís a devolverme el caballo?

Se echó a temblar. El corazón le latía con fuerza. Era el momento de la verdad. Si le decía que sí, podría volver a su casa con la cabeza bien alta. Pero si le decía que no, allí empezaba para ella un viaje sin regreso, uno que iba a cambiar para siempre el rumbo de su vida.

—Señorita Bolton —murmuró él sin dejar de mirarla—. ¿Podría convenceros para que pasaríais adentro y tomarais conmigo una taza de té? Puede que entonces os sea más fácil responderme.

Se pasó la lengua por los labios, tenía la boca seca.

—No venía a devolveros el caballo —le dijo por fin.

Clarewood abrió mucho los ojos, después sonrió.

—Entiendo...

Parecía muy satisfecho. Su cuerpo se estremeció al ver cómo la observaba. Se bajó del caballo y lo ató a la calesa. Ella no se movió, ni siquiera podía respirar. Estaba a punto de convertirse en su amante y se sentía apabullada por la decisión que acababa de tomar.

Clarewood se subió al frente de la calesa y tendió hacia ella su mano.

—¿Me permitís?

Le costó entender qué quería, no podía dejar de mirarlo a los ojos. Era el hombre más apuesto que había conocido nunca, con sus marcados pómulos, su regia nariz y unos sensuales labios. Cuando estaba con él se sentía más vulnerable y perdida que nunca, como si estuviera en un pequeño bote en medio de una tormenta. Oyó entonces que decía su nombre y consiguió volver a la realidad y ver que le pedía las riendas.

Se las entregó.

—Por supuesto —le dijo.

Con él a su lado, le costaba más aún pensar con claridad. Podía sentir su fuerte muslo contra su pierna y le costaba respirar con normalidad. No podía dejar de pensar en su masculino y musculoso cuerpo.

—Estoy encantado de teneros aquí —le dijo él mientras azuzaba al caballo para que emprendiera la marcha—. Supongo que esta vez el viaje habrá sido más cómodo y que os alegraréis de tener a Ébano.

Inspiró profundamente antes de contestar.

—Sí, ha sido un trayecto sin complicaciones. Nada que ver con el viaje del otro día.

Clarewood sonrió y la miró con interés.

—Parecéis algo nerviosa, señorita Bolton.

No quería contarle cómo se sentía ni por qué estaba así.

—No es eso, es que me duele un poco la cabeza —le aseguró.

Él levantó una ceja, no parecía creer su versión.

—Entonces, tendremos que encargarnos de remediarlo. Mi ama de llaves hace algunos brebajes que suelen dar muy buenos resultados. Por cierto, ¿cómo está vuestro padre? —le preguntó con educación mientras llegaban ya a la entrada de la mansión.

«Mi padre está furioso y no deja de beber ni de malgastar el dinero de la familia», pensó.

—Muy bien, gracias —repuso con una triste sonrisa.

—He de deciros que odio este tipo de conversaciones triviales y que normalmente no me veo en la situación de tener que instigarlas yo mismo —le dijo él con franqueza.

Miró entonces a Clarewood y se quedaron en silencio. Era muy difícil hablar cuando sentía sus ardientes ojos en la piel.

—La verdad es que me he pasado años sin tener vida social. Creo que se me ha olvidado cómo mantener una conversación cordial con alguien. Me temo que ése es uno de mis muchos fallos –le dijo.

—Pues yo me alegro –repuso él algo más animado–. Podemos acordar entonces que es preferible estar en silencio antes que tener que hablar del tiempo o algo parecido.

—Me parece bien –le dijo ella sin poder ocultar su sorpresa.

—Entonces, ¿no os importan los silencios largos? ¿No os parecen incómodos?

Siguió mirándolo. No terminaba de creerse que fuera tan apuesto, tan masculino. Se preguntó si sabría ya Clarewood por qué estaba allí.

—No, no me incomodan los silencios.

—Sois la primera mujer que conozco que piensa así. Vuestra manera de ser es muy distinta a la de otras damas que he conocido. Y se trata de un cambio para mejor que agradezco, la verdad –le confesó.

Abrió muchos los ojos al oír sus palabras.

—¿Era eso un halago, excelencia?

—Así es –repuso él mientras tiraba de las riendas para detener la calesa frente a la puerta–. No tengo demasiada paciencia y me aburren las mujeres coquetas. Me alegra ver que no sois así.

No podía dejar de temblar. Clarewood parecía estar dándole a entender que, además de sentirse atraído por ella, también le agradaba su compañía.

Clarewood bajó de un salto. No se cansaba de mirarlo, todos sus movimientos eran ágiles y elegantes. Llegó entonces corriendo un mozo desde los establos para encargarse de los caballos.

—¿Puedo ayudaros? –le ofreció Clarewood mientras tendía hacia ella la mano con una sonrisa.

Estaba tan nerviosa que sentía que todo daba vueltas a su alrededor. Clarewood la miraba con gran intensidad y de una manera muy íntima. Era como si no hubiera otra mujer en el mundo, sólo ella.

Pensó que todo le resultaría mucho menos duro si él la apreciara de verdad, si la quisiera. Tomó la mano que le ofrecía y se estremeció. Era como si un rayo la hubiera atravesado en ese instante. Dejó que la ayudara a bajar de la calesa. Esperaba que Clarewood no supiera hasta qué punto su presencia y sus palabras conseguían afectarla.

—Estáis temblando —susurró él entonces.

Ella se sobresaltó y lo miró a los ojos.

—Me alegra que sea así... —añadió con voz sugerente.

Vio que aún seguía dándole la mano y la soltó. Su intención había sido esconder su ansiedad, pero se daba cuenta de que no podía mentirle. Sobre todo cuando él estaba siendo tan franco.

—Estoy nerviosa —le confesó.

—Pues lo siento —repuso Clarewood—. Porque, a pesar de mi reputación, no muerdo. Y, a pesar de lo que podáis pensar de mí, mi intención es ser respetuoso en todo momento —añadió mientras le hacía un gesto para que entrara en la casa.

En el vestíbulo, un criado recogió su capa.

—Excelencia, esperaba poder hablaros en privado.

—No me sorprende. ¿Deseáis que nos sirvan el té más tarde? —le preguntó él.

Asintió con la cabeza, no quería postergar por más tiempo la conversación que deseaba tener con él. Clarewood tocó ligeramente su cintura para indicarle que comenzara a caminar. Supo entonces que el duque ya sabía que aceptaba su deshonesta proposición o no se habría atrevido a tocarla de ese modo, como si ya tuvieran una relación íntima.

Fueron hasta la biblioteca y Clarewood cerró tras él las puertas de madera de ébano. El fuego estaba encendido en la chimenea de mármol verde y fue directamente hacia allí. Ya no tenía ninguna duda sobre su decisión, pero no podía dejar de pensar en cómo negociar con él para proteger el futuro de sus hermanas.

Sintió de repente el cuerpo de Clarewood tras el suyo. Sobresaltada, se dio la vuelta y el duque la tomó por los codos para que no perdiera el equilibrio.

—Estáis muy nerviosa, pero no hay razón para ello. Me gustaría facilitaros las cosas —le dijo sin dejar de mirarla a los ojos—. Habéis venido para aceptar mi oferta.

Asintió entonces.

—He rechazado la proposición del señor Denney. No voy a casarme con él.

La mirada de Clarewood parecía cargada de deseo y fuego.

—Estupendo, no me gusta tener que compartir a nadie —le dijo con seguridad.

Se quedó sin aliento ante la franqueza de sus palabras.

—Alexandra, seamos sinceros —le pidió él—. Seréis mi amante y espero total lealtad.

—¡Dios mío, todo parece tan sórdido...! —exclamó ella.

El duque la abrazó entonces.

—No hay nada sórdido en el deseo que sentimos el uno por el otro. Es natural, querida. Además, no es como si fuéramos un par de jóvenes inocentes.

Se echó a temblar. Clarewood no lo sabía, pero ella sí era aún inocente. Y también se consideraba una mujer con principios y valores morales, aunque supo que él nunca llegaría a imaginarlo.

—¿Qué es lo que ocurre? Veo dudas en vuestros ojos —le dijo él.

Dudó un segundo. Pensó en decirle la verdad, que nunca había tenido un amante. Podría entonces preguntarle por qué había asumido que no era virgen, pero temía que Clarewood cambiara de opinión y no quisiera tener nada que ver con ella. No se le pasó por alto lo irónico que era todo.

—¿Cómo podéis respetarme? —le preguntó.

—Sois una dama —repuso él con algo de sorpresa en su mirada—. Es mi obligación respetaros.

Eran palabras bellas, pero no iban a poder reparar el honor que estaba perdiendo por momentos.

—Entonces, ¿respetasteis también a vuestras anteriores amantes?

Clarewood la soltó entonces.

—Es una pregunta muy interesante —le dijo él—. No, la verdad es que no.

Le gustó que fuera sincero.

—Pero, ¿conmigo haréis una excepción?

—¿Por qué os preocupa tanto el respeto?

—Es muy importante para mí, Clarewood —le dijo.

Se quedó pensativo unos instantes.

—Sois una mujer muy interesante, Alexandra, y habéis conseguido despertar mi curiosidad. No sé por qué, pero tengo muy claro que no sois como las demás. Entiendo que no os tomáis a la ligera nuestra relación.

—Es cierto —reconoció ella.

Clarewood la miró con los ojos entrecerrados.

—¿De verdad ibais a casaros con ese hombre y lo habríais hecho si yo no hubiera interferido?

—Probablemente. Ésa era mi intención.

—¿Fueron mis encantos los que consiguieron que cambiarais de parecer? —le preguntó con ironía.

—Sabéis mejor que nadie que sois difícil de resistir. Está claro que no aceptáis un no por respuesta —repuso ella sin poder dejar de temblar.

—Es verdad —reconoció Clarewood mientras acariciaba su mejilla—. Sobre todo en vuestro caso, cuando hay tanta pasión entre los dos —añadió en voz baja.

Todo su cuerpo estaba encendido por el deseo.

—Debemos hablar de las condiciones del acuerdo —consiguió decirle ella.

El duque parecía encantado con la situación. Dejó de acariciar su cara.

—Muy bien, si insistís...

—Insisto —repuso ella algo nerviosa.

—Aunque la verdad es que nunca he tenido que negociar con ninguna mujer —le dijo—. Pero parecéis tan preocupada...

—¿Qué queréis decir con eso?

—Mis amantes anteriores estaban tan interesadas en conquistarme a mí como yo a ellas. Nunca he tenido que tranquilizarlas ni convencerlas de nada. Tampoco tuve que tratar con esas damas las condiciones de nuestra relación —le dijo el duque—. Y eso es lo que queréis hacer, ¿no es así? Deseáis que dejemos clara la naturaleza de nuestro acuerdo, ¿verdad?

Se sintió muy avergonzada, pero no le quedó más remedio que contestar.

—Sí, excelencia. Yo no puedo permitirme ser como las otras.

—Supongo que lo que más os preocupa es hasta qué punto seré generoso con vos. ¿Acaso dudáis de mi palabra?

—No, por supuesto que no —le aseguró—. Pero tengo que saber qué... Qué esperáis de mí y viceversa.

Clarewood sonrió ligeramente. La tomó entre sus brazos y la sostuvo muy cerca de su cuerpo.

—¿Queréis detalles? —murmuró seductoramente.

Deseaba dejarse llevar y disfrutar del momento, pero se esforzó por mantener la compostura a pesar de lo delicado de la situación.

—Hay mucho de lo que hablar, incluso de cómo y cuándo nos encontraremos. Pero lo que más me importa es que haya una especie de contrato entre los dos.

—¿Un contrato? ¿No basta con un acuerdo?

El duque parecía algo ofendido, pero ésa no había sido su intención.

—No hablo de documentos formales, excelencia, pero me gustaría que llegáramos a un acuerdo verbal sobre los términos.

Clarewood no dejaba de mirarla a los ojos.

—Muy bien. ¿Qué términos deseáis, Alexandra?

Dudó un segundo y se sonrojó. Lamentó que Clarewood se hubiera sentido insultado por su sugerencia, pero no encontraba las palabras para explicarle lo que quería sin ser demasiado directa.

Él esperó y esperó.

—Debe haber discreción, nadie puede saber que tenemos este tipo de arreglo —le dijo al fin.

Clarewood se cruzó de brazos, parecía muy pensativo.

—Vivís en vuestra casa familiar, con vuestro padre y hermanas, y a dos horas de aquí. Si queréis que os hable con franqueza, he de deciros que desearía contar con vuestra presencia en mi casa todas las noches.

Se sonrojó aún más y se le vino a la cabeza las imágenes de lo que iba a pasar muy pronto entre los dos. Ya se veía entre sus fuertes brazos y en una gran cama con dosel.

—Eso es imposible —le dijo.

—¿Cómo?

Parecía muy enfadado.

—Tendremos que vernos por la tarde —repuso ella—. Y eso ya será bastante complicado para mí.

El duque se quedó callado y pensativo unos segundos.

—Compraré un casa cerca de Villa Edgemont. Cuando lo consiga, podremos pasar allí las veladas —le dijo él—. Hasta entonces, tendremos que conformarnos con alguna tarde que otra. Mi tiempo es oro, Alexandra. Yo no soy como otros aristócratas, yo trabajo y son muchos los proyectos que tengo en marcha.

Nerviosa, sacudió la cabeza.

—No era mi intención molestaros, excelencia —le dijo—. Tampoco quiero importunaros, pero entended que debo proteger el poco prestigio que le queda a mi familia.

—Soy un hombre razonable y comprendo vuestra preocupación. Ya os he dicho que sois muy distinta a las otras. Sois, por ejemplo, la primera que sigue viviendo en su casa familiar. No había tenido en cuenta las complicaciones que llevaría consigo el hecho de que seáis una mujer soltera.

Vio aliviada que había entendido lo que le preocupaba y que ya no parecía enfadado.

–Gracias.

–¿De qué más deseáis hablar?

Se quedó callada de nuevo. Odiaba tener que sacar el tema de la remuneración.

–Supongo que deseáis saber hasta qué punto seré generoso, ¿verdad? –sugirió Clarewood al ver que ella no se atrevía a hablar.

Ella asintió con la cabeza y se mordió el labio.

–Desearía tener lo suficiente como para poder proporcionarles una pequeña dote a mis hermanas.

Clarewood se metió las manos en los bolsillos de su chaqueta.

–¿De qué cantidad estamos hablando?

Odiaba tener que negociar con él. Su primera intención había sido pedirle algo más. Lo suficiente para hacer también unas reparaciones indispensables en la casa y poder comprar ropa y comida para todos. Pero, al final, había decidido centrarse en las dotes.

–Eso es todo –le dijo–. Olivia y Corey necesitan dotes.

–¿No deseáis tener vos también una dote?

–No –repuso mientras bajaba la vista al suelo.

–¿Cuánto necesitarán vuestras hermanas, Alexandra?

Temblando, lo miró a los ojos.

–Mil libras cada una, excelencia, a no ser que os parezca demasiado.

–Me parece demasiado poco –repuso él–. Trato hecho.

Acababa de garantizarle un futuro mejor a sus hermanas, pero no estaba tan contenta como podría haber imaginado. Creía que había perdido a ojos de Clarewood toda su dignidad. Se sentía humillada y se le pasó por la cabeza salir de allí corriendo y dar marcha atrás. Se giró para darle la espalda y mirar las llamas. Tenía los ojos llenos de lágrimas.

Clarewood se le acercó por detrás y agarró sus hombros. Sintió su cálido aliento en la nuca y en el cuello.

—No —le dijo con firmeza—. No voy a permitir que os arrepintáis de esto.

Se quedó paralizada al sentir el fuerte y cálido cuerpo de Clarewood contra el suyo. El corazón parecía estar a punto de salírsele del pecho y sentía la piel en llamas. Lo deseaba más de lo que había deseado nunca a nadie.

Clarewood acercó la boca a su cuello.

—Esto os parece reprobable y moralmente repugnante, ¿verdad? —le susurró.

—Sí —consiguió decir ella.

—¿Por qué? Sé que yo no os repugno —le dijo mientras la hacía girar.

—No, claro que no.

Era su oportunidad para decirle la verdad.

—He asumido desde el principio que sois una mujer con algo de experiencia —le dijo Clarewood mientras le acariciaba los hombros.

Se quedó de nuevo sin aliento. Temía que no quisiera seguir adelante con su acuerdo si le confesaba que era virgen. Lo miró a los ojos, apenas podía controlar lo que sentía por él.

—No me equivocaba, ¿verdad? —preguntó él.

Cada vez se sentía más alarmada, no podía permitir que Clarewood se echara atrás.

—Hubo una vez alguien... Un hombre al que quise mucho —contestó entonces.

Clarewood abrió mucho los ojos y dejó de acariciarla.

—No me avergonzó nunca mi pasión porque lo amaba. Además, íbamos a casarnos —le dijo—. Nuestro acuerdo, en cambio, es algo calculado y frío, excelencia. Por eso tengo tantas dudas.

—¿Quién era ese modelo de hombre que consiguió enamoraros así?

—¿Acaso importa? Él se casó con otra mujer y yo estoy

aquí, consintiendo en tener una relación inmoral a cambio de dinero.

—Pero los dos saldremos ganando —repuso él algo molesto—. Los dos nos beneficiamos, Alexandra. Y también vuestras hermanas.

Era imposible apartar la mirada cuando él la observaba como hacía en esos momentos.

—Sí, es verdad. Mis hermanas se beneficiarán...

Clarewood la soltó entonces.

—Siento que estéis librando una batalla con vuestra conciencia. Tengo una sugerencia que espero os ayude. Si no consigo satisfaceros lo suficiente como para que estéis contenta con nuestra relación y queráis seguir libremente conmigo, daré por terminado el acuerdo sin que por ello perdáis la compensación que hemos acordado.

Tardó unos segundos en entender lo que le estaba diciendo. No podía creerlo.

—Cuando os dije que era un hombre generoso, no os mentía. Creo que ya es hora de que empecéis a confiar en mi palabra.

CAPÍTULO 9

Al día siguiente, mientras Alexandra preparaba la cena con sus hermanas, no podía quitarse de la cabeza la conversación que había mantenido con Clarewood.

Recordaba con nitidez cada palabra y repasó todo el diálogo mientras pelaba patatas. Tampoco podía olvidar lo que había sentido al estar cerca de él. Aún podía sentir las manos de ese hombre en sus hombros y su aliento en el cuello. Temblando, miró el reloj de la cocina, sólo eran las doce y media.

Clarewood le había dicho que fuera a almorzar a su casa el viernes, para eso faltaba un día. Casi había sentido desilusión al oírlo. Una parte de ella había deseado que comenzara a seducirla en ese preciso instante, pero esperaba la visita de la duquesa viuda y había tenido que irse.

Fue a por otra patata y vio que ya no había más.

Recordó entonces cómo le había asegurado que le gustaría tenerla allí cada noche.

No entendía cómo podía estar ya tan nerviosa. Su cuerpo se encontraba en un estado de permanente excitación desde que terminaron la negociación. Se sentía muy avergonzada y no comprendía por qué se estaba comportando de ese modo. Sabía que no estaba bien lo que iba a hacer. Pero, por otro lado, sentía que debía estar con él.

Miró de nuevo el reloj. Sólo habían pasado cinco minutos.

—¿Por qué miras continuamente el reloj? —le preguntó Corey.

Era casi como si estuviera deseando que pasara el tiempo para poder volver a la mansión de Clarewood y comenzar su escandalosa aventura amorosa, como si estuviera contando los segundos que le faltaban para verlo de nuevo.

—Lo miras cada cinco minutos —agregó su hermana.

Llamaron en ese instante a la puerta.

Nunca tenían visitas. A sus vecinos les iba mucho mejor que a ellos y nunca se molestaban en visitarlos para ver cómo estaban.

Se puso más nerviosa aún. Había ido a ver al señor Denney el día anterior para decirle que había decidido no seguir adelante con su compromiso. El pobre hombre se había quedado perplejo y muy disgustado.

Ella había intentado explicarle que habría sido injusto casarse con él cuando estaba segura de que nunca volvería a enamorarse. Denney había tratado de convencerla de que, con el tiempo, acabaría sintiendo afecto por él y le había asegurado que haría todo lo que estuviera en su mano para hacerla feliz.

Pero no había conseguido convencerla. El encuentro había sido tenso y embarazoso. Al despedirse, Denney le había dicho que no tardaría en recobrar el sentido y volver con él, pero ella sabía que no iba a cambiar de parecer.

—Sólo estáis algo nerviosa por el compromiso, señorita Bolton —le había dicho—. Estoy seguro. Sé que vuestra hermana tenía razón. He ido demasiado deprisa. Así que estoy dispuesto a ser más paciente y cortejaros como se debe.

—No, por favor —le había respondido ella—. He cambiado de opinión, de verdad.

Pero sabía que Denney no la había creído. No había querido hacerlo.

Su padre ya había salido cuando ella regresó a casa, así que no lo había visto hasta esa misma mañana. Se había mostrado muy frío con ella. Sabía que intentaría arrastrarla al altar, pero no iba a dejar que la convenciera para que se casara con Denney. Después de todo, ya había llegado a un acuerdo con Clarewood.

Llamaron a la puerta de nuevo. Se quitó deprisa el mandil y Corey hizo lo mismo. Temía que fuera el terrateniente.

—Si es Denney, debes ser fuerte —le aconsejó Olivia—. Has tomado la mejor decisión posible.

—Ese hombre me da lástima.

—Más lástima me darías tú si tuvieras que casarte con él y fingir toda la vida que sientes algo por él —repuso Olivia.

—Voy yo —anunció entonces Corey—. Si es Denney, le diré que no estás en casa.

Pero siguió a su hermana pequeña hasta el vestíbulo. No tenía intención de esconderse. Le sorprendió ver que no era el terrateniente Denney quien llamaba, sino una bella y rubia dama. La reconoció enseguida, la había visto en la fiesta de cumpleaños de los Harrington hablando con el duque.

—Hola. Sois la señorita Bolton, ¿verdad? —saludó la mujer con una sonrisa mientras se quitaba los guantes.

Se puso muy nerviosa. La sonrisa que le ofrecía era muy fría y había algo en sus ojos que no le gustó nada.

—Sí.

—Soy lady Witte. He oído que trabajáis como costurera para lady Lewis y lady Henredon y no se cansan de alabar vuestro esmerado trabajo —le dijo mientras se quitaba el abrigo.

Alexandra se acercó para ayudarla.

—Espero que podáis aceptarme como clienta. Tengo unos cuantos vestidos que necesito limpiar y remendar.

—Siempre estoy encantada de aceptar nuevas clientas —repuso ella algo más relajada.

Y era verdad. Ya tenía demasiado trabajo, pero siempre agradecía poder ganar un poco más de dinero.

—¡Fantástico! —exclamó lady Witte—. Tengo los vestidos en mi calesa.

Alexandra se giró para mirar a su hermana pequeña.

—¿Podrías ir a por ellos, Corey? —le pidió—. Hace frío. ¿Os apetecería tomar una taza de té? —le ofreció a lady Witte.

—Sí, hace fresco, pero no quiero nada, gracias. He venido porque, al ser el primer encargo, quería conoceros. La próxima vez, los traerá alguien de mi servicio —le explicó con una sonrisa—. ¿Os lo pasasteis bien en la fiesta de Sara de Warenne?

Respiró profundamente y trató de prepararse para lo que iba a tener que oír. Algo le decía que no sería agradable.

—Por supuesto —mintió Alexandra—. Como podéis imaginar, hacía mucho tiempo que no salía a un baile —añadió mientras miraba a su alrededor.

—Ya lo suponía —repuso la mujer—. Desde luego, conseguisteis atraer la atención de todos.

—No me encontraba bien...

—Menos mal que Clarewood se fijó en vos y se tomó la molestia de rescataros —le dijo con la misma gélida sonrisa.

Supo entonces que no estaba allí para encargarle que arreglara sus vestidos. Le dio la impresión de que trataba de averiguar qué había entre Clarewood y ella. Ni siquiera habían comenzado su aventura, no podía creer que nadie supiera lo que se traían entre manos. Aunque, si algo había aprendido de la alta sociedad, era lo rápido que corrían por ella los rumores.

Edgemont bajaba en ese momento la escalera. Vio que se había vestido para salir.

—Voy a llevarme el negro —le dijo—. Si tenéis que salir, podéis usar mi yegua —añadió.

Sonrió con complacencia, pero Alexandra estaba furiosa por dentro.

—No tengo previsto salir, padre. Por cierto, os presento a lady Witte. Señora, os presento a mi padre, el barón de Edgemont.

Los dos se saludaron con la debida cortesía y después su padre salió para sacar el caballo de Clarewood del establo. Corey y Olivia entraban en la casa en esos momentos con varios vestidos de bellas y lujosas telas. También había prendas íntimas, hechas con los encajes más delicados. Vio que algunas eran negras y muy atrevidas. Era la primera vez que le llevaban ese tipo de ropa para reparar.

Vio que su hermana Corey parecía avergonzada.

—Y no hay prisa —le dijo entonces lady Witte—. Prefiero que os toméis todo el tiempo que necesitéis y seáis tan meticulosa como queráis.

—Me temo que soy una perfeccionista —repuso Alexandra mientras la otra mujer tomaba el abrigo para ponérselo—. Estoy muy orgullosa de mi trabajo.

Lady Witte la miró con lástima.

—Por supuesto, señorita Bolton

La ayudó a abrigarse y abrió la puerta. Vio entonces lo lujosa que era la calesa de la dama y los bellos que eran sus caballos, los dos cobrizos. Acompañó a la dama hasta su vehículo. Su padre salía en ese momento del establo a lomos de Ébano.

—Gracias por venir —le dijo Alexandra.

Lady Witte se detuvo al ver el caballo y se volvió para mirarla con suma frialdad. Ya no sonreía. Después, fue hacia donde estaba aún su padre.

—¿Qué es lo que ocurre? —preguntó Alexandra sin entender nada.

—¿De dónde habéis sacado ese caballo? —dijo lady Witte.

—¿Cómo? —preguntó Edgemont.

—Lady Harrington ha tenido la amabilidad de prestarnos este caballo hasta que nuestra yegua se recupere de una cojera —dijo Alexandra.

—¿De verdad? —repuso lady Witte con incredulidad—. Ese caballo es uno de los mejores del duque de Clarewood. Estoy segura.

Se quedó sin aliento al oírla.

—Os equivocáis —repuso su padre—. Nos lo prestaron los Harrington. Mi querida y difunta esposa era muy amiga de lady Blanche. Mi hija ni siquiera conoce a Clarewood.

Alexandra no podía creer lo que estaba pasando. Estaba muy nerviosa.

—¿De verdad? ¿No rescató acaso a vuestra hija cuando estuvo a punto de desmayarse en el baile del otro día? —preguntó lady Witte—. Y vos mismo, Edgemont, volvisteis a casa en su calesa, si no recuerdo mal.

La mujer parecía furiosa. Fue deprisa hacia su calesa. El cochero le abrió la puerta y la dama entró sin despedirse.

—He cambiado de opinión —le dijo a Alexandra con las mejillas encendidas—. Quiero que esté todo listo para pasado mañana.

Alexandra corrió hacia el coche.

—Pero es imposible, lady Witte.

—Estoy segura de que conseguiréis terminarlo —replicó la dama cerrando de un portazo la calesa.

El cochero subió a la parte delantera y quitó el freno de la calesa. Alexandra se apartó un poco para dejarle pasar.

—Alexandra —la llamó entonces su padre.

Lo miró sonriendo.

—Padre, fue lady Harrington quien nos prestó el coche. No sé qué es lo que le pasa a esa mujer —le dijo con seguridad.

Su padre la miraba con suspicacia, pero se relajó enseguida.

—Sé que tú nunca me mentirías —le dijo—. Ni siquiera sabrías cómo hacerlo. Volveré a tiempo de cenar en casa —añadió.

Sus hermanas se le acercaron en cuanto se fue su padre.

—¿Qué ha pasado? —preguntó Olivia.

—¿Cómo podría lady Witte reconocer a Ébano? —susurró Corey.

Alexandra se sintió descompuesta. El corazón le latía con fuerza. Intentó recordar a lady Witte en el baile y se dio cuenta de que había estado coqueteando con Clarewood. Él, en cambio, se había mostrado distante en todo momento. De hecho, si su memoria no le fallaba, Clarewood había estado observándola a ella mientras esa malhumorada mujer intentaba seducirlo.

Lo único que le había quedado claro era que conocía lo suficiente al duque para reconocer a uno de sus caballos. No deseaba sacar conclusiones precipitadas, pero era difícil no hacerlo. Lady Witte era una mujer muy bella y elegante. Y debía de tener menos de veinticinco años.

Se preguntó si de verdad habría ido a verla para que reparara sus vestidos o si sus razones habrían sido de índole más personal.

—Esa mujer odia a Alexandra —murmuró Corey fuera de sí—. Lo que no entiendo es por qué.

—Creo que es viuda —añadió Olivia—. Y me da la impresión de que no le ha sentado nada bien que el duque de Clarewood se interese por nuestra hermana.

Al día siguiente, Alexandra llegó quince minutos antes de tiempo a su cita en la mansión de Clarewood. Guillermo la acompañó hasta el salón azul, donde había estado unos días antes con Elysse de Warenne y lady Saint Xavier.

—El almuerzo se sirve a la una —le informó el mayordomo sin inmutarse—. Su excelencia está ahora mismo reunido, pero no tardará mucho.

—Gracias —consiguió responder ella.

Esperaba que el mayordomo no hubiera notado lo nerviosa que estaba. No podía dejar de temblar. Sus nervios la dominaban por completo.

Apenas podía creer que estuviera a punto de embarcarse en una aventura amorosa con el duque de Clarewood. No podía estar sentada y comenzó a dar vueltas por el salón. Estaba sin aliento.

No podía dejar de pensar en que pronto estaría arriba, en el dormitorio del duque y en su cama.

Ya no se sentía avergonzada de su decisión, pero no conseguía tranquilizarse. Estaba convencida de que el duque sería un gran amante y sabía que podía ser muy amable. De hecho, se había portado muy bien con ella desde que la ayudara por primera vez en casa de los Harrington.

Esperaba que también fuera cariñoso con ella esa tarde, lo necesitaba.

Aunque en realidad no le importara, no lo creía posible, esperaba que la tratara con afecto. Apenas se conocían, pero sabía que él tenía mucha experiencia. Los rumores lo relacionaban con un buen número de bellas mujeres durante los últimos años.

Sabía que él conseguiría que se relajara. A pesar de lo escandaloso e inmoral de su relación, era todo un caballero.

Guillermo había dejado abiertas las puertas del salón. Oyó voces a cierta distancia, una de ellas era la del duque. Se le aceleró el pulso.

Se giró entonces hacia el pasillo y se quedó sin aliento al encontrarse con su mirada y su seductora sonrisa.

Los ojos le brillaban más ese día. Se volvió entonces para hablar con el joven que estaba a su lado. Vio que se trataba de Randolph.

—Aseguraos, por favor, de que obtenga la información que necesito tan pronto como sea posible. Si puede ser mañana mismo, mucho mejor.

—Sí, excelencia —repuso el joven.

Se giró entonces hacia ella con una afable sonrisa.

—Buenas tardes, señorita Bolton. Espero que estéis disfrutando de Ébano.

—Por supuesto —contestó ella.

Estaba demasiado nerviosa para contestar.

Randolph de Warenne asintió con la cabeza y se despidió de los dos.

Clarewood entró en el salón. Llevaba un montón de papeles en los brazos.

—Acordamos que llevaríamos todo con suma discreción —le avisó ella.

—Randolph es muy discreto —repuso él.

Parecía estar divirtiéndose al verla tan preocupada.

—¡No me parece apropiado que me haya visto aquí! —exclamó mientras iba deprisa hacia la puerta.

Clarewood se interpuso entre ella y la salida y agarró sus hombros.

—Hoy estáis preciosa.

Se quedó helada y no pudo evitar perderse en sus bellos ojos azules.

—Llevo mucho tiempo esperando que llegara este momento —le confesó Clarewood—. Espero que os hayáis sentido igual —murmuró.

Sin saber por qué, su mirada se deslizó hacia la boca de Clarewood. Estaba como hipnotizada.

—Supongo que sí, pero estoy muy nerviosa, excelencia.

Clarewood le dedicó una sonrisa más amplia aún y vio que tenía un hoyuelo.

—No hay razón para que os sintáis así —le dijo mientras acariciaba con el pulgar su mejilla.

Se estremeció. Las sensaciones recorrían su cuerpo sin que pudiera hacer nada para evitarlo.

—Espero que no os equivoquéis con Randolph —susurró ella—. ¿Y Guillermo?

—Si Guillermo quisiera traicionarme, podría haberlo hecho ya muchas veces.

Se preguntó qué querría decir con ese comentario y se le vino a la cabeza la imagen de lady Witte.

Clarewood soltó sus hombros y deslizó las manos por sus brazos. Sintió otro escalofrío de placer.

—Él nunca me traicionaría —le aseguró el duque al ver que seguía nerviosa.

—¿Conocéis a lady Witte? —le preguntó de repente.

—La verdad es que la conozco muy bien —repuso él algo sorprendido.

Se quedó sin aliento. Supo entonces que eran amantes.

—Es una nueva clienta.

Clarewood abrió mucho los ojos.

—No necesitáis seguir cosiendo ni nuevas clientas, Alexandra. Debéis hacerme caso. Ahora que hemos llegado a un acuerdo, yo me encargaré de vos.

No pudo ahogar una exclamación.

—¿Qué queréis decir?

—Quiero decir que vais a necesitar ropa nueva y algo de dinero para comprar —le dijo él sin dejar de mirarla—. Ya os dije que soy un benefactor muy generoso.

Se ruborizó al oírlo. Le sorprendió que se mostrara tan amable y que fuera tan considerado con ella. Pensó que lo había juzgado mal, pero aún le preocupaba la relación que pudiera tener con lady Witte.

—Me da la impresión de que queréis saber más —le dijo él—. Continuad, por favor.

Le costaba reunir el valor necesario para hablar.

—¿Sigue...? ¿Sigue siendo vuestra amante? —le preguntó por fin.

—Fue mi amante —confesó él—. Pero ya ha terminado.

Se sintió muy aliviada. Entendió entonces por qué lady Witte había querido hacer algunas averiguaciones sobre ella.

Creía que habría percibido, durante la fiesta de los Harrington, que había cierta atracción entre Clarewood y Alexandra. Conociendo al duque como parecía conocerlo, se habría imaginado que intentaría conquistarla. La presencia de Ébano en su casa le habría confirmado sus temores. No le extrañó que hubiera sido tan antipática y desagradable con ella.

Pero Clarewood le había asegurado que ya no estaba con esa mujer. Trató de esconder una sonrisa de satisfacción, pero él se dio cuenta.

—Vos sois la mujer con la que quiero compartir mi cama, Alexandra. Si no me creéis aún, no tardaréis en hacerlo.

No podía dejar de temblar. Sabía lo que iba a pasar en cuanto terminaran el almuerzo.

—Sí que os creo —murmuró ella.

Clarewood estaba muy cerca y no podía dejar de mirarlo. Fue entonces cuando se dio cuenta de que estaban en total silencio. Podía oír la respiración de ese hombre y sus propios latidos.

Clarewood alargó hacia ella la mano y la aceptó temblorosa. Se estremeció al sentir su piel ardiente. No entendía el poder que ese hombre parecía tener sobre ella. Las rodillas apenas podían sostenerla y él debió de darse cuenta, porque la agarró enseguida por los codos.

—¿Por qué estáis tan nerviosa? —murmuró él—. Parecéis una colegiala a la que un viejo verde intenta seducir.

Apenas podía pensar, no cuando lo sentía tan cerca, no cuando estaba casi entre sus brazos.

Clarewood la abrazó entonces de verdad, aplastando sus pechos contra su fuerte torso. Alexandra agarró sus hombros y fue increíble sentir que él la abrazaba y ella a él.

—Dios mío... —murmuró.

Todo el fuego que Clarewood parecía emitir se concentraba bajo su falda.

—Deseo portarme como caballero y ser el perfecto amante, de verdad —susurró él entonces mientras se acercaba a su boca—. Pero yo también me siento como un colegial. Impaciente como un joven —le aseguró mientras acariciaba sus mejillas con los labios—. No he podido dejar de pensar en vos.

Alexandra apenas podía respirar. Se agarraba a él como si temiera caer al suelo y no podía dejar de acariciar su fuerte y musculosa espalda.

—Excelencia... —susurró entonces entre suspiros.

—Stephen —la corrigió él.

Sintió entonces la boca de Clarewood sobre la suya.

Se quedó inmóvil y cerró los ojos. La sensación era exquisita y muy provocativa. No parecía tener prisa, se limitaba a hacer que sus bocas se rozaran, como en una sensual caricia.

No tardó en sentir su abultada erección contra su estómago. Se sobresaltó, pero ya no la asustaba, su cuerpo también estaba en llamas y ver cuánto la deseaba consiguió que se entregara totalmente al momento.

Clarewood la besó entonces con más fuerza, asaltando su boca con un apetito feroz. Ella respondió con la misma intensidad, agarrándose a él y desesperada por sentirse más cerca aún de ese hombre. El beso fue aumentando en intensidad, igual que la pasión que había entre los dos.

No pudo ahogar una exclamación al sentir que él la llevaba casi en volandas. Y, sin saber cómo, acabaron los dos en el sofá del salón y con él encima.

Lo besó como una mujer enloquecida y se le pasó una idea por la cabeza. Aunque no hubiera sido consciente hasta ese momento, decidió que debía de estar enamorada de él. No encontraba otra explicación para esa urgencia ni esa pasión.

No podía dejar de besarlo, cada vez más apasionadamente. Se estremeció de nuevo. Estaba deseando que la hiciera suya.

Clarewood se separó de repente. Y, tomando su cara entre las manos, la miró a los ojos. Se sintió algo confusa.

—Nunca he deseado tanto a nadie —le confesó él con la voz cargada de deseo—. Os deseé desde que os vi por primera vez, desde que os sostuve en mis brazos.

—Yo también os deseo —repuso ella en un hilo de voz—. Desesperadamente.

Él sonrió, parecía muy satisfecho.

—¿Subimos a mis aposentos?

Pero ella no quería retrasar más el momento. Temía que se desvaneciera la loca y mágica pasión que la dominaba por completo.

—No —repuso.

Clarewood se echó a reír mientras se entretenía con los botones de su vestido. Ella se levantó y se giró para ayudarlo. Se estremeció entonces al sentir su lengua ardiente y sus besos en la piel ya desnuda de su nuca. Él la mordisqueaba y las sensaciones eran tan deliciosas que tuvo que cerrar los ojos. Apenas podía controlar sus gemidos mientras él la besaba y desabrochaba el vestido.

Se estremeció una vez más y se rindió. No podía controlar por más tiempo su deseo. Dejó que los gemidos y jadeos escaparan libremente de su boca.

Stephen le quitó el vestido con facilidad. Debajo sólo llevaba una camisola y las calzas.

Lo miró entonces.

De pie y en ropa interior, se sintió muy desnuda y vulnerable. Stephen no dejaba de mirar sus pechos mientras se quitaba la levita y el chaleco. Los dejó caer cerca de allí.

Su camisola era vieja y estaba algo desgastada. No tenía nada que ver con las bellas prendas de encaje que usaba lady Witte, pero él la miraba con deseo en sus ojos. Se agachó y tomó uno de sus pezones en la boca mientras la agarraba por la cintura.

Gritó de placer, apenas podía controlar su deseo.

Stephen desgarró su camisola, pudo oír cómo se rompía la vieja tela de algodón, para poder besar directamente sus pechos. El placer que sintió no habría podido siquiera describirlo y le dio la impresión de que no podría soportarlo durante mucho tiempo. Stephen deslizó entonces la mano entre sus muslos, donde descubrió su cálido y húmedo sexo.

–Sí... –murmuró satisfecho.

Lo abrazó entonces con más fuerza, como si le fuera la vida en ello. Comenzó a acariciarla y la explosión de placer fue instantánea. Alexandra gemía sin control, sin saber qué hacer para soportar tantas sensaciones.

Las olas de placer se sucedían una tras otra y apenas fue consciente de que Stephen la dejaba de nuevo sobre el sofá y se echaba sobre ella. Sintió entonces su firme erección contra la parte más íntima de su cuerpo.

Stephen no se movió, se limitó a besarle el cuello mientras ella volvía a la realidad. Se dio cuenta de que acababa de descubrir lo que era el deseo. Se había sentido como si estuviera flotando, envuelta en una nube de amor y éxtasis...

Él tomó su cara entre las manos y ella abrió los ojos. Los de Stephen seguían encendidos por la pasión.

—Querida... —susurró antes de besarla apasionadamente.

Stephen había conseguido que se estremeciera y gritara de placer. Seguían los dos desnudos y él estaba entre sus piernas. Sintió cómo su cuerpo reaccionaba de nuevo al sentirlo tan cerca. La terrible urgencia que la había subyugado minutos antes parecía querer hacerse de nuevo con el control.

Lo besó con la misma pasión, buscando su lengua mientras exploraba con las manos su espalda y bajaba hasta sus caderas. Se retorció al sentir la presión de su miembro viril e intentó atraerlo más cerca de su cuerpo. Actuaba sin pensar, no era consciente de sus propios movimientos ni le importaba ya nada.

Stephen se echo a reír y dejó de besarla. Fue bajando entonces por su cuerpo, besándole los pechos. Ella protestó, pero él siguió riendo mientras se dedicaba a torturar sus pezones con mordiscos y besos. No soportaba más ese martirio, lo deseaba más que nunca y quería sentirse unida a él. No podía dejar de gemir mientras agarraba con fuerza sus hombros.

—Paciencia, querida —murmuró Stephen mientras llegaba con la boca a su estómago y lo besaba.

Supo de repente lo que pretendía hacer y se quedó inmóvil, no podía creerlo.

Cuando estaba ya a medio camino entre su ombligo y su pubis, Stephen levantó la cara y la miró.

—¿Os ha saboreado alguien así?

—No... —repuso ella con un estremecimiento.

Stephen sonrió y deslizó después su lengua entre los pliegues de su sexo. Se estremeció de nuevo. Él iba intensificando el ritmo de sus íntimas caricias y Alexandra sintió que perdía el control. Se dejó caer sobre los cojines del sofá y gritó fuera de sí.

Antes de que pudiera darse cuenta de lo que hacía, Stephen subió de nuevo por su cuerpo hasta que sintió su erecto miembro entre las piernas. Su rostro parecía contorsionado por el deseo y el esfuerzo que estaba haciendo por controlarse.

Se miraron a los ojos.

—Deprisa —le urgió ella mientras lo agarraba con fuerza—. Deprisa, no aguanto más.

Stephen sonrió y se deslizó dentro de ella.

La presión que sintió fue tan fuerte que se quedó unos segundos sin aliento. El placer fue igual de intenso. Stephen debió de notar entonces que era virgen y la miró a los ojos con el ceño fruncido. Parecía desconcertado.

Ella, sintiéndose cerca del clímax, lo animó a seguir.

—Por favor... —susurró.

Stephen atravesó la barrera de su virtud, pero su rostro había cambiado por completo, ya no sonreía. Ella lo abrazó con fuerza y se acomodó al rítmico compás de sus movimientos. El placer era indescriptible, no podía compararse con nada.

Cuando Alexandra se despertó, vio que estaba sola en el sofá, cubierta con un echarpe dorado. Tardó unos segundos en recordar dónde estaba y se sobresaltó al ver que seguía desnuda y que el salón estaba a oscuras.

Fue recordando poco a poco lo que había pasado.

«Acabo de pasar la tarde haciendo el amor con el duque de Clarewood», se dijo.

Respiró profundamente y agarró el echarpe para cubrir mejor su cuerpo. Imaginó que se había quedado dormida, pero seguía allí desnuda. Se sonrojó al recordarlo todo y rezó para que no entrara nadie en el salón y se la encontrara allí en esas circunstancias.

Sabía que tenía que volver a casa, pero no se movió.

Su corazón comenzó a latir con rapidez. Eran muchas las emociones que tenía en su interior.

Habían hecho el amor dos veces, sin descanso alguno. Stephen era un amante increíble. Nunca había podido imaginarse que pudiera llegar a haber tanto ardor entre dos personas. Tampoco habría creído que pudiera ser tan apasionada y desinhibida como se había mostrado esa tarde con él. Se habían convertido en amantes y ella era oficialmente la querida del duque de Clarewood.

Se echó a temblar sin poder creer lo que había pasado. La felicidad crecía dentro de su pecho sin que pudiera hacer nada para evitarlo. Se había sentido muy bien con él, como si estuvieran hechos el uno para el otro.

Recordó cómo Stephen la había mirado, le había parecido que de verdad sentía algo por ella. Otras veces, la observaba como si quisiera adivinar qué había dentro de su alma. No sabía qué pretendía averiguar y tampoco sabía si debía atreverse a pensar en Stephen de otro modo, no sólo como en su amante y benefactor. Se preguntó si podría permitirse el lujo de verlo como a un hombre, como a un igual, como a alguien que podría llegar a amar.

Stephen había conseguido fascinarla por completo. Lo tenía todo. Era un hombre apuesto y rico. Era uno de los más importantes miembros de la aristocracia. Todos lo conocían por sus buenas obras. Era también inteligente y trabajador. Y todo un caballero...

No se avergonzaba de lo que acababa de pasar, en absoluto. La verdad era que estaba emocionada.

«Ahora somos amantes», se dijo de nuevo.

Al menos sabía que no iba a morir siendo virgen y había conseguido evitar tener que casarse con el señor Denney. Además, con Stephen había descubierto que había mucho más entre los dos y tembló al recordarlo. Ni siquiera se habían parado para comer ni habían hablado apenas.

Pensó que quizá la siguiente vez que lo visitara pudieran conversar un poco mientras bebían una copa de vino. Sonrió al pensar en las posibilidades que se le presentaban.

Se imaginó en el comedor con él y ante una mesa elegantemente dispuesta. Ella llevaría puesto un bello vestido de noche que él le habría comprado. Stephen estaba sentado a su lado, le sonreía y tomaba su mano.

Sin dejar de sonreír, encendió una lámpara que había al lado del sofá y miró a su alrededor para buscar su ropa.

Se preguntó si se estaría enamorando de él.

Tembló de nuevo, no parecía capaz de controlar su cuerpo ni su pulso esos días. Entre sus brazos esa tarde, cuando sus cuerpos habían estado tan unidos como si fueran sólo uno, le había parecido que compartían algo más que pasión, que había amor entre los dos.

Se preguntó si habría sido posible sentir tanto deseo si no estuviera enamorada de él.

Se ruborizó una vez más. Sabía que era una mujer sensata. No creía posible que se enamorara de nadie a primera vista, pero le dio la impresión de que eso era precisamente lo que le había pasado con el duque de Clarewood. Y le ocurrió cuando lo vio por primera vez en el baile.

Sintiera amor o no, habían decidido embarcarse en una relación en la que esos sentimientos no tenían cabida. Se mordió el labio pensativa y comenzó a recoger su ropa, que seguía tirada por el suelo. Su camisola estaba rota y se sonrojó al recordar ese momento de pasión.

Stephen le había dicho continuamente que debía ser paciente, pero le había demostrado con sus acciones que él no lo era. Sintió cómo su cuerpo despertaba al recordar los momentos de absoluta intimidad que habían vivido.

Comenzó a vestirse despacio mientras rememoraba la tarde pasada en ese salón. Se sentía feliz y satisfecha y su cuerpo parecía vibrar aún.

Pero se dio cuenta de que debía tener cuidado, Stephen era una fuerza de la naturaleza y ella no podía controlarla ni resistirla. Sonrió al recordar lo que le había dicho unos días antes a sus hermanas, asegurándoles que sólo un huracán podría evitar que se casara con el señor Denney. Había encontrado su huracán y estaba deseando terminar de arreglarse y salir a buscarlo. Quería hablar con él unos minutos antes de volver a casa.

Le costó abrocharse los botones de la espalda. Estaba intentándolo cuando alguien llamó a la puerta. Se quedó inmóvil y le dio miedo de que la vieran así.

—¡No, no, un momento! —gritó.

—Su excelencia me ha pedido que venga a veros por si necesitáis ayuda, señora —dijo desde el otro lado de la puerta la voz de una mujer.

Se dio cuenta de que Stephen le había enviado a una doncella. Le dijo que podía pasar y la joven se apresuró a ayudarla con el vestido.

Sonrió agradecida. No quería ni imaginar lo que la mujer debía de estar pensando de ella. No había manera de justificar por qué estaba medio desnuda en uno de los salones del duque y completamente despeinada.

—Gracias —le dijo cuando terminó—. ¿Cómo te llamas?

—Bettie, señora. ¿Deseáis que os arregle el pelo?

—Buena idea, pero antes debemos encontrar las horquillas —le dijo mientras buscaba en el suelo y entre los cojines del sofá.

Sólo encontró tres y Bettie le dijo que iría a buscar algunas más. La esperó sentada en el sofá y el duque volvió inmediatamente a su mente. Se preguntó qué estaría haciendo en esos momentos. Se puso en pie y se acercó a la puerta, que Bettie había dejado entreabierta. Abrió un poco más y miró a ambos lados del pasillo.

Vio que la puerta de la biblioteca también estaba abierta. Clarewood estaba allí dentro, mirando el fuego en la chimenea y con la espalda hacia ella.

Antes de que pudiera acercarse, él debió de sentir su presencia porque se giró para mirarla. La habitación estaba a oscuras, sólo tenía la luz del fuego y no vio bien la expresión de su rostro, pero supo que estaba observándola.

Dudó un segundo, no sabía qué hacer. Imaginó que tendría muy mal aspecto y que estaría muy despeinada, pero salió del salón y cruzó rápidamente el pasillo. Lo miró con una sonrisa tímida.

Clarewood no le dijo nada, pero siguió mirándola. Su actitud consiguió confundirla y preocuparla, no sabía qué le pasaba. No era el recibimiento que había esperado tener.

—Excelencia, es tarde —le dijo desde el umbral—. Debo irme.

Se mordió el labio. Quería decirle mucho más, pero no sabía si podía hablarle con libertad. Necesitaba hacer algún comentario sobre lo que había pasado, lo que acababan de compartir.

—Pasad, Alexandra —le ordenó él.

No pudo evitar hacer una mueca, su tono era duro y frío. Entró despacio. A esa distancia, pudo ver que su gesto era tan duro como su voz y que sus ojos estaban encendidos por la ira.

—¿Qué ocurre? —preguntó ella sin poder entenderlo.

—¿Que qué ocurre? —repitió él con incredulidad.

Clarewood estaba tan furioso que todo su cuerpo parecía temblar, como si estuviera tratando de controlar su ira. Instintivamente, dio un paso atrás. Estaba muy confusa.

—¿Qué es lo que ha pasado? ¿He hecho algo malo?

Él se le acercó de dos zancadas, era tan alto que su presencia la aterrorizó. Se quedó inmóvil, como si esperara que él fuera a pegarle.

—No me gusta que me engañen —le dijo.

Estaba furioso, pero no levantó la voz. Le entraron ganas de salir de allí corriendo, pero decidió que debía ser fuerte y defenderse.

—No sé a qué os referís —repuso ella.

—Erais virgen, señorita Bolton —lo acusó Clarewood.

Estaba demasiado conmocionada como para pensar con claridad. No podía creer que la tratara con tanta frialdad y formalidad después de todo lo que habían compartido esa tarde. Le dolió mucho que la tratara así.

Clarewood pasó a su lado y cerró con un golpe las puertas de la biblioteca. Lo hizo con tanta fuerza que el suelo de madera tembló bajo sus pies. Seguía atónita, pero también estaba consiguiendo asustarla.

El duque parecía haber asumido que tenía experiencia en esos terrenos y ella, eso tenía que reconocerlo, había permitido que se hiciera una idea equivocada. Pero nunca pensó que fuera a reaccionar de ese modo si llegaba a darse cuenta.

—¿Por eso estáis tan enfadado? ¿Porque no tengo la experiencia que creísteis que tenía? —consiguió preguntarle ella.

—No estoy enfadado, estoy furioso —replicó él—. Me habéis mentido.

Sus palabras le dolieron más que la peor de las bofetadas.

—No pensé que fuera importante —confesó ella.

Estaba tan confundida que le entraron ganas de llorar. Pero tenía que reconocer que ya había intuido que podía ser un detalle importante para él, por eso no se lo había dicho, para evitar que se echara atrás.

—¿No pensasteis que fuera importante? —preguntó con incredulidad.

—Creo que ha sido un terrible malentendido —susurró ella con voz temblorosa.

Clarewood resopló y comenzó después a aplaudir sin entusiasmo.

—Una actuación insuperable, señorita Bolton.

—¡No entiendo de qué me habláis, Stephen! —exclamó ella.

Pero supo que había sido un error llamarlo por su nombre de pila, una concesión que le había hecho él en medio de un momento de pasión.

—Su excelencia —la corrigió él con dureza.

Dio un paso atrás, seguía sin comprender su reacción.

—¿Por qué estáis haciendo esto?

—¿Por qué?

Con cada paso hacia atrás que daba, Clarewood iba acercándose a ella para que no pudiera poner distancia entre los dos.

—Debería haberme imaginado que era todo una estratagema. Sois una jugadora muy lista, señorita Bolton.

Estaba demasiado atónita como para decir nada.

—Después de todo, ninguna mujer había rechazado mis insinuaciones como lo hicisteis vos. Pero supongo que lo único que buscabais con esa actitud era que mi deseo por vos aumentara, ¿verdad? Y el detalle de devolverme la pulsera de brillantes... Debo felicitaros por vuestra actuación. No conozco a ninguna mujer que en vuestras penosas circunstancias hubiera tenido el valor de devolverme una joya tan valiosa.

Se dejó caer en el sillón más cercano. Estaba demasiado asustada y perpleja, no se sostenía en pie. Pero Clarewood la había seguido y la miraba con desprecio.

—¡No ha sido ningún juego! —protestó ella—. No podía aceptar un regalo como ése. Eso es todo.

—No estoy de acuerdo. Todo han sido juegos y estratagemas. Sois muy lista y habéis conseguido que os persiga sin descanso —repuso él—. Admitid, señorita Bolton, que ha sido todo una trampa.

—No —contestó ella—. No entiendo a qué os referís.

—¡No pienso casarme con vos!

Lo miró conmocionada, no comprendía nada. Tardó unos segundos en entender qué era lo que Clarewood pensaba de ella.

—¿Creéis que os he tendido una trampa con la intención de casarme con vos?

—No lo creo, lo sé —replicó él.

Agarró con fuerza los reposabrazos del sillón. Estaba tan angustiada que sintió que se mareaba. Pero sabía que Clarewood no la creería, pensaría que era todo parte de su juego.

—Reconozco que habéis hecho un gran trabajo. Han sido muchas las mujeres que han intentado conquistarme para convertirse en la próxima duquesa de Clarewood. Pero sois la primera que me entregáis vuestra virginidad para conseguir vuestros propósitos.

Sintió que se ahogaba, que le faltaba el aire, y trató de calmarse. Clarewood la había acosado implacablemente, sin que le importaran sus principios ni sus valores morales, pero se atrevía a acusarla de estar intentando atraparlo para conseguir que se casara con ella. Se sintió enferma, no podía creer que le estuviera pasando algo así.

Cuando por fin pudo levantar la cabeza para mirarlo, vio que Clarewood le entregaba un trozo de papel.

–Tomad esto y largaos –le dijo.

Tardó unos segundos en darse cuenta de que se trataba de un cheque. Sin pensar, bajó de nuevo la vista y negó con la cabeza.

–Tomadlo –insistió él entre dientes–. Usadlo para la dote. Mi cochero os llevará a casa.

Le tiró el cheque, que cayó en su regazo. No se movió, no podía hacerlo. No quería volver a ver su rostro cargado de odio, pero estaba tan furioso que no tuvo que verlo para sentir su rabia.

Le daba miedo moverse o respirar. Sentía arcadas y no quería vomitar, desmayarse ni echarse a llorar. Lo oyó entonces alejándose de ella y abriendo las puertas de la biblioteca.

Siguió sin moverse, no se atrevía siquiera a pestañear. Esperó hasta que dejó de oír sus pasos en el pasillo. Miró entonces el cheque que tenía sobre su regazo.

Lo había hecho por cinco mil libras.

Sintió que se ahogaba y cayó de rodillas al suelo. Era insoportable el dolor que sentía en su corazón. Trató de controlar sus sollozos y las arcadas que sentía. Encontró casi a ciegas el cheque y, aún de rodillas, lo rompió en mil pedazos.

CAPÍTULO 10

El camino de vuelta a Villa Edgemont se le hizo eterno. Alexandra se negaba a llorar y trató de controlar su estómago para no vomitar. Seguía sin aceptar lo que había pasado. No podía dejar de pensar en todo lo que había ocurrido esa tarde. Recordó cómo Clarewood la había seducido, moviéndose sobre ella con una sonrisa cálida en el rostro. No parecía la misma persona que le había tirado después un cheque al regazo mientras le sugería que lo usara para una dote. El dolor que le producían esos recuerdos era casi insoportable.

Cuando el cochero se giró para mirarla y le dijo que no tardarían en llegar, salió rápidamente del estado de ensueño en el que estaba. No podía seguir pensando en lo que había pasado, sino que debía concentrarse en el presente. La realidad a la que se enfrentaba iba a ser muy dura y temía haber arruinado su vida y, lo que le dolía aún más, el futuro de sus hermanas.

Decidió que debía ocultar por todos los medios lo que había pasado ese día. Estaba en su propia calesa y con Ébano tirando de ella. El cochero llevaba otro caballo atado a la parte trasera del vehículo para poder regresar a la mansión de Clarewood. No quería que nadie la viera regresar con un cochero, ya le iba a resultar bastante complicado tener que explicar por qué volvía a esas horas de la noche.

Supuso que su padre no estaría en casa, nunca lo estaba a esas horas, pero iba a tener que mentir a sus hermanas. Cerró los ojos, se sentía desesperada. Sabía que esas mentiras serían una de las consecuencias de sus propios actos.

Se había equivocado por completo.

Había estado tan hipnotizada por Clarewood, pensando que era su príncipe, que no había calculado las posibles y terribles consecuencias de sus decisiones.

El dolor que tenía en el pecho era insoportable.

Llegaron en seguida a la entrada de Villa Edgemont y ella tomó las riendas hasta la entrada de la casa. El cochero ya iba camino de Clarewood a lomos del otro caballo.

Vio que había luz en la sala de estar e imaginó que sus hermanas estarían esperándola allí con gran preocupación. Debían de ser ya las diez de la noche.

Bajó de la calesa y desató al caballo para llevarlo al establo. Pero se abrió de repente la puerta de la casa y sus hermanas salieron a su encuentro.

—¿Dónde has estado? —le preguntó Corey con los ojos como platos—. ¡Hemos estado muy preocupadas!

—Deberías habernos enviado una nota —le dijo Olivia—. Nuestro padre está en casa, pero tiene visita. Están todos en la biblioteca bebiendo.

Se quedó sin aliento. Tenían que guardar deprisa a Ébano. Esperaba poder entrar en la casa y que su padre no llegara a enterarse de lo que había pasado.

—¿Podéis ayudarme a desengancharlo y a darle de comer? —les preguntó.

—Por supuesto —repuso Olivia.

Olivia llevó al caballo hasta el establo. Corey y Alexandra la siguieron. Era un alivio que no le hicieran preguntas, pero sabía que no iban a seguir mucho tiempo en silencio.

Entraron en el establo y Corey encendió una lámpara de queroseno. Alexandra estaba al otro lado del caballo, desatando la montura. Sus hermanas no podían verle la cara.

—¿Y bien? —preguntó Olivia después de que metieran a Ébano en su cubículo.

Intentó sonreír, pero no lo consiguió.

Olivia vio su expresión y abrió asustada la boca.

—¿Qué te ha hecho ese hombre?

Estaba a punto de echarse a llorar. Sabía que sus hermanas la consolarían, pero no podía contarles lo que había ocurrido.

—Teníais razón las dos. Las intenciones de Clarewood no eran honestas y me di cuenta de que no podía rebajarme tanto —les dijo.

Olivia se le acercó y la abrazó con cariño.

—Pero ha pasado algo, lo sé.

No sabía qué decirle y se apartó de ella.

—Estoy agotada, me voy a la cama —les dijo mientras salía del establo.

—No puedes regresar con esa cara de tristeza y desaliñada y pretender que no te preguntemos nada —repuso Olivia yendo tras ella.

Alexandra corrió hasta la casa. Pero, estaba a punto de agarrar el picaporte de la puerta para entrar, cuando oyó risas masculinas. Se quedó inmóvil un segundo. Después, algo más segura, abrió la puerta y entró.

Su padre estaba en el vestíbulo poniéndose su abrigo. Lo acompañaban otros dos señores de avanzada edad. La miró con una gran sonrisa.

—¡Has vuelto! —exclamó con entusiasmo.

Ella no podía sonreír.

—¿Qué queréis decir, padre? —preguntó mientras saludaba a los otros dos hombres—. Buenas noches, caballeros.

—Bueno, no cenasteis en casa y os he visto llegar en la calesa hace pocos minutos —repuso él con algo de suspicacia—. ¿Dónde estabais a estas horas?

—Fui a tomar el té con lady Harrington —repuso ella.

No podía creer que le estuviera mintiendo con tanto

descaro, pero debía ocultarles a todos la verdad fuera como fuera.

–Siento haberme perdido la cena, pero lady Blanche me ofreció una maravillosa merienda con el té. Perdonadme, por favor.

Vio que sus hermanas la miraban con incredulidad y gesto de preocupación. Se despidió de todos y subió deprisa a su cuarto.

Cerró la puerta por dentro cuando llegó y se apoyó en ella.

Cuando, algo más tranquila, abrió los ojos, la rosa de Clarewood fue lo primero que vio.

Se estaba marchitando ya, le pareció una alegoría perfecta de lo que acababa de pasar.

–Os odio –dijo en voz alta–. Os odio...

Pero odiar no formaba parte de su naturaleza. Tenía una imagen de Clarewood en su mente, sonriente y seductor. Una imagen que se transformaba por los gestos y miradas de odio que le había proferido después. Supo entonces que no era su príncipe, ni siquiera era un caballero de verdad. No se parecía a Owen en nada.

Su prometido sí que había sido todo un caballero y su príncipe azul. Él la había amado de verdad y había deseado casarse con ella. Estaba segura de que Owen nunca la habría castigado como acababa de hacer Clarewood.

Demasiado tarde, se estaba dando cuenta de que era a Owen a quien echaba de menos, su verdadero amor, un hombre que no tenía nada que ver con ese maldito duque.

Aunque Alexandra no lo habría creído posible, el día siguiente fue incluso peor. Debería habérselo imaginado al ver las grises nubes al amanecer. El día amenazaba con ser tormentoso. Hacía también mucho frío y mucho viento.

Para colmo de males, sus hermanas también la trataban con desdén. Entendió que estuvieran molestas al ver que no les contaba nada, pero hubiera preferido que le hicieran preguntas e insistieran más. Le dolía mucho verlas así, sobre todo cuando las necesitaba más que nunca.

A media mañana, apareció el señor Denney para visitarlos. Habría sido de mala educación no recibirlo. Además, su padre también estaba en casa.

Edgemont lo invitó a pasar mientras le aseguraba que su hija Alexandra los acompañaría. Denney la trató con amabilidad. Estaba claro que era un hombre de palabra y que pensaba cortejarla de manera más tradicional y prolongada.

Pero ella no había cambiado de parecer y no estaba dispuesta a pasar de la cama del duque al altar con otro hombre. Pasó una hora muy complicada, tratando de ser amable y conversando con su padre y con Denney, pero seguía sin poder sonreír. Sentía que le habían roto el corazón, aunque sabía que era absurdo porque ni conocía realmente a Clarewood ni lo amaba. Había cometido el error de pensar que el duque iba a ser como Owen, pero se había equivocado.

El señor Denney se puso en pie, indicando que daba por terminada la visita. Notó que la miraba con algo de preocupación.

—Me alegra que vinierais a vernos, señor Denney —le dijo Edgemont mientras se despedía y salía de la biblioteca.

Su padre no era un hombre muy sutil y estaba claro que deseaba dejarlos solos para que pudieran hablar. Era lo último que deseaba hacer y, para ocultar su contrariedad, fue a por su abrigo.

—Gracias por visitarnos —le dijo ella con educación.

Le hablaba con algo de frialdad, no quería que el hombre se hiciera una idea equivocada. Esperaba que le quedara muy claro que no iba a cambiar de opinión.

Denney, en vez de aceptar su abrigo, agarró sus manos.

—¡Señor! —dijo ella con sorpresa.

Él la soltó de inmediato.

—He notado que estáis algo triste, señorita Bolton. Espero que no sea por culpa mía.

—No, por supuesto que no —repuso ella—. Y no estoy triste, sólo algo cansada. Estos días tengo que terminar muchos encargos.

—No me gustar ver cuánto trabajáis —le dijo él con preocupación—. ¿Y si caéis enferma?

Era un hombre muy bueno, pero seguía sin quererlo por marido.

—No soy tan frágil —le dijo para tranquilizarlo.

—Querida, ¿puedo ayudaros a vos y a vuestras hermanas de algún modo? —le preguntó.

Era tan amable con ellas que le entraron ganas de llorar, pero no podía quitarse la imagen de Clarewood de su cabeza. Había descubierto demasiado tarde que el duque no era un hombre bueno. Era frío, calculador y egoísta. Había comprobado en sus propias carnes que era tan cruel y despiadado como decía la gente.

—Estamos bien, pero muchas gracias —le dijo con sinceridad—. Sois un hombre muy bueno —añadió sin pensar.

—¿Quiere eso decir que aún tengo una oportunidad? —preguntó él con entusiasmo.

Se quedó sin palabras, no sabía qué decirle. Pero un hombre como Denney merecía que fuera sincera con él.

—El otro día hablaba en serio y sigo pensando igual, señor. Merecéis a una mujer que pueda llegar a amaros.

—Y yo sigo pensando que algún día sentiréis lo mismo por mí —susurró el hombre.

Se quedaron los dos en silencio.

Estaba a punto de acompañarlo a la puerta cuando oyeron los cascos de un caballo en el camino de entrada. Abrió deprisa y vio que se trataba de Randolph, llegaba a lomos de un caballo castaño. Respiró profundamente para tratar de calmar sus nervios. No sabía lo que esa inesperada visita podía significar.

Se preguntó si Clarewood habría cambiado de opinión.

Se le aceleró el pulso. Quizá llegara Randolph para entregarle un mensaje de arrepentimiento. Creía que no se merecía menos.

—Es el joven Randolph de Warenne. Ahora que recuerdo, ya lo vi aquí la semana pasada. ¿Viene con cierta frecuencia? —preguntó Denney frunciendo el ceño.

Alexandra se echó a temblar al ver a Randolph bajando del caballo y acercándose con paso decidido a ellos.

—No, señor —repuso ella.

Denney no se movió. Cada vez estaba más nerviosa. No era buena idea que estuviera presente mientras hablaba con Randolph.

—Debe de estar interesado en una de mis hermanas —le dijo entonces.

—Puede que sea así. O puede que le interese la más bella de las tres. Y la más misteriosa —repuso Denney.

Antes de que pudiera asegurarle que no tenía nada que ver con ese joven, llegó Randolph a su lado. Saludó con cortesía al señor Denney y después a ella.

—Buenas tardes, señorita Bolton —le dijo.

Esperaba que el otro hombre se fuera antes de que Randolph hablara más de la cuenta.

—Es un viaje muy largo desde la mansión de los Harrington —dijo el señor Denney.

Randolph lo miró con seriedad.

—Trabajo para su excelencia el duque de Clarewood —le dijo con orgullo—. Vive sólo a dos horas de aquí.

La miró después a ella.

—Me gustaría poder hablar en privado con vos, señorita Bolton. Si no es mucha molestia.

—El señor Denney estaba a punto de irse —repuso ella con una sonrisa.

Era la primera vez que podía hacerlo desde que saliera de la mansión de Clarewood el día anterior. Denney abrió la boca para protestar, no parecía confiar en el joven Randolph ni en sus intenciones. Pero terminó por despedirse inclinando la cabeza y fue hasta su calesa, no sin antes recordarle que la visitaría al día siguiente.

Consiguió sonreír de nuevo y después le hizo un gesto a

Randolph para que pasara. No quería hacerse ilusiones, pero el corazón le latía cada vez más deprisa.

Randolph se sacó entonces un sobre del bolsillo interior de su levita y se lo entregó.

—¿Qué es esto? —le preguntó.

Aunque Clarewood le pidiera perdón, sabía que no debía perdonarlo. Pero la verdad era que deseaba tener al menos una explicación para poder entender por qué se había hecho una idea tan equivocada de ella.

—No sé qué hay dentro, pero el duque me ha pedido que os dé también un mensaje. Si no ingresáis el cheque en el banco, él mismo lo hará.

Estaba tan aturdida que le temblaron las rodillas. Sintió que perdía el equilibrio y Randolph tuvo que sujetarla. Abrió entonces el sobre y vio dentro un nuevo cheque. Esa vez, se trataba de dos mil libras, la cantidad que habían acordado desde el principio. No había ninguna nota personal con el cheque.

Le costaba respirar, sintió que se ahogaba.

—¿Os encontráis bien? —le preguntó el joven.

Lo miró entonces a los ojos, intentando controlar su enfado.

—Estoy bien —mintió.

Aunque supo en ese instante que nunca volvería a estar bien.

Stephen estaba decidido a terminar los planos arquitectónicos de una vez por todas. No iba a dejar que nada, ni nadie, se lo impidiera. De hecho, se había pasado toda la noche trabajando en ese proyecto y había tenido que rehacer los dibujos tres veces.

—Tenéis un aspecto horrible —dijo alguien a su lado.

Sobresaltado, levantó la vista y se encontró con Alexi y con su mayordomo, Guillermo.

—El capitán de Warenne ha venido a verlo, señor —le

anunció el mayordomo algo contrariado—. Y, como siempre, no ha querido esperar a que os avise.

Alexi entró en el despacho con una gran sonrisa en la cara, pero lo miraba a los ojos con intensidad.

—¿Qué os pasa? —le preguntó Alexi.

—Tráenos café, Guillermo —le ordenó al mayordomo mientras se ponía en pie.

Recordó entonces que no se había cambiado desde el día anterior y toda su ropa estaba muy arrugada.

Y, lo que era peor aún, no podía dejar de pensar en esa maldita mentirosa... Tampoco olvidaba sus lágrimas, aunque sabía que habían sido sólo teatro.

Imaginaba a su padre contemplándolo y riéndose de él al ver que esa mujer había conseguido engañarlo.

Guillermo salió deprisa del despacho y Alexi se acercó a la mesa para mirar los planos.

—¿Y bien? ¿Habéis pasado la noche de fiesta?

Alexandra le había mentido. Era más lista de lo que había imaginado y había conseguido manipularlo y reírse de él.

Oyó la voz de Tom en su cabeza, recordándole que era un Clarewood y que Alexandra no era nadie. Sabía que no podía olvidar la responsabilidad que tenía.

Lo peor era saber que su padre, de haber vivido, le habría dicho exactamente eso y habría estado en lo cierto. No podía casarse con esa mujer, no estaba dispuesto a darle a sus enemigos la satisfacción de que se salieran con la suya.

—He estado trabajando en esos planos toda la noche —le explicó a su primo.

—¡Qué aburrido! —repuso Alexi—. Pero, ¿por qué parecéis tan enfadado?

Se cruzó de brazos y lo miró a los ojos.

—Me han utilizado, Alexi.

Su primo levantó sorprendido las cejas. Después, sonrió.

—Vaya, vaya... Estoy deseando oír todos los detalles.

—No tiene ninguna gracia.

—Dejad que lo decida yo.

Pensó de nuevo en Alexandra. Pero no la imaginó dominada por la pasión, sino a punto de llorar y tan triste como si él estuviera rompiéndole el corazón con sus propias manos.

Maldijo entre dientes y decidió que no era demasiado temprano para tomarse una copa. Estaba convencido de que no le había hecho daño, creía que las personas tan manipuladoras como Alexandra no tenían siquiera corazón.

Le estaba costando mucho aceptar que ella fuera así. La había deseado como no había deseado nunca a una mujer y le había hecho el amor con más pasión de la que creía posible. Por eso le dolía tanto su traición.

Se sirvió un coñac y tomó un sorbo. Notó que le temblaba algo la mano.

—He tenido algo con Alexandra Bolton —confesó entonces—. Pero ha resultado ser una bruja manipuladora.

—¿De verdad? ¿Y qué es exactamente lo que os ha hecho para merecer esos calificativos?

Alexi parecía estar divirtiéndose con todo aquello, no tenía paciencia esa mañana para soportar sus comentarios ni sus críticas.

—Era virgen, Alexi. ¡Era virgen y no me dijo nada!

Alexi abrió sorprendido la boca.

Él tampoco podía creerlo. Se lo había preguntado, aunque no directamente, y ella le había hecho creer que tenía algo de experiencia. Incluso le había llegado a hablar de la pasión que había sentido en el pasado por el joven que había sido su prometido. Pero había descubierto después que ese hombre no había sido su amante.

Sintió entonces la mano de Alexi en su hombro y se giró.

Su primo lo miraba con gesto inocente.

—Y supongo que también era la primera vez para vos, ¿no? —le dijo sin poder contener la risa.

—Reíd todo lo que queráis, pero sabéis muy bien que,

de haber sabido que era virgen, nunca habría ido tras ella —le aseguró enfadado—. De haberlo sabido, habría mantenido las distancias.

—¿De verdad? ¿Y ahora qué?

Antes de que pudiera contestar, oyó un taconeo en el pasillo. Parecían zapatos de mujer. Supo enseguida quién lo visitaba y contuvo el aliento.

Cuando vio a Elysse y a Ariella en la puerta de la biblioteca, se dio cuenta de que le harían la vida imposible si Alexi les contaba lo que había pasado con Alexandra. Miró a su primo con el ceño fruncido.

—Os estrangularé con mis propias manos... —le avisó.

Alexi se echó a reír y fue al encuentro de su esposa, que se echó a sus brazos.

—Si habéis encontrado al caballero perfecto para la duquesa viuda, ¿por qué tengo que ser el último en enterarme? —preguntó entonces Alexi—. No tenemos secretos —añadió mirando a su primo con intención.

Stephen entrecerró los ojos, no estaba de humor esa mañana.

—¿Tan poco valoráis vuestra vida?

Alexi rió de nuevo.

—La verdad es que el motivo de nuestra visita es otro —les dijo Elysse—. Pero, ¿por qué acaba de amenazarte Stephen? ¿Qué es lo que le pasa? —le preguntó a su esposo.

—Llevo toda la noche trabajando en esos planos, ¡no he dormido nada! —replicó de mal humor.

Las dos damas se sobresaltaron al oír el tono de sus palabras.

—Parece que alguien está de muy mal humor —murmuró Ariella—. Creo que nunca lo había visto así. Puede que haya oído los rumores.

Stephen se quedó sin aliento. Se preguntó si Alexandra le habría contado a alguien que había perdido con él la virginidad. Quizá pretendiera casarse con él, incluso en contra de su voluntad.

—¿Qué rumores? —consiguió preguntar.
—Charlotte Witte es una amargada y está haciendo todo lo posible por arrastrar por el suelo el buen nombre de la pobre Alexandra Bolton. Recordáis a la señorita Bolton, ¿verdad? —le preguntó Elysse con fingida inocencia.
—Claro que la recuerda —repuso Alexi—. La recuerda muy bien...

Stephen pensó entonces en la noche del baile. Recordó las humillaciones y comentarios que Alexandra había tenido que sufrir. Aunque le había decepcionado mucho desde entonces, ese día la admiró por su valentía y su fortaleza.

Se sintió muy mal. Nunca le había parecido que lady Witte fuera una mujer compasiva, pero tampoco se habría esperado que quisiera vengarse de él de una manera tan ruin. Pensó que habría averiguado que había roto con ella para estar con Alexandra.

—¿Qué mentiras está extendiendo lady Witte? —preguntó mientras intentaba convencerse de que en realidad no le importaba.

—Asegura que tenéis una aventura con la señorita Bolton, Stephen, y que ha venido a esta casa en más de una ocasión.

Respiró profundamente.

—Claro que todos sabemos que nunca intentaríais conquistar ni seducir a una mujer tan honrada, ¿verdad, Stephen? —le preguntó Ariella con algo de frialdad—. Porque me ha contado mi tía, lady Blanche, que un terrateniente adinerado está a punto de pedirle la mano en matrimonio. La señorita Bolton lo ha pasado muy mal desde que murió su madre. Merece una vida mejor y lo último que necesita es una aventura amorosa sin posible futuro.

Tomó otro trago de coñac. Creía que todos sus problemas desaparecerían si Alexandra decidía casarse con ese tal Denney. Pero, sin saber por qué, esa opción tampoco le satisfacía.

No quería ni imaginarse a Alexandra en los brazos de ese hombre. Sabía que no era de su incumbencia, que no debía importarle lo que ella hiciera con su vida, pero tampoco podía evitarlo.

—Eso está aún por ver —les dijo Stephen sin pensar—. Denney aún tiene que pedirle la mano, nadie ha firmado ningún contrato. Y no es verdad que tenga una relación amorosa con la señorita Alexandra Bolton. Y, aunque así fuera, no sería asunto vuestro, Ariella.

Las dos mujeres abrieron atónitas sus bocas. Alexi, en cambio, no dejaba de sonreír.

—¿Y cómo podéis estar tan seguro de que aún no le ha pedido la mano? —le preguntó.

Lamentó haber hablado más de la cuenta. No había podido decirle aún a Randolph que avisara a los investigadores que había contratado para saber qué se traía Denney entre manos. Ya no iba a necesitar sus servicios.

Había recibido esa misma mañana un informe de esos hombres y sabía que Denney y Alexandra aún no estaban comprometidos.

Se sintió algo acalorado, como si se hubiera ruborizado. Pero sabía que eso era casi imposible.

—La señorita Bolton es toda suya si eso es lo que desea ese terrateniente —les dijo—. Y espero que les vaya muy bien. Seré el primero en enviarles mis felicitaciones y un regalo de boda si acaban casándose.

Vio entonces la imagen de Alexandra en su mente. Bella y orgullosa, con una dignidad que había visto en pocas mujeres. Pero se había dado cuenta de que era todo mentira.

—¿Estará enamorado? —preguntó Elysse a su esposo.

—Eso mismo estaba preguntándome yo —repuso Alexi.

Stephen no podía creer lo que oía. Debían de haberse vuelto locos.

—¿Cómo se os ocurre algo tan absurdo? —replicó—. ¿Sólo porque me causó admiración la otra noche?

—Sí, y porque esa mujer tiene muchas cualidades dignas de ser admiradas —repuso Alexi—. Además, siempre tenéis un aspecto inmaculado. Pero hoy no os habéis afeitado, tenéis los ojos rojos y estáis desaliñado. Parece que sabéis mucho sobre la vida de la señorita Bolton. Y estáis de muy mal humor, Stephen. Al menos eso tendréis que reconocerlo.

—No pienso admitir nada —replicó Stephen.

Miró después a las dos damas.

—¿Habéis encontrado ya un posible esposo para la duquesa viuda? —les preguntó para cambiar de tema.

Ariella no mordió el anzuelo. Sabía que estaría pensando aún en él y en si estaría de verdad interesado en Alexandra.

—Me gusta mucho la señorita Bolton —le dijo con una sonrisa Ariella—. Siempre me ha gustado.

—Me alegro —replicó él con brusquedad.

—Estamos elaborando una lista de candidatos, pero aún no estamos listas para enseñárosla —le aseguró la joven sin dejar de sonreír—. La señorita Bolton no se parece a ninguna de las mujeres con las que habéis estado, Stephen. Siempre me ha parecido muy inteligente y fuerte. Está claro que ella es la que ha mantenido a su familia a flote durante los últimos años y a pesar de sus difíciles circunstancias —añadió mientras miraba a Elysse—. Deberíamos entablar amistad con ella.

—¡Me encantaría! —repuso Elysse deprisa.

No podía creerlo. Lo último que necesitaba era que esas dos se metieran en sus asuntos. Sobre todo después de lo que había pasado.

—No lo creo necesario.

Recordó entonces que Alexandra había roto su primer cheque. Le llamó la atención que lo hiciera, pero estaba seguro de que la mujer tenía las miras puestas en un objetivo aún más grande.

Por otro lado, era un detalle que lo intranquilizaba. Sabía que necesitaba con urgencia el dinero y había estado tan enfadado en esos momentos que había decidido hacerle un cheque por una cantidad desorbitada. Era su manera de insultarla y dejarle muy claro lo que pensaba de ella. Creía que era una prostituta muy cara, nada más.

Después se había arrepentido y le había enviado un segundo cheque por la cantidad acordada.

—¿Por qué no queréis que la visitemos? —le preguntó Ariella.

—¡Haced lo que queráis, Ariella! Después de todo, las dos hacéis lo que os da la gana. Vuestros esposos os dan absoluta libertad de movimientos. Si ellos no pueden deteneros, ¿cómo podría yo?

Demasiado tarde, se dio cuenta de que esa salida de tono tan inapropiada y rara en él estaba confirmándoles que le pasaba algo. Fue hasta la puerta.

Todos se habían quedado en silencio.

—Estoy así porque no he dormido, no hay otra razón —gruñó a modo de explicación.

Nadie se atrevió a llevarle la contraria.

Pero supo que hablarían de él en cuanto saliera de allí.

Alexandra estaba en la cocina, cosiendo una de las camisolas de seda color crema de Charlotte Witte cuando oyó a su padre bajando las escaleras.

Era ya media tarde y su padre había salido unas horas antes, pero no lo había oído regresar. Imaginó que habría vuelto a la casa mientras ella estaba en el sótano.

Buscó el hilo violeta, lo necesitaba para reparar un delicado encaje que se había roto. Trataba de concentrarse en la tarea que se traía entre manos sin pensar en quién era la dueña de esa ropa interior ni en cómo se habría roto.

Entró entonces Edgemont en la cocina.

No levantó la vista hasta notar que se había detenido y la observaba desde la puerta.

Sorprendida, lo miró con una sonrisa, pero vio que su padre parecía muy enfadado.

—¿Qué ha pasado?

—Oí algunos rumores anoche —le dijo con frialdad—. Rumores muy feos.

Con cuidado y muy despacio, dejó lo que estaba cosiendo a un lado. El corazón comenzó a latirle más rápidamente. Se preguntó si alguien le habría contado que había tenido una breve aventura con el duque.

—No quise creer los rumores. No podía aceptar que hubieras estado reuniéndote a escondidas con el duque de Clarewood.

—Es una acusación terrible —repuso ella.

—Hoy he visitado a lady Blanche —le dijo él.

Se quedó sin aliento. Sin saber cómo, se puso en pie. Supo que estaba a punto de descubrir su engaño.

—Ella no os prestó el caballo. No has estado en su casa esta semana ni has tomado el té con ella. ¿Quién os dio ese caballo, Alexandra? —preguntó fuera de sí.

Ella también estaba temblando.

—Sólo se trata de un préstamo. Bonnie se quedó coja, es la verdad.

—¿Dónde conseguiste el caballo? —repitió su padre—. Es de Clarewood, ¿verdad? Lady Witte tenía razón, ¿no es así? ¡Clarewood te dio ese caballo!

—Es un préstamo —insistió ella—. Sólo un préstamo.

A Edgemont parecía faltarle el aire. Se metió la mano en el bolsillo y sacó un papel. Ella se quedó inmóvil al ver que se trataba del cheque.

—¿Es esto un préstamo también?

Palideció y negó con la cabeza. No le salía la voz.

—¿Habéis registrado mi dormitorio? —preguntó cuando pudo hablar.

—¿Qué tuviste que hacer para que te diera este dinero? —le gritó enfurecido.

—Nada —mintió ella—. No es... ¡Padre, por favor!

Sus hermanas llegaron corriendo en ese instante, parecían muy asustadas y pálidas.

—¿Qué es lo que pasa? —preguntó Corey—. ¿Por qué te grita nuestro padre?

—Idos —les pidió ella sin dejar de mirar a su padre—. Por favor, fuera de aquí.

Pero no se movieron de su lado. Edgemont le mostró de nuevo el cheque.

—¿Qué hiciste para que te pagara tan generosamente? —le gritó de nuevo.

No podía responderle. Sabía que debía mentir para salvarse, pero tampoco se veía capaz de hacerlo. Angustiada y desesperada, se sentó de nuevo. Le caían las lágrimas por las mejillas.

—¿Te abriste de piernas para ese bastardo? —gritó Edgemont con la cara encendida.

—¡Alexandra nunca haría algo sí! —dijo Olivia para tratar de defenderla.

Pero su hermana la miraba horrorizada.

—Pensé que era... Pensé que él era un buen hombre... Un príncipe —susurró.

Edgemont gritó y se llevó las manos a la cabeza. Y, sin previo aviso, se echó a llorar.

Olivia estaba pálida, parecía tan conmocionada como Corey. Ninguna de las dos se movió.

—Pensé que sería nuestro salvador —dijo Alexandra con la voz rota—. Pero estaba equivocada.

—Dios mío... —murmuró Olivia.

—Tenéis que llevarlo al banco e ingresarlo —consiguió decir ella mientras se cubría la cara con las manos.

Se sentía avergonzada y humillada. Sabía que sus hermanas nunca volverían a admirarla y no podía echárselo en cara. Después de todo, sólo era una mujerzuela.

Corey salió corriendo de la cocina. Oyó poco después cómo cerraba de un portazo la puerta de entrada.

Avergonzada, levantó la vista. Olivia parecía horrorizada y le hacía mil preguntas con los ojos. Su hermana no podía entender por qué había hecho algo así.

—Lo siento mucho —susurró Alexandra.

Su padre la miró entonces.

—¿Aún estás con él? —le preguntó con dificultad.

Ella negó con la cabeza.

—Así que te usó y después se deshizo de ti, ¿no? —añadió con dureza.

No podía soportar esa situación. Todo iba de mal en peor.

—No, no fue así. Ya os he dicho que cometí un error. Fue un error para los dos —le dijo.

Sabía que era ridículo que tratara de defenderlo después de todo lo que había pasado.

Se quedaron en silencio. Olivia se acercó a ella y se sentó a su lado. Después tomó su mano con cariño. Agradeció mucho el gesto, lo necesitaba.

—Te casarás con Denney —le ordenó su padre con firmeza—. Podrías haber quedado en estado. Le diré hoy mismo que aceptáis el compromiso.

Se echó a temblar. No había querido ni pensar en la posibilidad de que se hubiera quedado encinta. Pero, dada la situación, no se atrevió a llevarle la contraria a su padre.

Edgemont fue hacia la puerta, pero se giró antes de salir.

—Te casarás antes de que acabe el mes.

Alexandra había pensado que lo mejor que podía hacer era esconderse en su dormitorio. Cerró la puerta mientras trataba de controlar su acelerada respiración. No quería llorar. La rosa, ya marchita, la observaba desde el jarrón.

Lo había perdido todo. Su buen nombre, su dignidad, su honor y el respeto de su familia. Ya no le quedaba nada, sólo su libertad.

Pensó en lo amable que era Denney y en lo horrible que había sido el duque con ella. Sacó la rosa del jarrón y la metió en la papelera que tenía bajo la mesa. Oyó entonces la puerta y se giró. Era Olivia la que entraba en su cuarto.

—¿Estás bien? —le preguntó mientras cerraba de nuevo.

—No, no lo estoy —repuso sin dejar de aplastar la rosa para meterla en la papelera.

Se le clavaron algunas espinas en los dedos.

Olivia la abrazó.

—Lo entiendo.

Se apartó de su hermana para mirarla a los ojos.

—¿Lo entiendes? Porque yo no entiendo nada.

—Es todo un seductor. Y, como haces siempre, no te lo pensaste dos veces a la hora de sacrificarte por nosotras —le dijo Olivia.

—Sí, es un seductor —susurró Alexandra con el corazón roto—. Y pensé que era una buena persona.

—No, es horrible. No puedo creer que te usara como lo hizo. Lo odio.

No pudo contener por más tiempo las lágrimas, necesitaba desahogarse. El desprecio de Clarewood le había producido un dolor inmenso. Y sus acusaciones habían sido aún más dolorosas.

—Echo de menos a Owen, Olivia —le confesó.

Su hermana se sentó a su lado y la abrazó.

—No me extraña. Fue tu verdadero amor —le dijo mientras la soltaba para que la mirara a los ojos—. Pero te conozco, Alexandra. Sé que no habrías hecho algo así sólo por nosotras. ¿Amas al duque?

—No lo sé... Quizá. Pero, ¿cómo es posible? ¡Es un hombre cruel y despiadado! —exclamó entre lágrimas.

Olivia la abrazó de nuevo.

Pasaron así mucho tiempo. No podía dejar de sollozar. Lloraba por su corazón roto y por los sueños que nunca llegarían a cumplirse. Se trataba de sueños que ni siquiera se había atrevido a reconocer. A pesar de todo, no podía dejar de pensar en él. La imagen que guardaba no era la de los últimos minutos en su casa, sino la de un caballero amable y encantador.

Se dio cuenta de que se había enamorado de él y lo había descubierto, por desgracia para ella, demasiado tarde.

Se apartó de Olivia cuando sintió que se había quedado ya sin lágrimas. Pero seguía sintiéndose desolada.

—Lo siento, no lloro nunca...

—No pasa nada —repuso Olivia—. ¿Podrías estar encinta? —le preguntó con mucho tacto.

Alexandra cerró los ojos. Una parte de ella se alegraría de que así fuera, pero Clarewood pensaría que era todo parte de su trampa y tendría que asegurarse de que él nunca se enterara de que llevaba a su hijo en las entrañas.

—No creo —le dijo después de hacer algunos cálculos.

—Pero no puedes casarte con Denney —le pidió Olivia.

Palideció al oír sus palabras.

—Tengo que hacerlo. Ya has oído a nuestro padre, está destrozado. Ese matrimonio que trataba de evitar por todos los medios es el castigo que me merezco.

Olivia parecía estar también a punto de llorar.

—¿Cómo hemos podido llegar a esta horrible situación?

—Es todo culpa mía —le dijo Alexandra—. Aunque todo lo que quería era asegurarme de que tuvierais un buen futuro...

Esa vez, fue Olivia la que se echó a llorar en los brazos de su hermana mayor.

Alexandra sabía que no podía permanecer escondida en su cuarto para siempre. Bajó a la cocina para preparar la cena, como hacía cada día. Mantenían todo caliente en el horno hasta que volviera su padre a casa. Imaginó que estaría en casa del señor Denney y que le estaría diciendo que había cambiado de opinión respecto al compromiso. Imaginó que volverían juntos los dos hombres para celebrarlo y ya había colocado un plato más en la mesa.

Tenía un nudo en el estómago, pero sabía que tenía que aceptar su castigo.

Corey estaba colocando flores secas en un jarrón para decorar la mesa. No había abierto la boca desde que no la vio discutir con su padre. Le pareció que estaba muy triste y pálida, no quería mirar a nadie ni hablar.

Imaginó que su hermana pequeña, de personalidad soñadora e idealista, estaría conmocionada al saber lo que

Alexandra había hecho. Debía sentirse traicionada y la entendía perfectamente.

Oyeron la puerta de entrada, pero su padre no parecía venir acompañado.

Miró entonces a Olivia.

—Saca la comida del horno, por favor —le pidió mientras se limpiaba las manos en el mandil y se lo quitaba deprisa.

Salió al vestíbulo para recibir a su padre.

Edgemont había ido directamente a la biblioteca y se lo encontró allí, bebiendo un vaso lleno hasta arriba de ginebra. Se quedó inmóvil en el umbral. Olivia estaba detrás de ella. No sabía qué pensar, estaba demasiado cansada para entender qué significaba aquello.

—¿No estaba en su casa el señor Denney?

Su padre bebió un par de buenos tragos antes de girarse hacia ellas. Tenía los ojos cargados de ira.

—Sí, estaba en casa. Y también ha oído los rumores...

Estaba muy asustada. No podía soportar la idea de que las cosas empeoraran aún más.

—¿Podemos hablar de eso mañana? Se va a enfriar la cena.

—¡No, no podemos! —gritó Edgemont.

Se sobresaltó al oír el tono de su padre. Olivia tomó su mano, ella también debía presentir lo que iba a ocurrir.

—¡Ha oído todos esos malditos rumores sobre ti y ese canalla! —exclamó acercándose a ella—. ¡No quiere saber nada de ti y no me extraña!

Supo que iba a pegarle, pero no quiso defenderse. Y fue Olivia la que chilló. La bofetada fue tan fuerte que estuvo a punto de perder el equilibrio.

Era la primera vez que le pegaban. Se le nubló la vista y el tremendo dolor en su mejilla parecía esparcirse por toda la cara.

—¡Padre! —gritó Olivia.

Se llevó la mano a la cara, el dolor era insoportable. Se sentó en el suelo y esperó a que la habitación dejara de darle vueltas.

—¡No te pareces en nada a tu madre! —le gritó entonces—. ¡Eres una mujerzuela!

Se encogió en el suelo, protegiéndose la cabeza por si volvía a abofetearla. Corey y Olivia estaban entre su padre y ella y trataban de detenerlo.

—¡Dejadla en paz! —le gritaba Corey sin poder dejar de llorar—. ¡Dejad en paz a mi hermana!

Alexandra consiguió levantarse. No podía creer que la hubiera abofeteado como lo había hecho. Tampoco era agradable ver cómo sus hermanas trataban de golpear a su padre para detenerlo.

—¡Parad! —gritó desesperada.

Edgemont consiguió librarse de las dos jóvenes y la señaló a ella con el dedo. Le temblaba la mano y tenía lágrimas en las mejillas.

—¡Fuera de esta casa!

CAPÍTULO 11

Alexandra, desconcertada, miró a su alrededor. Corey y Olivia estaban con ella. No habían encontrado ningún alojamiento apropiado cerca de su casa y habían tardado más de una hora en llegar a esa zona de las afueras de Londres. Ese barrio, al suroeste de la capital, estaba lleno de fábricas de las que salía humo negro. También ensuciaban el ambiente los grandes barcos de vapor que llegaban al puerto. Los edificios de ladrillo y cal estaban ennegrecidos por el hollín.

El ambiente estaba tan enrarecido que le costaba respirar. Los obreros de las fábricas, hombres, mujeres y niños, iban de un lado a otro. Casi todos parecían demasiado delgados y desnutridos. Vestían ropas sucias y estaban muy pálidos. Londres había cambiado tanto durante los últimos diez años que le costaba reconocerlo. Había fábricas por todas partes y también pasaba por allí el ferrocarril.

El alojamiento que encontraron más cerca de Villa Edgemont había sido demasiado caro para ella. Otras habitaciones habían estado demasiado sucias. Incluso había tenido que sufrir escandalosas insinuaciones de uno de los caseros.

Ese barrio de Londres era pobre y sucio, pero había podido alquilar un cuarto a buen precio. Incluso estaba limpio en comparación con lo que había visto antes.

El cuarto de baño era lo peor de ese alojamiento, tenía que compartirlo con una docena de inquilinos. El aseo personal lo haría en su propio cuarto, con el agua que podía sacar de un pozo que había en el patio común.

−Nuestro padre cambiará pronto de opinión −le dijo Corey.

Tenía los ojos rojos de tanto llorar.

No quería pensar en él, era demasiado doloroso.

−Voy a subir al cuarto mi equipaje y las cosas de coser −repuso Alexandra intentando sonreír−. Se hace tarde, debéis volver ya a casa.

−Pero no podemos permitir que te quedes aquí sola, Alexandra −le dijo una nerviosa Olivia al ver que dos marineros borrachos pasaban a su lado guiñándoles el ojo con descaro−. Creo que este sitio no es seguro.

−Ya oíste al señor Schumacher. Las puertas del portal se cierran a las diez de la noche −repuso ella para tranquilizarlas.

La verdad era que ella misma dudaba de que fuera así, pero necesitaba calmar a sus hermanas.

−No me importa lo que haya dicho ese hombre. Aunque cierres por dentro tu puerta, me da miedo que te quedes aquí sola.

−¡Lo odio! −exclamó Corey.

Alexandra no supo si se refería a su padre o a Clarewood.

−Me quedo contigo −anunció Olivia mientras tomaba una de sus bolsas−. Corey, vigila el coche y el caballo mientras ayudo a Alexandra.

Corey abrió mucho los ojos. Estaba claro que no le hacía gracia quedarse sola en una calle tan transitada como ésa. A esas horas del día, estaba llena de coches, carros y todo tipo de gente.

−Olivia, puedo subirlo todo yo sola. Y no voy a permitir que te quedes aquí. Tienes que llevar a Corey a casa, pronto se hará de noche. No os preocupéis por mí, estaré bien −les aseguró con poca convicción.

Estaba muy angustiada y triste, pero no podía decírselo.

—¿De verdad estarás bien? ¿Cómo puedes fingir que no pasa nada? —preguntó Olivia sin poder controlar las lágrimas—. No podemos dejarte aquí. Yo también lo odio.

—No podéis quedaros —insistió Alexandra—. Esto es culpa mía, yo me lo he buscado. Además, la posada es muy agradable —añadió con firmeza—. Voy a convertir mi pequeño cuarto en una habitación alegre y agradable. Podéis visitarme tan a menudo como queráis, pero mañana tenéis que poneros en contacto con todas las clientas de la lista que os he dado para que sepan dónde pueden encontrarme ahora.

Olivia hizo una mueca al escucharla.

—Deberías usar tú el dinero para no tener que seguir cosiendo. ¡Pero nuestro padre se ha quedado con el cheque y sé que lo perderá todo jugando a las cartas antes de que termine la semana!

Alexandra tenía tres maletas. En una había metido los vestidos y prendas que estaba reparando. También tenía una cesta con comida. El único dinero que tenía era la mitad de lo que había conseguido ahorrar para la dote de Olivia, veinticinco libras. Ya había usado cinco para pagar su habitación por adelantado y para todo el mes. Los vestidos que ya había terminado de reparar y que había planchado los había dejado en Villa Edgemont.

—Tenéis que volver ya, por favor —les pidió—. Ya tengo mucho de lo que preocuparme y no quiero tampoco estar nerviosa si veo que salís de noche.

Corey no podía dejar de llorar. Olivia la abrazó mientras trataba de contener las lágrimas. Besó a las dos con cariño.

—Estaré bien. ¿Acaso no os he demostrado ya con creces que soy una mujer muy fuerte? —les dijo—. Corey, estoy segura de que algo bueno saldrá de todo esto. Dios siempre tiene un plan.

—Nada bueno puede salir de esto. Sólo podría solucionar esta situación el duque si quisiera casarse contigo, ¡que es exactamente lo que debería hacer! —insistió su hermana pequeña.

—Querida, el duque no podría casarse nunca con alguien como yo, pertenecemos a dos mundo diferentes —le aseguró Alexandra con el corazón en un puño.

Creía además que Clarewood la despreciaba.

—Pero vi cómo te miraba el otro día en el baile —repuso Corey—. ¿Qué es lo que le pasa a ese hombre? ¡Eres mucho mejor que esas estúpidas debutantes!

Las abrazó de nuevo y consiguió convencerlas para que volvieran al coche. Le dio una palmada a Ébano. Se alegraba de que al menos pudieran contar con un fuerte y joven caballo para volver a casa.

—Por favor, no olvidéis avisar mañana a mis clientas —les recordó—. Y, si tenéis tiempo, venid a verme el miércoles.

El coche se alejó y vio que sus hermanas seguían llorando. Alexandra consiguió sonreír mientras las despedía con la mano. Pero dejó que las lágrimas fluyeran libremente en cuanto las perdió de vista.

No quería compadecerse de sí misma. Creía que ella era la única responsable de lo que le estaba pasando y tenía que aceptarlo.

Cuando se agachó a por una de las bolsas, se le acercó un hombre. Asustada, se incorporó deprisa, pero vio que era su casero.

—Yo os subiré el equipaje, señorita Bolton —le dijo el alemán.

Era la primera vez que lo veía desde que acordaran el precio de su cuarto. El señor Schumacher era un hombre grande y corpulento, casi le asustaba su tamaño, pero tenía una mirada amable.

—Muchas gracias —repuso ella con una sonrisa—. Se lo agradezco.

Cuando llegó a su cuarto, cerró por dentro y encendió la única lámpara que tenía. Se dio cuenta de que tendría que comprar otra más al día siguiente y también algunas velas. Las paredes estaban paneladas y el suelo también era de madera. Sólo había una ventana, una cama estrecha, una mesa algo coja y dos sillas. También tenía un lavabo, una fresquera y una pequeña cocina de leña.

Decidió que no estaba mal, había visto sitios mucho peores. El suelo necesitaba cera, pero estaba limpio. Las cortinas de muselina clara también estaba recién lavadas, igual que las sábanas de algodón. Tenía además ella una manta y una almohada que se había llevado de casa.

Aún no había podido conocer a la señora Schumacher, pero le habían comentado que ella, junto con sus dos hijas, era la que limpiaba los cuartos y la que cocinaba en el restaurante que tenían abajo. Pero ella no tenía intención de comer allí, no podía permitírselo.

Se quitó el abrigo y lo colgó de una percha que tenía en el cuarto. Abrió después la bolsa en la que había guardado lo que estaba cosiendo esos días, sacó cinco vestidos de noche y los colgó también. Colocó los hilos, las agujas y el acerico en la mesa. Sentía que las lágrimas se le iban acumulando en los ojos y le costaba respirar, pero trató de ignorarlas. Sacó también de la bolsa su plancha y la gruesa toalla que usaba para almidonar los vestidos.

Miró satisfecha su nuevo taller.

Colocó una de sus maletas a los pies de la cama, en el suelo. Sacó después su propia ropa y volvió a colocarla doblada en la maleta que tenía en el suelo, que iba a hacer las veces de cómoda.

Cuando comenzó a sacar la comida de la cesta, vio que una de sus hermanas le había metido un bello ramo de flores secas. Sin poder aguantar más, rompió a llorar con amargura.

Se echó en la cama. Sabía que era todo culpa suya. Había cometido un terrible error y había confiado en un hombre sin conocerlo. Creía que no se merecía tanto dolor ni tanta miseria. Pero tampoco tenía derecho a sentir lástima por su situación ni a tener miedo.

Pero estaba sintiendo todas esas cosas.

Y lo peor de todo era que no podía quitarse a Clarewood

de la cabeza. No lo recordaba furioso con ella, como lo había visto por última vez, sino encantador y muy apuesto, como había estado en el baile de los Harrington. Recordó cómo la había rescatado a ella y después a su padre, tampoco podía olvidar sus ojos ni su intensa mirada. Era el hombre más sensual y seductor que había conocido nunca. Y la manera en la que la había mirado mientras hacían el amor... Sabía que nunca podría borrar esos momentos de su memoria.

Era una tortura porque necesitaba olvidarlo para poder sobrevivir. Sentía que debía ser fuerte y concentrarse en su trabajo para poder comer y tener un techo. De otro modo, iba a acabar en la calle y muerta de hambre.

Pero cuando se quedó dormida, Clarewood la persiguió en sus sueños, igual que había hecho con ella desde el principio, y se pasó toda la noche dando vueltas y sin poder descansar hasta la madrugada. Se levantó y dedicó todo el día a limpiar su habitación. Frotó de rodillas los suelos de madera, las paredes, el lavabo, la fresquera y la cocina. Después limpió el polvo.

Quería que todo estuviera perfecto para cuando sus hermanas fueran a visitarla por primera vez. Hizo fundas para las sillas con unos retales rojos y dorados. El resultado era algo exótico y extraño, pero consiguió alegrar el cuarto. También colocó su chal violeta a los pies de la cama para darle más color. Bordó flores en las sencillas cortinas y compró una planta con alegres hojas rojas para la ventana.

Colocó algunos retratos familiares y vio satisfecha que el cuarto era mucho más acogedor, incluso le recordaba a su propio hogar.

Corey y Olivia la visitaron el miércoles a mediodía. Tal y como les había pedido, habían contactado con todas las clientas para darles su nueva dirección. Lady Lewis ya se había acercado a Villa Edgemont para recoger sus vestidos y los había pagado. Sus hermanas estaban encantadas de poder darle ese dinero y también halagaron sus esfuerzos con el cuarto.

Alexandra decidió que podía permitirse que comieran en el restaurante de la posada. Tal y como le había asegurado el señor Schumacher, su esposa era una gran cocinera. El pollo asado estaba delicioso, igual que las tartaletas de limón.

Fue un almuerzo muy agradable, rieron sin parar, en parte gracias a la cerveza que les sirvieron con la comida. Corey y Olivia le contaron que su vecino se había caído del caballo y había acabado en la pocilga de sus cerdos. La escena era tan divertida que rieron sin parar. Su hermana pequeña comentó que era una lástima que no hubiera sido el duque el protagonista de tal humillación.

Sus palabras consiguieron que dejaran de reír.

—No he oído nada sobre él —le dijo Olivia con cuidado.

El corazón de Alexandra comenzó a latir más deprisa. Le pasaba cada vez que pensaba en él. Se preguntó si lady Witte habría dejado ya de esparcir horribles rumores sobre ella.

—No tiene importancia —le aseguró Alexandra.

Sus hermanas tenían un largo viaje de regreso hasta Villa Edgemont y se dio cuenta de que ya sólo estaban ellas en el comedor. Miró su reloj de bolsillo.

—Son las tres —les dijo con el corazón encogido—. Deberíais iros ya.

—No quiero irme... —murmuró Corey con tristeza.

Pagó el almuerzo y se levantaron.

—¿Necesitáis algo más, señorita Bolton? —le preguntó el señor Schumacher.

—No, gracias. Todo estaba buenísimo.

El hombre la miró a ella y después a sus hermanas.

—Deberíais volver a casa con vuestra familia —le dijo con amabilidad.

Alexandra apartó la vista, no podía contarle que la habían echado de casa. Acompañó a sus hermanas hasta el coche mientras intentaba controlar la pena que crecía en su interior. Le daba mucha pena tener que despedirse de ellas, se sentía muy sola.

—Volveremos mañana —le prometió Olivia mientras la abrazaba.

—No, de eso nada —protestó Alexandra—. Está demasiado lejos como para que vengáis cada día. Esperad hasta el domingo, por favor. Y no abandonéis a nuestro padre. Me imagino que lo estaréis cuidando, ¿verdad?

—Por supuesto —repuso Corey de mala gana.

Después la abrazó con cariño.

—Te echo tanto de menos —le dijo su hermana pequeña—. Siento haber dicho que no deberías casarte con el señor Denney. Tenías razón, es un buen hombre.

—Sí, pero tú también tenías razón, Corey. No podía casarme con él. No lo amo y habría sido muy infeliz —le aseguró mientras le limpiaba las lágrimas con la mano.

Corey y Olivia subieron al coche y ella se quedó en la acera despidiéndolas con la mano.

Unos minutos después, aunque ya no las veía, se quedó allí quieta. Se le hacía imposible tener que entrar de nuevo en la posada y subir a su cuarto. Se sentía muy sola, las echaba tanto de menos...

Alexandra pasó la primera semana en la posada concentrada en su trabajo. Tenía varias clientas que esperaban que terminara pronto de arreglar sus trajes.

Aunque lady Witte le había asegurado que lo quería todo arreglado en un par de días, sus hermanas le habían dicho que aún no había ido a recoger sus cosas. No le importó, la verdad era que no deseaba tener que volver a ver a esa mujer. Pero, en su difícil situación, necesitaba el dinero y no podía arriesgarse a perder a ninguna clienta.

Esperaba que lady Witte enviara a un criado a recoger su ropa, sobre todo al saber que ya no vivía en Villa Edgemont. Sabía que una dama como ella no querría tener que acercarse a ese barrio obrero, por eso le sorprendió tanto su visita.

Cuando Alexandra abrió la puerta de su cuarto el sábado por la tarde, se quedó sin palabras al ver que era lady Witte quien la visitaba.

La mujer sonreía con satisfacción, como si estuviera encantada al ver dónde había acabado Alexandra. Se fijó en el valioso collar de diamantes que llevaba. Tenía tres filas de brillantes y debía de costar más de mil libras. Le dolió verlo y no pudo evitar preguntarse si esa maravillosa pieza habría sido un regalo del duque.

Charlotte no dejó de sonreír mientras la miraba de arriba abajo. Después observó con descaro su cuarto.

—Hola, señorita Bolton. ¿Están listas ya mis cosas?

No quería ni mirarla a la cara.

—Por supuesto —le dijo.

Todas las prendas de lady Witte colgaban de una percha y fue a por ellas. Odiaba a esa mujer. Y, no sólo por la manera en la que la trataba, sino porque sabía que había sido la amante del duque. Sabía que estaba siendo mezquina, pero no podía evitarlo.

Charlotte la siguió y cerró la puerta tras ella.

—¡Vaya! ¡Pues sí que habéis venido a menos! Esto no tiene nada que ver con Villa Edgemont, ¿verdad? De hecho, los criados que trabajan en la mansión de Clarewood tienen mejor alojamiento que vos.

Se quedó inmóvil al oír sus hirientes palabras. Imaginó que sería verdad y que el servicio del duque viviría mejor que ella, pero no era un comentario fácil de digerir. Intentó mantener la compostura y le entregó el paquete con los trajes. Después de todo, necesitaba el trabajo que le pudiera proporcionar esa mujer.

—No sé cómo podríais vos saber las condiciones en las que viven esos criados —comentó ella.

Se arrepintió nada más pronunciar las palabras, pero no había podido controlarlas.

Charlotte la fulminó con la mirada.

—¿Cómo os atrevéis a hablarme con tan poco respeto?

Lo sé porque el duque está muy orgulloso de sus ideas progresistas y quiso mostrarme los aposentos del servicio. Pero supongo que vos no sabíais eso del duque. Probablemente, sólo sabéis que es muy poderoso e insaciable en la cama —añadió con veneno.

Se ruborizó al oír sus palabras. No pudo contestar. Le dolía imaginarse a Clarewood con esa mujer, haciéndole el amor con la misma pasión que le había demostrado a ella.

Charlotte se echó a reír.

—No sois nadie, señorita Bolton. Si alguien lo ha dejado claro, ése ha sido Clarewood, que se ha deshecho de vos como si fuerais basura.

No pudo ahogar una exclamación.

—¿Cómo podéis hablarme con tanta grosería?

—¿Acaso no es lo que hizo? —preguntó Charlotte—. Los criados hablan, señorita Bolton. Y, si quisiera tomarme la molestia, podría contaros con todo detalle cómo fue vuestro último encuentro con el duque. ¿De verdad pensasteis que podríais tenderle una trampa para que se casara con vos?

No podía creerlo, estaba atónita. También muy dolida. No había conocido nunca a nadie tan cruel como esa mujer.

—¿Por qué me hacéis esto? —le preguntó—. ¿Qué es lo que os he hecho yo para que me tratéis así?

—No estoy haciendo nada malo —repuso Charlotte mientras agarraba el paquete con su ropa—. Sólo espero que todo os haya quedado muy claro. Vuestro sitio está entre los criados, ¡no os equivoquéis!

Tiró la ropa encima de la mesa sin preocuparse por las cosas que tenía Alexandra encima, entre ellas, una taza de té ya frío. Había estado trabajando en el vestido de otra clienta y gritó al ver que se había derramado la bebida. Temía que el té destrozara la seda del vestido que había estado cosiendo.

Lady Witte había conseguido romper la taza, pero fue

un alivio ver que todo el té había caído al suelo. Agarró el vestido y lo protegió entre sus brazos.

Mientras tanto, Charlotte Witte abrió el paquete y comenzó a sacar a tirones su ropa.

—¡Todo está planchado! —le avisó Alexandra sin poder creer lo que la mujer estaba haciendo—. ¡Y todo esta dentro, os lo aseguro! No soy una ladrona. Tengo muy buena reputación como costurera.

—¿De verdad? Porque me parece que todo está arrugadísimo —la acusó lady Witte mientras tiraba al suelo uno de sus vestidos—. ¡Mirad esto! —exclamó sacando una de sus camisolas—. ¡Habéis echado a perder mi ropa más delicada!

—¡No es cierto! —protestó con perplejidad—. ¿Por qué estáis haciendo esto?

—¡Está roto! —gritó Charlotte—. Ya no lo puedo usar —añadió mientras desgarraba las costuras de la delicada prenda.

Estaba tan atónita que se quedó sin palabras.

—¿Y esto? ¡Habéis quemado mi vestido favorito!

—Sabéis de sobra que no he quemado nada —repuso Alexandra con voz temblorosa.

Charlotte la miró con odio.

—Habéis roto una de mis camisolas y quemado mi mejor vestido. No habéis planchado nada en condiciones y habéis tardado más de la cuenta. ¡No valéis para nada, señorita Bolton! ¡Para nada! Voy a decirle a todo el mundo lo inepta que sois.

Le temblaban las rodillas.

—¿Por qué me estáis haciendo esto? ¿Por qué me odiáis tanto?

—Porque os habéis atrevido a intentar arrebatarme el puesto, osasteis tentar al duque, mi amante. ¡Vos, que no sois más que una sucia criada! ¡No puedo permitirlo! —gritó enloquecida la mujer mientras recogía de mala manera la ropa e iba hacia la puerta.

Vio lo que estaba a punto de hacer y consiguió recuperarse lo suficiente para que le saliera la voz.

—¡No me habéis pagado!

Charlotte la miró con desprecio.

—No puedo pagaros por un trabajo tan desastroso.

Le faltaba el aliento.

—¡Me debéis doce libras, lady Witte! ¡Me he pasado días reparando vuestra ropa!

—No os debo nada —repuso la mujer con una cruel y fría sonrisa mientras salía del cuarto.

Su primer instinto fue el de ir tras ella, pero estaba indefensa. No podía forzarla a pagarle la ropa y tampoco podía robarle el bolso. Esa odiosa mujer iba a decirle a todos que había echado a perder su ropa. Si la obligaba a pagarle, la acusaría también de ser una ladrona. Cerró la puerta y se dejó caer en la cama.

Intentó controlar la respiración y convencerse de que saldría adelante. Después de todo, no era el fin del mundo, aunque en ese momento le daba la impresión de que no podía irle peor. Nadie la había tratado como esa mujer acababa de hacerlo.

Pero recordó entonces que no era la primera vez que se sentía así. El duque de Clarewood también la había tratado con crueldad. Incluso peor que su amante. Pensó que eran tal para cual y se echó a llorar. Tenía un dolor en el corazón que cada vez iba a más.

—¿Podemos pasar, querida?

Alexandra se sobresaltó al oír la amable voz de Blanche Harrington. Se limpió los ojos con las manos, avergonzada de que la vieran en ese estado. Levantó la cara y vio a lady Blanche en el umbral de su cuarto. Estaba tan bella y elegante como siempre. Sir Rex, su esposo, estaba al lado. La dama sonreía con cariño, pero vio que parecía algo preocupada.

Se puso deprisa en pie.

—Por supuesto —le dijo mientras intentaba sonreír también.

Lady Blanche no era una de sus clientas regulares y no la

había incluido en la lista que entregó a sus hermanas. Sólo una vez había recibido un encargo de ella, pero sabía que contaba con lavanderas y costureras en la mansión de Harrington.

La amable mujer había sido buena amiga de su madre y siempre se había portado muy bien con su familia, incluso durante los últimos años. Recordó lo cariñosa que había sido con las tres hermanas durante el baile en su mansión.

—Pasad, lady Blanche —le dijo a la señora.

Miró después a su apuesto esposo, siempre la había intimidado con su presencia. Como le pasaba a todos los hombres de la familia de Warenne, tenía cierto aire de autoridad y no podía entrar en ningún sitio sin que todo el mundo lo notara.

—Lo siento, pero no tengo nada que ofreceros —susurró ella algo avergonzada.

—Me encargaré de que nos suban té —anunció sir Rex.

Lady Blanche miró a su marido sonriente y esperó a que saliera. Después se acercó a ella.

—¿Cómo estáis, querida? Me temo que todo el mundo habla de vuestra nueva situación. Anoche me lo contó lady Lewis.

—¿Queréis sentaros, lady Blanche? —le sugirió.

La dama sonrió y se sentó en una de las sillas. Alexandra se acomodó en la otra.

—Charlotte Witte es horrible. Nunca he conocido a nadie como ella. Vi cómo salía de la posada cuando llegábamos nosotros en la calesa. ¿Os ha disgustado?

—Por desgracia, creo que hemos empezado con mal pie —repuso ella intentando controlarse—. Parece que lady Witte me odia y hace todo lo posible por herirme.

—Pero, ¿cómo puede haceros daño, querida? Me imagino que sólo con maliciosas mentiras.

Miró a lady Blanche.

—Me ha amenazado con arruinar mi negocio de costura. Como sabéis, trabajo muy bien y soy meticulosa. Pero tiene la intención de decirle a todo el mundo que he echado a perder su ropa.

Blanche tomó con cariño su mano.

—Yo me encargaré de que todos sepan que es mentira.

—Gracias —repuso ella con un hilo de voz.

Se sentía tan conmovida que le entraron ganas de llorar una vez más.

—Alexandra, cuando oí que habíais salido de vuestra casa, sentí que debía venir a veros para interesarme por vos. Vuestra madre estaría tan angustiada si os viera aquí... ¿Existe alguna posibilidad de que podáis regresar a casa, donde deberíais estar?

Bajó la vista mientras se preguntaba cuánto sabría lady Blanche de su situación. La miró entonces a los ojos y decidió que había llegado el momento de dejar de mentir.

—Mi padre no permitirá que vuelva. Y la verdad es que entiendo su postura.

Lady Blanche abrió sorprendida los ojos.

—Cometí un error terrible —admitió.

—Entonces, ¿es todo culpa vuestra y sólo vuestra? —preguntó la mujer.

Se ruborizó y decidió que era mejor no contestar.

Llamaron a la puerta y Blanche se levantó antes de que Alexandra pudiera moverse. Entró una de las hijas del señor Schumacher con una bandeja. No pudo oír lo que lady Blanche le estaba diciendo a sir Rex, pero éste se marchó de nuevo.

Blanche sonrió a la niña y volvió a la mesa.

Cuando se quedaron de nuevo solas, lady Blanche sirvió dos tazas de té y le ofreció una.

—No es mi intención fisgonear. He oído todo tipo de rumores, pero no me gusta hacerles caso. Y tengo buenas razones para pensar así —le confesó la señora—. Hace mucho tiempo, todos los miembros de la aristocracia pensaban que era una loca. Y la verdad es que creo que perdí la cabeza. Sabía que todos hablaban a mis espaldas, hasta que sir Rex regresó a la ciudad para salvarme de esa situación —añadió con una sonrisa.

No podía creerlo, estaba estupefacta.

—Estoy segura de que exageráis.

—No, querida. Me llamaban «la loca» y a todos les encantaba hablar y comentar cómo había caído en desgracia. Pero la verdad es que todo eso pasó hace mucho tiempo, casi me parece que fue en una vida anterior.

Estaba tan absorta escuchando lo que le estaba diciendo que se le olvidó que tenía una taza de té en la mano.

—¿Por qué me contáis esto?

—Porque yo también he sufrido la crueldad de la aristocracia londinense y no me gusta creerme todo lo que me cuentan. Por otro lado, me parece que el duque de Clarewood tuvo todo un detalle con vos al rescataros en el cumpleaños de mi hija Sara. Y fue mucho más generoso aún cuando decidió que alguien debía acompañar a Edgemont de vuelta a casa.

—Sí, fue muy amable —repuso ella.

Se arrepintió nada más decirlo y se le llenaron los ojos de lágrimas. Ya no creía que Clarewood fuera un hombre amable y bueno, sino uno cruel y egoísta, pero era algo que nunca podría decirle a lady Blanche.

La mujer frunció el ceño.

—La verdad es que estoy muy enfadada con él —le confesó la mujer.

Se dio cuenta entonces de que debía de saber lo que había pasado entre los dos.

—Me gustaría ayudaros, querida —le dijo con una sonrisa—. ¿Por qué no venís a Harrington? Siempre he querido tener mi propia costurera personal, sobre todo ahora que Marion está a punto de casarse. Hay mucho trabajo. Está mi ropa, la de Marion, la de Sara, la de Randolph... Puedo ofreceros un agradable dormitorio en el piso superior. Seguro que estaríais mucho más cómoda que aquí.

No podía creerlo, le sorprendió su ofrecimiento. Pero

sabía que en realidad no necesitaba una costurera a tiempo completo y que lo hacía sólo como un acto de caridad.

—Os agradezco muchísimo la oferta, lady Blanche. Pero no puedo aceptarla.

—¿Por qué no?

—Las dos sabemos que no me necesitáis allí para coser ni planchar la ropa. Me emociona que me tratéis con tanta consideración, pero no puedo aceptar vuestra caridad. Puedo cuidar de mí misma y así lo haré.

Lady Blanche suspiró.

—Ya me imaginé que no aceptaríais. Sois tan fuerte, independiente y orgullosa como lo era vuestra madre.

Recordó en ese instante las crueles palabras de su padre, cuando le dijo que no se parecía en nada a su madre.

Lady Blanche acarició con ternura su mejilla sin dejar de sonreír.

—Estaría muy orgullosa.

Esperaba que tuviera razón, pero sabía que no podría sentirse orgullosa de lo que había hecho.

—Podéis contar conmigo siempre, para lo que sea —le dijo Blanche con firmeza—. Si necesitáis cualquier cosa o si cambiáis de opinión, no tenéis más que decirlo.

Se sintió muy conmovida.

—Sois muy amable.

—Quería mucho a vuestra madre. Y también os quiero a vos, Alexandra —le aseguró mientras se ponía en pie—. ¿Sabe Clarewood que habéis tenido que abandonar vuestro hogar para vivir en una posada como ésta?

Ella también se levantó.

—No lo sé, pero no creo que le importe.

Blanche la observó en silencio durante unos segundos.

—Creo que os equivocáis —le aseguró después.

Julia Mowbray se levantó sobre la montura para que su yegua pudiera ir más deprisa. Galopaba a tal velocidad que las colinas a su alrededor se convirtieron en una imagen borrosa. Sus grandes perros corrían a su lado. Se agachó sobre la yegua como los jinetes de las carreras de caballos para incrementar la velocidad. Era como si estuviera unida al animal.

Algún tiempo después, se sentó de nuevo en la silla y llevó a la yegua al establo a paso más lento. Los perros iban por delante de ella. Estaba sin aliento y ya no sentía la estimulante energía que la dominaba cuando montaba al galope. Se quedó muy pensativa.

No podía dejar de pensar en Tyne Jefferson. Tenía su imagen grabada en la mente. Era un hombre fuerte, musculoso y bronceado. Su pelo, entre dorado y castaño, lucía ya algunas canas. Cuando sonreía, se le formaba un hoyuelo en la mejilla izquierda. Tenía una hendidura en el mentón y fuertes pómulos. La nariz era grande y algo torcida, imaginó que se la habría roto en más de una ocasión. No se parecía en nada a los aristócratas con los que solía relacionarse.

Era imposible confundirlo con un inglés. Y no sólo por sus trajes, que no estaban hechos a mano, ni por sus manos callosas. Había algo más en él que lo distinguía de los demás. Era fuerte y seguro, como un viejo roble que hubiera tenido que sufrir el frío más gélido, el calor más extremo y todo tipo de transformaciones. Sus hombros eran tan anchos y fuertes que le dio la impresión de que podría enfrentarse a cualquier problema que se presentara en su vida.

Era la antítesis de su difunto marido, el anterior duque.

Se habían conocido un semana antes durante una cena en Londres. Le había llamado la atención en cuanto entró en el salón. Lo vio al lado de Cliff de Warenne, uno de los armadores más importantes del país, y de sir Reginald Reed, un reconocido abogado que controlaba gran parte del negocio del ferrocarril. Conversaban animadamente y le dio la impresión al verlo de que ya lo conocía, como si lo hubiera visto antes.

No duró mucho esa sensación, pero fue muy intensa. Su

corazón había empezado a latir con fuerza. Pero no tardó en darse cuenta de que se había equivocado, no lo había visto en su vida. También supo que debía ser americano. Era demasiado grande, directo y brusco para ser inglés.

Jefferson la había mirado en un par de ocasiones antes de que pasaran al comedor. No habían sido miradas descaradas, todo lo contrario. Los sentaron a uno frente al otro a la mesa y fue entonces cuando los anfitriones los presentaron. Había intentado no observarlo con descaro, pero sus miradas se encontraron en más de una ocasión. La sonrisa de ese hombre consiguió acelerarle el pulso y era algo que no le pasaba a menudo. Llevaba mucho tiempo sin fijarse en ningún caballero.

Supo esa noche que era un ganadero de California y que estaba en Londres para tratar de embarcar a Cliff de Warenne en un negocio. Pretendía montar una compañía naviera en la pequeña ciudad de Sacramento. El hombre le contó que pronto habría una línea de ferrocarril en la zona y le entusiasmaba la idea de poder transportar su ganado desde el rancho a la ciudad y, desde allí, a otros puntos del mundo.

Después de la cena, cuando los caballeros se levantaron para ir a fumar puros y beber licor a otro salón, Jefferson tropezó con ella. Le dio la impresión de que no había sido algo accidental.

Ella había tenido cuidado de no mostrarle ninguna atención especial durante la cena, no quería que percibiera hasta qué punto lo consideraba interesante.

—Lo siento. ¡Qué torpe soy! —se disculpó él—. Creo que soy demasiado grande para vuestro país.

El comentario le llamó la atención y se miró en sus ojos color ámbar.

—Sí —repuso ella—. Me da la impresión de que sois demasiado corpulento para este diminuto país.

Jefferson levantó con sorpresa las cejas.

—¿Acabáis de insultarme? —le preguntó con una seductora sonrisa.

Se dio cuenta de que ella también le sonreía.

—No, era un halago.

Se miraron a los ojos durante unos segundos. Estaba a punto de hacerle algún comentario más cuando vio que Jefferson se fijaba en su collar de zafiros y diamantes.

—Sois mi primera duquesa —murmuró él.

Sus palabras, sin saber por qué, consiguieron estremecerla.

—Supongo que no tendréis la oportunidad de conocer a muchas duquesas en América.

—A ninguna.

Se estremeció de nuevo al recordar ese primer encuentro. Era un hombre de pocas palabras, pero no le importaba. Cuando Jefferson le hablaba, sentía que merecía la pena escucharlo. Y era algo que no le pasaba con otros caballeros.

Lo había podido conocer algo mejor durante el baile en la mansión de los Harrington. Nunca había estado casado y no tenía hijos. No entendía cómo un hombre así podía vivir solo, pero no quiso entrometerse ni hacerle demasiadas preguntas.

Llegó enseguida a los establos y salieron dos mozos para ayudarla.

Desmontó y siguió pensando en él. Imaginó que ella le habría causado una buena impresión, pero recordó lo sorprendida que se sintió cuando la visitó unos días antes en su propia casa. Ella había estado montando, como hacía cada mañana, y estaba muy despeinada y acalorada. Pero no le pareció que a Jefferson le importara verla así.

Le dio las gracias a los mozos y fue hacia la casa. Los perros la seguían a poca distancia. Se le aceleró el pulso al pensar en él, se sentía como una colegiala. Lo había invitado a que la visitara cuando deseara. Incluso habían hablado de la posibilidad de ir a montar juntos. Pero había pasado ya una semana desde entonces y Jefferson no se había acercado a verla. Y tampoco se habían encontrado por casualidad en ninguna de las fiestas y cenas a las que había asistido esos días.

Se le encogió el corazón. Creía que, si él hubiera tenido algún interés en ella, ya habría ido a verla.

No entendía por qué se estaba comportando de ese modo. Ya tenía cincuenta años. Sabía que seguía siendo una mujer atractiva y que no aparentaba más de cuarenta. Imaginaba que se mantenía joven gracias a su modo de vida tan activo. Montaba durante dos o tres horas al día. Así mantenía fuertes y esbeltas sus piernas y muy firme el abdomen. Además, siempre estaba ocupada.

Había tenido muchas responsabilidades como duquesa de Clarewood y seguía teniéndolas como duquesa viuda. También se había involucrado en varias de las obras benéficas que su hijo había creado. Entre unas cosas y otras, apenas tenía tiempo para sentarse como otras señoras a tomar una taza de chocolate cada tarde.

A pesar de su edad, Jefferson había conseguido despertar algo en su interior, hacía mucho tiempo que no se sentía así. No podía evitarlo, deseaba estar entre sus brazos. Jefferson conseguía que se sintiera pequeña, delicada y muy femenina. Había logrado recordarle que era una mujer y que podía despertar aún el deseo en los hombres.

No sabía cuánto tiempo iba a pasar en el país, pero sabía que debía tomar una decisión. Podía seguir estando tan sola como siempre o podía atreverse a tomar las riendas de su vida.

Fue directamente a la biblioteca y se sentó frente a su escritorio. Se quedó pensativa unos segundos. Después decidió que debía ser directa. Escribió una breve nota para invitarlo a montar con ella, tal y como habían estado hablando. Cerró el sobre con algo de aprensión, no sabía qué iba a hacer si él declinaba la invitación.

Temía haber interpretado mal sus gestos y que en realidad no estuviera interesado en ella.

Pero, antes de que pudiera cambiar de opinión, llamó a un criado.

—Godfrey, que un mensajero lleve esto al señor Jefferson, en el hotel Saint Lucien —le ordenó.

Cuando se quedó sola, llamó a sus perros y los acarició mientras pensaba de nuevo en Jefferson. Iba a recibir su escueta carta esa misma noche. Se consideraba inapropiado no responder inmediatamente, así que no tardaría mucho en conocer si aceptaba la invitación.

Recordó entonces cómo Ariella y Elysse habían conspirado para aparecer en su casa con Jefferson. Las conocía bastante bien, tenían mucha amistad con Stephen. Después de todo, Ariella era además su prima.

Nada más verlos a los tres juntos, entendió que ellas estaban detrás de una visita tan poco casual. Le llamó la atención que estuvieran intentando hacer de casamenteras, pero no le importó. Sabía que si su hijo descubría lo que las dos jóvenes estaban intentando conseguir, se enfadaría mucho con ellas.

Se entristeció al pensar en Stephen. Había oído rumores muy desagradables esos días que aseguraban que el duque de Clarewood tenía una aventura amorosa con la hija de Edgemont.

No conocía a la señorita Bolton, pero la había visto durante el baile en la mansión de los Harrington. Le había parecido una dama honrada que, aunque pasaba por un difícil momento económico, tenía personalidad y mucha dignidad. No era el tipo de mujer que su hijo solía seducir.

Estaba convencida de que la señorita Bolton no había nacido para ser la amante de nadie.

Por eso había hecho caso omiso de los rumores y estaba segura de que no habría nada entre ellos, pero no se le había pasado por alto lo atento que Stephen se había mostrado con ella durante la fiesta.

Se preguntó si su hijo estaría por fin interesado de verdad en una mujer. Aunque cabía la posibilidad de que ni él mismo se hubiera dado cuenta aún.

Decidió que debía visitar a la señorita Bolton. Si Stephen se había interesado por fin en una mujer de verdad, ella sería la primera en celebrarlo y poco le importaba lo que dijeran los rumores.

Y si la señorita Bolton tenía un pasado, ella sería la primera en perdonarla. Sabía mejor que nadie lo fácil que era cometer errores en la juventud, cuando en la cabeza sólo había sueños.

Godfrey regresó a la biblioteca.

—Excelencia, tenéis una visita. Se trata del señor Jefferson —le anunció el mayordomo.

Se quedó sin respiración y se le aceleró el pulso. No entendía nada. Tardó unos segundos en darse cuenta de que Jefferson aún no había recibido la nota y la visitaba por su propia voluntad.

—Acompáñalo al salón turquesa, por favor. Dile que iré enseguida.

Vio que Godfrey parecía perplejo, pero no le importó. Se puso en pie, llamó a sus doncellas y subió deprisa a sus aposentos.

Stephen trabajaba codo con codo con su administrador en el despacho. Llevaba un buen rato escribiendo cheques. Los negocios y las inversiones iban muy bien, pero el ducado de Clarewood tenía muchos gastos mensuales, entre los que estaban los personales. Miró una de las facturas con sorpresa, no sabía de qué se trataba.

—¿Quién es George Lavoiser?

El administrador se acercó a mirar la factura. Randolph entró en ese instante en el despacho con su ropa de montar.

—Se trata del florista que usasteis el mes pasado, excelencia.

Sintió que el corazón le daba un vuelco. Se dio cuenta de que aún tenía que pagar las espectaculares rosas que le había enviado a Alexandra. Se quedó inmóvil. Aunque había intentado olvidarse de ella y de sus sucias artimañas, no lo había conseguido, le seguía doliendo como el primer día.

Por alguna extraña razón, no lograba dejar de pensar en Alexandra Bolton. No podía borrar de su memoria aquel último encuentro. Tenía grabadas en la mente las horas de pasión que habían compartido.

Seguía sin creerse lo que había pasado y seguía furioso. Y él no era sí. Nunca se enfadaba, se había pasado toda la vida escondiendo y controlando sus emociones, era algo que había aprendido durante su infancia. Con Alexandra había sentido una pasión que no creía posible, pero también había conseguido sacar las emociones que había tratado de dominar durante años.

Escribió un cheque para el florista y se lo entregó al administrador.

—¿Nos perdonáis? —le dijo entonces.

No era una pregunta, era una orden. El hombre se levantó deprisa y salió del despacho.

Randolph se quitó su chaqueta, que la lluvia había empapado, y fue a colocarse frente a la chimenea. Stephen se puso en pie.

Era un día frío y lluvioso. Se acercó a Randolph de mala gana, no deseaba saber lo que iba a contarle, la información que habían obtenido a través de sus investigadores. Pero se extendían los rumores por la ciudad, todo el mundo hablaba de la aventura que había tenido con la señorita Bolton e imaginó que se enteraría tarde o temprano de lo que el señor Denney había decidido hacer.

Le sirvió un coñac a su hermano pequeño.

—El compromiso se ha roto, excelencia. Denney ha cambiado de opinión —le dijo Randolph.

No le sorprendió, era lo que esperaba. Ningún hombre querría a una mujerzuela por esposa y sabía que Alexandra tenía las miras más altas y no quería conformarse tampoco con un marido como el señor Denney.

Le ofreció la copa a su hermano. Randolph bebió con ganas y lo miró después a los ojos.

—Dicen que Denney estaba furioso. Ha oído los rumores —le contó—. Y hay más —añadió con algo de indecisión.

Stephen se metió las manos en los bolsillos y se quedó con la mirada perdida en las llamas, le daba la espalda a su hermano. Sabía que no tenía por qué sentirse culpable. Ella lo había tramado todo para ponerle una trampa y conseguir que se casara con ella. Si no hubiera sido una bruja manipuladora, creía que habría podido llegar a sentir lástima por Alexandra. Después de todo, imaginó que le habría venido bien casarse con Denney para poder darle una seguridad económica a su familia.

Aunque intentaba convencerse de que no podía ser, que era absurdo, una parte de él sentía lástima por esa mujer. Pero sólo un poco.

Imaginó que conseguiría engañar a otro para que se casara con ella.

Pero había algo que no podía olvidar y que pesaba mucho en su conciencia. Alexandra no era una mujer joven y, si era tan manipuladora como le había demostrado, no entendía por qué no habría utilizado antes su virginidad para cazar a un marido pudiente.

Era una pregunta para la que no tenía respuesta y eso no le gustaba nada.

—¿Qué más tenéis que contarme? —preguntó mirando a Randolph.

—Edgemont la ha echado de casa, parece que él también ha oído los rumores.

Se quedó sin respiración. No podía creerlo.

—¿Que la ha echado de casa?

Lo primero que se le pasó por la cabeza fue ir a ver a Edgemont para cantarle las cuarenta. Aunque no comprendía por qué podía importarle tanto lo que le pasara a esa mujer.

—¿Adónde ha ido?

—Ha alquilado una habitación en Londres. Tengo entendido que sigue cosiendo para varias damas y ha montado allí su taller.

Se le encogió el corazón y no pudo evitar sentir cierto temor por Alexandra y su seguridad.

«La han echado de casa y está cosiendo en alguna posada de Londres», pensó con incredulidad.

Trató de recordar que no era su problema y que poco le importaba lo que le pasara. Volvió deprisa a su mesa.

—Me gustaría que repasáramos los libros de contabilidad, Randolph —le dijo para cambiar de tema.

Su hermano se le acercó.

—Me han dicho que está en un barrio muy pobre —repuso el joven—. Por cierto, tengo la dirección.

Stephen lo miró a los ojos. No podía creerlo, pero le pareció notar cierto tono de censura en las palabras de su hermano.

—¿Me hacéis acaso responsable de su suerte? —le preguntó.

—Así es —repuso Randolph sin amedrentarse.

Estaba atónito.

—Entonces, ¿os ponéis de su lado?

Randolph hizo una mueca de desagrado.

—Somos hermanos y os admiro inmensamente. Sabéis mejor que nadie cuánto os agradezco que seáis mi mentor —le dijo Randolph—. Pero no creo que la señorita Bolton merezca lo que le ha pasado. Sé que nunca echaríais a nadie de vuestro lado con la crueldad con la que lo hiciste con ella. No sé qué pudo hacer para despertar vuestra ira. Pero, fuera lo que fuera, puede que estuvierais equivocado o que podáis llegar a perdonarla, excelencia —agregó.

Aunque le dolía oír esas palabras, se sintió orgulloso de su hermano.

—Pocos hombres se atreverían a hablarme como acabáis de hacerlo. Pero me alegra que me habléis con honestidad —le dijo.

—No pretendía criticaros —repuso Randolph con una sonrisa—. Pero estoy algo preocupado.

—Os aconsejo que no perdáis el tiempo. La señorita Bolton es una superviviente. Estoy seguro de que no tardará en reconciliarse con su padre. Después de todo, ella es la que mantiene en pie a esa familia.

—¿No pensáis arreglar las cosas? —le preguntó Randolph con incredulidad.

—Nunca perdono al que me traiciona, Randolph. Y vos tampoco deberíais hacerlo. Esa mujer me engañó, jugó conmigo. Y, si ahora está pasándolo mal, no tardará en encontrar a otro benefactor que la saque de esa situación.

Su hermano negó con la cabeza.

—¿Y si nadie la ayuda? ¿Entonces qué?

—No me presionéis —le advirtió enfadado.

—¿Os importaría que esté pendiente de ella?

Stephen se quedó pensativo unos segundos.

—Si así lo deseáis, es cosa vuestra. Pero no quiero que me contéis nada después, ni una palabra.

Vio que su hermano no estaba de acuerdo y que sus ojos estaban llenos de reproches.

—No es culpa mía, ha sido ella la que ha provocado esta situación —insistió.

—Por supuesto... Excelencia.

CAPÍTULO 12

Tyne Jefferson fue hasta el salón detrás del mayordomo. Intentaba caminar con parsimonia, como si le importara poco esa visita. Y no era fácil comportarse así cuando tenía el pulso acelerado y le costaba respirar con normalidad.

Su intención había sido mantenerse al margen y no tener en cuenta la invitación que la duquesa viuda le había hecho durante su primera visita. Esa mujer le atraía y por eso había decidido que era mejor no verla más.

El corazón le dio un vuelco al verla. Era más bonita y delicada de lo que recordaba.

—¡Otra agradable sorpresa! —le dijo Julia con una sonrisa.

Consiguió devolverle la sonrisa y tratar de ignorar las irracionales sensaciones que su presencia le producía.

—Espero que estéis siendo sincera —repuso él.

La duquesa se le acercó sin dejar de observarlo. Su mirada era cálida y le brillaban los ojos. Tenía las mejillas sonrosadas, como si hubiera pasado algún tiempo al aire libre.

—Por supuesto —le aseguró Julia—. Me alegra que hayáis venido a visitarme. Estaba precisamente pensando en vos.

Creía que los británicos eran las personas más educadas y formales que había conocido en su vida, pero le dio la impresión de que la duquesa estaba siendo sincera. Lo trataba con una familiaridad que no dejó de sorprenderle.

Había creído que la invitación que le había hecho unos días antes para que fuera a montar con ella había sido únicamente fruto de esa educación inglesa, pero se dio cuenta de que había algo más.

Esa mujer era una gran dama y una duquesa, sabía que estaba fuera de su alcance y que no podía pensar en ella de otro modo, por eso había decidido mantenerse al margen.

También había intentando no pensar en ella, pero no lo había conseguido.

No había dejado de imaginar que se encontraba casualmente con ella en alguna otra cena social o quizás en una fiesta o en la ópera. Una parte de él había soñado con que ocurriera algo así, pero no la había visto en toda la semana. Tampoco se la había encontrado en el parque, ni de compras por Oxford Street.

Al final, había tenido que reconocer que se sentía algo desilusionado y que deseaba volver a verla.

Hasta había llegado a soñar con ella. Y era algo que lo incomodaba mucho, pues no tenía control sobre la naturaleza de sus sueños y recordaba que casi todos habían sido de intenso carácter sexual.

La duquesa viuda de Clarewood le había producido una gran impresión, eso lo tenía muy claro. Y no le agradaba que fuera así porque no tenían futuro posible. Aunque la duquesa fuera una mujer apasionada, sabía que él no era su tipo de hombre. Necesitaba a alguien con título, un hombre refinado al que le gustara la ópera y llevar guantes blancos. Ella sólo podría estar con un caballero, no con alguien que criara ganado, partiera leña y, mucho menos, con alguien que hubiera tenido incluso que matar a otro hombre.

Pero no había podido resistirse. Se le acababa el tiempo en Inglaterra, sólo unas semanas más antes de regresar a California, y había decidido que tenía que verla una vez más. Una parte de él había esperado que su cuerpo no reaccionara en absoluto al verla, así habría sido más fácil.

Se había equivocado. Esa mujer lo dejaba sin aliento.

Julia se giró para hablar con el mayordomo y pedirle que les llevara algo para merendar. El gesto le dio la oportunidad de observarla a su antojo. Era tan pequeña y delicada que le dio la impresión de que podría abarcar su cintura con las manos.

Cuando el mayordomo se fue y ella lo miró, no pudo evitar ruborizarse. Se dio cuenta de que había estado imaginándola desnuda.

—Va a llover —comentó Julia—. Así que no podemos salir a montar.

—La lluvia es una bendición en California —repuso él recuperando enseguida la compostura—. Tenemos largos y secos veranos.

—E inviernos muy fríos en las tierras altas —añadió ella.

Levantó sorprendido las cejas.

—Sentía curiosidad y he estado leyendo algunos libros sobre la Historia de América. Y, más concretamente, de California —reconoció la duquesa con una sonrisa.

El corazón le dio otro vuelco. Se preguntó por qué habría sentido curiosidad. Le hubiera gustado poder contarle todo lo que había pasado en esas tierras salvajes. Algunos de sus amigos lo consideraban un héroe. Pero no sabía si la duquesa podría admirarlo por haberse enfrentado a una ventisca como tuvo que hacerlo una vez. Había tenido en aquella ocasión los miembros tan entumecidos que temió que se gangrenaran. Fue entonces cuando decidió cavar un agujero en la nieve y guarecerse allí hasta que pasara lo peor de la ventisca y pudiera averiguar dónde estaba.

—No soy historiador, pero podéis preguntarme lo que queráis.

Julia lo miró y dejó de sonreír.

—La vida es muy dura allí, en la última frontera, ¿verdad?

Era muy dura y quería contarle que no conocía a nadie capaz de sobrevivir a todo por lo que había tenido que pasar. Una parte de él deseaba impresionarla con sus historias.

—Los veranos son muy calurosos. A veces no llueve nada

y el ganado se muere. Los inviernos son más duros aún. La nieve puede llegar a cubrir por completo las casas –le contó él–. Pero hacemos lo que tenemos que hacer y seguimos adelante –añadió mientras se encogía de hombros.

La duquesa lo miraba con los ojos muy abiertos.

–He empezado a leer algunos libros que hablan de lo complicado que es cruzar el país e instalar campamentos en las tierras del oeste. Parece muy peligroso, señor Jefferson.

Le dio la impresión de que se preocupaba por él.

–En efecto, es peligroso –le dijo con una sonrisa–. Para sobrevivir allí, los hombres deben ser ambiciosos y tener valor. Sólo así se puede subsistir en esa zona.

–Me dijisteis que nunca habíais conocido a una duquesa –repuso ella–. Y yo tampoco había conocido nunca a un colono, si es así como os hacéis llamar.

–Yo me considero un californiano.

–Eso me gusta –repuso ella con una sonrisa–. Dice mucho de vos en muy pocas palabras.

La miró sin sonreír y la duquesa le sostuvo la mirada. Todo su cuerpo estaba en tensión y se preguntó si ella sentiría lo mismo.

Deseaba más que nada abrazar su delicado cuerpo y saborear su sugerente boca. Pero debía recordar que pertenecían a dos mundos muy distintos. No sabía qué pensaría la duquesa si le contara que había construido el rancho él mismo o que había tenido que matar a unos cuantos hombres, casi todos indios y forajidos.

Imaginó que se quedaría atónita si le decía que un invierno, perdido en las montañas de Nevada, había estado a punto de morir de hambre. O si le contaba que había comido carne cruda después de matar un zorro con sus propias manos para poder subsistir.

Le dio entonces la espalda. Sabía muy bien lo que esa dama le diría de saber esos detalles de su vida. Se sentiría horrorizada. Y también si llegaba a ver las cicatrices de su cuerpo.

Él, en cambio, sabía que el de ella sería perfecto y sólo podía pensar en acariciarlo.

Creía que la duquesa sólo intentaba ser cordial y que por eso lo había invitado a visitarla y a montar con ella a caballo.

—Tengo una pregunta —dijo ella de pronto—. Me dijisteis que habíais venido a Inglaterra por motivos personales. No pretendo inmiscuirme, pero parece un viaje muy largo sólo para tratar asuntos de negocios con Cliff de Warenne.

Todo su cuerpo se tensó al oír sus palabras y se cruzó de brazos. Sintió de repente la necesidad de hablarle de su vida.

—Mi hija está enterrada aquí.

La duquesa se quedó boquiabierta al oírlo.

—¡Cuánto lo siento!

—No pasa nada. Donna murió hace veintiocho años. Debía haber venido antes a visitar su tumba, pero nunca lo hice...

Julia se acercó más y acarició su brazo.

—No tenía ni idea... No puedo imaginarme todo por lo que habréis tenido que pasar. Entonces, ¿estuvisteis casado?

—No. Yo sí quería casarme, pero ella me dejó para regresar a su casa en Brighton. Cuando se fue, ni siquiera sabía que estaba encinta.

Aún le entristecía hablar de ello, pero el tiempo había hecho mucho por curar las heridas.

—La vida puede ser tan dura, tan cruel... —murmuró ella.

Le sorprendió la intensidad con la que hablaba. Había oído rumores sobre ella y la crueldad con la que su difunto marido la había tratado.

—Sí. La vida no es justa y a las personas buenas le ocurren cosas malas todos los días.

La duquesa se quedó unos segundos callada, mirándolo a los ojos.

—Vos os merecéis cosas buenas, señor Jefferson. Estoy segura —le dijo ella mientras colocaba de nuevo una delicada mano sobre su brazo.

Se estremeció y sintió que le ardía la sangre. Apenas podía respirar.

—Sois muy amable —repuso él con algo de incomodidad mientras sentía cómo se ruborizaba de nuevo.

Alexandra andaba lentamente por la acera, evitando a otros peatones y tratando de no pisar basura ni las aguas sucias que salían de los edificios. Lamentaba no poder taparse la nariz con un pañuelo. El hedor era espantoso, tanto que sentía arcadas. Pero tenía las manos ocupadas con dos bolsas y no habría podido sujetar un pañuelo. En una llevaba la comida que había comprado y en otra, material para coser.

Se sentía consternada. Había pasado ya doce días en la hospedería del señor Schumacher. Comparado con el resto del barrio, sucio y pobre, la casa del alemán era una especie de paraíso.

Había sabido que los obreros ingleses vivían en condiciones lamentables y siempre había sentido lástima por ellos, sobre todo por los niños. Pero una cosa era leer un artículo en la prensa sobre las terribles condiciones en las fábricas y, otra muy distinta, tener que vivir entre ellos y verlo con sus propios ojos. No había sido consciente de lo mal que lo pasaban esas gentes hasta entonces.

A pesar de la difícil situación por la que había pasado su familia, no podía compararse con la clase obrera. Se dio cuenta de que había sido siempre una privilegiada.

En ese barrio, todos estaban sucios y vestían con harapos. La gente pasaba hambre de verdad. Incluso los niños parecían demacrados, sin vida en los ojos. Verlos así le rompía el corazón.

Y no parecían entender que ella era igual que el resto. Sentía que la miraban con respeto, se quitaban las gorras para saludarla y la trataban con reverencia. La veían como a alguien de la alta burguesía, no entendían que ya no pertenecía a esa clase.

No sabía cómo iba a poder pasar así el resto de su vida. Le deprimía pensar en ello. Se veía capaz de vivir en la pobreza, pero echaba mucho de menos a sus hermanas y siempre estaba exhausta.

Y, a pesar de todo, no dejaba de pensar en Clarewood. Estaba furiosa con él. Aunque ya habían pasado casi tres semanas desde que su aventura amorosa con él comenzara y terminara de manera tan abrupta, seguía sintiéndose traicionada.

Pero no tenía él la culpa de todo. Ella había sido débil. Si le hubiera parado los pies y resistido sus insinuaciones, aún estaría viviendo en casa con su familia.

Levantó la vista del suelo y vio una elegante calesa al final de la calle. Tiraban de ella dos caballos castaños. Inmóvil, sintió que se quedaba sin aliento. Ese vehículo sólo podía pertenecer a un noble muy rico o a algún mercader. Sabía al menos que no pertenecía a Clarewood y no le pareció tampoco el de lady Blanche. Se relajó un poco al darse cuenta de que no debía de tener nada que ver con ella.

Abrió la puerta de la hospedería con el hombro.

Randolph había ido a visitarla unos días antes para saber cómo estaba. Había intentado mantener la compostura y mostrarse fuerte delante del joven. Lo había recibido en el salón común, le había asegurado que estaba bien y había declinado su invitación cuando le ofreció quedarse un tiempo en la mansión de Harrington como huésped. No le comentó que ya la había visitado su madre y le sorprendió lo amable y considerado que se había mostrado con ella.

Vio desde el vestíbulo a una elegante y bella dama charlando con el señor Schumacher. Estaba sentada a una de las mesas del salón. Su casero la saludó con la mano al verla entrar. La dama se giró y se puso en pie.

Se le encogió el corazón al ver de quién se trataba. Aunque nunca las habían presentado, reconoció a la duquesa viuda de Clarewood al instante. La había visto en el baile de los Harrington.

Julia Mowbray se le acercó con una sonrisa.

—Hola, señorita Bolton. Me temo que estoy siendo demasiado atrevida, pero decidí que debíamos conocernos.

Alexandra agarró mejor sus bolsas. Estaba tan atónita que temió que se le cayeran al suelo. No entendía qué podía querer la madre de Stephen. Se le hizo un nudo en el estómago.

—Excelencia —la saludó con un hilo de voz mientras hacía una reverencia.

—¿Podríamos ir a vuestro cuarto? El señor Schumacher ha prometido subirnos un té —le dijo la señora.

La miró a sus ojos grises y le pareció que la observaban con amabilidad. Cada vez estaba más confusa, no entendía qué hacía allí ni qué querría de ella.

Intentó pensar en alguna excusa para no tener que recibirla en su cuarto, pero no se le ocurrió nada. A duras penas, consiguió devolverle la sonrisa.

—Me temo que mi estancia es demasiado modesta, excelencia. No estaríais cómoda.

—¿Tenéis dos sillas? —le preguntó.

Asintió con la cabeza.

—Eso pensaba —agregó con decisión—. Subamos, por favor. No podéis negaros a recibirme. Sobre todo cuando nos ha costado una hora encontrar esta hospedería.

Respiró profundamente para tratar de calmarse, pero sentía náuseas. Subió las escaleras delante para mostrarle el camino. Dejó las bolsas en el suelo y abrió la puerta. Observó de reojo a Julia Mowbray mientras entraban.

La duquesa miró muy seria su pequeña habitación. Pero, cuando vio que la observaba, le dedicó una sonrisa.

—Sois muy valiente, querida —le dijo—. Pero no podéis quedaros aquí.

Alexandra dejó las bolsas al lado de la cocina de leña. La miró casi sin aliento.

—Me temo que no tengo otro sitio a donde ir.

—Tonterías —repuso con decisión la duquesa—. Vendréis a la mansión Constance.

—¿Me invitáis a vuestra casa? —preguntó estupefacta.

—¿No es acaso responsable mi hijo de que os encontréis en este apuro? —repuso la duquesa.

Cada vez estaba más confusa. No sabía qué pretendía ni por qué le hacía un ofrecimiento como ése. No podía creer que fuera tan generosa ni compasiva, sobre todo cuando la comparaba con la crueldad que le había mostrado su hijo. Pero no pensaba acusar a Stephen de nada y menos aún delante de su madre.

—No, Clarewood no es el responsable —murmuró ella.

—¿Seguro? —repuso la duquesa mientras se acercaba y le tocaba con cariño el brazo—. Querida, he oído los rumores. No suelo hacer caso a esas cosas, pero es obvio que os ha pasado algo. De otro modo, no estaríais en estas circunstancias. Conozco muy bien a mi hijo y vi cómo se comportó con vos en el baile de los Harrington. Sospecho que Stephen tiene algo que ver en todo esto. ¿No es así?

—No —repuso ella dándole la espalda.

Era una mujer orgullosa y nunca le diría a nadie lo que había pasado. No podía hacerlo. Se negaba a culpar a Stephen de todo cuando era muy consciente de que debía haber rechazado sus insinuaciones. La duquesa viuda la miraba con incredulidad.

—Las decisiones siempre son complejas. Creo que uno debe asumir las consecuencias de sus decisiones. Las mías me han llevado a estas circunstancias, excelencia.

Julia abrió mucho los ojos.

—Sois una mujer sorprendente. No vais a culpar a Stephen de nada, ¿verdad?

—No, como os he dicho, soy responsable de mis decisiones.

—Aun así, no podéis vivir aquí —le dijo la duquesa sin dejar de mirarla a los ojos—. Admiro vuestra fuerza y vuestra bondad. ¿Odiáis a Stephen?

Le sorprendió la pregunta.

—Tuvimos un malentendido —le dijo—. Pero nunca podría odiarlo.

—Entonces, ¿lo amáis?

Se ruborizó al instante. E, incapaz de mirarla a la cara, se dio la vuelta temblando. No quería siquiera tener que pensar en esa pregunta y no se atrevía a responderla.

Julia se quedó en silencio, pero supo que la estaba observando.

—Muy bien —le dijo—. Mi hijo es un hombre excepcional, pero también un hombre difícil.

Se giró lentamente para mirar a la duquesa.

—Lo criaron para que fuera difícil, señorita Bolton. Su padre era cruel, frío y despiadado. Nunca lo trató con cariño ni alabó sus progresos. Cuando fracasaba en algo, mi esposo lo castigaba, a menudo con el puño o con una fusta. Aprendió a ser duro e insensible. Se muestra intolerante con sus empleados, sus criados y sus amigos. Pero es un hombre compasivo, de eso estoy segura. Tarde o temprano, se dará cuenta de que ha cometido un error. Y debéis saber que es el mayor defensor de los que sufren, de los que son tratados con injusticia y de los que pasan necesidades.

No podía dejar de mirarla. Era la primera noticia que tenía sobre la dura infancia de Stephen y no pudo evitar compadecer a ese maltratado niño. Quería creer que era compasivo. Recordó entonces la calidez en sus ojos mientras le hacía el amor y sus promesas de generosidad.

Entre sus brazos se había llegado a sentir muy segura y se estremeció al rememorarlo.

—Excelencia, si tratáis de sugerir que Stephen... Perdón, que su excelencia defenderá algún día mi causa, debéis saber que no hay nada que defender. Sé que resolveré tarde o temprano las cosas con mi padre y podré volver a Villa Edgemont.

—¿Seguro? Entonces, ¿declináis mi invitación?

No podría nunca aceptarla. Era demasiado orgullosa para aceptar la caridad de nadie. Además, no podía irse a vivir con la madre de Stephen. Y menos aún, después de lo que había pasado.

—No puedo aceptar.

Julia Mowbray la miró con seriedad.

—¿Sois demasiado orgullosa para aceptar mi oferta? ¿Preferís seguir aquí, viviendo como una obrera?

—Sí.

—Sois una mujer muy especial, señorita Bolton —le dijo Julia mientras recogía los guantes que había dejado en la mesa—. Ha sido un placer conoceros y no lamento que hayáis declinado mi invitación.

No entendió qué quería decir con eso.

—Y también me alegra que hayáis aparecido en la vida de Stephen.

—No comprendo... ¿Qué queréis decir con eso? —le preguntó sin poder dejar de temblar.

—Ya lo entenderéis —repuso con una sonrisa enigmática.

Sintió que esa mujer sabía más de lo que le estaba contando.

—No es necesario que le anuncies mi visita, Guillermo —le dijo Julia al mayordomo mientras pasaba a su lado.

—Su excelencia nos ha ordenado que nadie debe molestarlo, duquesa —repuso estupefacto el hombre.

—Sí, sé que se enfadará. Después de todo no he enviado una nota avisándole de mi visita y seguro que estoy interrumpiéndolo cuando está diseñando algún importante proyecto de caridad —le dijo con sarcasmo—. Pero la caridad debe empezar por uno mismo, Guillermo.

No se detuvo de camino al despacho y el mayordomo la seguía apresuradamente.

—No entiendo, excelencia.

Lo último que deseaba era tener que explicarle que se

refería a la última amante de su hijo, la señorita Bolton. Una mujer muy especial que la había sorprendido gratamente.

—¿Está en su despacho?

—Sí, pero... ¡Esperad, excelencia! Dejad al menos que os anuncie —le pidió el hombre.

Lo ignoró y abrió la puerta del despacho. Stephen estaba sentado a la mesa con dos de los abogados de la familia.

Levantó sorprendido la vista.

—¡Madre! ¡Qué sorpresa!

—Ya lo imagino. Me temo que tengo un tema urgente que tratar con vos y debo interrumpir la reunión —le dijo con una dulce y artificial sonrisa.

Stephen se puso en pie de mala gana.

—¿Se está muriendo alguien? —le preguntó mientras los abogados salían del despacho.

—Bueno, espero que no —le dijo mientras le daba un beso en la mejilla—. Acabo de conocer a la señorita Bolton.

Stephen frunció el ceño, pero ignoró sus palabras.

—Estaba precisamente pensando en vos. De hecho, he decidido encontraros un marido.

Sabía que sólo quería provocarla y cambiar de tema. Y consiguió su propósito. No pudo evitar pensar en Tyne Jefferson. Habían pasado casi dos semanas desde que lo viera en su casa, cuando la vistió por sorpresa y supo que había perdido a su hija. Había vuelto a su casa en otra ocasión, pero el tiempo tampoco les había permitido salir a montar y se limitaron a charlar y visitar los establos. Había sentido tanta tensión en esa visita que supo que no lo había imaginado, Jefferson también se sentía atraído por ella.

Se le aceleró el pulso. Después de esos encuentros, había esperado que comenzara a cortejarla de manera más evidente, pero no había vuelto a verlo. Sabía que tampoco debía extrañarle. Ella era una duquesa y él, un ganadero americano. Iba a tener que tomar las riendas si pretendía que las cosas fueran a más.

Para complicar aún más las cosas, su hijo creía que tenía que rescatarla y entrometerse en su vida.

—No pienso casarme, Stephen —le dijo con firmeza—. Hablo en serio.

—No me digáis que aún seguís embelesada con el americano.

—Él prefiere considerarse californiano —repuso sin pensar—. Creo que no volveré a confiar en vos, es mejor que no os cuente nada.

—Vuestras palabras me dicen más de lo que creéis —le dijo Stephen sin dejar de observarla—. Parecéis disgustada. ¿Acaso no está tan interesado como vos en él?

—No pienso hablar de Jefferson —replicó—. ¿Sabéis que han echado a la señorita Bolton de su casa y que ahora vive en un pequeño y frío cuarto? No tiene ningún tipo de comodidades. Ese sitio no es un lugar apropiado para una dama como ella.

Stephen la miró con firmeza.

—Nada va a deteneros, ¿verdad? Sí, sé que ha alquilado una habitación en la hospedería del señor Schumacher —le anunció mientras se cruzaba de hombros—. No puedo creer que os metáis así en mi vida.

—Vive en la pobreza, Stephen —exclamó enfadada—. Y creo que sois el culpable de su situación.

—¡Eso no es justo! —le dijo ruborizándose—. Si fuera el culpable, lo habría arreglado. Esa mujer trató de engañarme. Es muy lista y estoy seguro de que sobrevivirá.

—Estoy muy decepcionada —murmuró ella—. Y creo que deberíais visitarla antes de afirmar algo así. Debéis ver con vuestros propios ojos cómo está viviendo.

—¡Randolph ya ha ido a verla! También la visitaron lady Blanche y sir Rex. Ahora me entero de que también habéis ido vos... ¡Supongo que Elysse y Ariella tampoco tardarán mucho en ir y echarme a mí la culpa de todo!

—Entonces, ¿vais a permitir que se muera de hambre?

¿Que cosa a la luz de una vela? ¿Que tenga que usar los baños comunes?

Stephen golpeó con fuerza el puño sobre la mesa y no pudo evitar sobresaltarse.

—Y, ¿qué pretendéis que haga? ¿Que me case con ella?

Su hijo no solía perder nunca los papeles de esa manera. Se quedó mirándolo a los ojos.

—¿Es el matrimonio con la señorita Bolton algo que podríais considerar?

—¡Claro que no! —exclamó furioso.

Vio que intentaba controlarse y dominar su respiración. La miró algo más calmado.

—Estás exagerando su grave situación, ¿verdad?

—No, Stephen. No exagero nada. Es una vida miserable e inaceptable. Debéis arreglar su situación, no espero menos de vos.

Stephen no dijo nada más, se limitó a dar vueltas por el despacho con gesto resignado y pensativo.

Alexandra empezaba a temer que hubiera caído enferma. Siempre estaba cansada y no dormía bien.

Habían pasado ya varios días desde que la duquesa viuda de Clarewood la sorprendiera con su inesperada visita. Aún no había podido entender por qué habría ido a verla e intentaba no pensar en ello, pero le resultaba tan difícil como dejar de pensar en Stephen. Era imposible.

Creía que le habría sido más fácil olvidar si la duquesa hubiera sido desagradable y cruel con ella. Pero tenía la sensación de que le había tendido la mano y que, si decidía que no podía seguir viviendo como lo hacía, la duquesa le abriría encantada las puertas de su hogar. Y no alcanzaba a comprender por qué esa mujer mostraba tanta generosidad con ella.

Caminó despacio de vuelta a la posada. No tenía dinero. Acababa de usar los últimos chelines que le quedaban en comprar hilo de calidad y algo de comida. Estaba pendiente de que le pagaran los arreglos varias clientas e iba a tener que encontrar la manera de trasladarse hasta sus casas para pedirles que le abonaran lo que le adeudaban.

La adelantaron dos perros escuálidos y se tropezó. Como no quería soltar las bolsas donde llevaba el material para coser, cayó al suelo y se le cayeron los paquetes con la comida. Se hizo daño en las rodillas y en uno de los codos, pero no soltó en ningún momento sus hilos. La comida cayó en un sucio charco. Tres patatas, el repollo y una cebolla rodaron por la mugrienta acera. Levantó la cabeza a tiempo de ver cómo dos pequeños iban a por la comida. Uno de los perros que la habían hecho tropezar se le acercó y lamió su cara mientras meneaba contento la cola.

Miró la feliz cara del animal y sus ojos brillantes. Le entraron ganas de echarse a llorar.

—Tomad —le dijo un niño.

Vio delante de su cara una mano sucia que le ofrecía una patata igual de sucia. La mano pertenecía a una niña muy seria, con dos coletas y harapos. Estaba delgadísima.

—Puedes quedarte la patata —le dijo.

La niña abrió sorprendida los ojos. Se dio la vuelta y salió corriendo con su tesoro entre las manos.

Vio entonces que le habían quitado el resto de la comida y se le llenaron los ojos de lágrimas, pero no quería llorar. No tenía dinero para comprar nada más, no hasta que sus clientas pagaran los arreglos. Miró al perro que se había quedado sentado a su lado.

—Si crees que voy a poder darte los restos de mi comida, te equivocas de persona —le dijo.

Estaba a punto de levantarse del suelo cuando vio delante de ella una elegante falda de seda azul. La tela era cara y supo nada más verla que ese vestido sólo podía pertenecer a una dama. Rezó para que fuera una de sus clientas, que se acercaba para darle lo que le debía, pero se dio cuenta de que una dama nunca se acercaría a ese barrio sólo para eso. Levantó atemorizada la vista.

Dos damas elegantemente engalanadas la miraban. Una era de mediana edad y llevaba demasiadas joyas. La otra era una joven rubia y bellísima. La mayor la miraba con desdén. La joven, con horror.

Imaginó que sabían quién era y que habían ido a verla para contratar sus servicios como costurera. Avergonzada, se puso en pie. La joven le tendió la mano para ayudarla.

—¡No la toquéis, Anne! —le advirtió la señora.

La tal Anne bajó deprisa la mano.

—Tropecé y caí —explicó Alexandra.

—Eso es obvio —declaró la señora con segunda intención—. Supongo que sois la infame señorita Bolton.

Se quedó atónita al oír sus duras palabras. Apretó contra su pecho la bolsa con el material de costura.

—Soy Alexandra Bolton —le dijo a la señora con dignidad—. ¿Habéis venido a verme?

—Sí —repuso la mujer con condescendencia—. Queríamos comprobar con nuestros propios ojos si era verdad que él os echado a la calle. Tenía que ver cómo era la mujerzuela que eligió cuando podía haber tenido a mi hija, que sería una duquesa perfecta —añadió—. Vámonos, Anne.

Pero la joven rubia no se movió.

—Madre... —susurró con nerviosismo mientras miraba hacia la calzada.

Alexandra siguió su mirada y le temblaron las rodillas. El corazón comenzó a latirle con fuerza.

Entraba en esos momentos una impresionante calesa negra tirada por seis caballos. Se le fueron los ojos al escudo del ducado de Clarewood pintado en las puertas. No entendía qué podía hacer allí.

No podía pensar, se limitó a observar el vehículo. Fue recobrando poco a poco el sentido común. No sabía qué haría Clarewood allí, pero no tenía por qué quedarse a averiguarlo. Decidió salir corriendo.

Pero no podía moverse.

—No puedo creerlo —declaró con frialdad la señora.

Miró de reojo a las damas. Estaban tan hipnotizadas por la presencia de la calesa como ella misma. Algunos curiosos se habían parado también en la acera para mirar. Empezó entonces a pensar con algo más de claridad.

Supo que no podía ser Clarewood el que estuviera dentro del coche. Creía que debía de ser Randolph o un criado. Él nunca iría a ver cómo estaba. Le había dejado muy claro cuánto la despreciaba.

Pero se abrió la puerta y fue el propio Clarewood el que bajó del coche.

Se quedó boquiabierta.

La gente se echó hacia atrás instintivamente, para dejarle paso. Pero el duque se limitó a observarla desde la puerta de la calesa. Se miraron a los ojos y sintió que se encendían sus mejillas.

No quería que la viera en ese estado, viviendo entre tanta miseria y pobreza. Ya había conseguido humillarla una vez, pero se sentía aún más vencida en esos momentos.

Vio que las dos damas saludaban al duque con una reverencia, se había olvidado de ellas.

Se quedó sin aliento al ver que se le acercaba. La multitud se abrió para dejarle pasar. Llevaba los labios apretados y parecía muy serio, pero no dejó de mirarla en todo momento.

No sabía qué hacía allí ni qué podía querer de ella. Creía que ya le había hecho bastante daño y hubiera preferido no volver a verlo.

—¡Excelencia, qué sorpresa tan agradable! —le dijo la dama de más edad.

—Excelencia... —murmuró Anne con sonrojo.

Clarewood ni siquiera las miró, seguía concentrado en ella y parecía muy enfadado.

Pero se recuperó al poco rato y miró a las damas.

—Sí, es una sorpresa —dijo con frialdad—. ¿Le habéis confiado las reparaciones de vuestra ropa a la señorita Bolton, lady Sinclair?

La señora dejó de sonreír.

—Bueno... He oído que la señorita Bolton es una costurera muy buena y venía para hablar con ella —repuso.

—¿De verdad? —le preguntó Clarewood con incredulidad mientras miraba a Anne—. Este barrio no es apropiado para una dama. No puedo creer que hayáis traído aquí a vuestra hija.

Alexandra comenzó a sentir náuseas. Era algo que le pasaba a menudo. Rezó para que se le pasaran pronto y no tuviera que vomitar.

—Ya nos íbamos, pero tenéis toda la razón, no debería haber traído a Anne. Esperamos veros muy pronto, excelencia —le dijo con una sonrisa.

Clarewood no abrió la boca y su expresión no cambió. Esperó a que se fueran las damas, después la miró a ella.

No podía dejar de temblar. Estaba muy mareada y apartó la vista. Se preguntó si podría salir corriendo y desaparecer entre la gente que llenaba la acera.

No sabía por qué estaba allí ni qué querría. Deseaba que la dejara en paz.

Su presencia no hacía sino empeorar las cosas. Y, sin que pudiera evitarlo, recordó los momentos de pasión compartidos y cómo la había acusado después de ser una manipuladora que había jugado con él con la única intención de casarse. Aún le dolían mucho sus palabras. Pero lo más duro era sentir que una parte de ella deseaba correr a sus brazos para sentirse de nuevo segura y amada.

Clarewood tocó ligeramente su brazo y ella tuvo que mirarlo. Parecía muy circunspecto.

—¿Qué ha pasado?

—Me he caído —repuso ella con voz temblorosa—. ¿Qué hacéis aquí?

—Enseñadme dónde vivís.

Se quedó boquiabierta.

—¿Qué?

—Ya me habéis oído. Sé que habéis alquilado una habitación en esa hospedería —le dijo mientras señalaba el edificio en cuestión.

—No pienso enseñaros nada —repuso ella con algo más de seguridad—. De hecho, he de irme ya. Buenos días.

Clarewood agarró su brazo cuando trató de alejarse. Se estremeció al sentir su mano.

—Edgemont os echó de casa cuando supo lo que había pasado entre nosotros —murmuró.

—No quiero hablar de eso —repuso ella.

—Pero yo sí —le dijo mientras apretaba con más fuerza su brazo.

Intentó zafarse, pero no pudo. Suspiró y decidió contestarle.

—Oyó los rumores y, aunque parece que pensáis lo contrario, me imagino que no se me da muy bien mentir. Sé que vos no lanzasteis esos rumores y tampoco me habéis echado de mi casa —le dijo ella con dureza—. Así que no tenéis nada que ver en todo este asunto. Podéis iros ya y sin sentimientos de culpabilidad —añadió—. Estoy segura de que lady Witte estará encantada.

Clarewood parecía cada vez más furioso.

—Quiero ver vuestra habitación.

—Soltadme el brazo, por favor —susurró ella—. Idos de aquí.

La miraba como si realmente quisiera saber la verdad y se le encogió el corazón. Le hubiera encantado que Clarewood pudiera creerla...

Se le vino el mundo encima al entender por fin que, a pesar de todo, deseaba más que nada en el mundo que Clarewood confiara en ella y la cuidara. Tiró de nuevo para tratar de soltarse, pero eso hizo que no pudiera controlar las arcadas. Gimió angustiada, soltó la bolsa y corrió hasta la vía, donde vomitó.

Cuando terminó, se sintió más hundida y humillada que nunca.

Los adoquines de la calzada dejaron por fin de dar vueltas y pudo incorporarse muy despacio. Respiró profundamente. Estaba avergonzada y no se veía capaz de seguir controlando las lágrimas. Imaginó que Clarewood se habría ido. Pero se equivocaba.

—Dejad que os ayude a subir a vuestro cuarto —le dijo detrás de ella mientras tocaba su espalda.

Estaba horrorizada.

—¿Aún seguís aquí?

Clarewood le ofreció un pañuelo. Lo aceptó y se limpió la boca y el canesú de su vestido.

—Hace un mes que estuvimos juntos —comentó él—. ¿Estáis encinta?

Se quedó sin respiración. Temía que fuera así, pero no estaba dispuesta a decírselo.

—No, no lo estoy.

Inhaló profundamente y se dio cuenta de que por fin se encontraba mejor. Había estado mareada todo el día.

Clarewood seguía callado.

Se agachó para recoger su paquete, aliviada al ver que todo seguía en su sitio. Pero él fue más rápido y lo agarró.

—¿Cuánto tiempo lleváis enferma, Alexandra? —le preguntó.

No supo qué decirle, tenía que pensar en algo.

—Creo que comí algo anoche que me sentó mal.

—Claro...

Clarewood no dijo nada más ni se movió.

—¿Qué es lo que queréis? ¿Por qué estáis aquí? ¿No me habéis castigado ya bastante? ¿Por qué deseáis humillarme más aún?

—No es eso —repuso él—. Yo os subiré la bolsa.

No podía creerlo. El duque de Clarewood no era un chico de los recados.

—Puedo hacerlo yo sola.

—¿Seguro?

Levantó orgullosa la cabeza.

—¿Podríais devolverme la bolsa, excelencia?

Sonrió con algo de frialdad.

—Os he pedido que me enseñéis vuestro cuarto, Alexandra. De hecho, creo que os lo he pedido cuatro veces.

—No tenemos nada de lo que hablar ni hay nada que ver. No pienso invitaros a subir.

—No estoy de acuerdo. Creo que tenemos mucho de lo que hablar. No podéis quedaros aquí —repuso él con firmeza.

Su mirada le dejó muy claro que pensaba salirse con la suya.

—¿Y adónde sugerís que me vaya? No me queda dinero. ¿Creéis que debería aceptar la invitación de lady Harrington? ¿La de Randolph? ¿La de vuestra madre? ¿Debo hacer como si no tuviera hogar?

—Es que no tenéis hogar.

Con manos temblorosas, trató de agarrar el paquete con sus compras. Clarewood dejó que lo hiciera, pero la miraba tan intensamente que no pudo moverse.

—Tengo un hogar —repuso con seguridad—. He pagado el alquiler de todo el mes.

—Deberíais aceptar mi oferta —le dijo él—. Y no es una sugerencia, debéis hacerlo.

No sabía de qué se trataba, pero no quería saberlo. Nunca iba a poder olvidar lo que habían tenido ni cómo la había tratado.

—No —replicó ella—. Sea lo que sea, no me interesa.

—Ni siquiera habéis oído lo que os propongo.

—No tengo que oírlo. No quiero la caridad de nadie. Y, menos aún, la vuestra.

Sus ojos azules brillaban más que nunca, parecía estar fuera de sí.

—Sois muy testaruda y ya me estoy cansando —le dijo—. El hotel Mayfair es el mejor de la ciudad. Os conseguiré una *suite* allí.

—¿A cambio de qué? —preguntó ella sin poder ocultar su sorpresa—. ¿Por qué haríais algo así? ¿Qué es lo que queréis de mí?

—No quiero nada.

Alexandra negó con la cabeza.

—Ya he rechazado la caridad de lady Blanche, de Randolph y de la duquesa viuda. Nunca aceptaría la vuestra. Puedo valerme por mí misma con el taller de costura. De hecho, tengo más clientas que nunca.

—¿En serio? Pero si acabáis de decirme que estáis sin un penique —repuso él mirándola a los ojos—. Alguien ingresó mi cheque. ¿Se lo quedó Edgemont?

Se dio cuenta entonces de que estaba llorando.

—Sí, así fue —le dijo—. Marchaos, por favor. Me las arreglaré, excelencia, siempre lo hago.

Clarewood apartó un instante la vista.

—Me temo que no puedo hacerlo...

La agarró de repente entre sus musculosos brazos, manteniéndola muy cerca de su cuerpo. Antes de que pudiera entender qué hacía, la llevó consigo hacia la calesa.

—¡Deteneos! ¿Qué estáis haciendo? —gritó asustada.

El lacayo abrió la puerta y Clarewood la tomó en brazos para meterla dentro.

—Sois tan orgullosa que me temo que, si os llevo a un hotel, saldríais en cuanto pudierais de allí para regresar a este horrible lugar —le dijo él.

Estaba en sus brazos. No quería estarlo ni agarrar su cuello, pero no le quedó más remedio que hacerlo para no caer al suelo. Lo miró a los ojos. Sus caras estaban tan cerca que no podía respirar y el corazón galopaba en su pecho como un caballo salvaje.

Recordó en ese instante el sabor de sus labios y los momentos de pasión. Él había conseguido hacer que se sintiera tan dichosa y amada.

Pero sabía que todo había sido una farsa.

Clarewood había cambiado, ya no la miraba igual.

Se estremeció entre sus brazos y algo despertó en su interior. Muy a su pesar, se dio cuenta de que ella seguía sintiendo lo mismo. La atracción fatal que sentía por él no había desaparecido y pensó que aquello no podía ser bueno para nadie.

—Dejadme en el suelo —le susurró.

El duque entró con ella en la calesa y el lacayo cerró la puerta. No dejaba de mirarla a los ojos y ella sostuvo su mirada. Cuando la dejó por fin en el asiento, se apartó de él todo lo posible.

—Pasaréis la noche en Clarewood —le informó él—. Y mañana hablaremos de vuestra complicada situación.

Stephen entró en la biblioteca y cerró la puerta. Se quedó unos instantes mirando el picaporte de bronce y los nudillos blancos de su mano. Aún no había conseguido recuperarse de la impresión, estaba horrorizado.

«¿Cómo ha podido vivir así?», pensó.

No había llegado a subir a su habitación, pero no lo había necesitado. Podía hacerse una idea del sitio donde había estado viviendo, no era la primera vez que visitaba esos suburbios.

No podía quitarse de la cabeza que todo había sido culpa suya.

Le costaba aceptarlo, no quería pensar así. Fue hacia la mesa de los licores y se sirvió una copa. Tomó un trago con mano temblorosa.

Siempre había pensado que era un hombre con principios, que distinguía el bien del mal. Nunca le había costado hacer esa distinción, todo había sido siempre blanco o negro.

Alexandra Bolton, a pesar de la situación de su familia, era una aristócrata y no merecía vivir entre la masa oprimida de la sociedad, como si fuera una de ellos. Se sentía muy impresionado por lo que había visto. Pero se sentía sobre todo culpable.

No podía dejar de pensar que todo había sido culpa suya.

Tomó otro trago largo de whisky, pero no conseguía relajarse. Habían tardado casi tres horas en volver a la mansión. Ella no había abierto la boca durante todo el trayecto y él tampoco. Se había limitado a mirar por la ventana para intentar esconder cuánto le había afectado ver su situación.

Había tenido la esperanza de que se quedara dormida. Parecía tan cansada que no le habría extrañado. Pero, cada vez que la miraba, veía que Alexandra lo vigilaba con los ojos como platos, como si le tuviera miedo.

Al llegar a la mansión, una doncella la había acompañado a uno de los dormitorios de huéspedes. Otra doncella le preparaba al mismo tiempo un baño caliente. Le había ordenado a Guillermo que le subieran la cena y que atendieran cualquier necesidad que pudiera tener. Le parecían pocas las atenciones, como si pudiera así resarcirla por lo que había tenido que sufrir durante el último mes.

Apretó con fuerza la copa. Lamentó no haberse acercado antes a Londres para ver cómo estaba. Pero había estado demasiado enfadado con ella, pensado que había intentado engañarlo para que se casara con él, como para preocuparse por su bienestar.

Reconoció que la había juzgado mal. Creía que Alexandra era una mujer muy inteligente y, si su intención hubiera sido cazar un marido rico, ya habría encontrado alguno cuando Edgemont la echó de casa. Y, aunque no lo hubiera conseguido, sí que habría aceptado la invitación de los Harrington.

Recordó entonces cuántas veces había rechazado sus insinuaciones al principio. Había creído que era sólo un juego, una manera de incrementar su deseo. Pero había estado muy equivocado.

Creía que se había resistido porque era virgen y sus intenciones con ella habían sido deshonestas desde el principio.

Maldijo entre dientes y lanzó la copa contra una de las paredes, pero no se sintió mejor. Alexandra tenía veintiséis años e imaginó que, si hubiera querido casarse por dinero, ya lo habría hecho cuando era más joven.

«¿Cómo ha podido sobrevivir todo un mes en ese horrible agujero lleno de suciedad, ratas y enfermedades?», pensó con desesperación.

Aunque seguía furioso, más con él mismo que con ella, un sentimiento de admiración por esa mujer fue apareciendo en su interior. No quería hacerlo, no quería admirar su valentía, su orgullo ni su fortaleza. Algo le decía que no le convenía admirarla, pero encontraba demasiados motivos para hacerlo. No había conocido nunca a ninguna mujer, noble o no, capaz de vivir sola en un suburbio como aquél. Menos aún después de haber conocido una vida mucho mejor.

Ya la había admirado al conocerla, cuando se enteró de que cosía para poder mantener a su familia. Ella no era como las demás.

Recordó la conversación que habían tenido tras hacer el amor.

—Me habéis mentido —la había acusado él.

—No pensé que fuera importante —le había confesado Alexandra.

—¿No pensasteis que vuestra virginidad fuera importante?

Maldijo de nuevo. Todas las mujeres atesoraban su virtud, no entendía cómo Alexandra podía darle tan poca importancia. No entendía que no le hubiera dicho la verdad y esperaba poder convencerla algún día para que le explicara por qué le había ocultado esa información.

Casi nunca se equivocaba con la gente, pero sentía que con ella no había acertado en nada.

Se había dedicado a acosarla y seducirla para tratarla después pésimamente.

Se quedó mirando la pared de enfrente y sintió que se le erizaba el vello de la nuca. Se dio la vuelta y vio a su difunto padre, Tom Mowbray, como si estuviera allí con él. Lo miraba con el ceño fruncido. Sabía muy bien lo que le diría si estuviera vivo.

Le recordaría que se debía por completo a Clarewood y que no podía siquiera considerar el casarse con alguien como Alexandra. Su padre quería que se desposara con alguien de su mismo rango social, una mujer con tierras y un título. Sabía que nunca querría tener como nieto a un bastardo y que, si la hubiera dejado encinta, su padre le ordenaría que le diera algo de dinero y se deshiciera de ella.

Sintió que se le revolvían las entrañas.

«¿Estará encinta?», se preguntó.

Alexandra le había asegurado que no lo estaba, pero no sabía si podía creerla. Esperaba que fuera todo consecuencia de alguna comida en mal estado, tal y como le había dicho ella.

Siempre tenía mucho cuidado con sus amantes para asegurarse de no concebir un hijo ilegítimo. No pensaba permitir que otra persona criara a su hijo. Y no era su propia experiencia la que le hacía pensar así, sino sus principios morales. No creía que pudiera llegar a ser un buen padre, pero pensaba intentarlo y sabía que podría ser mucho mejor que Tom Mowbray. Estaba convencido de que él nunca ridiculizaría los fracasos de su hijo y siempre trataría de alentarlo con halagos. Si llegaba a tener hijos, estaba decidido a criarlos en la mansión de Clarewood, ya fueran hijos naturales o fruto del matrimonio.

Por desgracia, con Alexandra no había tomado ninguna precaución. No entendía cómo podía haberlo olvidado, pero imaginó que la pasión del momento había conseguido cegarlo por completo.

Decidió que, si Alexandra llevaba a su hijo en las entrañas, lo educaría él mismo.

Y, si estaba encinta, tendría que quedarse a vivir en Clarewood, al menos hasta que naciera el niño. De hecho, decidió que lo mejor que podía hacer era convencerla para que se quedara allí, así podría saber en unos pocos meses si estaba encinta o no. Además, sabía que en Clarewood podría recibir los mejores cuidados.

Estaba decidido.

Sintió que su padre lo miraba furioso.

—No os preocupéis —susurró—. No olvidaré mi responsabilidades. Juré que así lo haría y nunca rompo mis promesas.

No tenía intención de casarse con Alexandra. Era Clarewood lo que tenía en mente. Debía acordar un matrimonio ventajoso para que el poder y el legado del ducado creciera. Aun así, si Alexandra estaba encinta, cuidaría de ella durante el resto de su vida para que nunca le faltara nada.

Alguien llamó a la puerta y supo que era el mayordomo. Le ordenó que pasara.

—¿Se ha instalado ya la señorita Bolton?

Guillermo parecía muy serio.

—No ha dejado que las doncellas entraran a ayudarla y ha rechazado la cena, excelencia. Creo que ha cerrado por dentro la puerta del dormitorio.

—Debe de estar agotada. Puede que esté tan dormida que no haya oído a las doncellas llamando a la puerta —repuso él—. Deja una bandeja con comida frente a la puerta por si despierta en mitad de la noche, Guillermo.

Aunque sabía que estaba exhausta, sospechaba que estaba portándose así como una forma de protesta. No le gustó. Su primer impulso fue subir a su cuarto y ordenarle que lo obedeciera. Necesitaba comer, sobre todo si estaba encinta. Pero cambió enseguida de opinión. Alexandra lo odiaba y no le extrañaba nada.

CAPÍTULO 13

Alexandra no podía permanecer escondida en su cuarto toda la vida.

Miró su pálido reflejo en el espejo. El marco era dorado y muy elegante, hacía juego con las sillas colocadas a cada lado del mismo. Pensó que iba a estar más ojerosa, pero había descansado muy bien. Se había quedado dormida en cuanto se tumbó en la cómoda cama y se cubrió con las cálidas y lujosas mantas. Por primera vez en todo un mes, desde que acabara tan bruscamente su aventura con el duque, había dormido toda la noche sin tener pesadillas.

Estaba un poco pálida, pero tenía mejor aspecto del que había tenido la noche anterior. Y no se encontraba del todo mal, pero aún no podía creerse que Clarewood la hubiera metido a la fuerza en su calesa para llevarla a su casa.

Se echó a temblar y no pudo evitar que se le acelerara el pulso. El dormitorio era muy elegante y lujoso. Las paredes estaban pintadas de verde pálido y las molduras eran rosas y doradas. Había dormido plácidamente en una gran cama con dosel. Había una chimenea y un sofá con estampado floral frente a ella.

Al lado de una de las ventanas había una pequeña mesa de comedor con dos sillas. Y en el balcón había otra mesa más. Al otro lado del dormitorio, le llamó la atención un antiguo escritorio sobre el que habían colocado un jarrón de cristal con flores frescas.

Nunca se había alojado en una habitación tan bonita, no podía ser más distinta a la que tenía en la hospedería del señor Schumacher, pero no estaba dispuesta a admitir la hospitalidad de Clarewood. Aun así, no sabía cómo iba a decírselo. El duque era como una fuerza de la naturaleza y sabía que sería muy difícil conseguir que cambiara de opinión. Además, aún no entendía por qué había hecho algo así.

Pensó que quizás hubiera aceptado por fin su responsabilidad en todo el asunto y se sintiera culpable.

Sintió de repente que se mareaba y tuvo que correr al cuarto de baño. No podía controlar las arcadas. Angustiada, se dejó caer al suelo con los ojos cerrados. Ya no le cabía ninguna duda. No estaba enferma, estaba encinta. No podía creerlo, pero sabía que llevaba dentro al hijo de Clarewood.

Intentó no echarse a llorar. Creía que un hijo debía ser un motivo de felicidad y temía que él enfureciera cuando lo descubriera. Estaba decidida a amar a ese bebé, pero lamentaba tener que estar atada de por vida al duque.

Se limpió las lágrimas y se levantó. No podía dejar que supiera la verdad. Sabía que Clarewood lo interpretaría como parte de su complot para que se casara con ella. O, lo que era aún peor, querría que el niño y ella vivieran allí. Y ella no estaba dispuesta a aceptar su caridad. No tenía intención de convertirse en una mantenida.

Pero el futuro se le complicaba aún más. Echaba mucho de menos Villa Edgemont.

Abrió la puerta del dormitorio y se sorprendió al ver que sus maletas estaban en el pasillo. Bajó despacio las escaleras. Estaba muy nerviosa. No conocía la casa y decidió ir hacia la puerta de entrada, quizá pudiera salir de allí sin que nadie la viera. Pero iba ya hacia el vestíbulo, cuando Clarewood salió a su encuentro, bloqueando su paso.

Llevaba una levita oscura, un elegante chaleco color turquesa y calzas beis. Le pareció que tenía ojeras.

—Buenos días. Espero que hayáis dormido bien.

Él no parecía haber descansado demasiado. Su presencia parecía llenar el estrecho pasillo y se sintió algo apabullada. No estaba preparada para encontrárselo tan pronto y le costó reaccionar.

—Dormí muy bien —repuso nerviosa—. ¿Por qué me miráis así, excelencia?

—Estáis muy pálida. ¿Os encontráis mal? —le preguntó de repente.

—No, estoy bien —repuso ella tratando de no pensar en el bebé que debía estar creciendo en su interior.

Clarewood se quedó pensativo unos segundos.

—Anoche no quisisteis cenar —le dijo al final.

—Me quedé dormida.

Pareció relajarse un poco.

—Eso es lo que me imaginé que habría pasado —le dijo—. Estaba a punto de desayunar. Si no os importa... —añadió mientras la tomaba por el codo.

Pero ella se apartó.

—¿Qué hacéis? —preguntó asustada.

—Pretendía acompañaros al comedor, señorita Bolton —repuso él.

Estaba muerta de hambre, pero negó con la cabeza.

—No, creo que voy a salir un rato.

Se dio la vuelta para ir hacia la puerta, pero Clarewood la sujetó por el brazo y no le quedó más remedio que mirarlo de nuevo.

—Sois mi invitada y tengo la costumbre de incluir a mis invitados en las comidas de la casa.

No podía dejar de temblar. Todo sería mucho más fácil si dejara que se fuera de allí, si fuera menos apuesto, si la hablara con un tono más duro o si ella no soñara con estar de nuevo entre sus brazos. No entendía cómo podía hacer que se sintiera segura cuando era la persona más peligrosa que había conocido nunca.

—No puede decirse que sea exactamente vuestra invitada —repuso ella.

—Por supuesto que lo sois.

—¿Secuestráis a todos vuestros invitados, excelencia? Porque yo lo que recuerdo que es que me metisteis en la calesa en contra de mi voluntad —le dijo.

—Lo lamento, pero es que no puedo permitir que sigáis viviendo en esa hospedería.

—Eso no es ninguna excusa.

Clarewood sonrió.

—Parece que no. De hecho, supongo que tenéis razón. Debería haberos convencido para que me acompañarais por propia voluntad. Pero bueno, eso ya no importa. Y deseo que os consideréis mi invitada.

Seguía temblando.

—Supongo que es mejor que ser vuestra rehén.

—Estaréis hambrienta —le dijo él—. Estoy intentando corregir mis errores, señorita Bolton. Los duques ya no tomamos rehenes, ese tipo de conducta forma parte del pasado.

Consiguió apartarse de él.

—Bueno, supongo que tengo algo de hambre.

—Estupendo —repuso Clarewood con satisfacción mientras iban hacia el comedor.

Entraron en una alegre y luminosa sala. Era un alivio ver que podían entenderse y tratarse con cierta educación.

En cuanto vio la comida, se olvidó del duque. El bufé del desayuno ocupaba toda una mesa lateral. Dos criados esperaban para servirles los platos. El aroma de los huevos, las patatas, las salchichas, el jamón y la panceta era tan tentador que se le llenaron los ojos de lágrimas y le rugió el estómago. No fue consciente hasta ese instante del hambre que había pasado. Llevaba una semana comiendo sólo repollo y patatas.

Si Clarewood oyó el sonido de su estómago, lo escondió bien. Los criados se acercaron para ayudarla, pero el duque les hizo un gesto y fue él mismo quien separó la silla para que se sentara. Vio que había dos servicios en la mesa, Clarewood debía haber previsto que desayunaría con ella.

Pero no trató de analizar qué significaba, estaba demasiado hambrienta.

Sintió sus grandes manos en el respaldo y se le vino a la mente cómo la había acariciado por todo el cuerpo con esas mismas manos. No pudo evitar sonrojarse y casi se olvidó de la comida. Sintió que se le encogía el estómago, pero no por culpa del hambre ni de las náuseas. Sabía que todo sería mucho más sencillo si no siguiera atrayéndole tanto.

Clarewood se sentó frente a ella y miró brevemente a los criados.

—Cuando vivía mi padre, teníamos a menudo la casa llena de invitados. En este comedor había cuatro o cinco mesas y casi siempre estaban ocupadas. Ahora ya casi nunca tenemos tanta gente.

No sabía por qué se lo estaba contando ni por qué había decidido ser afable con ella.

—Es un comedor precioso.

—Solía ser oscuro y sombrío, pero mi madre lo redecoró en cuanto falleció mi padre.

Los criados colocaron platos con huevos, salchichas, jamón y patatas delante de ellos. Tragó saliva al recordar lo que la duquesa viuda le había contado sobre la dura infancia del duque.

—Erais muy joven aún cuando murió, ¿no? —le preguntó.

Aunque estaba muerta de hambre, no quería parecerlo. Pero vio que Stephen la observaba, parecía estar pendiente de ella y no pudo evitar ruborizarse de nuevo.

—Tenía dieciséis años cuando murió y me convertí en el octavo duque de Clarewood —repuso él mientras tomaba su propio tenedor para invitarla a hacer lo mismo—. Por favor... —añadió con una sonrisa amable.

Él nunca era así e imaginó que quería algo. Pero no podía pararse a pensar en ello.

Tomó su tenedor y vio que le temblaba la mano. Su estómago rugió, esa vez más fuerte. Supo que la había oído y se sintió muy avergonzada.

—¡Perdonadme! —exclamó soltando el tenedor.

—Alexandra...

Lo miró a los ojos. Se sentía muy débil y sabía que era por culpa del hambre.

—Habéis pasado semanas en ese horrible lugar. Le disteis las dos mil libras a vuestro padre y a vuestras hermanas y no habéis tenido nada que llevaros a la boca —le dijo él con firmeza.

Se limpió rápidamente con la mano una lágrima que se le había escapado sin que pudiera evitarlo.

—No, sólo estoy algo cansada —le aseguró ella—. Además, ellos necesitaban el dinero más que yo.

Esperaba que la creyera, porque estaba demasiado hambrienta para discutir con él.

—Hablaremos después del desayuno —repuso él con más firmeza aún—. Comed.

Era una orden, pero no le importó.

Comenzó a comer y trató de hacerlo despacio. Aunque habría devorado toda esa comida en segundos de haber estado sola. Empezó con los huevos revueltos. Eran los más deliciosos que había probado en su vida. Las salchichas y el jamón estaban aún mejor. Incluso la tostada con mantequilla. Todo le sabía a gloria.

Cuando terminó todo lo que tenía en el plato, le colocaron inmediatamente otro tan lleno de comida como el anterior. No protestó, ni siquiera levantó la vista. Sentía algo de vergüenza, pero siguió comiendo. Sabía que él había terminado de desayunar ya y que la observaba disimuladamente por encima de su periódico.

Terminó también el segundo plato, no dejó ni una miga, y un criado lo retiró. Se limpió entonces la boca con la servilleta de lino dorado y levantó la cara. Se quedó mirando ensimismada las vistas del jardín que les proporcionaban las amplias ventanas. Se sentía fenomenal, era increíble tener el estómago lleno y pensó en sus hermanas y en cuánto le habría gustado que pudieran disfrutar también de tanta comida.

—¿Deseáis otro plato?

Se inquietó al oírlo. No quería tener que mirarlo, pero lo hizo. No conseguía acostumbrarse a su atractivo físico, siempre la dejaba sin aliento unos segundos.

—Creo que no podría comer nada más —le dijo.

—Yo tampoco lo creo —repuso él con una sonrisa.

Casi nunca sonreía. Y menos aún como lo hacía en esos momentos. También sus ojos parecían mirarla con amabilidad. No pudo evitar que se le acelerara el pulso y se preguntó por qué no sonreiría más a menudo.

—Gracias —susurró ella con cuidado—. Gracias por una comida tan agradable.

—Ha sido un placer —repuso él con el mismo cuidado y sin dejar de mirarla—. Me alegra que descansarais bien esta noche en una habitación en condiciones y que hayáis disfrutado también del desayuno.

Sabía que no iban a poder seguir así todo el día y que acabarían discutiendo cuando le dijera lo que iba a hacer, pero no sabía cómo empezar.

—Gracias por vuestra hospitalidad —comenzó—. Pero no puedo seguir aquí, excelencia. Volveré esta misma mañana a mi cuarto en la hospedería.

Clarewood dejó de sonreír.

—No puedo permitirlo.

—Sabéis tan bien como yo que no puedo quedarme aquí —insistió ella con más firmeza.

—Lo que sé es que no podéis regresar a ese sitio y que debéis quedaros aquí como mi invitada.

Inhaló profundamente para tratar de calmarse. Clarewood la miraba con dureza.

—¿Por qué estáis haciendo esto?

Clarewood se relajó sobre el respaldo de la silla.

—Quiero corregir mis errores.

—¿Por qué?

—Me angustia ver que habéis sufrido mucho por mi culpa —repuso él.

Se quedó mirándolo con incredulidad. Se dio cuenta de que le estaba diciendo la verdad. Había estado furioso con ella porque pensaba que había intentado engañarlo, pero no parecía querer que siguiera malviviendo en un pobre suburbio de Londres.

—No os entiendo —le confesó.

—¿Por qué no? Todo el mundo sabe que soy un filántropo. He creado asilos para los niños huérfanos y hospitales para atender a las madres solteras. Pero, por mi culpa, una aristócrata ha perdido su posición en la sociedad y ha tenido que vivir en la pobreza. Me parece muy irónico. No puedo permitir que sigáis en esa terrible situación.

Intentaba comprenderlo, pero no podía. Sabía que era un hombre compasivo, embarcado en innumerables proyectos de corte benéfico. Todo el mundo lo sabía. Se preguntó si la vería a ella como una de esas causas perdidas. Eso era lo que le parecía.

Y estaba de acuerdo con él en que la situación era muy irónica. Cabía la posibilidad de que terminara en uno de esos hospitales para madres solteras que Clarewood acababa de mencionar.

—No tenéis por qué sentiros culpable. Podríamos admitir los dos que hemos cometido un error y seguir nuestros caminos de manera amistosa —le ofreció ella.

—Me considero un hombre de honor —repuso Clarewood entrecerrando los ojos—. Cuando di por terminada nuestra aventura, nunca pensé que Edgemont os echaría de casa.

Cada vez estaba más nerviosa.

—No quiero hablar de eso...

—¿Por qué no? ¿Qué tema es el que deseáis evitar, el de vuestro padre o el de nuestra aventura?

Se puso deprisa en pie.

—Voy a necesitar un cochero que me lleve de vuelta a la hospedería.

Clarewood se levantó tan rápidamente como ella. Se le acercó y la agarró por la muñeca.

—Quiero una respuesta, Alexandra.

No podía hablarle de su padre. Sabía que no podría hacerlo sin derrumbarse por completo. No quería que viera lo afectada que estaba.

En cuanto a lo que había pasado entre ellos dos, se trataba de un peligroso territorio en el que prefería no entrar y mucho menos para hablarlo con él.

—No tiene sentido dar vueltas al pasado.

—Normalmente es así, pero no en este caso —repuso él.

Seguía sin soltar su muñeca.

—No puedo quedarme aquí. Debo salvaguardar la poca reputación que me queda intacta...

Clarewood la miraba con intensidad. Le dio la impresión de que estaba tratando de leerle la mente y descubrir sus pensamientos más íntimos, sus sentimientos y sus secretos.

—Debemos hablar en privado, Alexandra —le dijo entonces.

Cada vez estaba más asustada. Tiró de su brazo y consiguió que la soltara.

—Debo irme.

—No podéis iros. No tenéis cómo regresar a la posada, no hasta que yo lo permita.

—¿No habíais dicho que los duques ya no tienen rehenes? —exclamó furiosa.

—Sois mi invitada, Alexandra —repitió mientras miraba a los criados—. Retiraos y cerrad las puertas. Que no nos moleste nadie.

—Dios mío... —susurró ella.

No había sido consciente hasta ese instante de que los dos criados habían sido testigos de su discusión. Habían permanecido tan callados e inmóviles que había olvidado que estaban allí. Se frotó angustiada las manos mientras esperaba a que salieran.

—¿Qué es lo que queréis de mí?

—Ya os he dicho más de una vez que deseo enmendar mi error —le dijo él—. Pero tenéis razón, hay algo más.

Aterrada, dio instintivamente un paso atrás.

—No podéis escapar —le avisó Clarewood acercándose a ella—. Quiero que me expliquéis por qué tratasteis de hacerme creer que no erais virgen.

—¿Qué? —preguntó atónita.

—Insinuasteis que habíais compartido una gran pasión con el pretendiente que tuvisteis hace ya algunos años.

Había seguido retrocediendo mientras él le hablaba hasta darse con la pared.

—Así fue —susurró ella.

Se sentía indefensa.

Se dio cuenta de que el malentendido había comenzado por culpa de lo que había compartido en el pasado con Owen. Creía que el duque nunca podría entender el tipo de relación pura que habían tenido, llena de sueños e ilusiones. Se miraron a los ojos. Ella no podía dejar de temblar.

—Estuve a punto de casarme con Owen Saint James. Estábamos enamorados —susurró entristecida.

Pero no sabía si se sentía tan apenada por lo que no había podido tener con Owen, por la terrible situación en la que había acabado su vida o por Clarewood.

Él la miraba con más intensidad aún, pero no dijo nada. Ni siquiera se movió. Se dio cuenta de que estaba esperando a que le contara algo más.

Sintió que se le llenaban los ojos de lágrimas.

—Lo quise mucho y él a mí. Solíamos reír y hablar todo el tiempo, paseábamos de la mano a la luz de la luna, soñábamos con el futuro que nos esperaba... —le contó con un hilo de voz—. Aún lo echo de menos —añadió.

Se quedaron en silencio unos segundos.

—¿Cuándo pasó todo eso?

Lo miró a los ojos.

—Hace nueve años... Ha pasado toda una vida.

—Y, ¿qué es lo que ocurrió?

—Mi madre murió —contestó apenada—. ¿Cómo podría casarme con él? Lo quería mucho, aún lo quiero y siempre lo haré, pero mi familia me necesitaba. Mi padre ya había empezado a beber más de la cuenta, aunque no tanto como ahora. Mis hermanas eran tan jóvenes... Olivia tenía nueve años y Corey, sólo siete. Así que rompí mi compromiso con él...

Se limpió las lágrimas que habían escapado de sus ojos.

—Le rompí el corazón. Prometió que me esperaría y yo le pedí que no lo hiciera. Nos carteamos durante algún tiempo, después se rindió, tal y como yo le había pedido. Supe a los tres años que se había casado con otra mujer y, por supuesto, me alegré por él.

—Por supuesto —repitió Clarewood.

Sobresaltada, se dio cuenta de que había estado imaginándose a Owen mientras hablaba de él, pero era el duque quien la observaba con atención.

—¿Aún estáis en contacto?

—No. Lo último que supe de él fue cuando me escribió para decirme que se había casado con Jane Godson —le explicó.

—Sería un hombre increíble para capturar así vuestro corazón —observó él con algo de escepticismo.

—Owen era guapo, simpático y encantador. También era amable y pertenecía a una buena familia. Su padre era barón, como el mío. Pero, por encima de todo, era mi mejor amigo —le dijo con una sonrisa triste.

Clarewood la miraba con severidad. Le ofreció un pañuelo para que se limpiara las lágrimas y ella lo aceptó.

—Lo siento, supongo que aún lo echo de menos. Cuando me rescatasteis esa noche en el baile...

Se quedó callada al darse cuenta de que no podía explicarle cómo había conseguido que se sintiera.

—Continuad, por favor.

—Sois muy apuesto y encantador —prosiguió algo avergonzada—. Se me había olvidado cómo era estar entre los brazos de un hombre...

Clarewood la miró sin ninguna expresión en su rostro.

—Entonces, os recordé a vuestro amor de juventud. O quizá fuera su sustituto.

—No, no os parecéis en nada a Owen, nunca podríais sustituirlo.

Hizo una mueca y se dio cuenta de que parecía estar enfadándose por momentos.

—No pretendía insultaros —le aseguró.

—No, por supuesto que no —repuso él con poca convicción—. Y si nos diéramos la mano a la luz de la luna y os susurrara al oído palabras de amor, ¿podría ser entonces como el joven Owen?

No sabía qué decirle y no le gustó nada su expresión ni el tono que estaba usando.

—¿También anhelabais que os besara a la luz de la luna? ¿Lo deseabais?

Supo que estaba ruborizándose, pero no tenía posible escapatoria. Clarewood esperaba una respuesta

—¡Amaba a Owen, claro que lo deseaba también!

Clarewood la miró a los ojos y ella le sostuvo la mirada.

—Pero a mí no me amáis, así que no hay manera de explicar el éxtasis que sentisteis entre mis brazos —le dijo entonces con suavidad.

Las palabras que acababa de usar hicieron que se sonrojara aún más. No entendía por qué estaba haciéndole eso, sabía que sólo pretendía burlarse de ella.

—¡No pienso hablar de lo que tuvimos! —exclamó alterada.

—¿Por qué no? ¿Porque no me limité a sosteneros la mano?

Sintió pánico al ver que parecía furioso, pero no comprendía sus motivos.

—Me niego a seguir hablando del tema...

Clarewood agarró su brazo antes de que pudiera alejarse de él.

—Veo que os incomoda sentir deseo —le dijo él.

—No hay una explicación racional para la pasión que compartimos —susurró ella.

Él se acercó más.

—El deseo no es racional, querida. Es algo físico, carnal...

Sentía que iba a salírsele el corazón del pecho, ese hombre había conseguido despertar de nuevo su cuerpo.

—No sé por qué tenemos que hablar de esto...

—Porque quiero entender vuestros motivos para hacerme creer lo que no erais —le dijo él.

—Soy... Soy una desvergonzada... —masculló ella por fin—. Intenté resistiros, pero deseaba estar con vos —susurró.

—¿Y ahora? —preguntó Clarewood con una sonrisa fría.

Se quedó inmóvil. Sus ojos estaban cargados de ira, pero también de deseo.

—No, por favor. Esto no es bueno para nadie...

—¿El qué? —repuso él mientras acariciaba su garganta—. ¿No queréis acaso olvidaros de vuestro antiguo amor? ¿Acaso ya no queréis estar conmigo?

Vio que se inclinaba hacia ella.

—¡Ya basta! ¡Lo de Owen pasó hace mucho tiempo y ya está olvidado!

Clarewood se echó a reír.

—Me acabáis de hablar de él como si todo hubiera ocurrido ayer mismo —le dijo con una sonrisa amarga—. No lo habéis olvidado, en absoluto.

—Debo irme.

—Pero no tenéis a donde ir —le dijo con dureza—. Lo sabéis tan bien como yo.

Pensó en su horrible cuarto en la posada y en el maravilloso dormitorio en el que acababa de pasar la noche.

—¡No puedo quedarme aquí!

—¿Por qué no? —preguntó sonriente—. Aún os deseo. Vos aún me deseáis. Y, lo que es aún más importante, necesitáis a alguien que os proteja.

Palideció al oír sus palabras.

—Además, creo que puedo conseguir que os olvidéis de vuestro querido Owen Saint James —añadió con una prepotente sonrisa.

Alexandra se acomodó en el asiento que tenía en la ventana de su precioso dormitorio. Tenía las cosas de bordar en la mano, pero no estaba trabajando. Se limitaba a observar la enorme y lujosa calesa negra de Clarewood acercándose a la casa. No pudo evitar que el corazón comenzara a latirle más deprisa.

Ya era por la tarde. Había salido corriendo del comedor tras la conversación que habían tenido después del desayuno. Su intención había sido huir de él y de los recuerdos de la pasión que habían compartido. Una pasión que Clarewood tenía la capacidad de despertar en ella sin mucho esfuerzo.

No estaba libre de él ni en esa habitación. Después de todo, se trataba de Clarewood y no podía quitárselo de la cabeza. Sentía su presencia y su poder en todas partes.

Aún no se creía que hubiera intentado seducirla de nuevo. Supo que tenía que salir de allí cuanto antes, no podía permitir que sucediera.

Vio que la calesa ya estaba pasando al lado de la fuente de la entrada.

No pensaba reavivar su romance con él. Era algo que ni siquiera se planteaba. Los dos habían tenido una oportunidad y creía que habían cometido errores que no podían corregirse. No había nada más que considerar.

Creía además que no necesitaba protección. Y, aunque así fuera, no quería que fuera él quien la mantuviera. No después de todo lo que había pasado entre ellos y aunque una pequeña parte de ella necesitara sentirse querida y cuidada en esos difíciles momentos.

Intentó pensar en Owen, pero ya no podía hacerlo.

Sólo recordaba los momentos de pasión compartidos con Stephen, pero sabía que nunca podría perdonarlo por la crueldad con la que la había tratado después. Intentó recordar esa conversación, concentrarse en cada insulto, en cada detalle, en cada horrible palabra que le había dicho entonces. Ella había estado entusiasmada y feliz tras hacer el amor con él y había sido horroroso tener que oír sus acusaciones.

Creía que era un hombre odioso.

Pero no podía olvidar tampoco que ella le había mentido.

Lamentó que la hubiera sacado del humilde barrio en el que había estado viviendo. Era más fácil sobrevivir cuando su recuerdo empezaba a desvanecerse. Lamentó que le hubiera ofrecido un dormitorio tan cálido, cómodo y acogedor. Lamentó también que le hubiera servido un desayuno tan delicioso.

Pero Clarewood había hecho todas esas cosas.

Trató de recordar que era un tirano, que estaba acostumbrado a que tanto criados como aristócratas cumplieran todas sus órdenes al instante. Creía que nadie se había negado nunca a obedecerlo. Pero empezaba a entenderlo algo mejor. Después de que su madre le confesara la difícil infancia que había tenido y, viendo la cantidad de poder que el ducado le confería, le parecía casi lógico que se hubiera convertido en un hombre tan frío e intransigente.

Los nervios hacían que se sintiera peor aún y ésa era otra razón por la que tenía que irse, la más importante de todas. Debía salir de allí antes de que Clarewood descubriera que estaba encinta. No quería que nadie volviera a acusarla de ser una manipuladora.

Creía que podría valerse por sí misma. Además, no tenía otra alternativa.

Sentía ganas de llorar y estaba muy confusa. Pensó en su padre, pero se sintió aún peor al recordar cómo la había gritado. A pesar de lo cruel que había sido con ella, esperaba que Olivia estuviera cuidando de él y de Corey. Las echaba muchísimo de menos y lamentó haber conocido al duque de Clarewood.

Por mucho que lo intentara, no podía dejar de recordar los momentos de pasión vividos entre sus fuertes brazos, cómo él la había mirado, su sonrisa, su cara...

Miró de nuevo por la ventana. Imaginó que él habría olvidado ya esa pasión. Los olmos a ambos lados del paseo central estaban ya completamente rojos. Las hojas de otros árboles, más cercanos a la casa, eran doradas y anaranjadas. El cielo no era muy azul ese día, pero brillaba el sol. Ya no podía ver la calesa, imaginó que no tardaría en entrar el duque en la casa.

Se puso en pie, decidida a conseguir que la dejara salir de allí. Al duque no iba a quedarle más remedio que permitir que volviera a su pequeño cuarto en el hostal. Su vida había cambiado y era una mujer muy pobre, no quería quedarse mucho tiempo en la mansión o le sería más difícil aún volver a los suburbios.

Se mordió el labio y guardó lo que había estado bordando. Se detuvo un momento frente al espejo. Sus mejillas estaban sonrosadas y le brillaban los ojos. Se recogió el pelo en lo alto como pudo, no quería solicitar la ayuda de una doncella.

Salió del dormitorio y comenzó a bajar las escaleras con un nudo en el estómago. Oyó voces masculinas e imaginó que el duque estaría con alguien. Se puso aún más nerviosa, iba a tener que retrasar la discusión. Porque estaba segura de que habría una cuando le dijera que se iba.

No era su intención espiarlos, pero pudo oír a Clarewood hablando. Parecía muy enfadado.

—Debéis atar corto a vuestra esposa, Alexi —le decía—. Y también a vuestra hermana.

Decidió que no le vendría mal saber de qué estaba hablando y se acercó despacio a las puertas de la biblioteca, que estaban entreabiertas.

—No estoy de acuerdo. A mí me gusta que las mujeres sean independientes. Y, si Elysse ha decidido entrometerse en vuestra vida y desbaratar vuestros planes, puede que incluso la anime a seguir. Alguien debe pararos los pies, Stephen —repuso el otro hombre.

No podía creer lo que estaba oyendo, le costaba imaginarse que Elysse, la esposa de Alexi, se hubiera enfrentado a Clarewood. Y tampoco entendía que Alexi de Warenne hablara con el duque en un tono tan familiar e irrespetuoso.

Se acercó un poco más y miró desde el oscuro pasillo.

Alexi parecía estar divirtiéndose con la situación. Era un hombre muy apuesto. Llevaba puesta su ropa de montar y miraba a Clarewood con una gran sonrisa en la cara. El duque, en cambio, fruncía el ceño y tenía un aspecto casi peligroso.

—No sé cómo os aguanto.

—Me aguantas a mí y a los demás porque no estamos dispuestos a tirar la toalla. Lo que no entiendo es como os aguantamos nosotros, sobre todo con vuestros constantes cambios de humor —le dijo Alexi de buen humor mientras se acercaba a una mesa y servía un par de copas—. ¿No os habéis nunca parado a pensar en las razones que os llevaron a ser un niño tan arisco? Os habéis convertido en un hombre igual de arisco y huraño. Aunque, gracias a Dios, no tanto como el viejo Tom.

—¿Habéis venido a verme para insultarme? Tengo razones para quejarme. Les pedí a esas dos que encontraran un marido apropiado para mi padre, no que hicieran de alcahuetas para conseguir que se reuniera con ese americano.

Alexi se echó a reír.

—Como os he dicho, son mujeres independientes —le dijo mientras le ofrecía una de las copas.

Le sorprendió ver que brindaban. Clarewood parecía incluso un poco más relajado.

—Además, no creo que vuestra madre quisiera obedeceros en este tema en concreto. Y hacen una pareja estupenda, ¿no os parece?

Clarewood se atragantó con la bebida.

—No me provoquéis...

—¿Por qué no? Es tan fácil provocaros... Además, creo que os viene muy bien que os lleven la contraria, discutan con vos y os desobedezcan de vez en cuando.

Clarewood lo miró enfadado.

—Les di la oportunidad de ayudarme a encontrar un pretendiente adecuado para la duquesa viuda. Pero no lo han hecho y he decidido prescindir de su ayuda.

—Me temo que lo tendréis difícil. Cuando tienen un objetivo en mente, van tras él como lo haría un perro de caza. No van a detenerse ni desistir, amigo mío.

—Demostradles quién es el que manda —le dijo Clarewood.

Alexi lo miró con incredulidad y sacudió la cabeza.

—Por cierto, se me olvidaba. Vi a Charlotte Witte anoche en la mansión de los Harmon. Espero que ya no estéis con ella. Esa mujer es horrible.

Oyó cómo resoplaba Clarewood.

—¿Qué hizo?

—Le dijo a Lizzie que Alexandra Bolton echó a perder sus vestidos y después le contó cómo su padre la había echado de casa y estaba viviendo en un suburbio de la ciudad. Y parecía encantada con la desgracia de esa mujer. Parece dispuesta a conseguir que la señorita Bolton pierda a todas sus clientas.

Se sintió de repente tan mal que creyó que iba a desmayarse. Tuvo que agarrarse al marco de la puerta para no perder el equilibrio.

—Charlotte ha ido demasiado lejos —repuso Clarewood furioso mientras dejaba la copa de un golpe sobre la mesa—. Cometí el error de dejar que volviera a pasar la noche conmigo en un par de ocasiones. Pero estoy harto de su maledicencia. La señorita Bolton no se lo merece.

Alexi se dio la vuelta en ese instante y la vio en el pasillo.

—No, desde luego que no se lo merece.

Se quedó inmóvil. Tenía tanto miedo que no podía respirar.

Clarewood también miró.

—¿Os encontráis mal?

—No —mintió ella mientras trataba de recobrar la compostura—. Lo siento. No pretendía interrumpir, pero necesito terminar de hablar con vos sobre lo que discutimos esta mañana.

Sabía que se había ruborizado.

Se preguntó si Clarewood estaría dispuesto a defenderla de las mentiras de Charlotte Witte.

Se le acercó deprisa y la sujetó por el brazo para evitar

que perdiera el equilibrio. Lo miró a los ojos, le pareció que estaba preocupado, pero sabía que no podía ser cierto.

—¿Conocéis a mi amigo, Alexi de Warenne? —le preguntó Clarewood—. Alexi, acercaos. Os presento a la señorita Bolton, mi invitada.

Miró al otro hombre, imaginando que la trataría con desprecio y desdén. Pero el caballero le dedicó una cálida sonrisa.

—Buenas tardes, señorita Bolton. Creo que habéis conocido hace poco a mi esposa, me habló muy bien de vos —le dijo el hombre.

Estaba tan estupefacta que sintió que se le doblaban las rodillas. Clarewood también debió notarlo porque la agarró con más firmeza.

—Debéis sentaros —le dijo.

Miró a Clarewood y después a Alexi de nuevo.

—También fue un placer para mí conocer a vuestra esposa y a vuestra hermana, señor. Y me alegra mucho que nos hayan presentado por fin.

El hombre seguía sonriendo mientras miraba a Clarewood y después a ella.

—Bueno, debo irme. Me han pedido que esté en casa a las seis y, como bien sabéis, es mi mujer quien manda en el gallinero.

Clarewood lo miró mientras sacudía la cabeza.

—Que no os asuste esta bestia —le dijo Alexi de Warenne con una sonrisa mientras se despedía de ella—. Las bestias pueden ser domadas —agregó mientras salía.

Estaba atónita. Clarewood era muy distinto cuando estaba con ese hombre. Estaba claro que eran grandes amigos y había podido comprobar que se apreciaban mucho. Sabía que el duque también tenía una gran amistad con Elysse y Ariella y lo que más le chocaba había sido descubrir que estaban furiosos con Charlotte Witte por sus ataques e injurias.

—Me estáis mirando fijamente —le dijo él entonces.

Usó un tono mucho más amable y eso hizo que se sintiera aún más confundida. No sabía qué pensar de él. Iba conociendo detalles que lo hacían más humano.

—¿Habéis vuelto a sentir náuseas y vahídos, Alexandra? —le preguntó—. Esta vez espero la verdad.

Se dio cuenta de que aún estaba sujetando su brazo y se apartó de él.

—No —repuso ella—. He pasado la tarde bordando al lado de la ventana y vi que regresabais en vuestra calesa —agregó—. El señor de Warenne es tan encantador como su esposa.

—Sí, puede ser un granuja encantador. Cuando quiere, claro.

Clarewood fue a la mesa de las bebidas y vio que servía una copa con un poco de jerez. Después se la ofreció y ella sacudió la cabeza.

—Insisto —le dijo.

Tomó su sorbo del vino y se dio cuenta de que estaba mirándolo a los ojos.

—¿Os lo habéis pensado mejor? —le preguntó entonces con voz amable.

El corazón le dio un vuelco. Se dio cuenta de que no era del todo cruel, se había sentido muy mal al oír lo que lady Witte decía de ella. Y tenía gente que lo quería, sobre todo los de Warenne. Supuso que no era la peligrosa bestia que se había imaginado.

—No he cambiado de opinión —respondió ella con el pulso acelerado.

—¿Por qué? No podéis negar que existe cierta atracción entre los dos y deseo cuidar de vos.

—¿Qué pensáis hacer con Charlotte? —le preguntó conteniendo la respiración.

—No volverá a hablar de vos, ni bien ni mal —le aseguró mirándola intensamente—. Cuando dije que os protegería, lo decía en todos los sentidos posibles.

Lo creyó y el corazón se apresuró aún más. Todo su cuerpo ardía cuando lo tenía tan cerca y se echó a temblar. Deseaba acercarse aún más. Sabía que él la abrazaría y ella volvería a sentirse segura, como antes.

—Odio las injusticias —murmuró Clarewood—. Y ha habido una gran injusticia, ¿no es cierto? Me equivoqué como nunca cuando os acusé de haber jugado conmigo para intentar atraparme en un matrimonio que no deseaba.

Se le llenaron los ojos de lágrimas.

—No pensé que mi falta de experiencia fuera importante... —susurró—. Temía que no quisierais estar conmigo.

Vio cómo Clarewood contemplaba una solitaria lágrimas que rodaba por su mejilla.

—¿Por qué estáis llorando?

No sabía qué decirle. No podía confesarle que se había enamorado de él desde el principio, que él le había hecho mucho daño. No sabía cómo explicarle cuánto echaba de menos a sus hermanas e incluso a su padre. También le angustiaba tener que volver a ese horrible y pobre barrio londinense y seguir soportando los rumores y los comentarios maliciosos de la gente.

Vio cómo se suavizaba la expresión de su rostro. Stephen acarició con una mano su cuello y la subió hasta la mejilla. Sujetó así su cabeza y se inclinó hacia ella.

—No podéis negarlo... —susurró—. Quiero arreglar las cosas, Alexandra.

CAPÍTULO 14

Alexandra se encontró de repente entre los fuertes brazos de Clarewood. Se estremeció al sentir sus labios y su aliento. Nunca había deseado nada como deseaba ese beso. Y, si tenía que ser sincera, también anhelaba poder contar con su protección.

Él parecía saberlo y sintió que sonreía y murmuraba su nombre.

No pudo evitarlo, deslizó las manos hasta sujetar sus fuertes hombros. Él la miró y ella a él. Sus ojos azules estaban en llamas.

Sintió que la deseaba y su cuerpo reaccionó al instante, pero sabía que no podía volver a caer.

Clarewood la abrazó aún más, uniéndola a su cuerpo y besándola apasionadamente, como si fuera suya. Ella intentó resistirse. Pero acabó gimiendo, aferrándose a sus hombros y permitiendo que la besara.

Se unieron sus labios y sus lenguas. El deseo la dominaba por completo. Lo necesitaba con desesperación. Clarewood comenzó a acariciarle el pelo hasta deshacer el recogido. Se movió con ella hasta que estuvo con la espalda contra una de las paredes. Stephen apoyó sus manos en la pared y la sujetó allí con su fuerte cuerpo y sin dejar de besarla apasionadamente.

Nunca había deseado tanto a nadie y lo supo en ese instante. Amaba a ese hombre. Sabía que era un error y que aquello sería su perdición, pero no podía evitarlo. Por eso debía apartarse de él.

—Parad —le pidió mientras quitaba la boca para que dejara de besarla.

Clarewood se detuvo y la miró con sorpresa.

—No puedo permitir que vuelva a suceder —susurró empujándolo—. Por favor, dejad que me vaya.

Parecía estar sin palabras, pero la soltó.

Se agachó para pasar por debajo de uno de sus brazos y se apartó de él todo lo que pudo. No podía dejar de temblar y su cuerpo seguía encendido por el deseo. Pero su corazón era el que más sufría.

—Prometo cuidar de vos —anunció Clarewood con firmeza.

Lo miró y vio que la observaba como un halcón a su presa. Lo deseaba, pero no podía dejar que pasara nada entre ellos. Sabía que el duque le ofrecía una aventura amorosa y que, cuando terminara, su corazón se rompería de nuevo.

—Entiendo que no confiéis en mí —agregó él.

—No puedo aceptar vuestra caridad ni vuestra protección —susurró ella.

No dejaba de mirarla con intensidad.

—Veo que estáis muy segura de vuestra decisión —le dijo algún tiempo después—. Sois muy testaruda. Pero yo también lo soy.

Se echó a temblar y se preguntó qué querría decir con eso.

—También soy paciente y decidido —le dijo—. Muy bien, respetaré vuestros deseos... Por ahora.

Abrió atónita la boca.

—¡Espero que no estéis pensando en cortejarme otra vez! —exclamó.

Sabía que no era lo bastante fuerte para resistirlo.

—Parecéis consternada —comentó Clarewood con voz suave—. Y creo que los dos sabemos por qué.

Comenzó a negar con la cabeza.

—Debéis respetar mis deseos en todo momento.

Clarewood se cruzó de brazos.

—Muy bien, dejaré que escapéis... Por ahora —le dijo él—. Pero estoy decidido a hacer las cosas bien.

—¿Qué queréis decir con eso? —preguntó con suspicacia.

—Os quedaréis aquí como mi invitada. Insisto —repuso sin dejar de sonreír.

El corazón le dio un vuelco. Lo cierto era que no quería irse de la mansión de Clarewood. Sobre todo cuando pensaba en la hospedería en la que había estado viviendo. Pero eso no cambiaba las cosas. Estaba decidida.

—No puedo aceptar.

—Sí podéis y lo haréis —insistió Clarewood con más amabilidad—. Tengo invitados en la casa de vez en cuando, no es algo fuera de lo común.

—¡Pero todo el mundo sabe lo que pasó entre nosotros! Mi nombre ya está por los suelos y sé que hablarán de mí.

Clarewood dejó de sonreír.

—¿No acabo de deciros que cuidaré de vos en todos los sentidos? No habrá más rumores ni injurias. De hecho, me encargaré de contrarrestar las habladurías para que piensen que no ha habido nada entre nosotros.

No podía creerlo. Clarewood iba a decirle a sus amigos que la tenía como invitada en su casa y bajo su protección. Pero no había ninguna razón para que fuera su huésped, Villa Edgemont estaba a sólo dos horas de allí. Y aunque fuera a asegurarles que no habían tenido nada...

Se echó a temblar.

—Nadie os creerá.

—Puede que no. Pero, ¿qué importa? —comentó con ironía—. Todos me obedecen, Alexandra. Menos vos, claro. Si les hago saber cuánto me desagradan los rumores, estos cesarán.

Respiró profundamente. Deseaba más que nada recuperar su buen nombre y que dejaran de hablar de ella. Pensaba que Clarewood podría conseguir terminar con muchas de las habladurías, pero sabía que nadie podía devolverle la honra perdida.

Aunque algunas personas podrían tratarla bien, otras seguirían menospreciándola. Sobre todo las damas como lady Witte, que parecían estar siempre al acecho con sus lenguas afiladas. Aun así, creía que las cosas podrían mejorar bastante si Clarewood decidía intervenir.

—¿Por qué estáis siendo tan amable?

—Es que no soy tan abominable ni cruel como piensan muchos, Alexandra —le dijo mientras la observaba—. Esta noche tengo un compromiso, ¿por qué no le decís a Guillermo lo que deseáis cenar? Si me disculpáis, viéndome rechazado, creo que me gustaría seguir leyendo...

Se quedó mirándolo.

Clarewood señaló la puerta con la mano.

Se dio cuenta de que quería quedarse solo en la biblioteca para poder leer y que acababa de darle permiso para que se retirara. Seguía estupefacta, pero reaccionó lo suficiente para ir hacia la puerta. Se paró para mirarlo de nuevo, estaba ya sentado a la mesa con un montón de papeles delante de él y parecía absorto, no la miró.

Deseaba poder aceptar su oferta, pero no creía tener la valentía necesaria para hacerlo.

Clarewood levantó entonces la vista y ella salió corriendo.

A la mañana siguiente, Alexandra descubrió que a Stephen le gustaba madrugar.

No sabía a qué hora habría regresado la noche anterior. Ella se había acostado a medianoche y él aún no estaba en casa. No había estado esperándolo, se había limitado a leer una novela en la cama antes de dormir, pero no había podido dejar de pensar en que él estaba ausente.

No había podido concentrarse en la lectura, él ocupaba su mente en todo momento y era una continua distracción.

Había estado pensando en la conversación que habían tenido y en el maravilloso y apasionado beso. Él quería que se quedara en su casa, pero le parecía una decisión muy peligrosa. No sabía cómo iba a poder resistirse a él cuando ni siquiera ella estaba segura de ser capaz de hacerlo. Creía que lo que sentía por él era inapropiado e inmoral.

Había sido extraño acostarse en ese dormitorio tan lujoso, pero tenía por fin la agradable sensación de que alguien cuidaba de ella. Tenía que recordar en todo momento que Clarewood sólo sentía deseo, nada más.

Ella, en cambio, se había enamorado de él.

Sabía que era la única manera de explicar sus emociones. Siempre estaba pensando en él, aunque lo cierto era que apenas se conocían. No habían pasado juntos más de unas pocas horas. Aunque habían tenido buenos momentos, también había habido muchos malos y dolorosos.

Por otro lado, sabía que el amor era irracional y que nadie elegía enamorarse, sino que era el amor quien atrapaba a sus víctimas desprevenidas.

Había oído contar que eran muchos los corazones que Stephen había roto a su paso, así que ella no era la única tonta que se había enamorado de él a primera vista.

Hubiera preferido no sentirse así, pero sabía que debía aceptar sus sentimientos.

Bajó nerviosa las escaleras, sin saber muy bien qué la esperaba. Eran las ocho de la mañana. No lo había vuelto a ver desde que hablaran en la biblioteca, cuando él le había asegurado que respetaría sus deseos, al menos de manera temporal, y que quería que se quedara en Clarewood en calidad de invitada.

Imaginó que los invitados de esa casa desayunarían con el duque y conversarían sobre temas mundanos. Esperaba que no le importara que fuera al comedor que usaba él.

Se sentía como una colegiala, tenía ganas de verlo, aunque no quería que Stephen llegara a descubrir nunca lo que sentía por él.

Pero vio al entrar en el comedor de desayunos que la sala estaba vacía y que sólo habían colocado un servicio en la mesa.

Intentó contener su desilusión y se sentó. Le sirvieron de inmediato otro delicioso y abundante desayuno. Quizá no hubiera regresado aún y hubiera pasado la noche fuera. Pensó en lady Witte y sintió que se le revolvía el estómago.

Se le quitó el apetito. Ya había tenido fuertes náuseas al despertarse y normalmente se quedaba con hambre después, pero esa mañana era distinta.

Jugó con la comida un poco, pero no probó nada. Sabía que lo que Clarewood hiciera con su vida no era asunto suyo y que debía concentrarse en lo que tenía que hacer ese día. Dos clientas esperaban poder recoger sus trajes al día siguiente y aún no había terminado de arreglarlos. Había quedado en que alguien los recogería en Londres, pero iba a tener que enviarlos ella desde la mansión de Clarewood. También quería escribir cuanto antes a sus hermanas, tenía muchas cosas que explicarles.

Y en su padre no quería siquiera pensar. Era demasiado doloroso.

Salió del comedor para subir a su dormitorio. Pensaba preparar una mesa para planchar y otra para coser. Iba hacia la escalera cuando oyó voces. Las reconoció enseguida como las de Clarewood y el joven Randolph. Después de todo, parecía haber dormido en casa.

Cuando Alexi de Warenne la descubrió en la puerta de la biblioteca el día anterior, se prometió que no volvería a escuchar a escondidas, pero bajó de nuevo la escalera y fue en la dirección de las voces. Estaban en un pequeño despacho. Había un par de mesas grandes en el centro con papeles extendidos sobre ellas. Los dos hombres estaban dentro.

El duque iba en mangas de camisa y se las había enrollado hasta los codos. Llevaba la corbata suelta y el cuello desabrochado. Había otros dos ayudantes con ellos y las cabezas de los cuatro estaban sobre los papeles. Hablaban todos a la vez. Todos menos Clarewood, que los miraba a cierta distancia.

A pesar de su aspecto descuidado, su presencia emanaba el poder y la autoridad que toda la aristocracia inglesa respetaba. Dominaba la habitación por completo. Era guapo, masculino y sensual. Le bastaba con verlo para echarse a temblar. Se dio cuenta de que hablaban de iluminación y de ventanas. Clarewood se dio entonces la vuelta y comprobó cómo se suavizaba su mirada al verla.

Se ruborizó al instante, deseaba ir hacia él, pero no se movió.

—Lo siento, espero no haber interrumpido —murmuró con nerviosismo.

No podía estar delante de él sin sentir que le faltaba el aire. Y acababa de descubrir que no era sólo el deseo lo que le producía esa reacción, sino el amor que sentía por él.

Clarewood sonrió y se acercó a ella.

—Vos nunca podríais interrumpir —le dijo con amabilidad.

Creía que se le iba a salir el corazón del pecho. Podía ser el más encantador de los hombres cuando le convenía.

—¡Tonterías! Salta a la vista que estáis ocupado.

—Siempre lo estoy —repuso él mientras estudiaba con detenimiento su rostro—. ¿Dormisteis bien?

—Sí, muy bien.

—¿Y el desayuno qué tal?

—Estupendo, gracias.

No sabía por qué estaba tan nerviosa. A nadie en el despacho parecía importarle que estuviera presente. Los dos hombres que no conocía seguían discutiendo cuál sería el mejor sitio para colocar unas ventanas. Randolph los escuchaba con atención y de vez en cuanto hacía comentarios sobre los costes.

Clarewood miró a los tres hombres y después a ella. Estaba segura de que no había perdido ni una palabra de lo que habían estado comentando mientras se acercaba a saludarla.

—Estoy diseñando viviendas decentes para la clase obrera.

Se quedó boquiabierta.

—Nadie debería vivir sin luz, sin ventilación, sin agua caliente o sin alcantarillado.

No podía dejar de mirarlo.

—Hay una fábrica textil en Manchester de la que poseo gran parte de las acciones. Estoy construyendo allí unas viviendas dignas. Si el proyecto tiene éxito, espero convencer a los otros propietarios de la fábrica para construir más —le dijo con una sonrisa—. Creo que unos obreros sanos serán obreros más productivos y así todos nos beneficiamos.

—Suena muy bien —repuso ella.

Ya había oído que se involucraba en obras de caridad, pero no había esperado verlo en mangas de camisa con sus arquitectos ni hablando de sus proyectos benéficos con tanto entusiasmo.

—¿Por qué os importan tanto esos obreros necesitados? —le preguntó.

Sabía que había surgido la moda entre la aristocracia de apoyar ese tipo de causas, pero no había visto a nadie tan involucrado como él.

—Porque he recibido mucho sin que tuviera que hacer nada para ganármelo —le dijo con sinceridad—. Sería muy desagradecido si no usara parte de mi dinero en ayudar a los que no son tan afortunados como yo.

Sus palabras la emocionaron. Se dio cuenta de que de verdad le importaba lo que hacía.

—¿También vuestro padre era un filántropo? —le preguntó ella.

Su rostro cambió por completo.

—No, él no lo era —repuso con dureza—. Le debo mucho al anterior duque, pero él sólo estaba interesado en la prosperidad de Clarewood y en sacar el máximo provecho de cada situación. Imagino que se revolvería en la tumba si supiera la cantidad de dinero que he gastado para mejorar la existencia de los que viven en la miseria.

Observó con atención su rostro. Si le estaba diciendo la verdad, no entendía cómo podía ser tan distinto a su padre. Era increíble comprobar que era mejor persona de lo que podía haber imaginado.

Quería saber más, pero no deseaba entrometerse.

—He oído que vuestro padre era muy exigente.

Clarewood levantó sorprendido las cejas.

—Habéis oído bien. Era imposible complacerlo y sé que no le gustaría nada de lo que estoy haciendo.

No podía creerlo.

—Estoy segura de estaría muy orgulloso.

—¿De verdad? Lo dudo mucho —repuso con amargura.

—Yo estoy segura —le dijo ella—. Creo también que vuestro hijo será tan generoso como vos y que estaréis orgulloso de él.

Clarewood entrecerró los ojos al oírla.

Ella se puso muy nerviosa y se arrepintió de lo que le había dicho. No había podido evitar pensar en el niño que llevaba dentro.

—Eso espero —murmuró él poco después.

Stephen se dio la vuelta como si deseara ocultar su expresión. Cuando se giró de nuevo hacia ella, no la miró a los ojos.

—¿Qué planes tenéis para hoy? —le preguntó—. Yo tengo una reunión en la ciudad esta tarde y una cena después.

Se dio cuenta de que estaría el resto del día fuera. No podía evitar sentirse algo abandonada aunque sabía que no tenía derecho a pensar así.

—Tengo que terminar de coser algunas cosas.

—Creo que es admirable cómo habéis conseguido ganaros la vida en vuestras difíciles circunstancias. Pero, mientras estéis aquí, no os faltará de nada.

—Tengo dos clientas que esperan sus vestidos. Deben estar limpios y planchados para mañana.

Clarewood se cruzó de brazos y la miró fijamente.

—Mis doncellas pueden ocuparse de eso.

—¡Nunca podría hacer algo así! De hecho, esperaba encontrar una mesa para poner en mi habitación, una en la que pueda coser y planchar.

Apretó los labios, parecía muy descontento.

—Es absurdo, Alexandra. Tengo lavanderas que se ocupan de esas cosas.

—He trabajado mucho para conseguir una buena reputación y una clientela leal —le dijo ella—. No puedo dejar de trabajar sin más.

—Pensé que querríais ir a la ciudad en una de las calesas y hacer algunas compras. Si lo que os apetece es salir a montar, tengo algunos caballos muy mansos. Pero parece que estáis dispuesta a pasaros el día cosiendo —señaló Clarewood con dureza.

—Eso parece —repuso ella en el mismo tono.

También parecía haber olvidado su anfitrión que no tenía dinero para comprar nada.

—¿Y mañana? ¿También vais a pasaros el día trabajando?

—Eso espero.

Clarewood sacudió la cabeza con desesperación.

—No entiendo por qué os negáis a aprovechar las ventajas que tenéis como mi invitada. Pero tengo una sugerencia que haceros. Contactad con vuestras clientas para hacerles saber que estáis tomándoos un tiempo de descanso. Disfrutad de vuestra estancia aquí. Podríais incluso invitar a algunas amigas a almorzar. Puede que vuestras hermanas quieran venir. Mis cocineros prepararán lo que deseéis.

Tuvo que controlarse para no abrir la boca. Nada le haría más ilusión que poder comer con sus hermanas. Recordó entonces cómo se había imaginado de esposa del señor Denney, almorzando con él y con sus queridas hermanas. Pero todo había cambiado.

No era la mesa de Denney el escenario de la fantasía, sino la del duque. Podía imaginarlo acercándose a ella mientras hablaba animadamente con sus hermanas, sonriéndole y con los ojos llenos de cariño.

Pero sabía que era sólo un sueño y que era mejor que no perdiera el tiempo pensando en esas cosas.

—¿Qué ocurre? —le preguntó él.

—Tengo que escribir a mis hermanas, ni siquiera saben que estoy aquí. Me gustaría que pudiera salir la carta con el correo de hoy —le dijo.

—Me encargaré de que alguien les lleve personalmente el mensaje —repuso el duque—. Pero si pensáis invitarlas a almorzar, podríais decírselo en persona en vez de pasar la tarde cosiendo.

La idea era muy tentadora, pero no podía.

—¿Y cuando tenga que regresar a mi humilde morada en la ciudad? ¿Entonces qué, excelencia? ¿Cómo voy a poder comprar comida y pagar mi alojamiento si pierdo mi clientela?

Clarewood entrecerró los ojos. Su mirada era peligrosa.

—Puede que para entonces tengáis un benefactor además de un protector.

Sabía qué le estaba diciendo y se sonrojó. Le bastaba con sus palabras y esa mirada para conseguir inflamar su deseo.

—Creo que los dos sabemos que no podréis resistiros durante mucho más tiempo —le dijo Stephen con algo de vanidad.

—Y yo creo que mi fuerza de voluntad podría acabar superando a la vuestra.

La miró con ojos entrecerrados. Había tanta tensión entre los dos que casi podía tocarla.

—Ya veremos —murmuró él encogiéndose de hombros.

Pero le brillaban los ojos y le dio la impresión de que le encantaba tener esa especie de reto entre los dos, aunque ella no había tenido la intención de desafiarlo.

—Tengo mucho que hacer hoy. Estoy disfrutando mucho con la discusión, pero me temo que debería seguir trabajando.

—Lo siento —se disculpó ella—. Debería haber subido directamente a mi cuarto...

Stephen agarró su brazo antes de que pudiera irse de allí.

—Alexandra, sois mi invitada, no tenéis por qué esconderos en vuestros aposentos. He dado orden al servicio para que atiendan todas vuestras necesidades y os obedezcan. Me horrorizaría pensar que un invitado de esta casa no se siente cómodo en ella. si necesitáis algo, no tenéis más que pedírselo a Guillermo o a mí.

Se dio cuenta de que hablaba en serio y que la miraba con deseo en sus ojos. No era algo que le costara percibir porque ella se sentía igual.

—Gracias, excelencia —le dijo mientras trataba de apartarse.

La soltó entonces.

—Por si no os habíais dado cuenta, casi siempre obtengo lo que ambiciono, Alexandra —le advirtió él.

Cada vez estaba más alterada.

—Debo terminar mis encargos —le dijo nerviosa—. Que tengáis un buen día, excelencia.

Se alejó deprisa, aliviada al ver que, al menos esa vez, había conseguido escapar indemne, pero podía sentir sus ojos observándola.

Los siguientes días pasaron lentamente y Alexandra sentía que estaba viviendo una especie de sueño. Sabía que era la invitada del duque de Clarewood, pero no terminaba de creérselo. Cuando se despertaba por la mañana en la enorme cama con dosel y veía que la cubría un lujoso edredón de plumas y que estaba rodeada de caros muebles, siempre le costaba recordar dónde estaba. Cada vez que abría la puerta de su cuarto se encontraba con una bandeja en la que había chocolate caliente, servido en la vajilla más delicada y bonita que había visto nunca. Y, cuando por fin bajaba al comedor, siempre tenía un servicio a la mesa esperándola.

Sabía que no iba a volver a coincidir con él durante el desayuno. Y apenas lo veía durante el día. Pasaba las horas reunido con sus arquitectos, hablando con administradores y abogados o asistiendo a diversos eventos en la ciudad. Se había acostumbrado a leer mientras desayunaba y solía echar un vistazo a los periódicos que él ya había visto. El resto del día lo pasaba trabajando en su costura. Almorzaba algo simple en su cuarto, normalmente un emparedado. Y, cuando lo necesitaba, salía en una de las calesas para entregar los vestidos reparados.

Cuando Clarewood estaba fuera, se pasaba las horas mirando de vez en cuando por las ventanas. Sabía que lo estaba esperando. Si estaba en casa, trataba de estar atenta a las puertas que se abrían y cerraban y le encantaba escuchar su grave y masculina voz, aunque estuviera demasiado lejos para entender lo que decía.

Se lo encontraba por la casa cuando menos lo esperaba. Al entrar en algún salón, en las escaleras o en medio del pasillo. Cuando sus pasos se cruzaban, sentía que se paraba el tiempo. Su poderosa presencia y su fornido cuerpo parecían llenarlo todo. Siempre se interesaba por ella y su mirada se volvía algo más cálida.

Ya no le preguntaba qué pensaba hacer ese día y alguna vez lo había sorprendido mirándole las manos. Normalmente llevaba un dedal puesto y tenía callos en las yemas de los dedos. No le decía nada, pero sabía que seguía sin gustarle que cosiera.

Cada encuentro la dejaba sin aliento y, aunque fueran sólo unos segundos, lo añoraba después mucho más. Cuando estaban juntos, el cuerpo de Clarewood la atraía como si fuera un imán y cada vez le era más difícil no abrazarlo. Estaba casi segura de que él sentía la misma tensión entre los dos.

Pero seguía sin intentar nada con ella.

Sacudió la cabeza y decidió concentrarse en la costura.

Levantó la aguja para enhebrarla, era ya media tarde y Clarewood había estado fuera desde antes de que ella bajara a desayunar. Según le había dicho Guillermo, estaba en Manchester y cabía la posibilidad de que pasara allí la noche. Sabía que no debía entristecerse, pero no podía evitarlo.

Llegó al poco tiempo el mayordomo para decirle que tenía visita. Le sorprendió la noticia. Habían pasado ya cinco días desde que escribiera a sus hermanas, pero aún no la habían contestado.

Ilusionada, se puso en pie con la esperanza de que fueran Olivia y Corey.

—¿Quién es?

—Vuestro padre, el barón de Edgemont.

Se quedó sin aliento. Había escrito a sus hermanas, pero no a su padre. Y no lo había hecho porque no sabía qué decirle. Deseaba que la perdonara, tanto como deseaba que la quisiera y se sintiera de nuevo orgulloso de ella. Nada le habría gustado más que ser capaz de borrar el pasado.

No pudo evitar echarse a temblar. Se miró rápidamente en el espejo antes de salir de su dormitorio. Siguió al mayordomo a la planta baja mientras rezaba para que todo fuera bien con su padre. Vio que la esperaba en su salón favorito y se giró para mirarla cuando ella se detuvo en la puerta.

No podía moverse. Lo primero que vio era que no sonreía, pero se dio cuenta de que ella tampoco lo hacía. Habría dado cualquier cosa para evitar la última conversación que habían tenido, cuando la echó de su casa.

—Hola, padre —le dijo con la voz entrecortada—. Me alegra que hayáis venido a visitarme.

Siguió muy serio.

—Tus hermanas por fin decidieron contarme que eras la invitada del duque.

Hizo una mueca al oír sus palabras.

—Soy su invitada y sólo su invitada. No tengo otro sitio a donde ir.

Miró sus manos antes de hablar.

—¿Por qué seguís cosiendo?

Se quitó el dedal y se dio cuenta entonces de que había bajado con hilo y una aguja en la mano.

—Necesito ganarme la vida.

Su padre abrió estupefacto la boca.

—No puede ser. Después de todo, vives aquí como invitada del duque —le dijo con intención.

Parecía claro que no la creía.

—No estoy teniendo una aventura con el duque, padre.

—Entonces, ¿qué haces aquí?

—Ya os lo he dicho, no tengo otro sitio donde vivir y él ha sido muy amable conmigo.

—¿Amable? —repitió con una desagradable mueca.

El reencuentro no estaba yendo como quería.

—Os echo mucho de menos, padre. Y también a Corey y Olivia.

Quería rogarle que la permitiera volver a casa, pero no lo hizo. Se acercó desesperada a él.

—Siento muchísimo haberos desilusionado. Entiendo que me echarais de casa como lo hicisteis. Lo que hice fue vergonzoso e inmoral, pero necesito tanto vuestro perdón...

Edgemont se echó a temblar.

—Eres mi primogénita, Alexandra. Claro que te perdono.

Lo miró con cautela, no le pareció que estuviera siendo sincero. Seguía muy serio e imperturbable. Aun así, le entraron ganas de abrazarlo, pero no lo hizo. Sabía que sería embarazoso para los dos.

—Eres la mayor y la mejor de las tres. Eres la más sensata y buena —continuó él—. Y te pareces mucho a tu madre.

Imaginó que pretendía ser cariñoso, pero sus palabras le dolieron. Recordó que la última vez que se vieron, él le había dicho justo lo contrario.

—Yo cometí un error, algo que mi madre nunca habría hecho —le dijo.

Sabía que Elizabeth habría sido fuerte y no habría caído en la tentación.

—¿De verdad me perdonáis?

—Por supuesto —repuso él—. De otro modo, no estaría aquí.

Pero no la abrazaba ni parecía feliz. Asustada, se sentó en un sillón. Todo parecía haber cambiado. Sus acciones habían abierto un abismo entre los dos y sentía que nunca volvería a ser igual.

—¿Cómo estáis, padre? ¿Cómo está Olivia? ¿Y Corey?

—Corey llora todas las noches hasta quedarse dormida, te echa mucho de menos. Bueno, las dos te echan de menos —le dijo sin contemplaciones—. Olivia tiene agujeros en los botines y el zapatero ha dicho que ya no puede repararlos. Y los jóvenes del pueblo son tan groseros con Corey que ya no quiere salir de casa.

Estaba perpleja. No podía creer que ya se hubiera gastado las dos mil libras que le había dado. Ya había imaginado que Corey estaría sufriendo por su culpa y fue muy duro oírlo.

Su padre la miró con un gesto algo siniestro.

—Creo que Denney comenzará a cortejar a Olivia. Le rompiste el corazón, pero de eso ya hace un mes y se ha pasado dos veces por casa durante esta última semana.

No tardó ni dos segundos en ponerse de pie.

—¡No!

—Es demasiado tarde para intentar recuperar al señor Denney —le dijo su padre mientras miraba a su alrededor—. Además, ahora tienes todo esto.

—Sólo soy una huésped, padre —le repitió—. Y Olivia debe casarse por amor y con alguien de su edad.

—Y también necesita una dote —le dijo él de mal humor—. Eso ya lo sé.

Se quedó inmóvil.

—Las dos mil libras... ¡Eran para mis hermanas!

—Ese dinero ya se ha esfumado y estoy tan preocupado por ellas que bebo todas las noches hasta quedar inconsciente...

Le costaba respirar. Estaba furiosa, pero por fin empezaba a entender por qué estaba allí su padre.

—Debéis controlaros mejor y dejar de beber —le dijo entre dientes.

—¿Cómo podría hacerlo? Mis acreedores vienen cada día a casa para que les pague las deudas.

Estaba muy enfadada, pero también sentía lástima por el hombre en el que se había convertido.

—¿Cuánto necesitáis, padre?

Edgemont se apartó un poco de ella y metió las manos en los bolsillos. Dio vueltas por el salón, después se detuvo y la miró.

—Con mil libras conseguiría deshacerme de los acreedores más persistentes. Y, con otras quinientas, podría comprarle ropa y calzado a las niñas.

No podía dejar de pensar que había perdido todo el dinero jugando a las cartas y le costaba aceptar que le estuviera pidiendo más.

—No lleváis joyas —dijo él entonces.

Se tocó su cuello desnudo con angustia

—No habéis venido para ver cómo estoy, para perdonarme ni para decirme cuánto me queréis —susurró con amargura.

El dolor que sentía era insoportable.

—Eres mi hija. Claro que he venido a verte. Además, ya he dicho que te perdonaba.

Pero sabía que no era verdad. Había ido para conseguir más dinero. Se pasó la lengua por los labios.

—No soy su amante, soy su huésped —le dijo de nuevo.

—Entonces, ¿ya ha prescindido de ti?

—No es justo... —repuso con lágrimas en los ojos.

—No estarías viviendo aquí si lo que dices es verdad. ¿Acaso no piensas ayudar a tus hermanas?

Cada vez temblaba más, no podía creer que le estuviera hablando en serio. Ni siquiera podía hablar, se sentía enferma.

—Sigues siendo atractiva, Alexandra, y estoy seguro de que sabrá recompensarte bien... —le dijo al ver que ella no contestaba.

Todo le daba vueltas, sintió que tenía que vomitar, pero le costaba respirar y tenía un nudo en el estómago.

—¿Y bien? ¿Vas a ayudarnos o piensas abandonar a tu familia?

Intentó hablar, pero le costaba hacerlo.

—Trataré de ayudar —dijo al fin.

Edgemont se quedó mirándola y ella le sostuvo la mirada, pero estaba llorando y lo veía todo borroso.

—No sé por qué lloras, vives como una reina.

Lloraba porque tenía el corazón roto en mil pedazos. Su padre acababa de pedirle que vendiera su cuerpo. Y ella había accedido a hacerlo.

—Sí, como una reina... No me encuentro bien, padre. Creo que debo acostarme un rato —le dijo.

—No tienes buen aspecto —repuso él—. Tengo un largo viaje de vuelta a casa, será mejor que me vaya ya.

Sin saber ni cómo, lo acompañó a la puerta. Se quedó allí despidiéndolo con la mano y una sonrisa falsa en la boca. Guillermo le preguntó entonces si estaba enferma, quería saber si necesitaba alguna cosa. Le dijo algo, pero no recordó después el qué. Consiguió llegar a su cuarto y tumbarse en la cama. Ya no estaba enfadada, sólo dolida, muy dolida. No podía dejar de llorar.

—¿Qué os pasa? —preguntó Clarewood con delicadeza.

No lo había oído entrar. De haberlo sabido, no habría dejado que pasara, no cuando estaba tan destrozada y apesadumbrada. Y Clarewood era la última persona que quería ver en esos momentos. Se sentó en la cama mientras se limpiaba las lágrimas con la mano y le daba la espalda.

—Alexandra, Guillermo me ha dicho que estabais enferma. He llamado a la puerta, pero no contestabais.

Trató de recobrar la compostura y remendar deprisa los trozos de su dolorido corazón para que Clarewood no supiera qué había pasado ni lo mal que estaba.

Respiró profundamente, levantó la cara y lo miró.

Su rostro no expresaba nada, pero sus lágrimas parecían tenerlo hipnotizado.

—¿Qué ha pasado? ¿Por qué estáis llorando? Guillermo me ha dicho que vino Edgemont a visitaros.

—Estoy bien —mintió con voz entrecortada—. Necesito un minuto para tranquilizarme, eso es todo.

—No estáis bien. Y supongo que la visita de vuestro padre no fue agradable.

Vio que parecía muy enfadado.

—Si me decís que es lo que os pasa, a lo mejor puedo arreglarlo —añadió con más suavidad.

Rompió de nuevo a llorar, no pudo controlarlo.

Él se sentó a su lado en la cama y agarró sus hombros para mirarla fijamente a los ojos.

—Quiere... Quiere que me ofrezca a vos como una mujerzuela —susurró sin dejar de llorar—. Necesita mil quinientas libras...

Clarewood apretó la mandíbula.

—Entiendo —le dijo.

Intentó apartarse y darle la espalda, pero él la sujetó con más fuerza. Lo miró y se sobresaltó al ver que parecía estar fuera de sí.

—No es con vos con quien estoy enfadado —le aclaró con voz más amable—. Es Edgemont el que me saca de quicio. Y no es la primera vez...

—Pero, ¡es mi padre! Y, a pesar de todo, lo quiero.

Parecía aún más furioso.

—Claro que sí. Es vuestra obligación quererlo. Igual que era vuestra obligación obedecerlo y cuidar de él. Os daré el dinero, Alexandra.

—No —repuso ella—. No puedo aceptarlo.

Clarewood atrapó su cara con las manos.

—Entonces iré a dárselo a él directamente —le aseguró con firmeza mientras la miraba a los ojos—. ¡Dios mío...!

Y la besó entonces.

Se quedó inmóvil. Algo de su dolor comenzó a desvanecerse al sentir los labios de Clarewood sobre los suyos. Necesitaba estar entre sus brazos más que nunca. Con él se sentía segura. Por fin lo había entendido.

Stephen se separó un momento de ella y la miró con intensidad a los ojos. Parecía angustiado y preocupado.

La intensidad del deseo que había conseguido despertar en su interior era incluso mayor que otras veces.

—Stephen...

Le brillaban los ojos, estaban en llamas. Alexandra sabía que eran un reflejo de los suyos. Aún tenía sus fuertes manos alrededor de la cara y comenzó a besarla más suavemente y mucho más despacio.

Cerró los ojos y dejó que las lágrimas fluyeran libremente.

—No lloréis —susurró él.

Separó los labios para recibirlo, animándolo para que siguiera mientras agarraba sus hombros.

Stephen gruñó y profundizó el beso. Sin poder contenerse más, lo abrazó. Llevaba mucho tiempo deseando hacerlo y no quería tener que soltarlo nunca.

«Te quiero, te quiero tanto», pensó.

—Os he echado tanto de menos... —admitió Stephen.

No estaba segura de lo que le había dicho, no quería hacerse ilusiones. Pero no le importaba, quería estar con él. Acarició entonces su cara y lo miró fijamente.

—Hacedme el amor.

Stephen, con los ojos en llamas, se echó sobre ella.

CAPÍTULO 15

Alexandra se había quedado dormida. Abrió despacio los ojos y vio que ya era de noche. Recordó al momento lo que había pasado. Habían hecho el amor varias veces, con una pasión mucho más intensa que la primera vez.

«Vuelvo a ser la amante de Stephen», pensó entonces.

Se sentó en la cama y se cubrió con las sábanas lo mejor que pudo, subiéndoselas hasta la barbilla. Él había encendido dos lámparas y estaba de pie al otro lado del dormitorio, terminando de abrocharse la camisa. El corazón comenzó a darle saltos al verlo. Estaba muy enamorada y le había encantado ver lo comprensivo que había sido con ella.

Respiró profundamente, no quería ni pensar en lo catastrófica que había sido la visita de su padre. Stephen, que estaba mirándose en el espejo, se giró hacia ella.

El corazón le latió con más fuerza aún. Esperaba que fuera tan amable como lo había sido antes. En la penumbra del cuarto y a cierta distancia, no podía ver la expresión de su rostro. Recordaba demasiado bien lo que había pasado la última vez que habían estado juntos y tenía miedo.

Stephen se puso su chaleco de brocado gris y se acercó a la cama. Estaba nerviosa, pero no podía evitar sentirse ilusionada y trató de controlarse.

No sabía qué decir. Era la primera vez que se despertaba

desnuda en una cama después de haber compartido tanto. Trató de sonreír y él le devolvió la sonrisa de inmediato.

—¿Deseas quedarte en la cama? —le preguntó él con amabilidad—. Si quieres dormir, me parece bien.

Vaciló un segundo. Era un alivio verlo tan cordial.

—¿Qué hora es?

—Casi las nueve —le dijo mientras observaba sus facciones con interés—. Eres preciosa, Alexandra.

Entusiasmada, pensó que quizá lo hubiera entendido bien cuando creyó que le decía que la había echado de menos. No pudo evitar sonrojarse.

—Sólo soy una vieja solterona y lo sabéis muy bien.

—¿De verdad? —repuso con una sonrisa—. Eres más joven que yo y no me considero viejo en absoluto.

No podía dejar de sonreír, estaba feliz. Pero vio entonces que Stephen parecía pensativo.

—¿Te arrepientes? —le preguntó él algo más serio.

—¿Va a haber dolorosas acusaciones y reproches? —repuso ella con nerviosismo.

—No.

—Entonces, ¿cómo podría arrepentirme de nada, excelencia? —le dijo ella.

Deseaba usar su nombre de pila, pero no se había atrevido a hacerlo. Aunque era consciente de que lo había usado entre gemidos en más de una ocasión esa misma tarde. Se ruborizó al recordarlo.

—¿Excelencia? Basta con «Stephen» —repuso mientras se sentaba a su lado—. Y creo que hemos sellado por fin nuestro acuerdo, ¿no es así?

Se quedó sin aliento, no quería ni pensar en que fuera a ofrecerle un cheque para pagar por lo que acababa de pasar. Para ella, lo que habían compartido no era un trueque ni una transacción económica, era mucho más.

Pero sabía que su padre necesitaba desesperadamente el dinero y no podía permitir que su hermana Olivia tuviera que casarse con Denney.

—Creo que no podría aparentar que no ha pasado nada —admitió ella.

—Me alegro —repuso Stephen sin dejar de mirarla—. Y, ¿te sientes ya mejor?

No sabía si se refería a su padre.

—Claro que sí.

Stephen sonrió, pero sólo duró un segundo.

—No quiero que te preocupes por nada —le dijo con firmeza—. Yo me encargaré de Edgemont.

Se sintió aliviada, pero sólo en parte.

—Él es mi problema, no el tuyo.

—¿Seguro? Cuando te dije que te protegería, lo dije en serio. Cuando protejo a alguien lo hago sin límites —susurró mientras deslizaba la mano por sus caderas y se acercaba más a ella—. Me imagino que ya te habrás dado cuenta de ello.

Sintió otra ola de deseo por todo su cuerpo. Era tan intensa que no se acostumbraba.

No quería tener que aceptar nada más de él porque entonces Stephen nunca llegaría a entender que estaba enamorada de él. Pero, al mismo tiempo, le preocupaba mucho el futuro de Olivia.

—Pareces algo triste.

Se dio cuenta de que iban a tener que hablar del tema.

—Aunque haya hecho lo que ha hecho y me haya hablado como lo hizo, sigue siendo mi padre.

Stephen la besó en el cuello.

—Lo sé.

Quería preguntarle qué pensaba hacer, pero no podía pensar mientras la besaba como lo estaba haciendo y se le olvidaron de repente todos sus problemas.

—Te deseo tanto... —gimió él.

Ella suspiró y se rindió.

La calesa de Clarewood se metió por un camino lleno de baches y muy descuidado. Se agarró de la correa de seguridad de la puerta y se preparó para un trecho complicado.

Miró por la ventana, ya llegaba a la pequeña casa de dos plantas donde Alexandra había vivido. Los jardines estaban muy abandonados. El césped de la parte delantera no era ya más que un lodazal y el granero que había detrás de la casa parecía estar a punto de derrumbarse.

Estaba seguro de que al entrar vería que la vivienda estaba en condiciones tan pésimas como el resto de la propiedad. Había visto sitios mucho peores, casas sin luz ni ventanas en las que se hacinaban varias familias. A veces estaban tan llenas que apenas había espacio y tan sucias, que el aire era irrespirable.

Estaba muy tenso. Creía que Alexandra se merecía vivir en un palacio y le encantaba poder proporcionarle unas condiciones más que dignas durante su estancia en Clarewood.

Sentía una sensación nueva y distinta. Le pasaba cuando pensaba en ella y cuando estaba a su lado. Le dio la impresión de que la temperatura dentro de la calesa había aumentado varios grados y tenía el pulso acelerado. Era como si su corazón intentara decirle algo. Algo que no creía posible y que no quería escuchar.

Quizás estuviera sintiendo algo especial por ella, pero no podía creerlo. Estaba convencido de que era un hombre frío, sin corazón. No se veía capaz de amar. Y no sólo porque todo el mundo lo acusara de ser así, sino porque había sido educado a imagen y semejanza de su padre.

Pero su corazón seguía galopando sin control y estaba lleno de ilusión. No recordaba haberse sentido así nunca. Estaba satisfecho, feliz y contento al mismo tiempo. Se preguntó si cabría la posibilidad de que se hubiera enamorado y si, de ser así, se convertiría en alguien tan trastornado e hipnotizado como su primo Alexi. También había contemplado esos cambios en otros de sus primos.

Recordó el lema de esa familia, no se cansaban de repetirle que los Warenne amaban una vez y para siempre. Se quedó sin aliento, estaba convencido de que él era la excepción.

Además, no quería tener que analizar sus extraños sentimientos. Le alegraba haber recobrado la razón y haberla rescatado de ese horrible suburbio. Sabía que siempre iba a sentirse culpable por haber desencadenado los acontecimientos que habían llevado a Alexandra a vivir en esas circunstancias y a pasar por tantas penurias, pero al menos estaba intentando mejorar las cosas.

Cuando pensaba en ella se sentía distinto, más apacible y emotivo. Y era algo que nunca habría creído posible. Observó con atención la envejecida casa y el descuidado jardín. Alexandra era una mujer orgullosa y responsable. Sabía a ciencia cierta, sin que nadie tuviera que contárselo, que Alexandra habría sufrido mucho viviendo en esa casa, con dos hermanas solteras y un padre borracho a los que cuidar. Incluso había tenido que renunciar al amor verdadero para encargarse de ellas.

No le gustó recordar sus palabras. Sabía que había pasado mucho tiempo desde entonces. Pero, aun así, no quería ni pensar en cuánto habría amado a ese hombre.

Estaba seguro de que una mujer como Alexandra no habría entregado su corazón al primer pretendiente. Quizá fuera, como algunos de los Warenne, alguien que amara de verdad, pero sólo una vez en la vida. Pero, por otro lado, creía que sentía algo por él.

Se le encogió el corazón. Deseaba que formara parte de su vida y que le fuera leal. Lo deseaba como no había deseado nunca nada. Pensó que quizá sólo necesitara unas cuantas noches más de intensa pasión para conseguir que se enamorara locamente de él. Estaba decidido a intentarlo.

No quería que Alexandra siguiera sintiendo algo por ningún otro hombre, aunque formara ya parte del pasado.

Casi había llegado a la puerta de la casa y agarró la correa de la puerta con más fuerza. No recordaba cuándo había empezado a admirarla. Quizás hubiera pasado la primera noche, cuando la vio en el baile de los Harrington, aguantando con dignidad y la cabeza muy alta los comentarios maliciosos de algunos.

Pero su admiración por ella iba creciendo por momentos y la respetaba cada día más. Creía que nunca había conocido a nadie tan fuerte, hábil y decidido. La verdad era que tenían más en común de lo que podría pensarse en un principio.

No solía arrepentirse de nada, pero en lo referente a Alexandra, lamentaba muchas de sus decisiones. La había juzgado mal y muy cruelmente y ella había sufrido por su culpa. Pero ya había dejado atrás esa parte de su relación y estaba dispuesto y decidido a comenzar con ella una nueva etapa.

Deseaba hacerle justicia y reparar los daños. Iba a empezar por ocuparse de Edgemont y las hermanas de Alexandra. Creía que era lo menos que podía hacer.

La calesa se detuvo en ese momento. Ella era de nuevo su amante y estaba decidido a darle todo lo que se merecía. Estaba deseando agasajarla con cosas en las que nunca se había parado a pensar. Quería ofrecerle joyas, deliciosos manjares, los mejores vinos, sábanas de seda y baños de espuma. También deseaba encargarle nuevos vestidos, llevarla de compras e irse con ella de vacaciones a Francia y a Italia.

Su lacayo abrió la puerta y lo devolvió a la realidad. Se bajó y fue hasta la casa con cuidado de no pisar en los muchos charcos del camino.

Se abrió enseguida la puerta de la residencia.

Las dos hermanas de Alexandra lo esperaban con los ojos muy abiertos.

—¿Ha pasado algo? —exclamó asustada la más joven—. ¿Le ha ocurrido algo a Alexandra?

—Está bien —repuso él.

Había tratado muy mal a Alexandra, pero estaba corrigiendo sus errores. Por otro lado, creía que el tratamiento que la mujer había recibido de su padre era mucho peor. Odiaba a Edgemont. Llegó frente a las jóvenes y las saludó con una inclinación de cabeza.

—Buenas tardes. Alexandra está bien, pero tengo algunos asuntos que debo tratar con el barón Edgemont —les dijo.

Olivia, la mediana, no dejaba de observarlo con atención. Parecía ensimismada.

—Por favor, pasad —le pidió avergonzada al darse cuenta de que no estaba mostrando buenos modales—. Lo siento mucho, no sé qué me ha pasado.

Se echó a un lado para que él pudiera entrar.

—Debería haber avisado —repuso él para tranquilizarla—. Pero me temo que ha sido una visita decidida a última hora y el tema es bastante urgente.

Olivia seguía estudiándolo de cerca. Se jactaba de tener buen ojo para juzgar a las personas y le dio la impresión de que se trataba de una joven sensata e inteligente. En muchos sentidos, debía de ser bastante parecida a su hermana mayor. También le pareció que debía de tener un carácter fuerte y decidido. La más pequeña de las tres, en cambio, parecía demasiado inocente e impulsiva. Y sabía que eran defectos importantes en una joven tan bonita como ella. Se dio cuenta de que las dos necesitaban encontrar pronto maridos.

Pasó a un salón algo viejo, pero que estaba muy limpio y ordenado. El tapizado de los sillones ya estaba muy desgastado, igual que la tela de las cortinas. Le pasaba lo mismo a la alfombra que había en el centro del salón. Los suelos de madera estaban muy arañados y algunos tablones, levantados. Vio también que las paredes necesitaban pintura.

—Corey, ve a buscar a nuestro padre y haz el té —le ordenó Olivia sin dejar de mirarlo a él—. ¿Por qué no ha venido Alexandra con vos?

—Creo que tenía mucho que coser hoy —repuso.

Olivia lo miró con incredulidad, pero no podía contarle que su hermana estaba aún durmiendo en la cama del duque.

—¿Por que no la visitáis vos junto con vuestra hermana pequeña? —le sugirió—. Seguro que a mi cocinero le encantará servir una comida especial. Además, sé que Alexandra echa mucho de menos a su familia y le encantaría recibiros.

La joven parecía algo confusa. Se pasó la lengua por los labios, reconoció enseguida el gesto. Sabía que a Alexandra le haría muy feliz tener a sus hermana en Clarewood, pero sospechaba que su padre les habría prohibido que fueran a verla. Cada vez estaba más furioso con ese hombre, le pasaba cada vez que pensaba en él. Le costó controlar su genio, pero lo consiguió.

Justo en ese instante, el barón Edgemont bajó las escaleras detrás de su hija pequeña. Parecía haberse abrochado la levita apresuradamente. Tenía aspecto de borracho, justo lo que era, y estaba sin afeitar y desaliñado, como si hubiera pasado muy mala noche.

—No quiero tener interrupciones —le pidió Stephen a Olivia.

La joven se despidió con una reverencia y salió deprisa al pasillo.

Stephen cerró la puerta y miró al barón con desprecio.

—¡Excelencia! —lo saludó el padre de Alexandra con exagerado entusiasmo—. ¡Qué sorpresa tan agradable! De haber sabido que vendríais, os habría estado esperando y habríamos hecho las preparaciones oportunas.

—No os molestéis, no vais a conseguir aplacar mi ira —replicó fuera de sí—. Creo que iré al grano. No quiero que volváis a visitar a Alexandra. Que no se os ocurra ser cruel con ella o sugerirle que realice ningún tipo de servicio para conseguir el dinero que necesitáis. Y, por cierto, no volváis a pedirle dinero. ¿He sido lo bastante claro?

Edgemont palideció al instante.

—Os equivocáis conmigo, excelencia... —comenzó el hombre.

Se dio cuenta de que había apretado los puños y de que estaba a punto de darle un puñetazo. No podía creerlo, nunca había pegado a nadie. Temblando, bajó las manos e intentó controlarse.

—Es mi hija, nunca sería cruel con ella...

—¡Callaos! —lo interrumpió fuera de sí.

Edgemont lo obedeció enseguida.

—Alexandra está bajo mi protección y nadie osa maltratar a mis protegidos. ¿He sido ahora lo bastante claro?

Edgemont asintió con la cabeza.

—¿Cuánto debéis?

—¿Cómo?

—Me habéis oído perfectamente, Edgemont —le dijo mientras lo fulminaba con la mirada.

Edgemont se sonrojó.

—Unas mil libras, más o menos —tartamudeó el hombre.

—Quiero que me entreguéis todas las facturas, las pagaré directamente —repuso el duque.

—Están en la biblioteca, excelencia.

—No os mováis, no he terminado aún —le dijo antes de que pudiera salir del salón—. Os entregaré a vos y a vuestras dos hijas menores una ayuda mensual. El dinero debe ser usado únicamente para comprar comida, ropa y los gastos diarios. No es para jugárselo en la ruleta, ni a las cartas, ni en los caballos. Tampoco es para bebérselo. Y os lo advierto, señor, si me entero de que os gastáis el dinero en otras cosas, me encargaré de que os saquen de esta casa y os metan en la cárcel por no abonar las deudas. ¿Lo entendéis?

—Sí, excelencia, lo entiendo y os lo agradezco infinitamente. Pero podré contar con una pequeña suma que me permita salir por la noche, ¿verdad?

Le estaba costando mucho permanecer calmado. Creía que ese hombre estaba enfermo y que no iba a ser capaz de controlarse, pero tampoco estaba dispuesto a pagarle los vicios. Sabía que nunca podría hacer que lo metieran en prisión, pero sí estaba dispuesto a sacar a sus hijas de allí si llegaba a creerlo necesario.

Decidió que lo mejor que podía hacer era amenazarlo para que lo tomara en serio.

—Si abusáis de mi buena fe, acabaréis en una fría celda.

—Entiendo, excelencia —susurró Edgemont.

Como sabía que las hermanas de Alexandra estarían tras

la puerta y con las orejas bien pegadas para seguir la conversación, decidió incluirlas.

—Olivia, podéis pasar. Corey, también vos —les dijo en voz alta.

Se abrió la puerta y las dos jóvenes se acercaron a él muy despacio. Parecían estupefactas.

Sonrió y le entregó a Olivia un cheque por una generosa cantidad de dinero.

—Esto es para que lo empleéis en comprar ropa para las dos y cualquier otra necesidad que tengáis.

La joven ni siquiera miró el cheque. Inmediatamente, se le llenaron los ojos de lágrimas.

—No podemos aceptarlo —susurró.

Le recordó mucho a su hermana mayor.

Corey, en cambio, le dio un codazo para que se callara.

—Gracias, excelencia, muchísimas gracias —dijo rápidamente la pequeña.

Alexandra sabía que debía hacerse a la idea cuanto antes. Se había convertido en una mantenida.

Pero no se sentía avergonzada, todo lo contrario, estaba más feliz que nunca. No podía dejar de pensar en Stephen y en cómo la miraba esos días, con los ojos llenos de ternura y una gran sonrisa. Eran amantes y ella estaba cada vez más enamorada de él.

Era ya mediodía y llevaba un tiempo trabajando en uno de los vestidos más antiguos de lady Henredon. Se trataba de uno lleno de encajes que había comprado en París. Pero le costaba concentrarse en la tarea.

Habían pasado ya varios días y aún no se había acostumbrado. Era como si por fin se hubieran cumplido sus sueños. Pasaba los días en su casa como si fuera sólo su querida y él hacía que se sintiera deseada y amada cada noche.

A pesar de todo, no le parecía que fuera sólo una amante o una mujerzuela. Se sentía como una novia en el día de su boda.

Se había enamorado de él mucho antes de que volviera a compartir su cama y ese amor no había hecho sino intensificarse desde entonces. No podía ser de otro modo, cuando él la trataba como si fuera su esposa y los criados la obedecían y respetaban como si fuera la señora de la casa. El cocinero le había pedido que planificara los menús de cada día.. El ama de llaves le preguntaba qué tipo de sábanas y toallas prefería. Clarewood la había convencido para que se comprara nuevos vestidos, y su doncella personal siempre quería saber cuál iba a ponerse esa noche para la cena y cuál debía preparar para el día siguiente.

Era imposible no sentirse especial y apreciada. Y lo mejor de todo era sentir que esa situación podría llegar a durar toda la vida. Casi le parecía que Clarewood también sentía algo, aunque fuera sólo un poco.

Una parte de ella le recordaba que no debía hacerse ilusiones, pero era difícil no hacerlo. Se enterneció aún más al recordar cómo la había despertado ese mismo día, antes de que amaneciera, para hacerle de nuevo el amor, esa vez muy despacio y con gran ternura.

Y, antes de irse a Manchester a una reunión, había ido a buscarla para darle un beso de despedida.

Dejó un momento de coser. No podía dejar de sonreír. Se estaba dando cuenta de que Clarewood era un hombre extraordinario.

Estaba viviendo su propio cuento de hadas y no le faltaba ni el príncipe azul. No entendía cómo podía haberle parecido que era cruel y despiadado. Había dedicado toda su vida a mejorar la miseria de otros. Sentía una gran responsabilidad por el ducado de Clarewood y sabía que era ése un compromiso que le había inculcado a fuego su padre. Pero creía que sus proyectos caritativos y sociales eran mucho más importantes para Stephen y le hacían mucho más feliz.

Se habían instalado en una cómoda rutina. Pasaban el día en sus propias ocupaciones y se veían cada noche para cenar juntos. Stephen había dejado de salir por la noche para asistir a los eventos a los que lo invitaban. Estaba segura de que seguía teniendo compromisos. Era, después de todo, uno de los miembros más destacados de la aristocracia inglesa. Pero no había salido ni una noche desde que reanudaran la relación.

Sabía que era sólo algo temporal, que no tardaría mucho en volver a salir y que entonces pasaría más noches fuera que dentro de su casa. Trataba de convencerse de que no le importaba y no pensar en las noches que tendría que pasar sola en Clarewood. Sobre todo porque, si de verdad fuera algo más que una simple amante, él le pediría que lo acompañara a esas fiestas y cenas.

Se había dado cuenta también de que estaba siendo tan generoso con ella como le había prometido. Bajó la vista para contemplar de nuevo la tela de su nuevo vestido fucsia. Era de seda y no se cansaba de mirarlo. Nunca había tenido nada tan bonito.

Una semana antes, la había visitado una famosa modista con dos de sus ayudantes. La mujer le había dicho que el duque le había encargado que le hiciera un nuevo vestuario. Había tratado de negarse. Le habían mostrado las telas más bellas y lujosas que había visto en su vida.

Recordó que le había faltado la respiración al ver tanto color a su alrededor. No había podido evitarlo y se había acercado a tocar las delicadas sedas, las telas de satén, los terciopelos... Aun así, se había mantenido firme.

Después le habían enseñado muestras de todos los ribetes y encajes que tenían. No podía creerlo, no entendía por qué Clarewood querría gastarse tanto dinero en ella. Había pasado el día tratando de rechazar las sugerencias de la modista. Pero, cada vez que comentaba cuánto le gustaba una tela en particular o cierto encaje, la modista decidía apresuradamente hacerle un vestido de día o un traje de noche con esas telas.

Sólo había pasado una semana, pero ya había recibido cinco vestidos y un traje de noche. Imaginó que habrían tenido a un numeroso grupo de costureras trabajando sin parar para poder entregárselos tan pronto.

Con Clarewood, casi todo era maravilloso esos días. Pero, aún tenía un gran problema que la acechaba, no le había dicho que estaba encinta.

Le bastaba con pensar en ello, para sentirse indispuesta. Creía que él no parecía haber notado nada extraño en sus náuseas. Estaba segura de que le habría dicho algo si lo hubiera sospechado, pues no pasaba una mañana sin que tuviera que salir corriendo hacia el cuarto de baño para vomitar. Pero para entonces él ya estaba levantado y trabajando. Además, solía limpiar personalmente el orinal para que nadie lo supiera, aunque tenía la sensación de que su doncella personal debía sospechar algo.

Clarewood ya la había acusado una vez de tratar de engañarlo y creía que lo que le estaba ocultando esa vez era mucho más grave.

La vida y el futuro de un niño estaban en juego.

No sabía qué hacer. Pensaba cada día en el bebé que crecía en sus entrañas. Sabía que Clarewood tenía derecho a saberlo. Pero, aunque había pasado mucho tiempo desde aquel horrible día, no había podido olvidar las acusaciones que le había proferido ni sus ojos cargados de ira. No quería que volviera a hacerle daño ni que la acusara de nada.

Había estado desde el principio segura de que él creería que se había quedado en estado para tratar de cazarlo. Pero las cosas habían cambiado mucho desde entonces y ya no estaba tan segura. Creía que quizás entendiera que había sido un accidente, algo con lo que nadie había contado. Pero no sabía si él querría continuar con la relación cuando supiera que estaba en estado.

No quería arriesgarse a perderlo, era demasiado pronto.

Sabía que tenía derecho a saber que iba a ser padre. Y, no tenía duda alguna, sabía que sería un buen padre. Su hijo o hija también tenía derecho a vivir con las ventajas de tener al duque de Clarewood como progenitor. Era algo de lo que estaba convencida. Pero temía que Stephen terminara con la relación cuando se lo dijera. Cabía la posibilidad de que pensara que había estado tratando de manipularlo otra vez y que no quisiera estar ya con ella.

Estaba tan enamorada de él que no quería ni pensar en esa posibilidad, pero no había perdido por completo el sentido común. Sabía que él no tardaría mucho en adivinar la verdad, sólo unos pocos meses, cuando su condición fuera evidente.

Y, como él lo averiguaría tarde o temprano, sabía que debía decírselo cuanto antes. Así conseguiría aliviar un poco su conciencia. Sabía que era lo que debía hacer. Aun así, tenía mucho miedo a que Clarewood reaccionara mal y terminara perdiendo su interés en ella.

Creía que su relación parecía amor de verdad. Por su parte, al menos, lo era. Pero sabía que no debía olvidar que se trataba sólo de un acuerdo casi comercial, aunque Stephen se portaba tan bien con ella que era muy fácil olvidarlo.

Se levantó de la silla y se estiró. Había transformado un pequeño cuarto de la planta baja en su taller de costura. Se frotó su dolorida espalda y se acercó a la ventana. Vio entonces aparcado frente a la casa un coche que le sonaba de algo, ya lo había visto antes. No pudo evitar sentir cierto nerviosismo.

Stephen iba a pasar el día fuera de la casa y ella no debía recibir a nadie. Algo triste, se dio cuenta de que iba a tener que seguir allí escondida hasta que Guillermo consiguiera que se fuera la inoportuna visita. Situaciones como ésa le recordaban que no era la señora de la casa, sólo la amante del duque.

Se sobresaltó al sentir un golpe en la puerta que reconoció al instante, se trataba del mayordomo. Fue corriendo a la puerta, imaginó que habría pasado algo.

—¿Qué ocurre? —preguntó con preocupación.

—Tenéis visita. Son lady Saint Xavier y la señora de Warenne.

Palideció al oírlo.

—No, no es posible. Habrán venido a ver al duque.

—Las damas me han especificado que sois a vos a quien han venido a ver.

Cada vez estaba más alarmada.

—¡Diles que se vayan!

—¿Podría sugeriros que las recibierais en el salón dorado, señorita Bolton?

No podía creerlo. Llevaba semana y media en Clarewood y era la primera vez que Guillermo expresaba su opinión.

—Esto no va a salir bien... —murmuró angustiada.

—Todo lo contrario, su excelencia adora a esas dos damas y estoy seguro de que querría que las recibierais —le dijo Guillermo.

Se quedó atónita al ver que el mayordomo la dejaba sola. Respiró profundamente y se dio cuenta de que nunca le habría dicho algo así si no estuviera convencido de ello. Pero tenía miedo.

Esas dos mujeres habían sido muy amables con ella, pero no conseguía entender por qué se habrían acercado a verla. No se había parado a pensarlo, pero imaginó que todo el mundo sabría que estaba viviendo con Clarewood. Estaba segura de que las lenguas más maliciosas, como la de lady Witte, la acusarían de ser la amante del duque. Stephen podía haber conseguido que no hablaran tanto de ella, pero creía que su relación sería de dominio público.

Ariella y Elysse la esperaban ya en el salón dorado cuando entró ella. Estaban hablando sobre alguien que no conocía, una prima de las dos llamada Margery. Pero, al verla entrar, se callaron y la miraron con grandes sonrisas. Parecían contentas de verdad.

Se sintió un poco más aliviada, pero no estaba del todo relajada, temía que la atacaran con ácidos comentarios en cualquier momento.

—Buenas tardes —les dijo—. Es un placer veros de nuevo,

pero me temo que su excelencia no está ahora mismo en casa.

—Lo sabemos —repuso Elysse sin dejar de sonreír—. Pero hemos venido para veros a vos, ya deberíamos haberlo hecho antes. Queríamos asegurarnos de que Stephen os está tratando bien. Pero veo que seguís de una pieza y que tenéis muy buen aspecto, la verdad.

Cada vez estaba más nerviosa, no había entendido bien sus palabras.

—La verdad es que íbamos a acercarnos a la ciudad para hacer algunas compras —añadió Ariella mientras miraba a su amiga—. Y decidimos que deberíais acompañarnos.

—¿Os apetece salir de compras? A Stephen no le importará. Además, va a estar fuera todo el día —le dijo Elysse—. Sabemos que puede ser un poco difícil, pero... Por cierto, creemos que sois muy valiente al atreveros a soportarlo. Tiene fama de ser un terrible anfitrión.

Se quedó boquiabierta al oírla.

—Casi nunca tiene invitados en su casa y, cuando los tiene, no se quedan mucho tiempo —explicó Ariella—. No es que sea maleducado con ellos, pero está demasiado atareado con sus proyectos como para ocuparse de sus huéspedes. Aunque sé que sí puede ser algo intolerante con los que deciden quedarse más de la cuenta y abusar de su hospitalidad.

A Alexandra le dio la impresión de que intentaban averiguar qué tipo de relación había entre ellos.

—Ha sido un anfitrión excelente —les aseguró.

A las dos mujeres pareció encantarles su respuesta. Sonrieron y se quedaron calladas, esperando que añadiera algo más.

—Estoy segura de que todo el mundo sabe que he tenido una pelea con mi padre. El duque fue muy amable y sugirió que me quedara aquí hasta que pudiera solucionar las cosas o encontrar otro alojamiento.

Elysse dejó de sonreír.

—Es horrible que hayáis tenido que salir de vuestra casa

—le dijo con sinceridad—. Lo sentimos muchísimo. Pero es un alivio ver que Stephen está siendo un anfitrión considerado y no os ha abandonado como ha hecho con otros invitados.

—No tengo nada malo que decir sobre él —repuso Alexandra con firmeza.

—Parece que puede ser un buen anfitrión —comentó Elysse con una sonrisa—. Cuando quiere serlo...

—Debe de estar enamorado —murmuró Ariella.

Nerviosa, Alexandra se mordió el labio. No sabía qué decir. Debían de saber que era su amante y no su invitada. Pero le hablaban como si no les pareciera mal que lo fuera.

—Es todo un caballero —les dijo—. Es un anfitrión amable, considerado y muy agradable. Si estoy abusando de su hospitalidad, no me lo ha hecho saber.

Las dos damas se miraron a los ojos, parecían encantadas.

—Está claro que le encanta teneros aquí —repuso Ariella riendo—. Son pocos los que sabemos cómo es de verdad, señorita Bolton. Tiene reputación de ser un hombre cruel, frío, exigente y despiadado. He de admitir que se muestra autoritario y algo rudo con la mayoría, pero parece claro que ha cambiado.

—Y vemos que no os ha hecho perder la paciencia —añadió Elysse.

Alexandra podía sentir que se había ruborizado, hasta le costaba respirar. Era como si esperaran que les confesara la verdad.

—Dudo mucho que alguien se atreva a perder la paciencia con su excelencia —repuso.

—¿En serio? A mí me enfada cada dos por tres —le dijo Ariella—. Puede ser muy grosero. Otras veces, es tremendamente aburrido.

Alexandra abrió los ojos con sorpresa.

—Es demasiado ingenioso para aburrir a nadie —lo defendió entonces—. La verdad es que es un hombre encantador y...

Se detuvo de inmediato. Sabía que estaba hablando más de la cuenta.

—Bueno, me alegra veros tan animada y tan leal —repuso Elysse sonriendo—. Estoy segura de que le hacéis mucho bien.

Estaba sin palabras.

Ariella se le acercó y agarró con cariño su brazo.

—Señorita Bolton, he conocido a Stephen desde que tenía nueve años. Es el mejor amigo de mi hermano. Nos emociona ver que por fin ha encontrado a alguien tan especial como vos para iluminar su vida gris y aburrida.

—¡No entiendo qué pretendéis decirme con eso! —exclamó ella mientras se apartaba.

—Supimos que todo era distinto esta vez desde que lo vimos en la fiesta de cumpleaños de Sarah —le dijo Elysse—. Conocemos muy bien a Stephen y sabemos que, de no tener un interés especial en vos, no se habría molestado en ayudaros como lo hizo.

Se sentía indefensa, como si estuvieran empujándola para que confesara algo que no deseaba confesar, pero sin que pudiera hacer nada para resistirlas.

—Como he dicho antes, no tengo otro sitio a donde ir. Fue lo suficientemente amable como para ofrecerme alojamiento, eso es todo —les dijo angustiada.

—Me alegro —repuso Ariella—. Porque fue culpa suya que os echaran de vuestra casa, ¿no? Es un hombre justo, por eso terminó dándose cuenta de su error y haciendo lo que debía haber hecho desde el principio.

Estaba tan mareada que tuvo que sentarse. Pero se dio cuenta entonces de que estaba siendo una maleducada, no había esperado a que sus invitadas se sentaran antes que ella. No sabía qué pensar. Creía que se reirían de ella y la despreciarían si les confesaba sus sentimientos. Pero una parte de ella comenzaba a creer que de verdad les alegraba que estuviera con Stephen.

Ariella se sentó a su lado en el sofá y tomó con cariño su mano.

—El amor es complicado —le dijo con voz amable—. Cuando vi por primera vez a Emilian, mi mundo cambió por completo. Era en parte rumano y mi padre no quería que estuviera con él. Pero yo estaba tan enamorada que estaba dispuesta a todo por conseguirlo. Fueron tiempos muy complicados, todos pensaban que nuestra relación no tenía futuro. A veces, yo también me desanimaba. Pero Emilian es el amor de mi vida —concluyó con una gran sonrisa mientras le apretaba la mano.

—Yo tenía ocho años cuando conocí a Alexi —le contó entonces Elysse sentándose también en el sofá—. Recuerdo que pensé que era el niño más guapo que había visto nunca... ¡Pero también el más insoportable! Nos pasamos la infancia y la adolescencia tratando de impresionar al otro mientras nos ignorábamos al mismo tiempo. Hasta que me rescató del escándalo para abandonarme después en el altar. Pero el destino nos unió de nuevo y supimos superar nuestras diferencias. Ahora sé que no podría vivir sin él.

Alexandra también sonrió. El corazón latía con fuerza en su pecho. Eran bellas historias de amor y creía que no tenían nada que ver con la suya. Pero parecían saber que Stephen y ella eran amantes. Le daba la impresión de que contaban con la bendición de las dos e incluso parecían haber adivinado que ella lo amaba.

—¡Pero esto no está bien! —exclamó de repente—. ¿Por qué no censuráis lo que estoy haciendo?

—Porque nos gustáis mucho —repuso Elysse—. Para mí fue así desde que os conocí. Además, queremos a Stephen lo suficiente como para preocuparnos por él.

No entendía bien lo que quería decirle.

—El amor puede ser tan impaciente —agregó Ariella de forma enigmática—. Bueno, ahora que hemos aclarado las cosas, será mejor que nos pongamos en camino —añadió mientras se levantaba—. Vamos a la ciudad. Yo necesito guantes nuevos y Elysse debe comprarle ropa al bebé. Tenéis que acompañarnos, Alexandra, estoy segura de que querréis compraros algo también. Y, no os preocupéis, si nos encontramos con alguna bruja, Elysse y yo os defenderemos.

—O, mejor aún, se lo diremos a Stephen y dejaremos que sea él quien se deshaga de las brujas —comentó Elysse riendo.

Alexandra se mordió el labio. No sabía cómo, pero le dio la impresión de que acababa de hacer dos nuevas amigas. Y eran las dos maravillosas.

Alexandra bajó corriendo las escaleras con la esperanza de poder ver a Stephen antes de que comenzara a trabajar. Había estado con Ariella y Elysse la noche anterior y no había regresado a tiempo de cenar con él. Cuando volvió, a las nueve y media, se lo había encontrado leyendo contratos en la biblioteca. Había retrasado la cena para poder comer con ella y no había dejado que se disculpara cuando lo intentó más de una vez. Le dio la impresión de que le había gustado saber que había pasado la tarde con las dos damas.

Al final, se habían olvidado de la cena y, después de que Stephen la abrazara, habían terminado haciendo el amor en la alfombra, delante de la chimenea.

Después habían subido al dormitorio y ella se había despertado más tarde de lo habitual, ya eran las diez y media de la mañana. Iba corriendo al comedor cuando salió Stephen al pasillo. Estuvieron a punto de darse de bruces, pero él la sujetó antes de que perdiera el equilibrio. Después la abrazó contra su cuerpo.

—Apenas hablamos anoche y temía que te fueras antes de que pudiera bajar a desayunar —le dijo ella.

Stephen acarició su nuca y deslizó la mano hasta su pelo.

—Anoche no estaba de humor para charlar, sino para otras cosas. Seguro que te diste cuenta...

No pudo evitar sonrojarse al recordar lo apasionado que había sido con ella.

—Mi intención fue avisarte para que supieras que iba a llegar tarde, no quería que me tuvieras que esperar ni que te quedaras sin cenar por mi culpa. Lo siento, Stephen —le dijo.

—Ya te dije que no me importaba —repuso él con una sonrisa—. Y, cuando digo algo, lo digo de verdad. La verdad es que me alegra que Ariella y Elysse te sacaran de casa. ¿Lo pasasteis bien?

Asintió con la cabeza.

—No me compré nada, pero ayudé a Elysse a elegir cosas para el bebé.

Se quedó callada y él la observó con interés.

Estaba muy nerviosa, cuando hacía comentarios así, le daba la impresión de que Stephen sabía que estaba encinta. Pero estaba segura de que sacaría el tema si así fuera.

—¿Te trataron bien? —le preguntó él para romper el hielo.

—Las dependientas me trataron como si fuera de la realeza, Stephen —repuso aliviada.

—Bueno, entonces puede que te animes a salir un poco más —le dijo con una sonrisa—. Pero, ¿por qué no compraste nada? ¿No viste nada que te gustara?

Se mordió el labio. No sabía cómo decirle que no se sentía cómoda usando su dinero.

Stephen adivinó lo que le pasaba y la abrazó de nuevo.

—Ya me lo imaginaba —le dijo—. Me encantaría que salieras a comprar, Alexandra. Si quieres que te sea sincero, me gustaría más aún que te gastaras una cantidad descomunal de dinero en ti misma.

No pudo evitar sonreír.

—Parece que hablas en serio...

—Por supuesto —murmuró Stephen—. Ven conmigo a la biblioteca.

Había tanto ardor en su mirada que pensó que pretendía hacerle el amor allí mismo y a esas horas de la mañana. Pero fue directo a su mesa cuando entraron en la biblioteca y abrió con llave uno de los cajones. Después se incorporó y la miró.

—Es un placer para mí darte esto, Alexandra –le dijo mientras le mostraba una cajita de terciopelo.

Stephen la abrió y vio que se trataba de una pulsera de diamantes. Pensó por un momento que era la que le había regalado cuando intentaba cortejarla, pero vio que era muy distinta, más bella y costosa aún.

—Quiero que tengas esta pulsera —agregó con voz ronca mientras se acercaba a ella y se la colocaba en la muñeca.

Consiguió por fin reaccionar. Nunca había visto tantos diamantes juntos.

—Stephen... Pero, ¿cómo podría aceptar algo así?

—Puedes hacerlo y lo harás —repuso él con firmeza–. Quiero que la tengas como recuerdo del afecto, admiración y respeto que te tengo —añadió mirándola a los ojos.

Alexandra sintió que estaba a punto de echarse a llorar.

—Y no olvides que cuando digo algo, lo digo de verdad —le dijo mientras le levantaba con ternura la barbilla.

Se dio cuenta de que no pretendía pagar sus servicios, sino mostrarle cuánto la apreciaba. Y también le había dicho que la admiraba y respetaba.

—Me encanta... —susurró al fin.

En realidad, estaba deseando decirle que lo amaba, pero no podía hacerlo.

Stephen sonrió y deslizó suavemente los labios sobre los de ella.

—Me estás convirtiendo en un hombre descaradamente feliz.

Estaba tan emocionada que no podía hablar.

Pero Stephen vio entonces algo por la ventana que atrajo su atención. Ella también miró hacia allí y vio su pequeña y vieja calesa con Ébano al frente.

—¡Son mis hermanas! —exclamó feliz–. ¡Por fin vienen a visitarme!

Stephen la abrazó y le dio un beso en la boca.

—Asegúrate de que se queden a comer, luego os veo —le dijo entonces.

—No, espera —le pidió ella.

Alexandra rodeó su bello rostro con las manos y le dio un apasionado beso.

—No merezco una joya como ésta, pero muchas gracias. ¡Me encanta!

Stephen sonrió.

—Ve a recibir a tus hermanas y disfruta mucho de su visita, ¿de acuerdo?

Ella se levantó las faldas para poder correr y salió deprisa de la biblioteca. Corrió por toda la casa y, cuando llegó al vestíbulo, el mayordomo estaba recogiendo los abrigos de Corey y Olivia. Gritaron al verla y corrieron a abrazarla. Estaba tan feliz que se le llenaron los ojos de lágrimas.

—¡Os he echado tanto de menos! —les dijo.

—Nosotras también —repuso Corey abrazándola una vez más—. ¡Qué elegante estás! Mira ese vestido...

Y vio entonces su nueva pulsera.

—¡Alexandra!

—Acaba de dármela como muestra de afecto y respeto —les dijo.

Olivia tenía los ojos como platos.

—¡Es preciosa! Aunque no tanto como tú —le aseguró—. Nunca te había visto así, tienes un brillo especial —agregó mientras la miraba a los ojos.

—Pues no he cambiado —repuso Alexandra.

Pero supo que se había sonrojado y que le brillaban los ojos. Acababa de mentir a Olivia, era una mujer completamente distinta y las dos lo sabían.

—Es bueno contigo, ¿verdad? Pareces tan feliz, puedo verlo en tu mirada —le dijo Olivia.

Alexandra acarició su mejilla con cariño.

—Vino a Villa Edgemont —le contó Corey—. Habló con nuestro padre y le dejó muy claro lo que no debía volver a hacer. Entre otras cosas, ¡le ordenó que no volviera a hablaros irrespetuosamente!

Perpleja, Alexandra no pudo evitar abrir la boca.

—Nos ha proporcionado una asignación mensual muy generosa —le dijo Olivia—. La despensa está llena, hay heno en el establo y hemos podido encargar tres vestidos nuevos cada una.

No podía creerlo. Le emocionaba ver lo bien que Stephen se estaba portando con su familia.

—Es un buen hombre, ¿verdad? —le preguntó Corey—. Debe de quererte mucho para cuidar tanto de nosotros. Tenías que haber visto cómo le habló a nuestro padre. Y esa pulsera...

Se quedó sin aliento pensando en la posibilidad de que Stephen la quisiera. No sabía si debía hacerse ilusiones. Acababa de decirle que la apreciaba, admiraba y respetaba... Estaba muy emocionada.

—Es un hombre de naturaleza generosa —les explicó—. Y creo que me aprecia —agregó después.

—¿Que te aprecia? —repitió Corey con incredulidad mientras miraba a Olivia.

Le dio la impresión de que sabían algo que no le estaban contando.

—¿Estás enamorada de él? —le preguntó Olivia.

Alexandra la miró a los ojos y supo que pasaba algo.

—¿De qué se trata? ¿Qué es lo que ha pasado? Porque ha pasado algo, ¿verdad?

Sus hermanas se miraron de nuevo. Pero, por una vez en la vida, Corey consiguió contenerse y no responder. Fue Olivia la que rompió el silencio.

—Owen está en el pueblo, Alexandra —le dijo—. Nos visitó ayer, quería verte.

CAPÍTULO 16

Alexandra estaba tan atónita que pensó por un momento que no lo había entendido bien. Pero sus hermanas la miraban esperando una respuesta. No podía creer que Owen hubiera regresado a la zona. El corazón le dio un vuelco.

No sabía qué pensar. Suponía que había estado en el pueblo varias veces durante los últimos nueve años, pero era la primera vez que se acercaba a visitarla. Era un hecho que la habría extasiado de haber ocurrido un mes antes, pero todo había cambiado desde entonces.

«¿Por qué aparecerá de nuevo en mi vida? ¿Por qué ahora?», se preguntó.

Intentó recobrar la compostura y calmarse, pero era muy difícil. Se le vinieron a la memoria multitud de recuerdos. La imagen que tenía de Owen era la de un hombre sonriente y tan brillante como el sol. Había sido su mejor amigo y su pretendiente. Pero, cuando recordó cómo había sido estar entre sus brazos y besarlo apasionadamente, se quedó sin aliento.

Aunque no había olvidado a Owen, era la imagen de Stephen la que estaba más presente en su cabeza. Angustiada, miró la pulsera que brillaba en su muñeca y recordó los momentos de pasión que habían vivido esa misma mañana. Amaba a Stephen, creía que él era su presente. Además, Owen llevaba mucho tiempo casado.

—Pero, ¿por qué ha ido a visitarme después de tanto tiempo? —consiguió preguntarles.

Olivia tomó con cariño su brazo.

—Creo que deberíamos sentarnos, Alexandra —le sugirió.

Se quedó sin respiración. Supo que Olivia tenía algo más que contarle y que no podían ser buenas noticias.

—¿Está Owen bien? ¿Le ha pasado algo?

Olivia sonrió tímidamente mientras la llevaba a uno de los salones.

—Bueno, está bastante bien, dadas las circunstancias.

No entendía nada, pero dejó que su hermana la llevara hasta el salón dorado.

—Pareces muy disgustada, Alexandra —le dijo Corey mientras miraba a Olivia.

Se dio cuenta entonces de que le faltaba la respiración.

—¿Que es lo que no me estáis contando? —les preguntó con firmeza—. Está claro que no son buenas noticias, es normal que esté nerviosa.

Owen había sido su primer y único amor. Aún lo quería y sabía que siempre sería así, pero eso no cambiaba los sentimientos que tenía por Stephen.

Olivia la miró y la agarró por los hombros.

—Owen ha enviudado, Alexandra. Enterró a su esposa hace seis meses —le dijo.

No pudo ahogar una exclamación y sintió que le fallaban las rodillas.

—¿Vas a desmayarte? —le preguntó su hermana al ver que se mareaba.

Estaba conmocionada, no podía creer que su esposa estuviera muerta y hubiera ido a visitarla.

Fue hasta el sillón más cercano y, sin apenas aliento, se sentó. Le palpitaban las sienes. Conocía muy bien a Owen y podía imaginarse cuánto estaría sufriendo la pérdida de su esposa. Lamentaba muchísimo lo que le había pasado y lo compadecía.

Pero, al mismo tiempo, no podía quitarse de la cabeza a Stephen. Le daba la impresión de que estaba mirándola con reprobación en sus ojos.

Respiró despacio y exhaló para tratar de calmar sus nervios.

Estaba con Stephen y llevaba a su hijo en las entrañas. Sabía que no había razón para sentir que estaba situada entre dos potentes fuerzas que tiraban de ella en direcciones opuestas. Aunque no se atreviera a decírselo y pensara que nunca iba a ser más que su amante, era a Stephen a quien quería.

—¿Cómo se encuentra? Estará destrozado, ¿no? ¿Cuándo ocurrió?

—No sé si estará destrozado, pero me pareció que estaba muy triste. No lo recordaba así —le dijo Olivia con lástima—. No tengo muchos recuerdos de él, pero creo que siempre estaba sonriendo y que era un joven risueño y alegre. Cuando lo vimos el otro día, estaba muy triste, Alexandra.

—Sí, muy triste —agregó Corey—. Pero está deseando verte.

Sus palabras consiguieron que se pusiera aún más nerviosa.

—Supongo que está aún de luto y necesitará un hombro donde llorar, un amigo —murmuró con algo más de convicción—. Seguro que por eso ha ido a verme.

Trataba de convencerse de que sólo buscaba su amistad, que no pretendía reanudar su relación con ella. No trató de analizar si eso hacía que se sintiera desilusionada o aliviada y se concentró en ayudarlo. Era su amigo y lo estaba pasando mal. Estaba segura de que Stephen lo entendería.

Olivia se sentó a su lado sin dejar de observarla.

—Le apenó que no estuvieras en casa.

Alexandra miró a su hermana, intentando interpretar lo que quería decirle.

—No ha regresado al pueblo con intenciones románticas —le dijo con firmeza ella.

Olivia y Corey se miraron de nuevo a los ojos.

—¿Cómo puedes estar tan segura? —le preguntó Olivia.

—Porque han pasado nueve años y aún llora la reciente muerte de su esposa —repuso Alexandra.

Pero le pareció recordar entonces las palabras pronunciadas por el joven Owen muchos años antes. Le había asegurado que nunca dejaría de amarla y que nunca la olvidaría.

Se echó a temblar al pensar en Stephen, tenía la sensación de que no iba a gustarle nada Owen ni que apareciera de nuevo en su vida. Y sabía que a Owen tampoco le agradaría ver que estaba viviendo en casa del duque.

—¿Qué le dijisteis de mí? —les preguntó—. ¿Cómo explicasteis que ya no vivo en casa?

—Le dije que estabas ahora mismo de invitada en casa del duque de Clarewood. No creo que lo entendiera —le aseguró Olivia.

—Nos dijo que te visitaría aquí —agregó Corey entonces—. Así que lo entenderá muy pronto.

—Nunca hemos tenido secretos y no pienso hacerlo ahora —les dijo Alexandra—. No tardará mucho en entender que soy la amante de Clarewood.

Había tomado una decisión. Owen necesitaba su amistad y estaba convencida de que no tenía ninguna intención romántica con ella. Y, aunque así fuera, no pensaba tomarlo en cuenta.

—Si no viene mañana, lo visitaré yo. Tengo la intención de reanudar nuestra amistad. ¿Dónde se aloja?

—Está en Greenwich, con lord y lady Bludgeon —le dijo Olivia.

No conocía a esa pareja. Se frotó las sienes. Se dio cuenta de que estaba deseando ver a Owen y poder consolarlo.

—¿De verdad estás bien? —le preguntó Olivia mientras agarraba su mano—. Estás muy pálida.

—Es que ha sido una conmoción muy grande —explicó—. Y me preocupa Owen.

—Por supuesto.

Miró los cariñosos ojos de su hermana. No le gustó ver que parecía dudar de sus intenciones. Imaginó que deseaba saber si sentía aún algo por Owen.

—Entonces, ¿qué vas a hacer? —le preguntó Corey—. ¿Qué harás cuando lo veas?

—Trataré de consolarlo y ser su amiga, Corey —repitió.

Corey y Olivia se miraron a los ojos.

—No era a eso a lo que se refería Corey —le recordó Olivia.

Alexandra se puso en pie y comenzó a dar vueltas por el salón. Sus hermanas no sabían que estaba encinta. Sabía que dejarían de insinuar que podría llegar a tener algo romántico con Owen, si lo supieran. Stephen había conseguido ganarse su afecto y pensaban que era muy generoso y bueno.

—Lo quisiste tanto —le recordó Corey—. Recuerdo cuánto lloraste después de romper con él.

Se detuvo y miró a su hermana con firmeza.

—¡Eso forma parte del pasado! —exclamó.

Sabía que Olivia era muy comprensiva, siempre había sido su confidente. Quería hablar con ella en privado.

—Corey, ¿podrías ir a buscar a Guillermo, el mayordomo, y decirle que seremos tres para almorzar? —le pidió a su hermana.

—Clarewood dijo que comería también con nosotras —repuso Corey con una sonrisa.

Cuando Corey salió del salón, Alexandra miró a Olivia.

—Parece que estás demasiado tranquila. Después de todo, acabas de saber que el amor de tu vida ha estado buscándote y que ya no está casado.

—Ahora estoy con Stephen y lo sabes tan bien como yo.

Olivia se quedó callada unos segundos.

—¿Crees que Stephen te pedirá que te cases con él?

Se quedó sin aliento.

—Olivia, por favor. Sabes tan bien como yo que no cumplo los requisitos para que llegue a considerarme como la futura duquesa de Clarewood.

—Pero hay duques, incluso príncipes y reyes, que se casan con plebeyas. Creo que serías una maravillosa duquesa.

Se le encogió el corazón.

—No digas eso, por favor —le pidió mientras tomaba su mano—. Olivia, le he dicho a Corey que se fuera porque tenía que contarte algo muy importante.

Olivia abrió preocupada los ojos.

—¿Qué ocurre?

—Estoy encinta —le dijo—. Eres la primera persona a la que se lo digo, no lo sabe nadie.

—¡Alexandra! —exclamó—. ¿No se lo has dicho a Clarewood?

—No, tengo miedo de que me acuse de haberlo planeado todo para conseguir que se case conmigo —le dijo con nerviosismo—. La primera vez que estuvimos juntos, ya me acusó de haberlo engañado al no decirle que era virgen.

Olivia palideció al escucharla.

—Se enfadó muchísimo y no podría soportar volver a verlo así —agregó Alexandra.

—Debería casarse contigo —le dijo su hermana—. Es lo más honrado. Ahora entiendo que dijeras que estás con él.

—Es que es así. Además, sé que él te agrada.

—Sí, pero ahora que sé que estás en estado, creo que debe casarse contigo. ¡Esto lo cambia todo! Estás encinta y debería ser una buena nueva, un motivo de celebración. Estoy segura de que querrá casarse contigo. No puedo creer que tengas miedo de decírselo.

Olivia empezaba a sonreír. Pensó que estaría imaginando a su futuro sobrino o sobrina.

—Lo quiero, pero... Pero me da mucho miedo cuando se enfada —le confesó temblando.

—¿Te ha hecho daño?

—No, claro que no. Al menos, no físicamente. La verdad

es que creo que tiene sentimientos por mí, Olivia, y que incluso podría alegrarse al saber que estoy en estado. Pero tengo tanto miedo de que me acuse de tratar de engañarlo... Sé que eso sería el fin para los dos.

Olivia agarró enfadada sus brazos.

—Alexandra, ese hombre debería adorarte. Debería estar completamente enamorado de ti.

—No digas eso, ¡déjalo ya!

—Tanto como lo estuvo Owen en el pasado —añadió su hermana.

Alexandra se apartó, sus palabras le hacían daño.

—Eso no es justo. Owen no tiene nada que ver con esto.

—¿De verdad? Yo estoy segura de algo. Owen aún te ama. Y, si Clarewood te abandona, creo que Owen nunca dejaría que tuvieras que criar sola a tu hijo.

—¡Calla! No puedes saberlo —le dijo con angustia—. Estás diciendo tonterías. Es Stephen el que me importa y las cosas ya son bastante complicadas sin que tenga que pensar además en Owen.

Olivia frunció el ceño y sacudió la cabeza.

—Debes decirle la verdad y debes hacerlo cuanto antes. Después, ya veremos lo que pasa.

No podía creer lo que le decía su hermana. Alexandra estaba segura de que Stephen no consideraría nunca la posibilidad de casarse con ella. Tampoco creía que Owen fuera tan caballero como para desear rescatarla si Stephen se negaba a casarse con ella.

Pero una parte de ella sabía que siempre podría contar con él. Era un hombre cariñoso y honrado y estaba segura de que querría ayudarla, a pesar de su reputación, y que no le importaría tener que sufrir los comentarios maliciosos de la gente.

Respiró profundamente para tratar de calmar el dolor en su corazón.

—Siempre he sabido que esta relación no era para toda la vida —le dijo.

—¿Por qué no? ¿Por qué crees que no eres lo suficientemente buena para él? —preguntó Olivia—. Clarewood ha sido muy generoso con todos nosotros. Pero, si no está dispuesto a casarse contigo, deberías pensarte mucho mejor lo que estás haciendo.

Se quedó en silencio. Sabía que el futuro del niño estaba en peligro y que su hermana tenía razón.

—Sé que crees que lo amas. Pero, ¿de verdad es así? Porque yo sé cuánto quisiste a Owen y no creo que ese tipo de amor llegue a morir.

La duquesa viuda le había enviado una invitación por medio de uno de sus criados, pero Jefferson no la había respondido de inmediato. Al ver pasar los días sin saber de él, Julia había empezado a pensar que estaba rechazando su invitación y que no deseaba seguir avanzando en su amistad.

Pero llegó por fin la respuesta de Jefferson y una disculpa, había estado de viaje por el sur de Escocia. Se había sentido muy aliviada al ver que aceptaba encantado su invitación para pasar un día montando a caballo por el campo. Estaba feliz y encantada.

Lo miró de reojo. Tenía la boca seca y le faltaba el aliento. Ya estaban cada uno a lomos de un caballo y acababan de salir de los establos. Jefferson no había hablado demasiado desde que llegó ese día a su casa. Se había limitado a saludarla con educación y a preguntarle cómo estaba. Ella había tratado de responderle de manera relajada, como era habitual en ella, pero estaba demasiado tensa para fingir lo que no sentía.

Le había parecido más fuerte, apuesto y masculino de lo que recordaba. Lo dominaba todo con su presencia y era muy consciente en todo momento de lo cerca que estaba de él. La tensión que ya había sentido cuando Jefferson la había visitado por última vez parecía haberse intensificado aún más, era casi insoportable.

Jefferson la sorprendió mirándolo y el corazón le dio un vuelco.

—¿Os gustó Escocia? —le preguntó entonces.

—Sí, mucho. Mi madre era de Glasgow.

Era la primera noticia que tenía al respecto.

—Creo que tengo algunos parientes lejanos, por parte de mi padre, que provienen de esas islas del oeste.

—Bueno, entonces parece que tenemos algo en común —repuso él.

Se miraron a los ojos un segundo, Jefferson apartó después la mirada.

Temió que estuviera molesto por algo, estaba mucho más callado de lo habitual en él.

—Y, ¿estáis disfrutando de vuestra estancia en Inglaterra?

—Sí —le dijo él mirándola a los ojos con una sonrisa algo fría—. Debería haber venido antes a visitar la tumba de mi hija.

Jefferson le había confiado algo muy personal y doloroso y ella deseaba poder decirle más sobre su propia vida y sobre cuánto había sufrido con Tom. Pero no sabía si debía hacerlo.

—Me alegra que lo hayáis hecho por fin. Espero que os hiciera sentir mejor.

El hombre se quedó unos segundos en silencio, con aire pensativo, antes de contestar.

—Sí, así fue.

—Yo decidí hace muchos años no visitar la tumba de mi difunto esposo —le confesó sin pensar.

Jefferson la miró con interés.

—¿Por qué no? Si no os molesta que os pregunte...

—Ya han pasado quince años y estaba cansada de ir a presentarle mis respetos —repuso ella—. O tener que fingir que le presentaba mis respetos...

—He oído que era un hombre difícil.

Se mordió el labio antes de responder.

—Era frío y complicado. Y también cruel.

—Os merecíais a alguien mejor. Entonces, ¿por qué fuisteis a su tumba al principio?

Le sorprendió ver que parecía muy interesado.

—Era mi obligación, señor Jefferson.

—Claro, por supuesto. Me estoy dando cuenta de que las obligaciones son muy importantes en este país.

No entendió sus palabras y se sintió mal. Le daba la impresión de que pasaba algo.

—Estoy segura de que vos también cumpliréis con vuestros deberes, ¿no es así?

—No lo sé, duquesa. De donde vengo, un hombre necesita orgullo, valentía y ambición. Los deberes y obligaciones no son tan importantes, lo fundamental es poder sobrevivir.

Se sintió como si acabara de abofetearla. Temblando, apartó la vista.

—Así que en realidad no tenemos mucho en común, ¿verdad? —murmuró Jefferson.

Sin saber por qué, se le llenaron los ojos de lágrimas y tuvo que parpadear rápidamente para controlarse. Se dio cuenta de que no lo había imaginado, le había pasado algo, no parecía la misma persona.

—¿Galopamos? —le sugirió ella con una sonrisa falsa.

—¿Podréis controlar a esa yegua? Parece un poco salvaje.

—Sí, puedo controlarla —repuso algo molesta y sin mirarlo.

Sin esperar a que respondiera, azuzó a su yegua para que saliera al galope. Oyó que la seguía, sabía que estaba justo detrás de ella. Se sentía triste y humillada.

Creía que era una tonta y que debía de haberse imaginado la atracción que había sentido entre ellos. Vio entonces la baja valla de piedra que estaban a punto de encontrarse.

—Podéis evitar la valla girando a la derecha, señor Jefferson —le gritó.

La pared era bastante ancha. Se preparó para saltarla sin

mirarlo a él, pero se dio cuenta de que Jefferson había frenado a su caballo.

Ella siguió adelante y la pasó sin problemas.

Por primera vez en su vida, no sintió la excitación que siempre sentía tras saltar así. Estaba demasiado apenada.

Le dio unas palmadas a la yegua en el cuello y se giró para mirarlo a él. Seguía al otro lado del muro. Le hizo un gesto hacia su derecha para indicarle por dónde debía seguir para evitar la pared de piedra.

Pero él no le hizo caso. Vio con terror que se lanzaba al galope hacia la pared y que no sabía nada de saltos. No sujetaba con fuerza las bridas. Jefferson pareció darse cuenta del problema y azuzó aún más al caballo, no quería siquiera mirar, sabía que iba a ser un desastre.

—¡Preparaos! —gritó con todas sus fuerzas—. ¡Levantadlo!

Era demasiado tarde. Caballo y jinete se elevaron, pero el animal no se había impulsado lo suficiente y tocó la pared con las patas traseras. Jefferson, que ya había perdido el equilibrio, perdió uno de los estribos. Estuvo a punto de caer cuando el caballo pasó la pared, pero se sujetó con fuerza a las crines del caballo y consiguió volver a sentarse en la silla.

Fue reduciendo la velocidad del animal y acercándose a ella.

Julia se mordió el labio. Era un alivio ver que no se había hecho daño y decidió que era mejor no decirle nada e ignorar lo mal que había manejado al caballo. Intentó mantener la calma hasta que lo tuvo delante.

—¿Estáis bien? —le preguntó entonces.

—¿Cómo conseguís hacerlo? —exclamó él.

—¡Dios mío! —repuso ella con una sonrisa—. Nunca habíais saltado un muro, ¿verdad?

—Allí nunca lo necesitamos. Nos concentramos en que puedan pararse y girar deprisa y que sean capaces de ayudarnos a controlar el ganado, nada más.

Le interesaba mucho lo que le contaba de California y se sintió un poco mejor.

—Bueno, los saltos son cuestión de técnica —le dijo—. ¿De verdad estáis bien?

—Me siento algo humillado, pero estoy bien —repuso él mientras desmontaba.

Vio que se agachaba para ver las patas de su caballo.

Ella también bajó y se arrodilló a su lado.

—Ni siquiera tiene arañazos, se pondrá bien —le dijo ella poniéndose en pie.

—Menos mal, no me gustaría haber herido a uno de vuestros caballos.

Fue entonces cuando fue consciente de lo cerca que estaban el uno del otro. Se quedó inmóvil y el corazón comenzó a latir rápidamente en su pecho. Sólo estaban a unos centímetros y no podía pensar en nada que no fuera el hombre que tenía delante. La sensación fue aún más intensa al recordar que estaban solos y en medio del campo.

Supo que él también lo sentía porque no dejaba de mirarla y su mirada se tornó ardiente y peligrosa.

Sabía que debía decir algo para romper el momento y apartarse, pero tampoco podía dejar de mirarlo.

—Estáis llena de sorpresas, duquesa —susurró él con voz ronca.

Quería hablar, pero no le salían las palabras.

—Maldición... —murmuró Jefferson de repente mientras se inclinaba sobre ella.

Estaba boquiabierta, pero no podía apartarse. La sujetó por los hombros.

—Julia —susurró.

—Tyne...

—Me voy muy pronto —murmuró más cerca aún de ella.

Estaba entre sus brazos, se tocaban sus piernas y tenía el pecho aplastado contra su fuerte torso. Miró sus labios, deseaba desesperadamente que la besara.

Vio que le ardían los ojos, después la besó.

No pudo ahogar un gemido. Fue increíble sentir sus labios. Sus bocas se unieron y el beso se tornó más apasionado. Podía sentir cada centímetro de su firme y excitado cuerpo. Entregada por completo a las sensaciones, también agarró sus hombros.

Pero Tyne dejó entonces de besarla y dio un paso atrás. Estaba sin aliento, como ella.

—Bueno, supongo que ha sido entonces una despedida... —murmuró él.

Alexandra enseñó la mansión a sus hermanas. Estuvieron casi una hora yendo de una sala a otra y fueron momentos felices, casi consiguió que se le olvidaran los problemas. Era increíble estar de nuevo con ellas. Sabía que iba a quedarse muy deprimida cuando se fueran.

Bajaban las escaleras cuando vieron a Guillermo esperándolas abajo.

—Señorita Bolton, tenéis otra visita —le anunció el mayordomo.

Le sorprendió tanto que estuvo a punto de tropezar en un escalón, se preguntó si serían Ariella y Elysse de nuevo. Pero no lo creía posible, sus hogares estaban a bastante distancia de Clarewood y acababa de verlas el día anterior.

—¿Quién es?

Pero supo la respuesta antes de terminar de hacerle la pregunta. Y no fue porque reconociera la tarjeta que Guillermo llevaba en una bandeja de plata.

Se echó a temblar. Estaba segura de que sería Owen.

—Lord Saint James os espera en el salón dorado —le anunció el mayordomo.

Terminó de bajar las escaleras sin soltar el balaustre.

—Dile al cocinero que a lo mejor somos cuatro para almorzar —le pidió a Guillermo.

El mayordomo asintió y se fue. Fue hacia el salón dorado con sus hermanas detrás. Ninguna abrió la boca.

La esperaba de pie, al lado del sofá. Reconoció enseguida su esbelta y elegante figura. Se giró al oírlas entrar.

Se quedó sin respiración. Habían pasado nueve años. Owen había sido entonces un joven muy guapo. A los treinta, era aún más atractivo e irresistible. Se dio cuenta de que el paso del tiempo le había sentado muy bien. Estaba temblando, pero sintió que su corazón volvía en sí. No pudo evitar sonreír.

Owen no sonreía, se limitaba a mirarla como si estuviera hipnotizado. Se encontraron a medio camino y juntaron las manos.

—Me alegra tanto volver a veros, Owen —susurró.

Y lo decía con sinceridad.

—No habéis cambiado en absoluto —repuso él mientras estudiaba su cara—. Pero, al mismo tiempo, creo que sois más bella aún.

Sonrió de nuevo.

—Nunca he sido una belleza y los dos lo sabemos. Además, ahora soy una solterona.

Owen sonrió por fin y el corazón le dio un vuelco. Recordaba muy bien sus sonrisas, siempre la habían embelesado. La que tenía delante no era tan brillante, pero recordó que acababa de perder a su esposa.

—Si vos sois una solterona, yo soy un viejo —le dijo—. Sois tan bella y ha pasado tanto tiempo que siento que se me va a salir el corazón del pecho.

Se dio cuenta de que a ella le pasaba lo mismo. Vio que aún seguían con las manos juntas y se apartó despacio.

—Siento mucho lo de la señora Saint James.

—Gracias —repuso Owen mucho más triste—. Era una mujer buena y muy especial. Todo pasó tan deprisa que tardé mucho en recuperarme.

—¿Por qué no os sentáis? —le sugirió entonces—. ¿Comeréis con mis hermanas y conmigo?

Se giró y vio que Olivia y Corey seguían en el umbral de la puerta, como si no supieran qué hacer. Pero las dos sonrieron enseguida a Owen.

—Me encantará quedarme —repuso él—. Hola, señorita Olivia. Hola, señorita Corey.

Sacudió la cabeza entonces y miró de nuevo a Alexandra.

—No puedo creer lo mayores que son vuestras hermanas. Cuando las vi por última vez, eran sólo unas niñas. Pero las dos se han convertido en mujeres bellas y encantadoras. Las habéis educado muy bien —le dijo Owen mientras se fijaba en la costosa tela de su vestido fucsia y en la pulsera de diamantes que llevaba.

Se ruborizó al imaginar lo que estaría pensando. Estaba vestida como si fuera de la nobleza. Los trajes de sus hermanas, en cambio, eran anticuados y viejos.

—Hice lo que pude —repuso entonces.

—Tengo entendido que el duque no está, ¿verdad? —le preguntó Owen.

—Hoy está pasando el día en Manchester —contestó algo nerviosa.

—Tenemos mucho de que hablar, debemos ponernos al día —le dijo él.

—Es verdad —repuso ella con una sonrisa—. ¿Por qué no almorzamos, ya es la una y media, después podríamos dar un paseo por los jardines y hablar de los viejos tiempos?

—Eso me encantaría...

Cuando terminaron el delicioso almuerzo, compuesto por codornices asadas y tartaletas de limón, Owen se levantó para apartarle la silla a Alexandra. Se sentía muy cómoda con él, como si no hubiera pasado tanto tiempo desde que lo viera por última vez. La incomodidad de los primeros minutos había pasado ya y se comportaban como viejos amigos.

Tenían mucho en común y recordaron juntos el pasado.

Hablaron de las fiestas, meriendas al aire libre y juegos de croquet a los que habían asistido en el pasado. Se rieron al recordar cómo solían esperar a que su madre sacara del horno sus deliciosas galletas para poder probarlas. Se dio cuenta de que había olvidado muchas de las anécdotas que Owen parecía recordar perfectamente.

Hablaron de una tarde que pasaron pescando en el lago. Corey se había perdido y todos pensaron que habría caído al agua, pero la encontraron algún tiempo después dormida en la parte trasera de la calesa, escondida bajo las mantas.

Recordaron unas felices Navidades, cuando su padre regresó de París con regalos para todos. O cuando Owen se torció el tobillo y Elizabeth insistió en que se quedara unos días en su casa hasta que se recuperara. Se había alojado entonces en el dormitorio de huéspedes y Alexandra había sido la que lo había entretenido jugando con él a las cartas y a las damas. También recordó haberle leído libros. Pero no había tardado mucho en descubrir que su tobillo había estado bien desde el principio y que lo había fingido todo para poder quedarse allí.

Enfadada, le había tirado entonces la almohada a la cabeza. Owen la atrapó y se la tiró a ella, que cayó en la cama entre risas. Fue entonces cuando él la había besado por primera vez.

Su madre los sorprendió entonces y fingió estar enfadada con ellos, pero ella estaba segura de que se alegraba al ver que compartían una bella amistad y algo más.

Tenían muchos recuerdos.

Owen sujetaba en esos momentos el respaldo de su silla. Podía sentir su presencia y no podía negar que había algo entre ellos y que aún le parecía muy atractivo.

A pesar del tiempo que había pasado y de que él se hubiera casado con otra mujer, nunca había dejado de quererlo. Pero, cuando Owen le tocaba la mano, no sentía nada, no la dejaba sin aliento. Tenían una relación de amigos, casi de hermanos. Durante todo el almuerzo, no había dejado de pensar en Stephen.

Casi se sentía algo culpable al estar en compañía de Owen.

—Bueno, creo que deberíamos irnos ya —le dijo Olivia con tristeza.

—Yo no quiero irme —protestó Corey.

Alexandra miró a Owen. Él le sonrió y ella hizo lo mismo. Sabía que estaba pensando lo mismo que ella.

—¿Por qué no os quedáis a dormir? Habéis visto ya que hay muchas habitaciones de invitados y ha pasado tanto tiempo... Tenemos mucho de lo que hablar —les dijo a sus hermanas.

Corey gritó entusiasmada.

—¡Me encantaría quedarme!

—Pero, ¿quién va a ocuparse de nuestro padre? —preguntó Olivia.

Alexandra sintió que se desinflaba, pero Owen trató de animarla.

—Seguro que puede valerse por sí mismo durante un par de noches —les dijo él.

Supo que tenía razón.

—Es verdad, creo que lo hemos mimado demasiado —comentó Alexandra.

—Ya lo imagino —repuso Owen con una sonrisa—. Por cierto, me prometisteis un paseo por el jardín.

—No lo he olvidado —contestó ella.

Mientras salían los demás del comedor, habló con los criados para que prepararan un par de habitaciones de invitados. Una doncella acompañó a sus hermanas al piso superior y Alexandra se quedó por fin a solas con Owen. Se sintió de repente algo más nerviosa y se dio cuenta de que no había sido buena idea recordar el pasado con él.

—Me alegra que puedan quedarse a pasar la noche. Está claro que las habéis echado mucho de menos —le dijo Owen.

Lo miró a los ojos y se dio cuenta de que no le quedaba más remedio que confesarle lo que había pasado.

—Sí, las echo mucho de menos. Extraño Villa Edgemont, incluso echo de menos a mi padre...

—¿Incluso? —repitió él mientras sujetaba sus hombros para obligarla a que lo mirara a los ojos—. ¿Qué es lo que está pasando, Alexandra? Nunca hemos tenido secretos, debéis ser sincera conmigo. La casa está en unas condiciones lamentables, ¿qué ha pasado?

Se echó a temblar, sabía que estaba acercándose al tema del que más le costaba hablar, pero iba a tener que explicarle tarde o temprano por qué estaba en la mansión de Clarewood.

—Mi padre bebe mucho y se ha jugado todo lo que teníamos a las cartas —le confesó.

Owen parecía atónito.

—Eso había oído, pero pensé que se trataba sólo de maliciosos rumores. Lo siento muchísimo.

—He hecho todo lo que he podido para cuidar de mi familia —le dijo ella—. Ahora, tengo que coser para ganarme la vida.

—¿Habláis en serio? —le preguntó él con incredulidad.

—Sí, coso los vestidos de damas que solían ser amigas de mi madre. Ahora me miran por encima del hombro y murmuran a mis espaldas —le dijo.

Vio que Owen se ruborizaba.

Bajó la vista, después volvió a fijarse en sus ojos azules.

—Nunca hemos tenido secretos, pero no vais a atreveros a preguntarme directamente por qué vivo aquí, ¿verdad?

—Parece obvio, pero tengo la esperanza de estar equivocado —repuso Owen.

Sintió que se le llenaban los ojos de lágrimas y se apoyó en su brazo.

—Después de todos estos años, apareció un pretendiente que se interesó por mí. Se trataba de un hombre mayor, un terrateniente de la zona. Era muy amable y bueno, pero no podía casarme con él. Después de lo que compartimos nosotros, no podía casarme con alguien por el que no sentía nada. Tener ese pretendiente hizo que tuviera muy presente el recuerdo de nuestro amor.

Owen la observaba con atención.

—Estoy seguro de que sentís algo por Clarewood, os conozco demasiado bien —le dijo con seriedad—. Sé que nunca aceptarías ser... Nunca aceptarías este tipo de acuerdo si no estuvierais enamorada.

Se echó a temblar.

—Empezó a cortejarme en cuanto nos conocimos. Me resistí, por supuesto. Pero él no aceptaba un «no» por respuesta —le dijo con voz titubeante—. Mi padre se enteró y me echó de casa.

—¡No puedo creer lo que ha hecho vuestro padre! —exclamó furioso—. En cuanto a Clarewood... ¿Qué tipo de hombre trata de cortejar y seducir a una honrada aristócrata?

—¡No, no digáis eso! Es cierto, amo a Clarewood y ha sido muy bueno conmigo.

—¿De verdad? —preguntó con incredulidad—. Es un hombre muy rico, Alexandra, no os dejéis engañar. Para él, esa pulsera es una baratija. No significa nada, le sobra el dinero.

Dio un paso atrás al oír sus duras palabras.

—Por favor, no lo ataquéis así —le pidió.

—¿Por qué no? Debería casarse con vos. Si no lo hace, es un hombre despreciable y no importa que tenga un título muy importante o no.

Se le había olvidado lo compasivo y honrado que era Owen. Alexandra acarició con ternura su cara y él le sostuvo la mano allí para que no dejara de acariciarlo. Se miraron entonces a los ojos.

—No merecéis esta vida, merecéis mucho más —le dijo él.

—No podemos elegir nuestro destino.

—Entonces, ¿vais a conformaros con esta situación?

No sabía qué decir. Sabía que iba a enfadarse mucho si le decía que estaba encinta.

—Me alegra que aún seamos amigos —le dijo ella después—. Y lamento que hayáis vuelto a la ciudad tras unas circunstancias tan tristes —agregó mientras apartaba de su cara la mano.

Se dio cuenta de que aún había muchos sentimientos entre los dos.

—Siempre podréis contar conmigo, Alexandra —le prometió Owen.

—Lo sé —repuso ella mientras se secaba una lágrima.

Fue entonces cuando notó que, a parte de la que existía entre los dos, había más tensión en el salón. Miró hacia la puerta.

—Veo que tenéis un invitado —le dijo Stephen con tono algo burlón mientras se les acercaba—. Presentadnos, por favor, Alexandra.

CAPÍTULO 17

Alexandra sintió cómo se ruborizaba. Aunque no había hecho nada malo, se sentía muy culpable. Sólo estaba pasando el rato con un viejo amigo de su pasado que había decidido visitarla, pero ella era la primera en reconocer que la reunión no era tan inocente como quería creer.

Owen era mucho más que un amigo y no podía evitar sentirse algo culpable de sentir cariño por otro hombre.

Miró a Stephen a los ojos, pero su expresión no le decía nada. Estaba concentrado en Owen y lo observaba con frialdad.

–Soy Stephen Mowbray, duque de Clarewood –le dijo–. Bienvenido a mi casa.

Owen no sonrió.

–Excelencia, os presento a lord Saint James, un viejo amigo de la familia –repuso ella rápidamente.

Stephen ni siquiera la miró, se limitó a hacer una mueca.

–Vaya, qué suerte tenéis, Saint James. ¿Sois pariente del vizconde Reginald Saint James? –le preguntó con la voz cargada de ira.

–Es mi tío –repuso Owen con la misma frialdad–. Es un placer conoceros, excelencia.

A pesar del tono educado, era obvio para Alexandra que ninguno de los dos estaba siendo sincero. No iba a poder soportar esa situación durante mucho tiempo.

—Owen estaba a punto de irse —intervino ella.

Stephen la fulminó entonces con su mirada azul y consiguió que se sonrojara. Se dio cuenta de que se había referido a su invitado por el nombre de pila.

—Conozco a Owen desde que tenía quince años —agregó para explicar tanta familiaridad.

Stephen siguió mirándola.

—Estuvimos a punto de comprometernos —le dijo entonces Owen—. Su padre aceptó mi oferta, pero la baronesa murió poco después. Alexandra decidió entonces que debía renunciar al matrimonio para poder cuidar de su padre y de sus hermanas pequeñas. Me rompió el corazón —agregó.

El duque seguía con la misma dura expresión, nada parecía estar perturbándolo, pero sabía que estaba furioso.

—Alexandra me lo contó todo, Saint James.

No podía dejar de temblar, estaba muy angustiada. La verdad era que apenas le había hablado de ello. Estaba muy nerviosa.

—Lord Saint James ha llegado hace poco a la región. Está alojado en Greenwich con lord Bludgeon. Me ha alegrado mucho que viniera a visitarme. Le sugerí que se quedara a almorzar y aceptó la invitación.

Sabía que estaba hablando sin parar, pero no podía controlarse.

—Y mis hermanas también siguen aquí. Comimos los cuatro juntos. Todo estaba delicioso, ¿verdad? —le preguntó a Owen con una sonrisa nerviosa.

Él la miraba con el ceño fruncido y sabía muy bien lo que estaba preguntándose. Estaba segura de que no podría entender por qué parecía temer a su amante.

—Comimos codornices rellenas de albaricoque. Les pedí a mis hermanas que se quedaran a pasar la noche y han subido ya hace un rato a las habitaciones para descansar. Me imaginé que no os importaría —le dijo a Stephen—. Tenemos que planificar una cena especial para esta noche.

Owen seguía observándola. También la miraba Stephen.

—Pareces muy nerviosa, Alexandra —le dijo Clarewood.

Sus palabras no hicieron sino conseguir que se alarmara aún más. Aunque su expresión era indiferente, sabía que era peligroso como un león. Y ella estaba atrapada en su guarida.

—Alexandra intentaba que tanto sus hermanas como yo mismo nos sintiéramos muy cómodos, excelencia. Y lo ha conseguido, es una excelente anfitriona. La verdad es que siempre lo ha sido —comentó Owen—. Pero me prometió enseñarme los jardines y aún no lo ha hecho.

Stephen parecía cada vez más furioso. Y ella estaba muy angustiada.

—Pero hace ya demasiado frío para salir —repuso ella—. Además, ¿no me dijisteis que teníais que volver a la ciudad para tomar el té con unos amigos?

No le importaba mentir, necesitaba que se fuera de allí cuanto antes. Stephen parecía muy enfadado. Sabía que no podía estar celoso, pero recordó que le había exigido total fidelidad.

Pensó que le explicaría lo ocurrido en cuanto se fuera Owen y esperaba que todo volviera a la normalidad. Aunque no estaba tan segura como le hubiera gustado estarlo.

Owen abrió la boca para negarlo, pero, al final, cedió.

—No era mi intención quedarme tanto tiempo. Además, tenéis razón, tengo otro compromiso —anunció de mala gana mientras tomaba su mano—. Me ha encantado poder veros de nuevo después de tanto tiempo. Gracias por el delicioso almuerzo y por la inmejorable compañía.

Alexandra apartó deprisa la mano.

—Yo también me he alegrado mucho —repuso ella mientras miraba a Stephen de reojo—. Os acompañaré a la puerta.

Stephen se cruzó de brazos.

—*Bon voyage*, Saint James —le dijo con frialdad—. Volved cuando queráis.

—Gracias por todo, excelencia —repuso Owen con el mismo tono—. Puede que os tome la palabra —añadió con mordacidad.

Estaba claro que se odiaban. Salió del salón con Owen, no podía calmarse. Era una de las situaciones más incómodas que había vivido en su vida.

—¿Estaréis bien? —le susurró Owen cuando llegaron al vestíbulo.

—Por supuesto —repuso ella—. De verdad —añadió con una débil sonrisa.

—Me ha parecido un canalla sin corazón —le dijo él—. Podéis contar siempre conmigo si necesitáis ayuda —agregó mientras salía de la casa.

Cada vez temblaba con más fuerza y se sentía muy mareada.

Cerró angustiada los ojos, había sido terrible ver cómo se miraban los dos hombres. No sabía qué hacer, pero tenía claro que debía hablar con Stephen y explicarle que Owen era sólo un amigo. También sabía que no era el momento más apropiado para hablarle del niño que esperaba.

Levantó de mala gana la vista. Stephen la miraba con la máxima dureza, después se dio la vuelta y se alejó de allí.

Ya había comprobado una vez que tenía muy mal genio y estaba asustada, pero sabía que debían hablar y tratar de arreglar las cosas. Corrió tras él.

Entró en la biblioteca y vio cómo Stephen se quitaba la levita y la tiraba al sofá.

—Bueno, ¿cómo está tu viejo amor, Alexandra? ¿Cómo le ha ido? —preguntó con acritud.

—Owen es mi amigo, Stephen. Ahora estoy contigo —repuso ella.

Stephen se dio la vuelta para mirarla a los ojos.

—Lo amaste con todo tu corazón, recuerdo muy bien tus palabras. Ibas a casarte con él, pero al final decidiste sacrificarte para cuidar de tu familia. Corrígeme si me equivoco, por favor —le dijo con sarcasmo.

—No —susurró ella—. No te equivocas, así fue. Pero ya ha pasado mucho tiempo desde entonces.

Stephen rió con incredulidad.

—¿Qué es lo que quiere?

Se estremeció, no podía contarle todo lo que Owen le había dicho.

—¿Qué quiere? —repitió fuera de sí.

—No lo sé —repuso ella—. Su esposa murió hace seis meses y decidió visitarme para ver cómo estaba y recordar el pasado.

Stephen la miró estupefacto.

Y ella se dio cuenta en ese instante de lo que pasaba. Como si le hubieran abierto por fin los ojos, entendió que Owen seguía enamorado de ella y que no había ido a verla para charlar como viejos amigos.

Supo en ese instante que Olivia había estado en lo cierto. Owen podría ser el príncipe azul que la rescatara si llegaba a necesitarlo.

Y la verdad era que ella aún lo quería mucho.

Stephen se acercó por detrás y agarró sus hombros. Le dio la vuelta para verle la cara.

—Entiendo —le dijo amargamente.

—No —replicó ella angustiada—. ¡No, no lo entiendes! Yo nunca rompería los términos de nuestro acuerdo.

—¿De qué términos hablas? —preguntó Stephen—. ¿Aún lo amas, Alexandra? ¿O no debería siquiera molestarme en preguntártelo?

—¡Yo nunca te sería infiel! —exclamó desesperada.

—¿De verdad? —preguntó mientras apretaba con más fuerza sus hombros.

Se quedaron unos segundos en silencio, mirándose a los ojos. No podía respirar.

—No me has contestado. ¿Aún lo amas, Alexandra?

Abrió atónita la boca. Quería contestar, pero no le salían las palabras. El corazón latía con tal fuerza que le hacía daño en el pecho.

—Una mujer puede traicionar a un hombre de muchas formas —le dijo él con dureza mientras la soltaba—. ¡No te molestes en contestarme! —espetó yendo hacia la chimenea—. ¡Porque sé la respuesta!

Empezó a llorar, no podía controlar las lágrimas.

—No, no conoces la respuesta.

—¡Lo amas! —la acusó Stephen—. ¡Lo amabas hace nueve años y aún lo amas! ¡No estoy ciego! ¡Es obvio! —gritó—. ¡Cualquier imbécil podría ver que estáis enamorados!

Las lágrimas cayeron por sus mejillas.

—Es a ti a quien amo —susurró ella.

—¿Te atreves ahora a mentirme? ¿Y niegas lo que sientes por Saint James?

Negó con la cabeza.

—Claro que lo quiero, pero...

Stephen fue hacia ella como si quisiera pegarle. Se sobresaltó, pero no le levantó la mano.

—¿Me habrías hablado de esta visita si no os hubiera sorprendido casi abrazados? —le preguntó Stephen con voz temblorosa—. Vi cómo acariciabas su cara, Alexandra. ¡No me digas que no me has traicionado!

Quería decirle que se lo habría contado, pero no le salía la voz.

—¿Cuántas veces vas a engañarme, Alexandra? ¿Cuántas veces?

No entendía de qué le hablaba.

—¡Nunca te he engañado!

—¿De verdad? —dijo Stephen—. ¿Y el hijo que llevas en el vientre? ¡Mi hijo! ¿Cuánto tiempo pensabas seguir ocultándomelo? Me has mentido. ¿Pensabas irte de aquí antes de que fuera obvio que estabas encinta y hacerle creer al mundo que era el hijo de otro?

Estaba horrorizada. No podía creerlo. Stephen lo sabía...

—¿Cuánto tiempo hace que lo sabes? —le preguntó.

—Desde que te recogí de aquella horrible calle de Londres —repuso Stephen.

Había tanto odio en sus ojos que dio un paso atrás.

—Por favor, Stephen... Tienes que entenderlo. ¡No quería engañarte!

—Entonces, ¿por qué? —le gritó.

No sabía cómo decirle que su genio la aterrorizaba, que había tenido miedo de decírselo.

—¡Tengo derecho a saber que estás encinta! ¡Es mi hijo!

Stephen le dio un puñetazo a la lámpara y cayó al suelo, rompiéndose en mil pedazos. Se apartó asustada, pero él la agarró y la atrajo con violencia hacia su cuerpo.

—Me has mentido desde el principio. Suelo juzgar bien a la gente, pero he visto que contigo las mentiras nunca pararán, ¿verdad?

—¡No! —repuso llorando—. Stephen, te iba a contar lo del niño.

Pero él la soltó como si le diera asco y se apartó de ella.

—Sal de aquí —le dijo.

No se movió, no podía.

—¡Sal de aquí! —le gritó entonces.

Y Alexandra salió corriendo.

Stephen se quedó mirando desolado por la ventana de su calesa. Creía que ya era demasiado tarde. Sentía odio por un hombre al que ni siquiera conocía, nunca le había pasado nada parecido. Sabía que había llegado a sentir un gran afecto por Alexandra. Eso no podía negarlo, pero estaba convencido de que ya era demasiado tarde para asumir esos sentimientos porque la había perdido para siempre.

No podía quitarse de la cabeza las palabras de Alexandra. Le había contado que había querido a ese hombre con todo su corazón y que no se casó con él por la promesa que le había hecho a su madre en el lecho de muerte.

Y, después de que él le preguntara fuera de sí, Alexandra había reconocido que seguía queriéndolo.

Maldijo entre dientes.

Había perdido a una mujer por la que había llegado a sentir muchas cosas y la había perdido por culpa de otro hombre.

El dolor era insoportable.

Se echó a reír con amargura y se terminó su copa de whisky. Era el soltero más codiciado del reino y uno de los más ricos y poderosos, pero su amante acababa de dejarlo por otro hombre. Creía que algún día sería capaz de recordar ese día y reírse de la ironía de sus circunstancias.

Era la primera vez en su vida que sentía tantas cosas por una mujer. Con ella podía hablar durante horas, incluso cuando estaban en la cama, y sabía que esos días había sido más feliz que nunca. No dejaba de sonreír en todo momento. Alexandra había llenado de luz su vida y había hecho que se diera cuenta de lo triste y oscura que había llegado a ser su existencia hasta ese momento.

Antes de conocerla, había tenido una vida fácil y sosegada, pero no había sido feliz. Alexandra le había enseñado la diferencia.

Se preguntó si aquello sería amor.

El problema era que, fuera cual fuera la respuesta, ya no importaba.

Alexandra amaba a otro hombre y se lo había dejado muy claro. Y creía que, aunque nunca hubiera tenido una relación íntima con Saint James, se miraban a los ojos y se entendían sin tener siquiera que hablarse, como les pasaba a los amantes.

Alexandra le había recordado que Owen no había sido para ella un pretendiente más, sino su mejor amigo.

Se dio cuenta entonces de que él nunca había llegado a ser su amigo. Su intención había sido protegerla, defenderla y hacerle el amor. Siempre había pensado que Alexi era su mejor amigo y no se había planteado poder tener una amistad con ella, pero le dolía pensar que Alexandra no lo considerara como tal.

La ira lo consumía, pero no tanto como los celos que sentía. También sentía un profundo dolor en el pecho y pensó que quizá tuviera el corazón roto. Sonrió cínicamente al recordar que alguien como él, frío y sin corazón, no podría sufrir por una mujer. Todos le habían recordado siempre que era como el viejo Tom.

Angustiado, cerró los ojos. Sabía que su padre lo vigilaba de cerca y estaría riéndose de él.

Oyó cómo le decía que los duques no sufrían por amor y que debía olvidarse de ella. Podía oírlo como si estuviera a su lado.

Pero no podía olvidar que, aunque su padre había hecho todo lo posible por hacerlo a su imagen y semejanza y conseguir que se convirtiera en un hombre responsable, frío y racional, no era su hijo natural. A pesar de todo, era un Warenne.

Y su primo no se había cansado nunca de recordarle que los hombres de su familia amaban sólo una vez en la vida, pero lo hacían para siempre.

Estaba desesperado y maldijo para tratar de controlar sus lágrimas. Había perdido a la mujer que más le había importado en su vida. Y, aunque le costaba reconocerlo, supo que había llegado a amarla. Amaba a Alexandra Bolton. Creía que no había otra explicación posible para los sentimientos que esa mujer había conseguido despertar en su interior. Lo había sabido nada más verla.

Era la mujer más valiente, fuerte e independiente que había conocido en su vida. También era, a pesar de su inexperiencia, muy apasionada. Nunca había deseado estar con nadie como la había deseado a ella. Y no se había visto a sí mismo como un hombre apasionado hasta que estuvo con ella.

La había mirado muchas veces, estando los dos en la cama, con la intención de confesarle lo que sentía por ella. Pero, cada una de esas veces, había dejado que la presencia de su padre lo frenara. No podía quitárselo de encima. Siempre lo veía criticándolo, riéndose de él y recriminándole tanta debilidad.

Nunca había llegado a decirle a Alexandra cuánto la quería. Pero, al ver cómo habían terminado las cosas, trató de convencerse de que era mejor así.

Se quedó sin aliento e inmóvil. Temía haberse equivocado, pero pensaba que ningún hombre en sus cabales le confesaría su amor a una mujer que no sintiera lo mismo por él.

Recordó entonces su infancia y lo duro que había sido pasar años deseando oír palabras de cariño de la boca de su padre, palabras que nunca había llegado a pronunciar.

Una parte de él creía que Alexandra había llegado a sentir también algo por él. Creía que lo tocaba como si lo quisiera, que sus ojos brillaban como si lo amara de verdad... Pero estaba convencido de que era Saint James el dueño de su corazón, que para ella todo había sido un juego, nada más.

Tiró la botella de licor al asiento de enfrente y se cubrió la cara con las manos. No podía quitarse de encima una terrible sensación de angustia, no podía soportarlo.

Nunca se había sentido así, nunca había tenido que renunciar a nada ni se le había negado nada.

Y no podía olvidarse del niño. Se preguntó si Alexandra habría llegado a decirle algún día la verdad.

No podía estar seguro. Estaba tan enfadado que se negaba a darle el beneficio de la duda. Había tenido muchas oportunidades para decirle la verdad, pero no lo había hecho.

Sentía que Alexandra le había mentido demasiadas veces. Lo había engañado sobre su inocencia y sobre su embarazo. Tenía el corazón partido en dos. Estaba seguro de que había intentado jugar con él desde el principio y que su intención había sido seguir haciéndolo durante tanto tiempo como pudiera.

A pesar de todo, su corazón le decía que quizá le hubiera dicho la verdad al asegurarle que había estado a punto de hablarle del bebé.

Pero sabía que no podía confiar en lo que le dijera su corazón, él era un hombre racional. Y lo que ella pensara hacer ya no importaba, todo lo había cambiado el regreso de Saint James.

Lo que tenía muy claro era que no iba a dejar que otro hombre criara a su hijo.

Se le encogió el corazón al pensar en esa posibilidad. Fue consciente en ese instante de que acababa de detenerse la calesa. Miró de nuevo por la ventana y vio que estaban frente a la mansión que Alexi tenía en Oxford. Las luces que iluminaban la casa parecían más brillantes aún en medio de esa oscura noche. Recordó entonces que su primo la había comprado durante el tiempo que estuvo separado de Elysse. La maravillosa casa de campo estaba rodeada de extensos terrenos y bellos jardines.

Bajó de la calesa, se dio cuenta de que su lacayo trataba de comportarse con la máxima discreción y apenas lo miraba, como si no se hubiera dado cuenta de que el duque estaba borracho ni pudiera ver los restos de una botella de whisky en el suelo del vehículo.

Alexi no tenía a nadie atendiendo la puerta por la noche, así que llamó al timbre y golpeó con fuerza la aldaba. Su primo apareció pocos minutos después. Vio que estaba descalzo y sin camisa. Sólo llevaba puestas las calzas y sostenía una pistola en la mano. Abrió mucho los ojos al ver quién llamaba a su puerta a esas horas.

—Entrad —le dijo enseguida—. ¿Es que ha muerto alguien?

Stephen pasó al vestíbulo.

—Necesito una copa —le dijo mientras iba derecho a la biblioteca.

Había pasado mucho tiempo en esa sala con sus primos. Alexi fue tras él y cerró la puerta de la biblioteca. Stephen se había quedado de pie frente al fuego de la chimenea, deseando que desapareciera de una vez el dolor que sentía en su pecho.

Su primo encendió varias lámparas antes de hablarle.

—Habéis hecho un trayecto muy largo sólo para tomar una copa —le dijo—. Parecéis necesitarla, desde luego, aunque la verdad es que ya apestáis a alcohol. Y ni siquiera lleváis puesto un abrigo, estaréis helado.

—Rompí una botella de whisky dentro de la calesa —repuso el duque mientras se giraba para mirar a su amigo.

Alexi levantó sorprendido las cejas.

—Eso no parece propio de vos —le dijo mientras servía un par de copas—. Por cierto, es la una de la mañana.

—Tengo algo que deciros —repuso Stephen.

—Ya lo imaginaba.

Stephen tomó la copa que le ofrecía su primo, pero no bebió.

—Alexandra está encinta.

Alexi empezó a sonreír, pero se contuvo al ver el gesto de su primo.

—Stephen, si no os parece una buena noticia, voy a tener que apalearos hasta que recobréis el sentido común. Es una buena mujer y no tenéis descendencia. Sabéis tan bien como yo que necesitáis un hijo varón.

Stephen hizo una mueca.

—Recordad que soy hijo bastardo y que juré que evitaría a toda costa condenar a un niño a que sufriera ese mismo estigma.

—Entonces, casaos con ella, maldito idiota —repuso Alexi con una sonrisa.

Stephen apretó con fuerza el vaso que sujetaba. Estaba en tanta tensión que apenas podía respirar. Se dio cuenta de que debía casarse con ella. Después de todo, iba a ser la madre de su hijo.

Podía imaginarse casado con ella y la idea le agradaba. Incluso parecía aportar luz y alegría a su futuro. Pero estaba seguro de que Alexandra nunca aceptaría casarse con él, no cuando quería a otro, su verdadero amor.

—Ama a otro hombre.

Alexi abrió atónito los ojos.

—¿Podéis creerlo? —le preguntó el duque.

—¿Estáis seguro?

—Sí, lo estoy. Y no sólo porque los haya sorprendido juntos, sino porque ella misma me habló del que había sido y era el único amor de su vida, el hombre con el que estuvo a punto de casarse hace nueve años —le dijo a Alexi—. Alexandra rompió el compromiso cuando su madre murió. Se sacrificó para poder cuidar de su familia. Así es Alexandra —añadió con ironía.

—¿Cómo que los habéis sorprendido juntos? —preguntó su primo.

—No estaban juntos en la cama, si eso es lo que estáis imaginando, pero estaban con las cabezas juntas, como si estuvieran abrazados.

—¿Y eso es lo que os hace pensar que Alexandra aún siente algo por su amor de juventud?

Stephen asintió con la cabeza.

—Como he dicho antes, creo que es una buena mujer —le dijo Alexi—. Siempre conseguís lo que queréis. Si es a ella a quien queréis, id a buscarla. De todas formas, siempre os sale mejor la jugada cuando tenéis competencia. Y, por si os interesa, todos estamos encantados con Alexandra.

No podía creer lo que le estaba diciendo.

—¿Es que no habéis oído lo que acabo de deciros? ¡Está enamorada de Saint James!

Sintió a Tom mirándolo con el ceño fruncido. Su padre le había enseñado que no había que pedirle nada a nadie, que un duque no podía suplicarle a una mujer que lo amara.

—Y olvidé contaros el resto. Ese hombre se ha quedado viudo, así que ya no tienen impedimentos de ninguna clase y podrán casarse muy pronto y ser muy felices —le dijo con la voz entrecortada.

No entendía cómo podía dolerle tanto haber perdido a esa mujer.

Elysse apareció de repente en la biblioteca. Llevaba un chal cubriendo su camisón.

—¡Stephen! ¿Ha ocurrido algo?

Se sintió de nuevo como si fuera un niño y no hubiera pasado el tiempo, viviendo solitario en su jaula de oro, intentando siempre tener satisfecho al duque sin llegar nunca a conseguirlo. Podía ver a su padre en una esquina de la sala, riéndose de él con crueldad. Nunca le había dicho que lo quería ni que estuviera orgulloso de él. A pesar de haberlo criado como si fuera su hijo, nunca le había dado el afecto que tanto había necesitado.

Respiró profundamente para tratar de recobrar la compostura y calmarse un poco. Le dio la espalda a Elysse, no quería que lo viese así.

—Estamos bien, cariño —le aseguró Alexi a su esposa—. Vuelve a la cama, aún tardaré en acostarme de nuevo. Si es que me acuesto...

Oyó cómo salía Elysse de la biblioteca.

—Lo siento. No era mi intención ser maleducado con Elysse —le dijo a Alexi.

—Por fin habéis encontrado el amor —repuso su amigo—. Ésa es la razón por la que he decidido perdonároslo todo esta noche.

Stephen miró a Alexi.

—Puede que tengáis razón, pero no empecéis ahora a hablarme de los hombres de la familia. Yo no soy un Warenne, soy un Clarewood. Me parezco más a Tom que a sir Rex. Y, mientras hablamos, Alexandra está haciendo planes para casarse con su querido Owen.

—¿Cómo podéis estar tan seguro?

—Lo estoy —repuso Stephen midiendo sus palabras—. Conozco a Alexandra. Es el tipo de mujer que sólo entrega su corazón una vez en la vida.

Sintió algo en el pecho mientras hablaba, como si dudara de sus propias palabras. Pero los había visto juntos y había sentido la complicidad que había entre ellos, como si fueran dos viejos amantes. Odiaba a ese hombre con todo su ser...

Alexi negó con la cabeza al oírlo.

—¿Qué queréis decir? —le preguntó Stephen.

—Tenéis que entender que un hombre ciego de amor es exactamente eso, un hombre ciego. No podéis ver con claridad, ni siquiera podéis pensar con claridad. Elysse también está convencida de que Alexandra es perfecta para vos y está segura de que os ama. De hecho, mi esposa me comentó que Alexandra no es el tipo de mujer que tendría una aventura amorosa, no si no hay amor de por medio.

Stephen se quedó mirando a su primo mientras trataba de controlar su respiración. Quería creer lo que le decía. Y casi lo creía cuando recordaba cómo Alexandra solía acariciarle la cara, cómo le brillaban los ojos, cómo lo miraba...

Después de todo, él había sido su primer amante y había tratado durante mucho tiempo de rechazarlo, fiel a sus principios morales. Pero recordó entonces lo que había sentido al verla con Saint James. Ella le había acariciado la cara a ese hombre de la misma manera. Sintió que se quedaba sin aliento.

—Habláis así porque no los habéis visto juntos.

—Es verdad, no los he visto. Pero, como os he dicho, ahora mismo estáis ciego. ¿Habéis hablado con ella? ¿Habéis hablado de verdad con ella, escuchándola?

Se quedó sin aliento un segundo. Después, se puso a dar vueltas por el salón.

—Eso pensaba... —murmuró Alexi—. Tuvisteis una horrible discusión con ella y decidisteis iros. ¿Por qué no volvéis a casa y dormís un poco? Cuando os despertéis mañana y os recuperéis de la resaca, podréis hablar con ella de manera racional y calmada.

Miró entonces a su primo.

—No creo que pueda volver a ser racional.

Alexi sonrió.

—A mí no me hace ninguna gracia —masculló al ver el gesto de su primo.

—A mí sí, Stephen. Ya tenía ganas de veros con el corazón roto por culpa de una mujer tan increíble como Alexandra. Necesitabais a alguien que os bajara los humos.

Una parte de él quería regresar a casa, como había sugerido Alexi. Deseaba despertar a Alexandra y preguntarle qué sentía por él. Necesitaba saber si lo amaba, aunque sólo fuera un poco. Creía que si la seducía antes, podría conseguir que le dijera cualquier cosa.

No podía olvidar la conversación que habían tenido esa tarde, casi le parecía poder escucharla...

—¿Aún lo amas, Alexandra?
—Es a ti a quien amo —susurró ella.
—¿Te atreves ahora a mentirme? ¿Y niegas lo que sientes por Saint James?
—Claro que lo quiero, pero...

Stephen miró a su primo.
—Gracias por ser tan comprensivo —murmuró.
No podía dejar de pensar que quizás Alexandra sintiera algo por él. Después de todo, llevaba a su hijo en las entrañas, no al de Owen.
Alexi se le acercó y le dio una cariñosa palmada en el hombro.
—Si le decís lo que sentís y le pedís que se case con vos, sé que aceptará —le dijo.
Él no podía estar tan seguro, pero se dio cuenta de que eso no importaba.
Sólo podía pensar en lo mejor para el niño. Sabía que debían casarse por el bien de su hijo.
Miró a su primo, el corazón le latía con fuerza.
—No voy a decirle que la amo porque cabe la posibilidad de que ella no me corresponda.
—¿Por qué no? ¿Qué tenéis que perder?
—Aún me queda un poco de dignidad —replicó Stephen de mala manera.
No se veía capaz de confesarle a Alexandra sus sentimientos, no sin la seguridad de ser correspondido.
—Sí, pero puede que perdáis todo lo demás si no le decís lo que sentís —repuso Alexi—. ¿Qué pretendéis? ¿Vais a alejarla de vuestro lado y permitir que regrese con ese tal Saint James?
Stephen estaba fuera de sí, apenas podía controlar su enfado.

—¡Sabéis muy bien que nunca permitiría que otra persona criara a mi hijo!

—Pero me habéis dicho miles de veces que seríais un padre terrible, tan malo como el viejo Tom —repuso Alexi con gesto inocente.

Sabía que su primo intentaba provocarlo, pero no iba a caer en la trampa.

No estaba dispuesto a regresar a casa y confesarle a Alexandra que la quería. No pensaba rogarle que lo eligiera a él y se olvidara de Saint James. Creía que los duques no rogaban.

Le habían enseñado que los duques daban órdenes.

Podía sentir a su padre como si estuviera vivo y en esa biblioteca con los dos. Casi podía oír sus carcajadas.

—Nunca dije que Tom Mowbray fuera un padre terrible. Era duro y creía de verdad en la disciplina. Pero él me convirtió en el hombre que soy ahora.

—No, sois como sois porque lleváis en vuestras venas la sangre de los Warenne, Stephen —replicó Alexi—. Además, disfrutasteis del cariño de vuestra madre para contrarrestar la crueldad de Tom.

—He de irme —repuso Stephen de manera abrupta.

Fue hacia la puerta y Alexi lo siguió.

—¿Qué vais a hacer?

Se detuvo en el vestíbulo y miró a su primo.

—Nos casaremos por el bien del niño —le anunció.

Alexi levantó las cejas.

—Os sugiero que se lo pidáis con amabilidad.

Stephen sonrió.

—No me veo capaz, Alexi.

Oyó cómo su primo suspiraba desesperado mientras Stephen salía de la casa.

Alexandra contempló el amanecer desde la ventana de su dormitorio. Olivia estaba a su lado y Corey se había quedado dormida en un sillón cercano. Tenían los restos del desayuno en una pequeña mesa.

Sus hermanas los habían oído discutir acaloradamente y habían ido enseguida a su dormitorio para consolarla. No se habían separado de ella desde entonces y habían pasado una larga y triste noche juntas.

Tenía los ojos rojos y estaban hinchados de tanto llorar. Le dolía el corazón como si de verdad estuviera roto. No había dormido nada. Las acusaciones de Stephen y su ira habían conseguido conmocionarla y no podía pensar en otra cosa.

Sus peores pesadillas se habían hecho realidad. Para empeorar aún más las cosas, sabía que había salido a medianoche de la casa y no había regresado a la mansión hasta tres horas más tarde.

No quería ni pensar en dónde habría estado, pero creía que sólo había una explicación para un hombre que saliera de su casa a esas horas de la noche. Estaba segura de que habría ido a buscar el consuelo que necesitaba en los brazos de otra mujer.

Tenía las rodillas dobladas frente a su cara y apoyó en una de ellas la mejilla. Estaba destrozada.

Olivia le acarició la espalda.

—¿Qué vas a hacer?

Levantó la cabeza entonces.

—Me arreglaré y bajaré para seguir discutiendo con él —le dijo.

Olivia la miró con los ojos entrecerrados.

—Lo que pasó anoche no fue una discusión sin más.

—No, es verdad —reconoció Alexandra mientras se abrazaba las piernas.

—¿Cómo puede haber cambiado tanto en tan poco tiempo? Era tan amable y generoso. Pero cuando te hablaba anoche, lo hacía con tanto odio...

—Ya me había temido que pasara algo así. Nunca había conocido a nadie con tan mal genio. No es algo que le pase a menudo, pero parece que no soporta que la gente sea deshonesta —murmuró con los ojos llenos de lágrimas—. Iba a decirle anoche que estoy encinta, ¿te lo puedes creer? Y también pensaba contarle que Owen había venido a verme, de verdad.

Olivia tomó con cariño su mano.

—Tenías razón, Alexandra. Al menos en cuanto a Clarewood.

Corey se despertó entonces.

—Creo que está enamorado de ella —les dijo.

Alexandra se sobresaltó al ver que su hermana pequeña estaba despierta.

—Me encantaría que estuvieras en lo cierto, pero me temo que no es así —le dijo a su hermana pequeña.

—Yo estoy segura. Esos dos hombres te aman y Clarewood se ha enfadado por culpa de Owen —repuso Corey.

Alexandra no estaba de acuerdo. Sabía que a Stephen le había enfurecido que no le dijera que estaba encinta, tal y como ella se había temido. Bajó los pies al suelo, que estaba muy frío.

—Debería prepararme ya, a Stephen le gusta madrugar —les dijo.

No podía dejar de temblar, tenía mucho miedo.

Alguien llamó a la puerta mientras se ponía en pie.

—Adelante —respondió ella.

Se abrió la puerta y apareció Stephen en el umbral. Su aspecto era desaliñado, pero había mucha seguridad y decisión en su mirada. Se dio cuenta de que él tampoco había dormido esa noche. Se preguntó si habría estado bebiendo.

—Desearía poder hablar con vos —anunció.

Miró alarmada a sus hermanas, que ya se ponían en pie. Parecían tan sorprendidas y asustadas como ella. Olivia la miró a los ojos.

—No pasa nada —susurró Alexandra para tranquilizarla.

Salieron deprisa del dormitorio sin mirar siquiera a Stephen. Cuando se quedaron solos, él se llevó las manos a la cadera, parecía listo para el ataque.

—No me gusta discutir contigo —le dijo ella.

—Entonces, no me mientas —replicó él.

Abrió la boca para defenderse una vez más, pero sabía que él no iba a creerla.

—No quiero reñir contigo —insistió.

—Me alegro. Yo tampoco quiero que nos peleemos. Al menos, no de momento. No cuando lleváis a mi hijo en las entrañas.

No podía respirar, era un manojo de nervios.

—Así es —repuso ella.

—Nos casaremos, Alexandra. Nos casaremos por el bien del niño.

Estaba estupefacta.

—No pienso permitir que deis luz a un bastardo —añadió Stephen—. Si éste era tu plan, has conseguido lo que pretendías.

Se echó a temblar. Nunca habría podido planear algo así. Amaba a Stephen y su mayor deseo era casarse con él, pero no podía estar feliz. Sabía que Stephen estaba enfadado con ella y que sólo quería casarse por el niño, no porque sintiera algo por ella. Sabía que no podía aceptar una propuesta así.

Pero tampoco sabía cómo iba a poder negarse.

Pensó entonces en Owen. Sabía que él le propondría en matrimonio porque la quería.

—Estás muy callada —comentó Stephen con frialdad.

—Estoy aturdida.

—¿De verdad? —preguntó con ironía—. Soy el soltero más codiciado del reino y aún no he oído que aceptaras mi propuesta.

No sabía qué decir. Lo amaba demasiado como para casarse con él por los motivos equivocados. Otra parte de ella pensaba que, como lo amaba tanto, no iba a poder decirle que no.

—Tendré que pensármelo.

Stephen levantó sorprendido las cejas. Después, sonrió.

—La verdad es que no me esperaba esa respuesta —le dijo Stephen—. Pensé que te negarías.

Le pareció que ya no estaba enfadado con ella. Era mucho peor, le hablaba con odio y desdén.

—Tengo que pensarlo, Stephen —repitió.

—¿En serio? —le preguntó entre risas—. Deja que os aclare las cosas, Alexandra. He evitado el matrimonio desde siempre y llevo al menos una década buscando a mi futura esposa. Esto no será más que otro acuerdo entre nosotros por el bien del niño. No pienso permitir que nazca un bastardo.

Se echó a temblar.

—¿Me odias? —le preguntó.

A Stephen pareció sorprenderle la pregunta.

—No —repuso.

Sintió algo de alivio y cerró brevemente los ojos.

—Aun así, tengo que pensarlo.

—¿Por qué? ¿Quieres esperar para ver si Saint James os hace la misma proposición?

Abrió la boca para protestar, pero Stephen no la dejó hablar.

—Deja que corrija mis palabras, porque lo que os he presentado no era una proposición sino una alternativa. Puedes casarte conmigo o huir con tu querido Saint James.

Se echó a llorar, pero a él no le importó.

—Sin embargo, si decides irte con tu amante, el niño ha de quedarse aquí, con su padre. Y nos casaremos antes.

Abrió la boca, no podía creer lo que oía.

—El niño es mío y tienes que tomar una decisión.

Stephen se dio la vuelta y fue hacia la puerta.

—¡No puedo elegir ninguna de las dos cosas! —gritó ella yendo tras él.

Se detuvo ante la puerta y se giró para mirarla, pero se dieron de bruces. Stephen la sujetó por los hombros y la miró con dureza.

—Tendréis que hacerlo. O Saint James o yo. Pero el niño se queda aquí —le dijo.

Estaba demasiado desconcertada para hablar.

Stephen la soltó y salió del dormitorio.

CAPÍTULO 18

Cuando Julia entró en el hotel Saint Lucien, muchos se giraron para mirarla. Atravesó deprisa el amplio vestíbulo y trató de ignorar las miradas. Sabía que incluso los que no la reconocían podían adivinar que era una dama de cierto rango y riqueza. La ropa que llevaba, sus joyas y su porte eran sus señas de identidad. Pero otros sí la reconocieron. Oyó rumores a su paso y gente que se dirigía a ella por su título nobiliario. No miró a nadie ni respondió. No podía pensar en nada más ni en nadie más. Sólo en Tyne.

La había besado brevemente, pero con tanta pasión que ella había respondido de la misma manera. Después, le había dicho que iba a irse pronto del país y se había apartado rápidamente. Entre el deseo y la conmoción, Julia había vuelto a montarse a lomos de su caballo y habían regresado a la casa casi en silencio. Tyne se despidió antes de que pudiera sugerirle que la visitara de nuevo para que pudieran salir a montar.

Tenía ciertos contactos y había podido averiguar que iba a regresar a América al día siguiente. Se sentía consternada y tenía mucho miedo. Llevaba días sin dormir, desde que lo viera por última vez, desde que se besaran. Se había enamorado de un forastero americano y, si no hacía nada para remediarlo, no iba a volver a verlo.

Había pasado la mayor parte de su vida adulta completamente aislada. Mientras Tom estuvo vivo, tenían vida social y muchos conocidos, pero nunca había tenido amigas de verdad. A ojos de todos, su vida había dependido siempre de la responsabilidad que tenía como madre y como duquesa de Clarewood. Pero, en realidad, había pasado años tratando de contrarrestar la crueldad con la que Tom había criado a Stephen y soportando el mal genio de su esposo.

Tras la muerte de Tom, había mantenido algunas de las amistades de esos años, otros se habían apartado de ella. Había tratado de estar muy cerca de Stephen, que sólo había sido un joven de dieciséis años con una gran responsabilidad a sus espaldas. No había tardado en darse cuenta de que estaba cualificado para el puesto y había conseguido dirigir el ducado de Clarewood con más éxito que su propio padre. No había necesitado en ningún momento su ayuda, sólo su apoyo incondicional.

Por fin libre, Julia había empezado a construir una nueva vida para ella, una que se basaba en el amor que tenía a sus perros y caballos. Había trabado amistad con otros jinetes. Pero era una mujer de naturaleza reservada y ninguna de esas amistades había ido a más.

No tenía a nadie en quien confiar.

Tras despedirse de Tyne, se había quedado sola y pensativa y había analizado la situación acompañada por sus grandes perros. Había llegado a la conclusión de que no tenía demasiadas opciones. Podía quedarse sentada sin hacer nada y esperar a que él fuera a verla o podía acercarse a visitarlo en el hotel y tomar las riendas de su propia vida.

La verdad era que se sentía sola y quería estar con Tyne. Deseaba pasear con él, hablar con él, montar juntos y compartir su pasión. No quería verlo desaparecer de su vida. Había llegado incluso a pensar que deseaba pasar con él el resto de sus días.

Cabía la posibilidad de que él no sintiera lo mismo, pero sabía que sólo había una manera de descubrirlo.

Se detuvo frente al mostrador del hotel. Era muy temprano, no había ningún otro cliente esperando. Un joven se acercó deprisa para atenderla.

Ni siquiera se molestó en sonreír o en saludarlo.

—¿Está el señor Jefferson en su cuarto? —preguntó.

—Aún no lo he visto bajar, señora —repuso el joven.

—¿En qué habitación está alojado?

El hombre ni siquiera se sorprendió. Miró el libro de registros y le dio la información que necesitaba. Julia se lo agradeció y fue hacia la escalera.

Sabía que todos la miraban mientras subía. No le importaba. Sabía que no era apropiado que una dama visitara a un caballero en su habitación. Supo que no tardarían en correr los rumores, pero no pensaba preocuparse por ello. Era tan temprano que no creía posible que la acusaran de visitarlo con intenciones lujuriosas. Pensó que se volverían locos tratando de averiguar a quién había visitado y para qué.

Estuvo a punto de sonreír al pensar en los rumores, pero estaba demasiado nerviosa para hacerlo. Se sentía como una adolescente enamorada. Se preguntó si se alegraría de verla o si le molestaría su visita.

Decidió que, si lo veía incómodo, no intentaría coquetear con él. Cada vez estaba más nerviosa. Agarró con más fuerza el bolso y recorrió deprisa el pasillo buscando el número de su cuarto. Cuando encontró la puerta, inhaló profundamente para tratar de calmarse y llamó a la puerta.

—Un momento —respondió él desde el interior.

Se ruborizó al oírlo. Se le ocurrió entonces que quizás estuviera en compañía de una mujer y se sintió más avergonzada aún.

Se abrió entonces la puerta. Llevaba sus pantalones y una camisa blanca que parecía haberse puesto deprisa. Vio que levantaba las cejas al ver quién llamaba a su puerta.

Ella seguía ruborizada y no podía dejar de mirarlo a sus ojos color ámbar, como si estuviera hipnotizada. Se le olvidaron en ese instante las palabras que tanto había ensayado.

—Os vais mañana —susurró con la voz cargada de emoción.

Tyne asintió con la cabeza muy despacio. Tampoco él parecía poder apartar la vista de ella. Su presencia era abrumadora, podía sentir el calor que emanaba de su cuerpo, su masculinidad. Había mucha tensión entre los dos, parecía llenarlo todo. Tyne seguía con su mano en el pomo. De repente, dio un paso atrás, se apartó y abrió la puerta del todo.

Sus gestos eran toda la invitación que necesitaba.

Temblando y con la respiración entrecortada, Julia entró en la suite y se quedó inmóvil. Había un sofá y un escritorio, pero sólo tenía ojos para la gran cama. Sintió que Tyne estaba detrás de ella, tan cerca que estaba tocando la falda de su vestido.

—No he dejado de pensar en vos —le dijo él mientras cerraba la puerta.

Se volvió para mirarlo, no había tiempo para pensar. Sólo podía sentir y desear.

—Tyne... —murmuró.

La agarró por los hombros y la miró con los ojos encendidos por la pasión. La abrazó entonces contra su torso, rodeándola con los brazos. Podía sentir cada centímetro de su firme y musculoso cuerpo y la envolvió su aroma.

Estaba tan cerca de él que sentía los latidos de su corazón.

Tyne le levantó la barbilla y se miraron a los ojos. Se dio cuenta entonces de que su corazón latía con tanta fuerza como el de él, con más fuerza que nunca. Él lo entendió todo sin que tuviera que decirle nada y cubrió su boca con un beso.

Fue un beso apasionado desde el principio. Julia lo agarró por los hombros, estaba tan excitada que sintió que perdía la cabeza. Se dejó llevar por él y separó los labios, dejando que sus lenguas se acariciaran. No pudo evitarlo y comenzó a gemir. Tampoco podía dejar de moverse entre sus brazos. Se sentía como si estuviera por fin en el lugar adecuado, como si toda su existencia la hubiera conducido a ese momento, a ese beso, a esos brazos.

Se besaron apasionadamente, como dos locos, y él la movió por la habitación hasta que sintió el colchón de la cama contra sus muslos. Se separó entonces de él y le agarró la camisa, intentando desesperadamente desabrocharle los botones. Sólo sabía que tenía que quitarle la ropa, no podía pensar en nada más. Se quedó sin respiración al ver su torso desnudo.

Tyne atrapó sus manos con fuerza.

—¿Estás segura? —le preguntó.

Julia se zafó de él y acarició su torso, deleitándose en cada músculo y en cada valle. Inhaló profundamente y gimió.

—Nunca he estado tan segura de nada. Hazme el amor, Tyne —susurró.

Él terminó de quitarse la camisa y la tiró al suelo. Lo deseaba tanto que le pareció que estaba a punto de desmayarse. Tyne la tomó en brazos y la dejó en la cama. Siguió besándola, bajando hasta sus pechos mientras ella seguía acariciando su torso y sus fuertes brazos. No podía soportar tenerlo tan lejos, sentía que estaba a kilómetros de distancia, estaba demasiado excitada como para esperar un segundo más.

—Deprisa —le pidió.

Tyne levantó la cabeza y la miró. Sus ojos seguían cargados de deseo, pero le pareció que había algo más en ellos, casi sorpresa. Se concentró entonces en los botones de su vestido.

Se incorporó para ayudarlo. Se dio cuenta de que volvía a ser la mujer que había sido, una que había estado a punto de olvidar por completo. Mientras Tyne la desnudaba, ella fue quitándose las horquillas del pelo y el pequeño sombrero. Después lo miró. Había terminado de desabrochárselo por completo, pero no parecía atreverse a quitárselo del todo.

Lo deseaba más que lo que había deseado nunca nada. Levantó los brazos para soltar su melena y dejar que cayera su vestido. Le encantó desnudarse para él. El corpiño que llevaba era de París. La camisola, de seda casi transparente. A pesar de lo liviano del tejido, la tela le molestaba. Estaba demasiado excitada y necesitaba estar desnuda.

−Eres tan bella... −susurró Tyne con sensualidad.

Julia se puso en pie y terminó de quitarse el vestido.

Tyne la agarró entonces por las caderas.

−Y tan pequeña y delicada...

Casi parecía asustado, como si temiera romperla.

Nunca se había sentido tan deseada. Se besaron con más pasión aún y cayeron juntos en la cama. Notó que Tyne trataba de quitarse el cinturón y los pantalones. Cuando lo consiguió, comenzó a acariciarla sin descanso.

Antes de que pudiera darse cuenta de cómo había pasado, estaba completamente desnuda y Tyne la acariciaba y besaba en lugares que nadie había tocado en décadas. No podía dejar de gemir y jadear, no había sentido nunca un placer tan intenso.

Tyne agarró sus caderas y le susurró algo. Después fue bajando con la boca por su cuerpo y comenzó a besarla y acariciarla entre los muslos. Se estremeció al sentirlo, oleadas de placer sacudían con intensidad su cuerpo, no podía pensar.

Algún tiempo después, sintió que se colocaba sobre ella y abrió los ojos para mirarlo.

«Lo amo», pensó entonces.

Estaba deseando estar con él y quería que disfrutara tanto como ella. Adivinó lo que Tyne estaba a punto de hacer, pero se incorporó y lo besó, quería hacerle entender lo agradecida que estaba y cuánto le había gustado lo que acababa de pasar. Tyne estaba de rodillas y podía sentir su erección contra su pelvis. Se quedó muy quieto mientras ella lo besaba. Después, se agachó para saborearlo.

Sintió cómo se estremecía y supo que iba a protestar,

pero ella no iba a detenerse. Movió los labios sobre su erecto miembro, el deseo era tan intenso que la dominaba por completo. Podía oír su entrecortada respiración. Cuando parecía que ya no podía contenerse más, Tyne la apartó para abrazarla y se miraron a los ojos.

Él sonrió y se deslizó dentro de ella. Sintió que se le llenaban los ojos de lágrimas. Pero no estaba triste, eran lágrimas de pura alegría. Tyne no tardó mucho en llegar al clímax, al tiempo que lo hacía ella.

Cuando volvió a la realidad, se encontró entre sus brazos y con sus piernas enredadas. Tyne le acariciaba con ternura la cara. Entraba la luz de la mañana por la ventana. No pudo evitar sonrojarse, estaba feliz. No tardó mucho en sentir cómo el deseo crecía de nuevo en su interior. Lo miró sonriente y colocó las manos en su torso.

Tyne también sonrió, había mucho cariño en sus ojos.

—Nunca me lo habría imaginado... —susurró Tyne mientras la besaba en la frente.

—Ha pasado tanto tiempo y me daba mucho miedo que vieras lo que sentía por ti...

—¿Cuánto tiempo, Julia? —preguntó algo más serio.

—Quince años.

Tyne se quedó mirándola, parecía perplejo.

—Pero... Eres una mujer tan apasionada... ¿Cómo has podido pasar tanto tiempo sola?

—Nadie había conseguido despertar mi deseo —confesó ella.

Él se quedó inmóvil y la abrazó con más fuerza. Después, sin dejar de mirarla a los ojos, se colocó sobre ella.

Recordó entonces que iba a irse al día siguiente. Se sintió muy apenada, tenía el corazón roto.

—Voy a echarte de menos, Tyne.

Él abrió sorprendido los ojos y temió haber hablado más de la cuenta.

—¿Tienes que irte? —le dijo él.

No entendió su pregunta.

—Podemos desayunar en la cama, ¿te apetece champán?

Decidió que, si eso era todo lo que Tyne podía ofrecerle, iba a aceptar de todos modos. Acarició el rostro de ese hombre. Su corazón rebosaba de amor por él y pensó que debía aprovechar ese momento sin pensar en lo que iba a ocurrir al día siguiente. Lo besó entonces, muy lentamente y disfrutando de cada sensación.

Stephen miraba los planos que tenía extendidos sobre la mesa, pero no podía concentrarse en ellos. Sólo eran números y líneas, no le decían nada, todo lo veía borroso. La imagen de Alexandra era lo único que veía con claridad. Recordó sus ojos, rojos e hinchados. Imaginó que se habría pasado la noche llorando, pero no podía entender por qué.

No comprendía cómo podía estar tan triste si su verdadero amor había regresado por fin a su vida.

No podía dejar de pensar en lo alterada que se había mostrado después de que le dijera que debían casarse.

Alexandra se había sorprendido mucho, como si no hubiera esperado esa proposición. La verdad era que él nunca había sospechado que se hubiera quedado encinta para atraparlo, sabía que había sido una concepción accidental.

Después de tanto tiempo buscando a la esposa adecuada, estaba listo para casarse con la mujer a la que había estado intentando conquistar durante semanas. Una mujer a la que había conseguido después seducir y a la que había rescatado, una mujer a la que había convertido en su amante en contra de su voluntad. Alexandra había perdido su buen nombre. No tenía dinero ni posición social. Era una mujer que cosía para poder vivir. Por muy poderoso que fuera, la vida lo había sorprendido una vez más.

Creía que iban a casarse por el bien del niño, pero lo cierto era que deseaba casarse con Alexandra porque la amaba. Deseaba salvaguardar su dignidad, protegerla y darle una buena vida, la que se merecía.

Maldijo entre dientes.

Varias horas después, miró la taza de té caliente que le acababan de servir. Al lado tenía una copa de whisky medio vacía. Llevaba horas intentando trabajar, desde el amanecer, desde que le dijera a Alexandra que debían casarse y que, si decidía irse de allí, tendría que dejar al niño con él.

Los arquitectos, Randolph y su asistente lo habían dejado solo. Imaginó que habrían visto que no estaba de humor para tratar con nadie ese día.

Guillermo era el único que se le acercaba de vez en cuando. Le había servido emparedados que no comió. Después, huevos revueltos con jamón, que también había ignorado. El último intento del mayordomo por hacerle comer había sido un plato con un filete de ternera y riñones. Pero tampoco lo había podido probar.

Se cubrió la cara con las manos. Estaba exhausto. Lo último que habría esperado de Alexandra era que le pidiera algo de tiempo para pensar. Pero, conociéndola como la conocía, creía que no debería haberle extrañado. Era una mujer inteligente e imaginó que estaría sopesado sus opciones. No creía que hubiera en el reino ninguna dama soltera que no hubiera saltado de dicha al saber que iba a ser duquesa, fueran cuales fueran sus circunstancias. Pero la respuesta de Alexandra le había confirmado sus peores sospechas. Su amor no era correspondido, sólo amaba a Saint James.

Levantó la vista. La biblioteca estaba en penumbra, pero pudo ver a Tom observándolo desde una esquina de la amplia sala. Lo miraba con condescendencia y desdén. Parpadeó y su padre se esfumó.

Alguien llamó entonces a la puerta, que estaba entreabierta. Era Guillermo. Su mayordomo no cambiaba nunca de expresión, pero vio algo en sus ojos que consiguió sobresaltarlo y se levantó rápidamente.

—¿Qué ocurre?

—Creo que la señorita Bolton se va con sus hermanas —le dijo el hombre.

Tardó unos segundos en entender las palabras de Guillermo. Salió deprisa de la biblioteca y atravesó la casa hasta llegar al vestíbulo principal.

Alexandra estaba allí con sus hermanas. Llevaba uno de sus viejos y anticuados vestidos. Las tres se estaban poniendo ya los abrigos para salir. Vio que Alexandra tenía la bolsa con sus cosas de coser en el suelo y al lado de sus pies. Ya no llevaba la pulsera en su muñeca. Entendió entonces que lo dejaba.

Ella lo miró con la cabeza muy alta. Sus ojos estaban aún más hinchados que esa mañana. Fue hacia él, parecía dolida y apenada.

—Vuelvo a Villa Edgemont —le dijo.

Sus palabras atravesaron su pecho con la fuerza de un puñal, casi sintió un dolor físico al oírlas.

—Entiendo —repuso con mucha más calma de la que sentía—. Entonces, has tomado una decisión.

Alexandra negó con la cabeza y las lágrimas comenzaron a rodar por sus mejillas.

—No, no había ninguna decisión que tomar.

No la entendió, pero sabía que prefería volver con Saint James antes de elegirlo a él y al niño. Respiró profundamente para tratar de apartar el dolor que sentía.

—Preferiría que te quedaras aquí hasta que nazca el niño, así tendrías los mejores cuidados.

—No puedo quedarme aquí, Stephen —le dijo ella temblando—. Ahora ya no, así no...

Cada vez le costaba más mantener la compostura y no dejarse llevar por el dolor.

—¿Qué quieres decir con eso?

—Después de lo que ha pasado, no podría quedarme aquí. Sería insoportable.

Ni siquiera podía respirar. Quería tenerla en Clarewood. Allí podrían atenderla mejor y estaría cerca de ella, podría verla cada día.

—¿No podrías esperar unos pocos meses más antes de fugaros con vuestro amante? —le preguntó con voz envenenada.

—No me voy con nadie —repuso Alexandra—. Pero tampoco puedo quedarme aquí. Supongo que no intentarás impedir que me vaya, ¿verdad?

No podía dejar de mirarla, sentía que todo su ser sufría con su marcha.

—No, no impediré que te vayas —consiguió decir.

La pareció que sus palabras tranquilizaban un poco a Alexandra. Imaginó que estaría deseando perderlo de vista. No podía entender cómo habían llegado a esa situación.

—Enviaré a algunos criados a Villa Edgemont para que te atiendan allí, pero volveréis a Clarewood para el nacimiento de mi hijo. Y, antes de que suceda, nos casaremos —le dijo.

No era una sugerencia, sino una amenaza. Estaba decidido a tener un hijo legítimo y a que naciera en esa casa.

Se quedó atónito al ver que Alexandra negaba de nuevo con la cabeza.

—También es mi hijo y me temo que no puedo renunciar a él, ni siquiera para entregártelo a ti, su padre. Nuestro hijo vivirá conmigo, Stephen.

—Nunca permitiré que otro hombre críe a mi hijo —le informó él con frialdad.

Alexandra dio un paso atrás al verlo tan alterado.

—Me gustaría hablar del niño dentro de algún tiempo, cuando estemos más tranquilos y de mejor humor —le dijo ella.

—No hay nada de lo que hablar —replicó él con la respiración entrecortada—. Haré lo que tenga que hacer para conseguirlo y de nada te servirá negarte porque el niño crecerá en esta casa.

Alexandra se estremeció al oír sus palabras y vio que lloraba de nuevo.

—Me vuelvo a casa —repuso ella dándose la vuelta.

Sin pensar en lo que hacía, la agarró antes de que pudiera salir.

Alexandra lo miró y se quedaron unos segundos en silencio.

—No quiero pelear, no puedo...

—Entonces, quédate aquí y nos casaremos.

—No puedo —insistió ella.

La soltó entonces, le costaba respirar.

—Lo siento —susurró Alexandra—. Lo siento muchísimo.

Él no dijo nada, la miró mientras salía.

—La pulsera está en mi cómoda —le dijo Alexandra mientras cerraba la puerta.

A Alexandra ya no le quedaban más lágrimas. Se agarró bien a la correa de la puerta de su calesa para contrarrestar los baches del camino. Ya podía ver por la ventana su pequeña y destartalada casa. Angustiada, se dio cuenta de que nada había cambiado. El jardín seguía descuidado y lleno de barro. Los charcos se habían convertido en lagunas, uno de los peldaños de la entrada estaba roto y a la pared de ladrillo le faltaban algunas piezas. Tras la casa, el granero parecía a punto de desplomarse, como si el tejado fuera a hundirse en cualquier momento.

Se echó a temblar. Pensaba que ya no le quedaban más lágrimas, pero no era así. Se había pasado llorando las tres horas de camino y sus hermanas no habían conseguido consolarla.

La calesa se detuvo frente a la casa y se abrió la puerta.

Se quedó sin aliento al ver a su padre. No quería más discusiones, no tenía energía para soportar más acusaciones.

Olivia, que había llevado la calesa desde Clarewood, echó el freno y bajó.

—Hola, padre. Alexandra ha vuelto a casa, supongo que querréis recibirla con los brazos abiertos —le dijo a Edgemont.

Alexandra miró a su hermana y pensó que había madurado mucho durante esas últimas semanas. Pero no podía alegrarse de algo así, sabía que eran los malos ratos pasados los que la habían cambiado.

Edgemont parecía tan agotado como ella. Tenía los ojos llorosos, pero llevaba ropa limpia y parecía sobrio.

Corey bajó de la calesa y Alexandra la siguió. Fueron hacia la puerta.

—Hola, padre —le dijo con voz temblorosa mientras rezaba para que todo fuera bien.

Él la miró con atención. Sabía que no podía ocultar cómo se sentía y que cualquiera podría ver que había pasado horas llorando.

—Hola, Alexandra —repuso él—. ¿Qué ha ocurrido?

Decidió que intentaría no darle demasiada importancia al asunto.

—Parece que últimamente me echan de todas partes —le dijo mientras intentaba sonreír.

Edgemont no sonrió.

—Tengo que volver a casa —le informó mientras tomaba su bolsa con la costura—. Y os ruego que me permitáis vivir aquí —añadió con tanta dignidad como pudo reunir.

Su padre rompió a llorar.

—¡Siento tanto haberte echado de casa! Es que... ¡Me dolió tanto saber lo que habías hecho!

Sintió un gran alivio al escucharlo.

—Padre, estoy avergonzada. Siento haberos hecho daño y haber deshonrado a toda la familia.

Pero pensó entonces en el niño que crecía dentro de ella y se dio cuenta de que no podía arrepentirse. Pasara lo que pasara, iba a querer a ese niño con todo su corazón. Sabía que Clarewood sería un duro rival e intentaría quedarse con el bebé, pero no iba a permitirlo.

Decidió que no era el mejor momento para contárselo a su padre.

—Yo también lo siento mucho —repuso su padre entre lágrimas—. Dios mío, Alexandra, eres la luz de esta familia, eres igual que tu madre. Me equivoqué, no debería haber dicho lo que te dije. Clarewood es un maldito canalla y todo el mundo lo sabe. Te sedujo, ¿verdad? ¡El muy canalla! Ya había oído decir que ha roto muchos corazones por todo el reino y te acusé a ti en vez de ver quién era de ver el responsable de lo que había ocurrido. ¡Ese maldito bastardo!

A pesar de todo lo que había pasado, le entraron ganas de defender a Stephen. Pero recordó que quería quedarse con su hijo y que la había acusado de ser una embustera. No había permitido que se explicara. Stephen pensaba que amaba a Owen y que pretendía irse con él. No podía creer que quisiera forzarla para que se casara con él. No confiaba en ella ni la entendía. No parecía conocerla en absoluto y siempre pensaba lo peor de ella.

Estaba convencida de que la odiaba y despreciaba, no podía casarse con él. Amándolo como lo amaba, no podía unirse a él en matrimonio, no cuando sus sentimientos no eran correspondidos. Le parecía increíble que quisiera casarse con ella y que al mismo tiempo estuviera dispuesto a permitir que se fuera con Owen mientras él se quedaba con su hijo o hija.

—Me enamoré de él, padre —consiguió confesarle—. De otro modo, creo que podría haberle parado los pies y no permitir que me sedujera.

Para su sorpresa, Edgemont acarició su cara.

—Lo entiendo. Sé que, de otro modo, no habrías hecho algo así. A pesar de las horribles cosas de las que te acusé, en el fondo sabía que no podía ser de otro modo, Alexandra. Era la ginebra la que hablaba, hija. Lo sabes, ¿verdad?

Abrazó entonces a su padre como habría hecho con un niño o un adulto enfermo. Sentía que necesitaba protegerlo. Edgemont comenzó a llorar. Sabía que las lágrimas eran fruto de lo que hubiera bebido la noche anterior y también de su dolor. Su padre era un hombre débil y enfermo, llevaba años sin valerse por sí mismo. Creía que el hombre con el que Elizabeth había estado casada había muerto el mismo día que se fue su madre, pero no importaba ya. Su padre la necesitaba, debía cuidar de él y le alegraba poder hacerlo. Lo haría toda su vida, tal y como le había prometido a su madre.

Edgemont se apartó y se limpió las lágrimas con un pañuelo.

—¿Podrías hacerme unos huevos? Nadie cocina tan bien como tú.

Sonrió al oírlo. Estaba cansada y triste, nada había cambiado en esa casa. Miró a su padre y a sus hermanas. Después, se fijó en los viejos muebles del vestíbulo. No, nada había cambiado, sólo ella.

Ya no era una mujer inocente y llevaba a un niño en su vientre. Regresaba a Villa Edgemont para cuidar de su padre, de sus hermanas y de ese bebé que aún no había nacido.

Sintió que volvía al punto de partida.

—He oído que os habéis pasado casi toda la semana encerrado en la biblioteca. Os he enviado notas, pero no habéis contestado ninguna. No sabía qué pensar. ¿Habéis arreglado las cosas con Alexandra o seguís enfangados en la misma pelea de enamorados?

Stephen había estado muy concentrado leyendo un informe sobre un negocio de minas en el norte de Europa. Le interesaba mucho y estaba decidido a invertir en esa empresa. Levantó la vista al oír a su primo y vio a Alexi en la puerta. Guillermo estaba tras él. Todas las contraventanas estaban cerradas y también había echado las cortinas. No sabía si era de día o de noche.

No estaba de humor para recibir visitas y era algo que había dejado muy claro a su servicio. Ni Alexi tenía derecho a presentarse así, sus órdenes habían sido muy claras.

—Elysse insistió mucho, quería que viniera a veros —explicó Alexi mientras lo observaba.

—Le dije al capitán de Warenne que no recibíais visitas, excelencia —apuntó el mayordomo—. Pero el capitán de Warenne se negó a acatar mis indicaciones.

—Decidí pasar a veros sin más, como hago siempre —le dijo su primo con entusiasmo—. La verdad es que me sorprendió ver que Guillermo pretendía incluso impedir físicamente que entrara en la biblioteca. No lo entiendo. Después de todo, soy vuestro mejor amigo. Y puede que el único.

Enfadado, cerró la carpeta con los documentos que había estado estudiando.

—Estoy muy ocupado, Alexi —le advirtió.

—¿De verdad? Elysse ha oído un rumor. Parece que Alexandra Bolton ha regresado a su casa y está siendo cortejada por un caballero al que no conozco, un tal Owen Saint James. Así que supongo que estabais en lo cierto y yo me equivocaba. ¿Rechazó vuestra propuesta de matrimonio? ¿O acaso no os atrevisteis a pedírselo?

Stephen se puso en pie. Consiguió sonreír y no perder del todo la calma. Habían pasado ya cinco días desde que Alexandra se fuera de esa casa y su actitud le había dejado muy claro que pensaba quedarse con el niño y volver con Saint James, aunque se hubiera empeñado en negarlo una y otra vez. Desde ese instante, había decidido dejar de pensar en ella y cerrar por completo su corazón. No quería saber nada de ella hasta la primavera. Había calculado que el niño nacería a principios de agosto y no tenía prisa por contactar con ella.

Había conseguido concentrarse en su trabajo y creía que volvía a ser el mismo de siempre. Sólo tenía en mente su ducado y sus negocios, como tenía que ser. Se levantaba temprano para tratar los asuntos referentes a sus tierras y propiedades, después se ocupaba de su fundación benéfica y de otros proyectos. No se acostaba hasta muy tarde, pero no lo hacía solo. La dueña del burdel más exclusivo de Londres le había enviado una cortesana distinta cada noche desde que se fuera Alexandra. Sólo le había pedido que fueran extranjeras, sanas y que no hablaran su idioma.

Pero, a pesar de todo, los comentarios de su primo habían conseguido que se le encogiera el corazón. No quería pensar en ello, sabía que Alexi sólo deseaba provocarlo y reírse de él.

—Pasad, por favor. Después de todo, parece que nadie puede impedíroslo. ¿Cómo estáis? ¿Cómo está Elysse? —preguntó mientras se acercaba a la mesa de las bebidas—. ¿Vino o whisky?

—La verdad es que es un poco temprano para beber, así que ninguna de las dos cosas —repuso su primo.

Se sirvió una copa de whisky.

—Guillermo, abre las cortinas, por favor —le pidió al mayordomo.

—¿Qué es lo que os pasa? ¿Qué ha ocurrido? —preguntó Alexi—. ¿Por qué se ha ido Alexandra?

—No me pasa nada, primo. He recobrado el sentido común, eso es todo —le dijo con una sonrisa.

Alexi lo observó con los ojos entrecerrados.

—Se negó a aceptar vuestra oferta de matrimonio, ¿verdad? ¿Por qué? ¿Se lo pedisteis de manera romántica o se lo ordenasteis?

Todo su cuerpo se tensó al oír sus palabras. Le había ordenado que se casara con él y Alexi lo conocía mejor de lo que pensaba. Pero no pensaba hablar de Alexandra Bolton con él. Ni siquiera quería pensar en ella. Ya sentía la presencia de su padre en la biblioteca y creía que estaría orgulloso de él al ver cómo había solucionado las cosas.

—Sabéis de sobra que no soy un romántico. Todo ha terminado y no pienso hablar del tema.

Se levantó y se apartó de su primo. A pesar de todo, no podía desprenderse del dolor que sentía en el pecho.

Alexi fue tras él y lo agarró por el hombro.

—¡Va a tener a vuestro hijo! ¿O es acaso el hijo bastardo de Saint James?

Furioso por tal acusación, se giró hacia su primo con el puño en alto, listo para pegarle. No podía creer que se hubiera atrevido a sugerir que Alexandra le hubiera sido infiel. Estaba fuera de sí, nunca había sentido nada igual. Pero vio entonces los ojos de Alexi y entendió lo que estaba haciendo. Había mordido el anzuelo.

Sintió en ese instante como si se resquebrajaran los muros que había construido alrededor de su corazón para no sentir nada. El dolor era tan fuerte que no podía soportarlo. Tenía en su mente la imagen de Alexandra saliendo de esa casa con su bolsa de la costura y los ojos llenos de lágrimas.

—¡Maldita sea! —le gritó a su primo—. ¡El niño es mío! Y, cuando tenga que nacer, nacerá en Clarewood. Yo criaré a mi hijo o a mi hija. ¡No permitiré que se quede con mi hijo!

—Stephen, ¿qué demonios os pasa? —preguntó Alexi mientras lo agarraba por los hombros y lo miraba a los ojos—. ¿Por qué no lucháis por ella?

Stephen se apartó de él.

—Ya hemos pasado antes por todo esto.

Le faltaba el aliento, no podía controlar su respiración.

—Dios mío, tenéis poder para mover montañas, Stephen. Habéis conseguido construir hospitales, residencias, casas para los obreros más pobres. Y, ahora, un hombre se interpone entre vos y la mujer que queréis y no hacéis nada. ¡Sois un cobarde!

Se quedó inmóvil, preguntándose si de verdad era un cobarde. Pero sabía que Alexandra no sentía nada por él, estaba enamorada de Saint James. Al menos, eso creía él.

—No tenéis ni idea —le dijo a Alexi.

Se apartó de su primo y éste lo siguió.

—Sé más de lo que creéis —repuso—. Elysse y yo tampoco empezamos bien. Estuvimos separados durante años por culpa del orgullo y la ira. Creo que sé cuál es el problema. Y no se trata de orgullo esta vez, sino de amor.

Stephen lo miró con el ceño fruncido.

—¿Os habéis vuelto loco?

—No. El problema es que no creéis en el amor. La culpa

la tiene la manera en la que fuisteis criado. Vuestros padres se despreciaban y, si he de ser sincero, creo que el viejo Tom también os odiaba a vos, por mucho que decidiera haceros su heredero.

Se quedó atónito. Era algo que siempre se había preguntado, desde muy niño, siempre había tenido la sensación de que su padre no lo quería. Era difícil pensar de otro modo con sus continuos castigos y reproches.

—Creo que os odiaba. Vuestra presencia le recordaba cada día que no había sido capaz de engendrar un heredero. Cada vez que os miraba, veía a Julia con sir Rex. Pero no estaba dispuesto a permitir que la gente supiera que era impotente, por eso trató de convertiros en su hijo perfecto, el futuro duque de Clarewood. Era un hombre cruel y odioso. No me extraña que desconfiéis de Alexandra ni que seáis como sois. Pero tenéis que recordar siempre que no sois Tom ni ella es Julia. Tom trató de convertiros en alguien como él, pero sois un Warenne, no lo olvidéis nunca —le dijo Alexi apasionadamente—. Somos hombres orgullosos y arrogantes, pero no podemos vivir sin el amor de una mujer. Miradme a mí y a Elysse, pensad en sir Rex, vuestro verdadero padre, y lady Blanche. Creo que se admiraron en secreto durante años hasta que encontraron la manera de estar juntos. ¿Y Ariella y Emilian? Mi hermana desafió a todos para estar con el amor de su vida. Y no puedo olvidarme tampoco de mi padre y Amanda, otra historia de amor —añadió su primo—. Sois un Warenne, Stephen, y sois capaz de amar de verdad y de amar para siempre. Lo queráis reconocer o no, es algo que lleváis en la sangre y tenéis derecho a sentiros así.

Stephen maldijo en voz alta y se dejó caer en el sofá. El corazón le golpeaba con fuerza dentro del pecho, pero lo tenía roto. No podía dejar de pensar en sus padres y sus terribles discusiones. Él solía salir corriendo y se escondía, no le gustaba verlos así, no podía soportarlo. Recordó también la expresión de odio en el rostro de su padre cuando levantaba la mano para abofetearlo.

Se tapó la cara con las manos, preguntándose si Alexi tendría razón. Él no había creído en el amor hasta saber que Saint James había regresado del pasado para aparecer en la vida de Alexandra. Había tenido que enfrentarse a lo que sentía por ella.

La amaba.

El dolor era muy profundo, inabarcable, pero sabía que la amaba.

No podía dejar de recordar que Alexandra lo había abandonado para irse con otro hombre. Creía que, tal y como le había pasado con su padre, el amor que le tenía no era correspondido.

Se sentía dolido, vulnerable, impotente. Era como si volviera a ser un niño, no un hombre hecho y derecho al frente de un poderoso ducado.

Alexi se sentó a su lado.

—Si vais tras ella, podríais llegar a vivir en un hogar lleno de cariño y alegría, no en la más fría soledad. No pienso irme de aquí hasta que os convenza, Stephen.

Trató de controlar la respiración y su dolor. No podía quitarse de encima la sensación de haber sido rechazado por los que más había querido. Sabía que Tom lo vigilaba de cerca y se reía de él.

Su padre nunca había creído en el amor y su objetivo había sido convertirlo en el frío y calculador octavo duque de Clarewood.

Levantó lentamente la cara y miró a su primo.

—Tengo algo que confesar.

Alexi esperó pacientemente.

Podía ver a su padre observándolos, estaba furioso.

—Mi padre nunca fue capaz de decirme que me quería, ni siquiera en el lecho de muerte —le dijo con voz entrecortada—. Estaba desesperado. A pesar de mi corta edad, sabía que todo lo que quería era que me dijera, al menos una vez en su vida, que estaba orgulloso de mí, que me quería.

Alexi le frotó la espalda.

—Estoy seguro de que Tom no podía pronunciar esas palabras, Stephen. A él sólo le importaba el ducado. Era un canalla despiadado y cruel. Pero, no penséis en Tom, fijaos en sir Rex. Apareció en vuestra vida cuando teníais nueve años. Recuerdo oír cómo hablaba de vos con orgullo. Y siempre fue amable y cariñoso. Creo que sois más hijo de sir Rex que de Tom.

Recordó entonces con cuánta rapidez había querido su madre enterrar el pasado. Se negaba a visitar el mausoleo donde estaba enterrado su padre. De repente, la entendió y sintió lo mismo que ella.

Estaba harto de vivir con ese terrible peso a sus espaldas. Estaba cansado de sentir a su difunto padre vigilándolo desde el más allá, riéndose de él, ridiculizándolo, criticándolo.

Se frotó la nuca pensativo. Sabía que la sangre que llevaba por sus venas era más importante que otro tipo de lazos. Alexi tenía razón, era un Warenne y se había enamorado.

Era doloroso admitirlo, pero sabía que debía hacerlo.

Más complicado aún era decidir si debía luchar por Alexandra, como le decía su primo. La amaba, la necesitaba. Ya no quería tener que pelear por ella para obtener la custodia del niño porque sabía que conseguiría ganar y ella se quedaría desolada. Se dio cuenta de que no podría hacerle algo así.

—¿Qué vais a hacer? —le preguntó Alexi.

Respiró más profundamente y sintió que iba desapareciendo el dolor de su pecho. No entendía qué le había pasado. Siempre había conseguido lo que quería, era el duque de Clarewood. La había perseguido hasta conseguirla y había ganado. Decidió que debía hacerlo de nuevo. Pero no podía cometer más errores, había demasiado en juego.

Miró a su primo.

—¿Es verdad que Saint James está cortejándola?

—Creo que la visita cada día —repuso su primo.

Se dio cuenta de que Alexi estaba intentando esconder una sonrisa de satisfacción.

No sabía si estaba diciéndole la verdad, pero ya no le importaba. Se puso en pie, estaba decidido. Sabía que, si no hacía nada para evitarlo, terminaría perdiendo a Alexandra para siempre.

—Ya estoy harto de ese Saint James —masculló—. No pienso soportarlo más...

Alexi se levantó con una gran sonrisa.

—Y, cuando termine todo esto, me lo agradeceréis como me merezco, ¿verdad? Porque creo que tenéis una gran deuda conmigo.

Stephen ignoró su comentario y salió de la biblioteca.

—Los consejos no suelen ser gratuitos —añadió Alexi riendo.

CAPÍTULO **19**

—Parece que hoy estáis un poco más animada —le dijo Owen al verla.

Alexandra sonrió. Estaban sentados en la parte delantera de la calesa de Owen. No podía evitar estar algo nerviosa. Aunque hacía frío, era un día soleado y habían estado dando un paseo por el campo. Las hojas de los árboles se habían teñido de rojos y naranjas. No tardarían mucho en caer al suelo. Habían salido con una cesta llena de comida y habían almorzado en una pradera cerca del camino, no demasiado lejos de un rebaño de ovejas. Había pasado unas horas muy agradables, pero no había podido dejar de pensar en todo el trabajo que tenía pendiente y que tendría que hacer en cuanto la dejara en su casa.

—Habéis conseguido animarme —le dijo ella—. Pero supongo que ése había sido vuestro propósito desde el principio, ¿verdad?

Owen sonrió.

—Por supuesto. No me gustaba veros tan triste.

Apartó entonces la vista sin dejar de sonreír. Owen la había visitado cada día desde que había vuelto a casa. Le gustaba verlo, su presencia le daba paz y le agradaba mucho su compañía.

Le distraía hablar con él. Mientras cosía, no podía evitar

pensar en todo lo que había pasado y lamentar su pérdida. No conseguía quitarse a Stephen de la cabeza. Tenía el corazón roto y, aunque sentía que nunca podría recuperarse, sabía que el tiempo acabaría por mejorar las cosas. Ya le había pasado una vez, cuando tuvo que romper su compromiso con Owen.

Sabía que, tarde o temprano, los corazones rotos se curaban.

No había hablado con él de por qué había regresado a su casa, pero Owen le había dicho que estaba muy contento al ver que había arreglado las cosas con su padre y que había vuelto a Villa Edgemont.

Sabía que Owen habría imaginado que ya no estaba con Stephen y que se alegraba de que así fuera. En cada visita hacía algún comentario que podría haberle dado pie a ella para confesarle lo que le había pasado con el duque, pero ella solía evitar ese tipo de conversación. No pensaba hablar con Owen de lo que había tenido con Stephen.

Tampoco se le había pasado por alto que había estado en lo cierto, Owen seguía enamorado de ella. Le brillaban los ojos cuando la miraba, solía bromear con frecuencia para hacerla reír y sus gestos eran siempre muy cariñosos. Pero, cuando Owen la tocaba, no podía evitar sobresaltarse ni apartarse. No estaba lista para tener un nuevo pretendiente. Y no sabía si algún día volvería a estarlo.

Lo quería mucho, pero todo había cambiado. Era a Stephen Mowbray a quien amaba.

Y Owen tampoco sabía nada del niño que esperaba.

Juntó las manos y decidió cambiar de tema. No pensaba comentar nada sobre por qué había estado tan triste esos días.

—Antes solíamos hablar de todo —murmuró Owen.

Lo miró entonces a la cara.

—Bueno, las cosas han cambiado. Ya no podemos hacerlo —le dijo ella.

—¿Por qué no? Estoy preocupado por vos.

—Lo sé, Owen. Vuestra lealtad significa mucho para mí.

—Cuando estéis lista, Alexandra, os escucharé. Creo que os sentiréis mejor si habláis de Clarewood y lo que os ha hecho.

Aunque Stephen se había portado muy mal con ella, frunció el ceño, le entraron ganas de defenderlo.

—Owen, acepté voluntariamente su proposición. Los dos cometimos errores —le dijo.

—Aunque me cueste decirlo, creo que debería casarse con vos y arreglar así las cosas —repuso Owen.

Apartó los ojos, no podía mirarlo. Él tomó entonces su mano.

—Lo siento. Sé que ya os lo he dicho y prometo no volver a hacerlo. Pero es que odio a ese hombre, Alexandra. Merecéis mucho más.

Quería apartar su mano, pero no lo hizo. No iba a decirle que no estaba lo bastante cualificada para convertirse en la esposa de Stephen y en una duquesa. Ya no lo creía. Se había dado cuenta de que Olivia tenía razón. Algunos nobles se casaban con plebeyas por amor. No era lo más normal, pero se daban algunos casos. El problema era que Stephen no la amaba. Creía que el amor y el deseo eran dos cosas muy distintas.

—Odio veros así, tan triste y dolida —murmuró Owen.

Apartó entonces la mano.

—Estoy bien, de verdad.

—No, no lo estáis, pero admiro vuestra valentía y decisión —le dijo él—. Mirad. Parece que tenéis visita, Alexandra.

Ya había visto ella la calesa frente a su casa y no le costó reconocerla. Muy a pesar suyo, Ariella y Elysse se habían acercado a visitarla. No entendía qué podían querer. Ella ya no estaba con Stephen y sabía que las dos damas mantenían una muy buena amistad con él. Se preguntó si habrían ido a verla para reírse de su desdicha. No podía creer que estuvieran allí para tratar de consolarla.

—¿De quién se trata? —le preguntó Owen mientras detenía su vehículo al lado del otro.

—Elysse de Warenne y Ariella Saint Xavier. Son... Son amigas —le explicó ella.

Owen la miró con el ceño fruncido.

No quiso explicarle más. Bajaron de la calesa y entraron en la casa. Olivia y Corey las atendían en el salón. El fuego estaba encendido en la chimenea y vio que había té y pastas sobre la mesa. Las dos mujeres se pusieron en pie al verla entrar con Owen. Sonreían como si se alegraran de volver a verla, pero notó que a él lo miraban con algo de suspicacia.

Alexandra se quitó el abrigo y se les acercó.

—¡Qué sorpresa tan agradable! —les dijo.

Elysse la abrazó con afecto.

—Olvidaos de las formalidades, por favor —repuso—. Después de todo, somos amigas. Hemos oído rumores y estábamos algo preocupadas por vos.

La miró a los ojos y se quedó atónita al ver que parecía de verdad sincera. La había juzgado mal. Elysse de Warenne era una mujer amable y buena.

Ariella también se acercó y le frotó la espalda con cariño.

—¿Estáis bien? —preguntó preocupada.

Le desarmó por completo que fueran tan amables con ella. Parecía importarles de verdad y sintió que su roto corazón volvía a latir en el pecho. Sabía que habían sido amigas de Stephen desde la infancia y pensó que quizás ellas pudieran ayudarla a entender por qué se había comportado tan mal con ella. A lo mejor podrían ayudarla.

—Estoy bien —mintió.

—No lo parece —apuntó Ariella—. Tenéis que creerme si os digo que Stephen tiene un corazón de verdad bajo esa fachada tan dura y fría, pero reacciona muy mal cuando cree que lo intentan engañar.

Se echó a temblar.

—Está tan enfadado conmigo... —susurró ella.

Ariella y Elysse se miraron a los ojos.

—Habéis llegado a su vida perfecta y ordenada y la habéis puesto patas arriba, Alexandra —le dijo entonces Elysse—. Alexi me ha dicho que está destrozado y de muy mal humor.

Alexandra miró entonces a Owen, parecía muy incómodo y serio, no debía de gustarle nada lo que estaba oyendo.

—No he hecho las presentaciones —murmuró Alexandra.

Le sorprendió ver lo agradables y educadas que las dos jóvenes se mostraron con Owen cuando se lo presentó. No parecía importarles que fuera un pretendiente y, por tanto, rival en cierta medida de Stephen. Mientras se saludaban, se quedó pensando en lo que Elysse le acababa de comentar. Le había llamado la atención saber que Stephen estaba también sufriendo esos días. Pero no podía entender por qué. Pensó que quizá la echara de menos, pero no le parecía posible. Llegó pronto a la conclusión de que estaría preocupado por el bebé.

Mientras Ariella y Owen charlaban, Elysse tomó a Alexandra de la mano y la sacó al vestíbulo.

—¡No podéis renunciar a él! —le dijo entonces.

Se mordió el labio antes de contestar.

—No lo entendéis. Tiene muy mal concepto de mí. Y me...

Se detuvo antes de seguir, no sabía si debía decirle la verdad.

—Me pidió que me casara con él. Pero lo hizo por razones equivocadas y le dije que no podía aceptar —le confesó al fin.

Elysse no parecía sorprendida e imaginó que ya lo sabría. Después de todo, su esposo era el mejor amigo de Stephen. Se preguntó si sabría algo más.

La joven parecía tener poder para leerle la mente. Tomó de nuevo su mano y la apretó con cariño.

—Los hombres pueden llegar a ser tan tontos... —murmuró—. ¿Cómo podéis estar tan segura de que os ofreció matrimonio sin buenas razones para hacerlo?

No sabía cómo contestar y decidió decirle la verdad.

—Yo lo amo —le confesó—. Pero no soy correspondida.

Elysse sonrió.

—¿Estáis segura? —le preguntó—. Hay algo que debéis saber. Stephen no es un hombre expresivo, nunca muestra sus sentimientos. La verdad es que no sabe cómo hacerlo. Lo crió el duque anterior, que era un hombre duro, difícil y muy cruel. No tuvo el mejor ejemplo de comportamiento en casa, Alexandra.

—Lo mismo me dijo la duquesa viuda. Pero Stephen no es así, puede llegar a ser cariñoso —susurró.

—Si lo habéis visto así es porque siente algo por vos, algo muy importante —repuso Elysse—. Y hay algo más. Stephen no lleva demasiado bien el tema de padres e hijos. En parte por la horrible relación que tuvo con el viejo Tom. Pero también tiene otras razones. ¿Sabíais que juró solemnemente que nunca engendraría un hijo fuera del matrimonio?

Se quedó sin respiración.

—No, no tenía ni idea. Pero, ¿por qué? Son muchos los nobles que tienen hijos ilegítimos.

Supo que Elysse estaba al tanto de su estado.

—Me temo que tendrá que explicároslo él mismo. Pero es un tema que consigue sacarlo de sus casillas más que ningún otro —le dijo Elysse.

La cabeza la daba vueltas. Sabía que le estaba dando pistas muy importantes para comprender a Stephen y que, si conseguía resolver el enigma, podría entender mejor todo lo que había pasado, pero no se veía capaz de encajar todas las piezas de ese complicado puzzle.

—Deberíais preguntarle a Stephen sobre su padre y por qué juró que nunca dejaría que otro hombre criara a un hijo suyo.

Se echó a temblar. Creía que, si ése era el talón de Aquiles de Stephen, empezaba a comprender muchas cosas.

—¿Estáis segura?

—Lo estoy —repuso Elysse sin dejar de sonreír—. Aún hay esperanza, querida. A no ser, por supuesto, que estéis enamorada del encantador Saint James.

—A Owen lo quiero mucho, pero es de Stephen de quien estoy enamorada —le dijo Alexandra.

Se preguntó si de verdad habría aún esperanza para su historia. Porque, si la había, pensaba luchar por su amor, por un futuro juntos y por el niño que crecía en sus entrañas.

—Eso pensaba yo —repuso Elysse con satisfacción.

Volvieron al salón. Owen la miró en cuanto entraron, parecía preocupado. Sonrió para tranquilizarlo, pero la verdad era que no estaba nada tranquila. Tenía demasiadas cosas en la cabeza.

Acababa de saber que Stephen tenía algún tipo de aversión a los hijos bastardos, pero no sabía por qué. Pensó que quizá tuviera hermanos ilegítimos que hubieran sufrido mucho. Era la única conclusión a la que consiguió llegar. Recordó entonces lo enfadado que se había mostrado cuando le dijo que no le entregaría al niño. Stephen pensaba además que pretendía casarse con Owen y que sería éste el encargado de criar al pequeño.

Se dio cuenta de que debía explicarle de nuevo las cosas. Pero, sabiendo lo sensible que era con esos temas, iba a tener que ser muy diplomática. Cada vez estaba más nerviosa.

Notó que a Owen le cambiaba de repente la cara. Frunció el ceño, parecía muy preocupado. Se levantó y fue hasta la ventana del salón con las manos en los bolsillos. Alexandra se levantó para ver qué estaba mirando. Corey exclamó entusiasmada y Olivia también se acercó.

—Bueno, bueno... Me pregunto quién será —comentó Ariella con una sonrisa.

Todo el mundo pasó al lado de Alexandra para ir a la ventana. Y ella también. Randolph de Warenne conducía un gran carro. La parte de atrás estaba llena de ramos de rosas rojas. Y Ébano estaba atado a la parte de atrás de la carreta.

El corazón de Alexandra comenzó a latir con fuerza.

Randolph se bajó y se acercó a la casa. Corey la miró con una gran sonrisa y corrió a abrirle la puerta.

Todos estaban en silencio en el salón. Alexandra sólo podía oír los latidos de su propio corazón.

No entendía qué significaba aquello ni por qué lo habría hecho.

Randolph entró pocos segundos después en el salón. Fue directamente hacia ella y la saludó con una reverencia.

—Buen día, señorita Bolton —le dijo con una sonrisa.

Se echó a temblar, ni siquiera podía respirar.

—¿Qué es lo que ha hecho ahora?

—Creo que os envía flores, a Ébano y una pequeña muestra de su afecto —contestó Randolph mientras se sacaba una caja del bolsillo de la levita—. Supongo que sabéis que no se me permite regresar a Clarewood con las flores, el caballo ni la joya.

Miró la caja de terciopelo. Stephen le devolvía la pulsera...

—¿Por qué ha hecho esto?

Randolph levantó las cejas y abrió la caja para que pudiera ver lo que contenía.

—Creo que su excelencia desea que aceptéis estos presentes, señorita Bolton —le dijo Randolph—. Parece que por fin se ha dado cuenta de que está enamorado.

Alexandra se quedó sin respiración y completamente atónita mirando la enorme sortija de diamantes.

Julia se miró en el espejo que había sobre la cómoda de caoba. Seguía en la habitación de Tyne y la luz de la mañana se colaba ya entre las rendijas de las cortinas. Él había salido para dejar que se vistiera en la intimidad. Desde que llegó a ese hotel el día anterior, habían pasado todo el tiempo juntos. Habían hecho el amor, se habían contado sus vidas y habían vuelto a amarse una y otra vez. Habían cenado en la habitación y después habían hecho el amor de nuevo.

Pero Tyne se iba ese día.

Se echó a temblar. Mirándose en el espejo, se dio cuenta

de que parecía más radiante que nunca, pero no podía sonreír. Se sentía muy triste. Era un hombre fuerte y seguro de sí mismo, pero de gustos simples. Toda su vida giraba alrededor del rancho que había construido y de sus tierras en California. Había aprendido lo que significaba vivir allí. Había podido acariciar sus muchas cicatrices. Otras heridas aún no habían curado y las llevaba en el alma. También le había hablado de ésas. Le había contado una docena de apasionantes historias relatándole todos los peligros por los que había pasado. No podía creer que siguiera vivo después de todo aquello.

La vida que ella llevaba era completamente distinta. Asistía a fiestas y bailes, tomaba el té con amigas y salía a pasear a caballo con sus perros. Stephen llevaba años sin necesitar su apoyo ni sus consejos. Era un adulto y tenía mucho éxito en todo lo que emprendía. Lamentaba que aún no hubiera sentado la cabeza y que no tuviera familia, pero tenía la sensación de que no iba a tardar en hacerlo.

Había podido comprobar que estaba perdidamente enamorado de la señorita Bolton. Todo el mundo podía verlo, todos menos Stephen.

Sabía que a Tyne le gustaría que lo visitara en su rancho de California y ella ya había tomado la decisión de hacerlo. Aun así, no soportaba la idea de tener que despedirse de él cuando acababan de empezar a conocerse. Sabía que iba a tener que pasar seis meses o más sin verlo.

Llamaron a la puerta de la habitación.

—Pasa —repuso ella con una sonrisa.

Tyne entró y sonrió brevemente.

—Necesito ayuda con los botones —le dijo ella mientras se giraba para darle la espalda.

—Por supuesto —repuso Tyne sin dejar de mirarla.

Cerró los ojos mientras él abotonaba la parte de atrás del vestido. No pudo evitar estremecerse al sentir sus dedos en la espalda.

Tyne tomó sus hombros y la hizo girar para mirarla.

—No pareces demasiado contenta hoy —le dijo.

—Tú tampoco —repuso ella.

—No conozco a ningún hombre con dos dedos de frente que querría irse después de lo que ha pasado —le confesó.

Julia abrió mucho los ojos y agarró sin pensar sus manos.

—Entonces, no lo hagas —le dijo—. Quédate un poco más para que podamos... Para que podamos profundizar en esta amistad.

—¿Y después qué? Tarde o temprano, tendré que irme y tu vida está aquí.

Se quedó mirándolo muy pensativa.

—¿Qué ocurre?

—Hablaba en serio cuando te dije que me gustaría ir a verte a California —susurró ella.

—Pero toda tu vida está aquí, Julia. Eres la duquesa viuda de Clarewood.

—Es verdad. Pero, si no ando muy desencaminada, pronto habrá una nueva duquesa de Clarewood.

—¿Qué quieres decir?

—Que no estoy tan atada a mis responsabilidades en Inglaterra como piensas, pero mis perros tienen que venir con nosotros, no pienso abandonarlos.

Tyne la miró entonces muy serio y ella se quedó sin respiración.

—Julia, tengo que confesarte algo —le dijo—. Me encantaría quedarme más tiempo para estar contigo. Pero hay un problema. Si vas a verme a California, no sé si podré dejar que vuelvas a Inglaterra cuando llegue el momento.

—¿Y si decido que no quiero volver a Inglaterra? ¿Y si quiero quedarme allí? —le preguntó ella mientras acariciaba su cara—. Me he enamorado de ti, Tyne, y ya no tengo nada que me ate a este país.

Tyne la abrazó con fuerza.

—No puedo creerlo... ¿Dejarías toda tu vida aquí por mí? Pero, ¿y si no te gusta California? Ya te he dicho que la vida allí es muy dura.

—Estoy lista para empezar esta nueva etapa de mi vida —le dijo ella con seguridad—. Además, soy más fuerte de lo que parece.

Tyne se echó a reír. Después la tomó por la cintura y la levantó en el aire, abrazándola apasionadamente.

—Sí, la verdad es que nunca había visto una mujer tan pequeña y delicada, pero tan dura y valiente. Pero ya no tendrás que seguir siéndolo, yo puedo cuidar de los dos, Julia. Te amo.

Estaba tan feliz que sintió que se le salía el corazón del pecho. Supo que todo lo que le había pasado en la vida había tenido una razón de ser, la había llevado hasta ese instante y con ese hombre, Tyne.

Levantó la cara y él la besó.

—Pero no voy a permitir que pierdas el decoro por estar conmigo, Julia.

Con la caja de terciopelo aún en la mano, Alexandra entró en la mansión de Clarewood sin saludar siquiera al lacayo que le había abierto la puerta. Guillermo sonrió al verla y se le acercó corriendo para quitarle el abrigo.

—Le diré a su excelencia que estáis aquí, señorita Bolton —le dijo apresuradamente—. Está en el despacho, con sus arquitectos.

Se echó a temblar. No estaba preparada para tener que enfrentarse a ningún tipo de formalidades, no quería tener que saludar a nadie, estaba demasiado nerviosa.

—Conozco el camino, Guillermo, pero gracias —repuso.

El corazón le latía tan rápidamente que temía perder el conocimiento antes de poder hablar con él. Había pasado la noche en vela mirando como una tonta el anillo de pedida. Una parte de ella estaba encantada. Había llegado a conocer muy bien a Stephen y estaba segura de que, si estaba empeñado en casarse con ella, nunca aceptaría un «no» por respuesta.

Habían vuelto al principio del camino después de pasar por todo tipo de escollos. Stephen volvía a cortejarla y sabía que acabaría consiguiendo sus propósitos. Pero esa vez todo era distinto porque, si conseguía convencerla, se convertiría en su esposa.

Lo amaba tanto que la cabeza le daba vueltas ante la mera posibilidad de que su historia tuviese un final feliz. Pero era una mujer orgullosa y precavida. Creía que Stephen no sabía lo que era el compromiso y sabía que no podrían ser felices si no había amor ni comprensión en su matrimonio. No pensaba aceptar si creía que su amor no era correspondido. No iba a casarse con él por conveniencia ni por el bien del niño. Sería demasiado doloroso.

Recordó entonces su conversación con Ariella y Elysse. Ellas lo conocían mejor que nadie y estaban seguras de lo que Stephen sentía por ella. Pero, si era cierto, no entendía por qué no se lo había dicho él mismo.

Imaginó que a un hombre como él le sería muy difícil expresar sus sentimientos, sólo había sido cariñoso cuando estaban en la más estricta intimidad de la alcoba. Quizá ni siquiera supiera cómo demostrar lo que sentía ni lo creyera necesario.

Se detuvo frente a su despacho, rezando para que su amor fuera correspondido. La puerta estaba abierta. La luz de la mañana entraba por la ventana.

Se quedó sin respiración al ver Stephen. Estaba de pie con dos arquitectos y los tres miraban unos planos con sumo interés. No llevaba puesta la levita y tenía subidas las mangas de la camisa. El sol iluminaba sus fuertes pómulos y su nariz. Aún tenía mucho dolor en su interior, pero el amor que sentía por él lo superaba con creces. Necesitaba a ese hombre.

Stephen levantó la vista en ese momento y se miraron a los ojos.

Vio que se fijaba entonces en la cajita que llevaba en las manos.

—Desearía estar solo, por favor —le dijo a los arquitectos.

Alexandra siguió inmóvil en el mismo sitio, esperando a que salieran los otros hombres. Estaba temblando y el corazón le golpeaba en el pecho. Rezó para que el suyo fuera un cuento con final feliz.

Stephen se le acercó con el gesto serio, era imposible adivinar qué estaría pensando.

—Veo que no llevas puesto el anillo. ¿Has venido a devolvérmelo? —le preguntó él.

Alexandra se mordió el labio.

—He venido a hablar de ello.

Le pareció que sus palabras habían sido demasiado frías, como si nada de aquello le importara de verdad.

—He venido para hablar de nosotros, Stephen —añadió.

—Muy bien —repuso él con el ceño fruncido—. Entonces, ¿es verdad? ¿Ya te está cortejando Saint James?

—Stephen, me ha estado visitando estos días, pero sólo como un amigo. Sabe que tengo el corazón roto.

—Y, ¿cómo puede estar roto tu corazón cuando acaba de regresar a tu vida el que siempre fue tu verdadero amor, Alexandra? Pensé que estarías loca de alegría.

—Nada más lejos de la realidad —repuso ella.

No entendía por qué les costaba tanto hablar y entenderse.

—No dejaste que te explicara por qué no podía aceptar tu propuesta de matrimonio —le dijo.

—Entonces, has venido para rechazar mi oferta. Pues será mejor que te advierta que he estado pensando mucho en ello y que no pienso echarme atrás. No pienso aceptar un «no» por respuesta. Y tampoco voy a permitir que mi esposa se largue con otro hombre.

—Stephen, en una relación, en nuestra relación, no se puede actuar con tiranía —repuso ella con algo de impaciencia.

—No voy a echarme atrás, hablo en serio.

Su corazón comenzaba a llenarse de esperanza, pero tenía que estar segura de lo que él sentía.

—Por el niño, ¿no? Quieres casarte porque no soportas la idea de tener un hijo ilegítimo, ¿verdad?

Stephen se quedó mirándola.

—¿Quién te lo ha dicho? ¿Fue Elysse o Ariella?

—Sí, me lo comentaron, pero no me dijeron por qué.

—Entonces te lo contaré yo. Pero, si alguna vez decides usar esa información contra mí, lo negaré todo. Soy un hijo bastardo, Alexandra. Mi verdadero padre es sir Rex.

No pudo sofocar un grito de sorpresa. No podía creerlo.

—Con ese pasado, ¿cómo iba a permitir que otro hombre criara a mi hijo? —le preguntó él entonces—. ¡Mi hijo debe llevar mi apellido!

Se acercó a él y tomó su mano.

—¿Por qué no me lo habías dicho?

—Es un tema muy serio y delicado. Sé que hay rumores, muchos son verdaderos. Tienes que comprender que no es algo que cuente a todo el mundo. Clarewood estaría en peligro si se revelara algún día la verdad y pudiera demostrarse.

Seguía atónita, le costaba pensar con claridad.

—De haberlo sabido, habría podido entender mejor por qué insistías tanto en que debíamos casarnos o dejar el niño a tu cuidado.

Por fin empezaban a encajar las piezas del puzle. Recordó lo que Elysse y Ariella le habían contando sobre la dura infancia que había tenido Stephen.

Pareció adivinar lo que estaba pensando.

—Tom Mowbray fue un padre muy exigente y cruel. Sé que Saint James no se parece en nada a él y que es un hombre razonable, pero no podría dejar a mi hijo o hija al cuidado de otro. No puedo hacerlo.

Alexandra acarició su mejilla, empezaba a entender a ese hombre. Stephen temía que su hijo viviera una infancia tan desdichada como había sido la suya.

—No voy a casarme con Owen. No estoy con Owen. No estoy enamorada de Owen, Stephen —le dijo ella con toda la firmeza que pudo reunir.

Parecía estupefacto.

—Pero tú...

—Lo quiero como un amigo, pero tú eres el hombre del que estoy enamorada.

Stephen abrió los ojos.

—¿Qué?

—Creo que me enamoré de ti cuando te vi por primera vez en el baile de los Harrington, cuando evitaste que cayera al suelo desmayada y me ayudaste después con mi padre —le confesó ella con los ojos llenos de lágrimas—. Nunca había creído que pudiera existir un amor así, a primera vista, pero cuanto te vi me pareciste un apuesto príncipe, un valiente guerrero y un hombre fuerte y bueno.

Stephen la tomó entonces entre sus brazos.

—Eso era lo que necesitabas, Alexandra, y lo sentí en cuanto te vi. Necesitabas a alguien que te ayudara a llevar la pesada carga que habías estado acarreando sola durante años.

Lo miró a los ojos, parecía algo triste. Tenía razón. Había necesitado su fuerza y él se había ofrecido enseguida.

—Soy fuerte, Stephen, pero estoy cansada. Estoy harta de tener que ser siempre la más fuerte, de cuidar de todos y de coser hasta las dos o las tres de la mañana.

Stephen tomó su cara entre las manos.

—Nunca tendrás que volver a sentirte así. Nunca tendrás que sentirte cansada y no pienso permitir que sigas cosiendo como una esclava. ¿Entiendes lo que te estoy diciendo? Esto no tiene nada que ver con el niño. Quiero cuidar de ti. Siempre lo he deseado, desde que te vi por primera vez en ese baile. ¡Y eso es lo que haré, Alexandra, cuidaré de ti! —le prometió Stephen mientras le secaba una lágrima—. Te necesito, has conseguido traer vida a esta mansión tan fría.

Se preguntó si era su manera de decirle que la amaba.

—Hasta que llegaste a mi vida, había pensado que era un hombre sin corazón. Me has enseñado lo que es el amor y la pasión. ¿Entiendes ahora por qué no puedo dejar que te vayas de mi lado?

Asintió con la cabeza sin poder contener por más tiempo las lágrimas.

—Te quiero tanto —le dijo ella.

—¿De verdad me quieres? —le preguntó Stephen con voz temblorosa—. Has visto lo peor de mí. No puedo creer que ames a alguien como yo. Has tenido que sufrir mi mal genio y mi crueldad. ¿Cómo puedes quererme?

Acarició su cara con ternura. No sabía demasiado de su pasado, pero lo vio de repente como el niño frágil y vulnerable que había sido, no como el poderoso duque de Clarewood. Necesitaba recuperar su confianza y le encantó poder ayudarlo.

—Es verdad, has perdido el genio de vez en cuando, pero no eres un hombre cruel. Eres el hombre más bueno y generoso que he conocido nunca —le aseguró.

Vio que Stephen tenía la vista perdida. Alexandra se dio la vuelta, pero no había nadie detrás de ellos.

—¿Qué pasa? —le preguntó.

Le dio la impresión de que Stephen acababa de comprender algo. La miró y sonrió.

—Nada, Alexandra. He sido muy infeliz sin ti y no quiero vivir solo en Clarewood, no lo soportaría.

Le sorprendió que admitiera algo así y acarició su mejilla.

—Yo también he sido muy infeliz estos días y sé que tampoco podría vivir sin ti.

—Me alegro —repuso él mientras la abrazaba.

Se dio cuenta de que volvía a ser el mismo hombre seguro y arrogante, el poderoso duque de Clarewood.

—Entonces, está decidido. Nos casaremos enseguida, será una boda pequeña y sencilla.

Alexandra asintió, no podía dejar de llorar.

Stephen la tomó en sus brazos con una gran sonrisa.

—¿Qué haces? —exclamó atónita.

—Tengo que llevar así a mi futura esposa para cruzar el umbral. ¡Es la tradición!

Julia se detuvo en el umbral del gran comedor de Clarewood. Antes de que Guillermo pudiera anunciar su presencia, sonrió satisfecha al ver la escena en su interior. Stephen estaba sentado a la cabeza de la mesa y con Alexandra a su derecha. Tenían las cabezas juntas y las manos, unidas. Los dos sonreían, pero su hijo lo hacía con tanta ternura que le emocionó verlo por fin así.

Se dio cuenta de que sus predicciones se habían cumplido. Siempre había rezado para que Stephen encontrara el amor, no una esposa, y se sentía muy satisfecha con el resultado de sus oraciones. Veía muy feliz a su hijo y eso era todo lo que necesitaba para estar también contenta.

—Excelencia, la duquesa viuda —anunció Guillermo entonces.

Stephen se puso deprisa en pie.

—Madre, tenéis el don de la oportunidad. Guillermo, que coloquen otro servicio a la mesa.

El mayordomo sonrió y salió del comedor.

Julia entró y Stephen se acercó a darle un beso en la mejilla.

Fue entonces a saludar a Alexandra, que ya no podía ocultar su estado.

—¿Cómo estáis, querida? —le preguntó.

—Muy bien, excelencia. Es un placer veros de nuevo —repuso la joven ruborizándose.

Miró entonces a su hijo, que no dejaba de contemplar a Alexandra con gesto enamorado. Se echó a reír, se sentía muy feliz por los dos jóvenes.

—Decía que tenéis el don de la oportunidad porque tenemos noticias muy importantes y quería que fuerais la primera en saberlo. Pero veo que parecéis muy feliz, ¿tenéis también algo que decirnos? —preguntó Stephen con los ojos entrecerrados.

—Nunca he sido tan feliz y sí, tengo noticias. Pero empezad vos, por favor.

Estaba demasiado enamorada y feliz para preocuparse por lo que su hijo pudiera decirle. No iba a permitir que nadie le impidiera vivir el resto de su existencia con Tyne.

Stephen miró a Alexandra y rodeó su cintura con el brazo. Después la miró a ella.

—Le he pedido a Alexandra que se case conmigo y ha aceptado —anunció Stephen.

No le sorprendía la noticia, pero le gustó oírlo.

—¡Estoy tan feliz! —exclamó mientras abrazaba a Alexandra—. Me alegro tanto, querida. Tenía la intuición de que todo terminaría bien y me alegra mucho haber estado en lo cierto.

Alexandra sonrió.

—Sois muy amable. Gracias. Amo a vuestro hijo, excelencia, y tengo la intención de pasar el resto de mi vida intentando que sea feliz. Y creo que también podré enseñarle un par de lecciones sobre el compromiso —añadió de buen humor.

Julia se echó a reír. Stephen volvía a mirar a su prometida con los mismos ojos de enamorado.

—Así que hay que organizar una boda... —murmuró—. Supongo que Stephen ya se habrá enterado de que, aunque él sea el duque, seréis vos, Alexandra, la que lleve la voz cantante...

Alexandra rió con ganas.

—No queremos una gran boda, nos casaremos en la intimidad, ya lo hemos decidido, madre —le dijo Stephen con firmeza.

Julia se quedó algo pensativa. Sabía que todas las mujeres soñaban con tener una gran boda. Alexandra había sufrido mucho en su vida y creía que merecía vivir ese maravilloso día a lo grande.

—No pienso permitir que me excluyáis de la celebración, Stephen —le dijo a su hijo.

—Eso dijeron también Alexi, Ariella y Elysse... —murmuró Alexandra mientras tomaba la mano de Stephen—. ¿Y qué vamos a hacer con lady Blanche y sir Rex? Sé que les gustaría estar presentes. Igual que Randolph y mis hermanas, por supuesto.

Julia sonrió. Se dio cuenta de que Alexandra no tenía intención de permitir que su boda pasara inadvertida.

—Tenía la esperanza de poder evitar un gran evento social —murmuró Stephen suspirando.

—No podéis evitarlo, Stephen. Sois el duque de Clarewood —le dijo Julia con firmeza.

Pensó entonces en los planes que tenía ella con Tyne. Quería casarse con ella y la amaba. Sentía que sus sueños se habían hecho realidad.

—Pero si hay prisa, podría ayudaros. Seguro que podemos organizar una boda no demasiado grande, algo familiar, y tenerlo listo para dentro de un mes. Conozco un cocinero excelente que podría preparar el banquete.

—Así que unos cien o doscientos invitados... —murmuró Stephen fingiendo desesperación.

Pero su hijo no podía dejar de sonreír.

—¡A mis hermanas les encantaría ser mis damas de honor! —exclamó Alexandra entusiasmada.

—Y seguro que a Marion y Sara también les gustaría participar en el cortejo —agregó Julia.

—¡Y Ariella y Elysse! —apuntó Alexandra—. Ellas me dieron esperanza cuando pensé que no teníamos futuro.

—De acuerdo, de acuerdo —repuso Stephen—. Me rindo —dijo mientras abrazaba a Alexandra—. Veo que me has engañado desde el principio, pero de acuerdo. Tendremos una boda en condiciones, pero con menos de doscientos invitados, por favor. ¡Y tiene que ser pronto!

Alexandra se mordió el labio inferior, estaba encantada. Nunca había sido más feliz. Iba a convertirse en la esposa de Stephen y tendrían una maravillosa y romántica boda.

—Me siento como si estuviera soñando y tuviera que pellizcarme para comprobar que todo esto es real —susurró encantada.

—No estás soñando, Alexandra. Pero tengo la sensación de que querías una boda así desde el principio y que habéis conspirado a mis espaldas —repuso Stephen sonriendo.

—Somos mujeres y todas pensamos igual cuando se trata de bodas, cariño —le dijo Julia.

Alexandra sonrió al oír a su futura suegra. Podía adivinar por qué parecía tan feliz. Estaba enamorada y tenía facilidad para ver a otras personas en el mismo estado.

—Madre, ¿qué es lo que pasa? Ahora sí que estoy preocupado, ¡no dejáis de sonreír!

—No me extraña, Stephen. Yo también estoy enamorada —confesó Julia.

Alexandra no pudo contener la risa al ver el cómico gesto de pánico en el rostro de Stephen.

—¡No será de ese americano!

—Voy a casarme con ese americano, Stephen. De hecho, nosotros sí que vamos a tener una boda íntima y pequeña.

Stephen miró a su madre, parecía estar sin palabras, nunca lo había visto así.

—Soy más feliz de lo que he sido nunca y nos iremos a California después de vuestra boda —les anunció Julia.

Stephen tuvo que sentarse. Alexandra corrió hacia él.

—¡Es maravilloso! Tu madre merece ser amada y tener una segunda oportunidad —le dijo la joven.

—¿Una segunda oportunidad? ¿En California? ¿Con un americano? —preguntó él.

—Mira lo feliz que está —le dijo Alexandra—. Sé que deseas que tu madre sea feliz y que tenga alguien que la quiera y la cuide como merece.

Stephen miró a su madre y se puso despacio en pie.

—¿De verdad sois feliz, madre? Hice que investigaran a Jefferson. Pero, como es americano, tardarán meses en informarme sobre su pasado. Pero lo que sé es que no tiene demasiado dinero, madre.

—¡Eso no me importa nada! Y no tiene un pasado secreto. Es un buen hombre, Stephen. Me gustaría que pudiéramos cenar los cuatro esta noche, así podréis conocerlo. Os daréis cuenta enseguida de lo serio y formal que es.

Seguía muy serio. Alexandra miró a su prometido y a la duquesa viuda. Creía que tenía todo el derecho del mundo a ser feliz. No había conocido aún a Jefferson, pero lo había visto en el baile de los Harrington y todo el mundo le había comentado que se trataba de un hombre fuerte y honesto. Le había parecido tan sólido como un viejo roble.

Después de saber el tipo de vida que Julia había tenido y cuánto se había sacrificado para proteger a su hijo, sentía que la comprendía mucho mejor.

Miró a Stephen. Siempre le había gustado proteger a la gente que quería, pero ya había empezado a cambiar. Sonreía más a menudo, incluso reía. Y se mostraba siempre cariñoso con ella. Le había hablado de vez en cuando de su infancia, de Tom y de sir Rex.

El anterior duque había sido muy duro con él y empezaba a entender hasta qué punto había sufrido de niño. Le sorprendía que se hubiera convertido en un hombre tan maravilloso. Todo cobraba sentido. Ella también le había hablado de su pasado, del dolor que le produjo la muerte de su madre y de las razones de su ruptura con Owen.

Por fin sentían los dos que el pasado estaba en el pasado. Lo habían enterrado juntos para poder empezar una nueva vida en común.

Stephen ya no se quedaba con la mirada perdida, como si estuviera viendo fantasmas.

Estaba deseando casarse con él y concentrarse después en conseguir que sus hermanas se casaran también. Stephen le había dicho que ésa era una de sus prioridades.

Era un hombre bueno que creía en la familia. No sólo se había comprometido a quererla a ella y cuidarla durante el resto de sus días. También iba a proteger a sus hermanas e incluso a su padre. Stephen no se lo había dicho, pero estaba segura de que había sido él quien había pagado las deudas que su padre había tenido pendientes.

Ya no había más secretos entre ellos ni dolor.

Los pasillos y salones de Clarewood parecían haberse llenado de luz, vida y alegría. Todo parecía más cálido y recibían visitas cada día.

Alexi y Elysse se acercaban a menudo a verlos. También habían recibido a Ariella y a Emilian, a Jack O'Neil, a sir Rex y a lady Blanche, entre muchos otros.

El que fuera durante mucho tiempo el infame capitán Devlin O'Neil, el padre de Elysse, había incluso cenado con ellos una noche. Así había podido conocer también a su esposa americana. Había sido una velada fascinante.

Le estaba encantando conocer a todos los miembros de la familia de Warenne y a los O'Neil. Los visitaban con frecuencia y siempre en compañía de sus hijos y nietos.

No habían hecho aún públicos sus planes de boda, pero Alexi, Elysse y Ariella lo sabían. Así que Alexandra imaginó que el resto de la familia también estaba al tanto. Nadie les había dado aún oficialmente la enhorabuena, pero todo eran sonrisas y guiños hacia ellos.

Se había dado cuenta de que todos en la familia Warenne sabían que Stephen era uno de ellos. Se trataba de un clan grande y acogedor.

Sus hermanas también iban a verla cada semana. Parecían muy felices y no podían dejar de hablar de la boda y de su futuro. Les habría gustado verla más a menudo, pero estaban muy ocupadas con las obras que se estaban llevando a cabo en Villa Edgemont.

Después de tanto tiempo, por fin estaban haciendo los arreglos que tanto necesitaba, por fuera y por dentro. Los establos habían tenido que derribarlos para construirlos de nuevo. Y sus hermanas por fin tenían la posibilidad de ir a la moda con fantásticos vestidos nuevos.

Estaba deseando decirles que ya no iban a casarse en la intimidad, sino que sería una boda por todo lo alto. Sonrió al pensar en lo contentas que iban a ponerse Olivia y Corey al saberlo.

Pero se quedó algo más seria al recordar las miradas que Jack O'Neil había dedicado a Olivia sin que ésta lo notara. No tenía buena fama y no sabía si preocuparse o alegrarse al ver que existía cierto interés. Aunque era el hijo del capitán O'Neil, no era un joven con demasiado capital y sabía que pensaba regresar a América, donde estaba labrándose un futuro. Había tratado de convencerse de que debía estar equivocada, no podía creer que un hombre así se sintiera atraído por una joven tan dulce e inocente como su hermana, pero no podía estar segura.

Alexandra miró a Julia y sonrió.

—Nos encantaría cenar con vos y con el señor Jefferson esta noche —le dijo mientras agarraba a Stephen por el brazo—. Y estoy segura de que nos causará una estupenda impresión.

Stephen suspiró.

—De acuerdo. Aunque no me guste, veo que estáis decidida. No sólo estoy dispuesto a que cenemos los cuatro juntos sino que me comprometo además a darle el beneficio de la duda —les aseguró Stephen.

Julia sonrió y abrazó a su hijo. Alexandra sonrió satisfecha. Ya se había imaginado que acabaría por ceder ante su madre. Había cambiado mucho durante esas semanas y sabía que no impediría que la duquesa viuda tomara las riendas de su vida.

Apareció de nuevo Guillermo en la puerta del comedor.

—Excelencia, señorita Bolton, el conde de Adare está aquí. La condesa viene con él y también sus niños —anunció el mayordomo.

—Acompáñalos hasta aquí y habla con el cocinero para ver si puede servirnos a todos —le ordenó Stephen mientras la miraba a ella—. ¿Te importa, Alexandra? Aún no has conocido a Tyrell. Pero te va a encantar. Y su esposa, Lizzie, es una gran mujer.

—Claro que no me importa —repuso ella.

Había conocido a muchísima gente esos días, pero todos le había parecido agradables y encantadores.

Pocos minutos después, entraron corriendo en el comedor media docena de niños y niñas. Los seguían el atractivo Tyrell de Warenne y su esposa. Stephen hizo las presentaciones y después abrazó a Alexandra. Sin poder esperar más, les anunció que iban a casarse.

El conde la felicitó con un beso en la mejilla y le dio la bienvenida a la familia.

No tardó en congeniar con la esposa del conde. Le encantó ver cómo jugaban los niños, llenando de risas y gritos el amplio comedor. Nadie los reñía porque a nadie le molestaba que se comportaran como niños.

Levantó la vista hacia Stephen y se miraron a los ojos. Uno de los niños más pequeños pasó en ese instante entre los dos y él le sonrió con complicidad.

Le devolvió la sonrisa. Su corazón rebosaba felicidad, estaba en una nube. Sus oraciones habían sido escuchadas y tendrían un final de cuento de hadas.

Miró entonces a su alrededor, le dio la impresión de que la imponente mansión de Clarewood también había cambiado. Era mucho más cálida y luminosa, se había convertido en un hogar lleno de risas y amor.

Títulos publicados en Top Novel

Más fuerte que la venganza – CANDACE CAMP
Tan lejos… tan cerca – KAT MARTIN
La novia perfecta – BRENDA JOYCE
Comenzar de nuevo – DEBBIE MACOMBER
Intriga de amor – ROSEMARY ROGERS
Corazones irlandeses – NORA ROBERTS
La novia pirata – SHANNON DRAKE
Secretos entre los dos – DIANA PALMER
Amor peligroso – BRENDA JOYCE
Nuevos amores – DEBBIE MACOMBER
Dulce tentación – CANDACE CAMP
Corazón en peligro – SUZANNE BROCKMANN
Un puerto seguro – DEBBIE MACOMBER
Nora – DIANA PALMER
Demasiados secretos – NORA ROBERTS
Cartas del pasado – ROSEMARY ROGERS
Última apuesta – LINDA LAELL MILLER
Por orden del rey – SUSAN WIGGS
Entre tú y yo – NORA ROBERTS
El abrazo de la doncella – SUSAN WIGGS
Después del fuego – DEBBIE MACOMBER
Al caer la noche – HEATHER GRAHAM
Cuando llegues a mi lado – LINDA LAELL MILLER
La balada del irlandés – SUSAN WIGGS
Sólo un juego – NORA ROBERTS
Inocencia impetuosa/Una esposa a su medida – STEPHANIE LAURENS

www.ingramcontent.com/pod-product-compliance
Lightning Source LLC
LaVergne TN
LVHW030332070526
838199LV00067B/6244